그 여름, 그 섬에서

그 여름,
그 섬에서

그리움이 시작되는
열 번째 섬, 아조레스

베브와 마크에게

For Bev and Mark

일러두기

- 본문에서 도서와 잡지, 일간지, 음반은《 》로, 영화나 노래 등은〈 〉로 묶어 표시했습니다.
- 본문에서 각주는 ●로, 옮긴이 주입니다.
- 원서에서 이탤릭으로 표시한 문구는 본문에서 고딕으로 처리했습니다.

"당신이 바라는 모든 것과 당신이 본 것 사이에 사로잡힌 채."
Caught in between all you wish for and all you seen.

-조셉 아서Joseph Arthur의 〈태양 아래서In the Sun〉

대서양 한복판에 정말로 여름마다 황소가 중심가를 뛰어다니고 집집마다 캘리포니아에서 방문하는 친척들이 있는 섬이 있습니다. 나의 사랑스러운 개 (실명인) 머피는 정말로 음식들을 죄다 먹어치웁니다. 또 나의 친구 (실명이 아닌) 무디는 정말로 온몸이 흠뻑 젖을 만큼 식은땀을 흘립니다. 지금 생각해보면 저조차 믿기 어렵지만 이 책에 담긴 화산, 역사, 사람들, 이야기, 자연 경관, 그리고 있음 직하지 않은 우연까지도 모두 사실입니다.

캘리포니아에 있는 제 집에는 제가 의무감을 가지고 취재한 다양한 성씨와 나이의 사람들, 수많은 레퍼런스의 인용문을 빼곡하게 써 넣은 기자수첩이 한 상자 가득 쌓여 있습니다. 그러나 이 책을 쓰는 데 그 수첩을 그렇게 많이 참고하지는 않았습니다. 글을 쓰다보니 아조레스 디아스포라에 관한 르포 스타일의 책을 쓰려던 원래의 의도가 흐려졌기 때문입니다. 그래서 저널리스트라는 직업에도 불구하고 이 책은 엄밀히 따지면 저널리즘과는 전혀 관련 없는 책이 됐습니다.

책에 등장하는 대화는 대부분 저의 기억과 관점에 의존해 쓰였습니다. 등장인물들은 성을 제외하고 이름이나 별명으로 지칭하기도 했고, 세세한 특징과 이름을 통째로 바꾸어 등장시킨 인물도 있습니다. 책에 등장하는 이들은 모두 제가 기자라는 사실을 알고 있었으나 대부분 자신들의 이야기를 책으로 쓸 거라고 생각할 리 없기 때문입니다.

이 책이 아조레스 제도와 캘리포니아의 관계를 담은 완벽한 보고서는 될 수 없을 겁니다. 그러나 가장 많은 애정이 담긴 책일 것이라 믿습니다.

– 다이애나 마컴

차례

3부

1부

헛간에서 파티를

그날 사진 한 장을 보기 전까지 나는 '아조레스 제도'라는 이름을 들어본 적조차 없었다. 사진은 캘리포니아주 프레즈노의 지역 신문 《프레즈노 비The Fresno Bee》의 동료 사진기자가 내 책상에 올려놓은 것이었다. 사진 속에는 소 두 마리를 몰며 밭을 가는 남자의 모습이 있었다. 21세기에, 캘리포니아에서.

사진 속 남자는 나직한 달구지 위에 서서 귀에 휴대폰을 갖다 댄 채, 등 뒤에서 거대하게 회오리치며 다가오는 뿌연 흙먼지를 막아보려는 듯 한쪽 팔을 거칠게 휘젓고 있었다.

사진기자가 내게 물었다.

"이 사진 참 괜찮죠? 차를 타고 지나가던 길에 찍은 건데 이야깃거리를 찾을 수 있겠어요?"

"물론이죠."

나는 당차게 대답했다. 이런 장면에 어떻게 이야깃거리가 없을 수 있겠는가?

두어 주쯤 지난 뒤 인터뷰를 하기 위해 사진 속 남자의 집으로 차를 몰았다. 목적지는 툴레어 카운티의 한 농장이었다. 캘리포니아주 툴레어 카운티는 모든 게 큼직큼직하기로 유명한 지역이다. 대형 트럭, 대형 허리띠 버클, 대형 낙농장, 대형 저장고, 대형 트랙터, 대형 하역장. 캘리포니아에 대가뭄이 닥치기 전이었던 터라 아무것도 심지 않은 들판까지도 푸릇푸릇했다. 눈 덮인 시에라네바다 산맥Sierra Nevada*도 보였다. 훗날 그 눈이 더 이상 보이지 않게 돼서야 있을 때 조금 더 유심히 봐둘 걸 하고 후회했다. (한동안 눈이 영영 사라져버린 것 같았을 때 나는 내 기억 속에라도 그 눈이 남아 있기를 바랐다.)

남자의 집에는 아무도 없었다. 나는 하얗게 칠한 목장 울타리 옆 잔디밭으로 가 몸을 길게 뻗고 누웠다. 넓게 펼쳐진 하늘에 깔린 구름은 그 모양이 계속 달라졌다. 다른 때라면 캘리포니아 한복판에 있는 덥고 평평한 골짜기보다 멋진 곳을 수두룩하게 말할 수 있지만, 단비가 내리고 난 4월이라면 얘기가 다르다. 그맘때면 푸른 들판에 누워 있는 것보다 더 아름다운 경치를 볼 수 있는 장소를 찾기 어렵다. 풀밭에 누우면 눈부시게 푸른 하늘이 눈에 확 들어오는데, 하늘이 정말로 그렇게 푸른 건지 아니면 풀밭이 너무 푸

* 캘리포니아 동부에 길게 뻗은 산맥으로, 시에라는 '산맥', 네바다는 '희다'라는 뜻을 지닌다.

르러서 그런 건지, 눈가에서 얼굴을 간지럽히는 풀잎 때문에 하늘이 한결 푸르러 보이는 것인지 헷갈릴 정도다.

폭풍 같은 한 주였다. 온갖 일을 겪어 몸과 마음이 더할 수 없이 피곤했다. 잠시 이렇게 드러누워 하늘을 올려다보며 쉬는 것도 좋겠다는 생각이 들었다. 그때 자갈 깔린 진입로로 트럭 한 대가 들어왔다. 운전석에서 한 남자가 내리더니 날 보곤 거칠게 팔을 휘저으며 인사를 건넸다. 제대로 찾아왔다는 확신이 들었다.

건장한 체구의 모라이스Morais는 강단 있고 생기 넘치는 포르투갈 이민자였다. 대문자와 느낌표를 사람으로 구현해놓는다면 그게 바로 모라이스일 것이다. 그는 아만테Amante와 브릴리안테Brilliante라는 이름의 수소를 키우고 있었다. 몸무게가 각각 880킬로그램, 840킬로그램이나 나가지만 아직 다 자라지 않은 두 살짜리 어린 소들이었다. 사람 나이로 치면 10대 청소년이라고 할 수 있었다. 모라이스가 포르투갈어로 "오른쪽으로 돌아" 또는 "왼쪽으로 돌아"라고 말하면 소들은 기가 막히게 말귀를 알아듣고 그의 지시를 따랐다. 그는 아만테와 브릴리안테가 외로울까 봐 밤이면 포르투갈 라디오 방송을 틀어준다고 했다.

모라이스에게 나를 신경쓰지 말고 평소 하던 대로 행동해달라고 부탁했다. "**벵 파라 카**Vem para cá(이리 와)." 모라이스가 포르투갈어로 이렇게 외치자 소들이 그에게 다가갔다. 그는 소들이 가까이 오자 사촌이 깎아줬다는 나무 멍에를 들어 올려 소들에게 씌웠다. 그러고는 금속 원판이 달린 6련 쟁기에 연결된 600킬로그램짜리 달구지에 멍에를 걸었다.

모라이스는 지휘자처럼 막대기를 높이 쳐들며 앞장섰고, 두 마리 소는 그의 뒤에서 박자를 맞춰 따라갔다. 소들을 막대기로 때리거나 먹을 걸로 살살 달래가며 훈련시킨 것 같지 않았다. 모라이스는 소가 송아지였을 때부터 산책을 데리고 나가 막대기로 신호를 주며 '오른쪽' '왼쪽' '멈춰' 따위를 가르쳤다고 했다.

"애들이 어찌나 영리한지 말씀드려도 못 믿으실 겁니다! 저를 아주 잘 따라요. 저를 **정말 좋아하거든요.** 제가 나갈 준비를 하면 언제든 애들도 따라 나갈 준비를 한다니까요."

모라이스가 말하는데 아만테가 맞장구라도 치듯 그를 길게 한 번 핥았다.

모라이스는 막대기를 들고서 들판을 걸었다. 그 뒤에서 소들이 흙먼지를 일으키며 원판을 끌고 지나가자 이내 밭고랑이 깊게 파였다. 태양은 주황빛으로 빛났다. 인간, 짐승, 소용돌이치는 흙바닥을 보고 있으니 대공황 때 일자리 창출 사업의 일환으로 그려진 벽화들 가운데 과거의 농업을 주제로 한 벽화를 보고 있는 것 같았다.

잠시 뒤에 모라이스가 걸음을 멈추고 아이스박스를 놓아둔 곳으로 가더니 맥주를 한 병 꺼내 퐁 하는 소리를 내며 뚜껑을 땄다. 그러고는 다시 달구지 위로 폴짝 뛰어올라가 밭을 마저 갈았다. 모라이스는 쇠뿔을 보호하기 위해 뿔에 씌워놓은 놋쇠 끄트머리를 막대기로 톡톡 두드리며 외쳤다. "**레반텡 아 카베사**Levantem a cabeça(고개 들어).” 그러자 소들이 고개를 들었다.

무전기가 울리자 모라이스는 소 뒤에 올라타더니 맥주병, 무전기, 소 두 마리를 능수능란하게 다루며 무전기로 상대와 일 이야기를 나눴다. 픽업트럭 한 대가 지나가자 무전기를 든 손을 높이 들고 흔들기도 했다.

트랙터로 45분이면 충분히 갈 수 있는 면적을 모라이스는 소 두 마리를 데리고 꼬박 세 시간을 들여 작업했다. 물론 이 세 시간에는 그가 시원한 맥주 한 병을 홀짝인 시간과 그 사이 소들이 휴식을 취한 시간이 포함돼 있다.

“물론 이렇게 하는 게 훨씬 힘듭니다. 정말 말 그대로 일이죠, 일. 그래도 트랙터를 모는 것보다 우리 소들과 함께 일하는 게 더 행복해요. 진심으로요.” 그가 내게 말했다.

모라이스는 그날 일을 마치자 머리 위로 양팔을 뻗으며 착지하는 체조 선수처럼 달구지에서 폴짝 뛰어내리며 소리쳤다.

“저는 **이렇게** 삽니다!”

모라이스는 아침마다 소를 운반하는 일을 해서 돈을 꽤 벌었다고 했다. 물론 그렇게 번 돈으로 트랙터를 살 수도 있었다. 그러나 그에게 이 황소들은 10대 때 떠나온 자신의 고국과 이어주는 끈과 같은 의미였다. 모라이스가 말하는 그의 고국은 대서양에 둘러싸인 아홉 조각의 포르투갈 영토이자 모든 방향에서 최소한 1,400킬로미터 이상 떨어진 군도, 아조레스Azores를 뜻했다. 모라이스는 어릴 적 봤던, 그 섬에서 했던 방식 그대로, 그의 말에 따르면 지금까지도 유지되고 있는 그들만의 방식 그대로 밭을 갈았다.

모라이스는 트럭으로 올라가 조수석 앞 서랍에서 빨간색 낡은 앨범을 하나 꺼내더니 사진을 보여줬다. 연보랏빛 수국 울타리에 둘러싸인 아조레스의 푸른 들판이었다. 검은 화산암에 부딪치는 파도와 바닷가에 지어진 석조 가옥 사진도 있었다. 모라이스는 여름마다 사진 속 고향 집으로 돌아간다고 했다.

"아조레스의 고향 집은 공기가 참 맑고 좋아요. 바다가 코앞이지요. 생선이 정말 신선합니다. 잡아 올리자마자 먹으니까요. 감자는 또 얼마나 맛이 좋은지 상상도 못 할 거예요. 참, 그곳에선 와인도 직접 만들어요. 반바지를 입고 커다란 통에 들어가 포도를 밟아 으깨는데, 그 자리에서 마시면 주스처럼 달콤하답니다. 해마다 고향에 다녀오기만 하면 뚱뚱해진다니까요."

그는 아조레스 고향 집에 대한 애착이 어찌나 강한지 여름이 끝나고 섬을 떠날 때가 되면 발에 추라도 달아놓은 듯 걸음이 무거워진다는 말을 덧붙였다.

"저는 그야말로 깡촌 출신이에요. 여기 와서도 학교를 다닌 적이 없지만 일도 잘 하고 밥벌이도 잘 하고 있습니다. 이렇게 돈을 벌 수 있다니 **참 좋아요**. 이곳은 신의 축복이 내린 땅이죠. 그런데도 여름에 고향에 갔다가 대문을 닫고 집을 떠날 때가 되면 매번 어린애처럼 펑펑 눈물이 납니다. 울지 않으려고 아무리 애를 써도 참을 수 없어요."

그는 다음 주말에 파티를 열 예정이라며 아조레스의 분위기를 맛보고 싶거든 친구를 데리고 꼭 오라고 나를 초대했다. 그때는 이미 마감 이후라서 간다 한들 그 경험을 기사에 담을 수 없을 테지만 상관없었다. 나는 그 자리에 있고 싶었다.

같은 신문사의 문화예술 담당 기자이자 바로 옆집에 사는 도널드는 사실 황소보다 브로드웨이에 더 관심을 가질 만한 사람이었다. 그러나 그 주 토요일에 진화 과정에 관한 책들을 읽고 있던 수줍음 많은 꺽다리 디자이너이자 내 남자친구인 다스와 함께 도널드를 꼬드기는 데 성공했다. 우리 셋은 자그마한 내 도요타에서 내려 흰색 초대형 픽업트럭으로 가득 찬 농장 땅에 발을 디뎠다. 그때 퍼레이드 행렬의 꼬리가 도로에 모습을 드러냈다. 꽃으로 장식한 굴레와 고삐를 맨 황소 무리와 기타를 연주하는 악단이 행렬을 이루고 있었다. 이렇게 거창한 행렬을 준비했지만 모라이스는 따로 도로 통제 허가나 사용 허가를 받지 않았다. 반경 300킬로미터 이내에 사는 사람들이 "우리 아들 약혼자가 저 사람 동생의 조카라네" 하는 식으로 엮여 있었기 때문이다. 다들 모여 즐기고 있으니 그 누가 싫은 소리를 하겠는가?

헛간 근처에 무리지어 모인 사람들은 '황소 줄다리기'를 응원하고 있었다. 황소 줄다리기는 말 그대로 황소 두 마리를 서로 반대 방향으로 줄을 잡아당기게 하는 게임이다.

곧 집 한 채 값과 맞먹는 픽업트럭을 모는 청년들이 나타나 거친 말을 내뱉으며 서로 도발하기 시작했다. 정신을 차리고 보니 엉망진창이 돼버린 트럭 양쪽에 연결된 황소들이 눈에 들어왔다. 타이어에서는 고막이 찢어질 듯한 날카로운 소리가 났고, 몰려든 사람들은 목이 터져라 응원을 해댔다.

우리 손에 들린 플라스틱 컵에는 얼음처럼 차가운 맥주가 끊임없이 채워졌다. 술통이 몇 개나 더 비워진 뒤, 황소들이 쓰고 있던 해진 멍에가 남자들에게 옮겨졌다. 그들은 윗옷을 벗어 던지고 쇠사슬을 차더니 둘씩 짝을 지어 차례로 나와 진흙탕 속에서 상대편이 쓰러질 때까지 힘껏 잡아당겼다. 도널드와 나는 땀으로 흠뻑 젖은 남자들에게서 시선을 돌릴 수 없었다. 꼭 같은 이유는 아니었을지도 모르지만 다스 역시 눈을 떼지 못했다.

그런데 그때 품이 낙낙하고 단순한 모양의 검정 원피스를 입은 나이 지긋한 여자들이 킥킥거리며 우리를 에워쌌다. 그러고는 황소 줄다리기를 구경하던 한 청년을 불러 통역을 부탁했다. 그들은 내 옆에 있던 두 사람 중 누가 내 남편인지 물었다. 몇 사람은 손가락을 뻗어 내 게이 친구와 꽃미남 애인을 번갈아 가리키기도 했다. 내가 두 사람 다 내 남자친구라고 대답하자 그들은 폭소를 터뜨렸다.

통역을 해주던 청년에게 어째서 여자들이 모두 까만 원피스를 입고 있는 것인지 그 이유를 물었다. 청년은 그들 모두 남편을 잃은 사람들이라서 그렇다고 대답했다. 그러면서 살며시 가장 최근에 남편과 사별한 분이 상을 치른 것은 벌써 20년 전이고, 사실은 그 누구도 남편을 좋아하지 않았다고 귀띔해줬다. 청년에게 저들 중 남자친구가 가장 많은 분이 누구냐고 물었다. 그들은 내 질문을 듣고 한바탕 웃으며 누가 봐도 최고 연장자 같은 여인을 가리켰다.

내 주변에서 소용돌이치는 모든 대화와 감탄사가 포르투갈어였다. 꼭 아조레스의 브리가둔Brigadoon*에 있는 것 같은 기분이 들었다. 내가 여전히 캘리포니아에 있다는 것을 알려줄 만한 증거가 주변에 하나라도 있는지 찾아보려고 사방을 빙 둘러봤다.

거대한 솥에서 듬뿍 퍼 담은 **소파**sopa**, **링귀사**lingusa***, 포르투갈 빵, 치즈로 저녁 식사를 한 다음 모두 헛간으로 옮겨가 춤을 췄다. 헛간 벽에는 아홉 개의 섬으로 이루어진 아조레스 제도가 그려진 식탁보가 여러 장 걸려 있었다. 훗날 그곳이 내 마음을 완벽하게 사로잡아버릴 줄 그때는 몰랐다. 그 지도를 처음 본 그 순간 내 머릿속에는 나들이용 돗자리만 떠올랐으니까.

모라이스의 고향은 상조르제São Jorge라는 직사각형 모양의 가늘고 기다란 섬으로, 식탁보 지도 한가운데 파인애플과 풍차, 고래 사이에 그려져 있었다. 그날 밤, 촛불이 밝혀진 헛간에서 열린 무도회의 마지막을 장식한 춤은 상조르제 섬의 전통 민속춤인 **샤마리타**chamarita였다.

다소 어두운 분위기의 느린 음악이 흘러나오자 파티 분위기가 순식간에 달라졌다. 춤을 추는 사람들이 한 걸음 두 걸음 느리게

---

* 영화 〈브리가둔〉에 등장하는 장소다. 지도에 표시되지 않은 스코틀랜드 마을로, 주민들이 200년 전 생활방식 그대로 살아가는 곳으로 묘사된다.

** 소고기와 잎채소, 육수에 적신 빵을 함께 내는 요리로, 주로 특별한 날에 먹는다.

*** 포르투갈의 훈제 소시지.

내딛더니 그 자리에 멈춰 서서 손뼉을 짝짝 두 번 쳤다. 춤이라기보다는 어떤 의식 같았다. 모라이스가 어릴 적 친구와 함께 춤을 추고서 우리 곁으로 돌아 왔을 때 그의 눈가가 촉촉하게 젖어 있었다. 춤을 췄던 모두가 목이 멘 듯한 얼굴이었다.

그때 나는 아조레스 민속춤에 강한 애착을 느낀다는 한 학생과 이야기 나누는 중이었는데, 그에게 사람들이 왜 저토록 감정이 북받친 얼굴을 하는 건지 아느냐고 물어봤다. 그는 이렇게 말했다.

"노인들은 옛날 일이 생각나서 눈물을 흘리고, 다른 사람들은, 이제 우리도 정확히 모르는 뭔가를 그리워하는 마음 때문에 눈물 흘리는 것 같아요."

그날 밤 일이 좀처럼 머릿속에서 떠나지 않았다. 대서양 한복판에 있는 그 섬들이 계속 궁금했다. 마음을 가라앉히고 차근차근 생각해보니 나는 언제나 섬에 관심이 있었다. 칵테일 바에서 웨이트리스로, 서점에서 점원으로 일하던 20대 때 부엌 등을 켜면 바퀴벌레가 우르르 숨기 바빴던 아파트에 살던 시절에도 나는 벽에 그리스 섬 풍경이 담긴 포스터를 붙여놨었다. 순백으로 칠해진 건물과 드넓게 펼쳐진 파란 바다. 사람들은 대개 훌쩍 떠나고 싶을 때 섬을 찾지만, 나는 늘 스스로 섬 같다고 생각했다. 덩그러니 동떨어져 있는 섬.

아조레스에 대해 조사하던 중에 《내셔널지오그래픽National Geographic》이 선정한 가장 아름다운 섬 목록에서 아조레스가 굉장히 높은 순위를 차지하고 있다는 사실을 알게 됐다. '전통이 살아 있고, 지속 가능성이 있다'는 점에서 높은 점수를 얻었다고 했다.

심지어 고대에도 아조레스 제도는 좀처럼 사람들의 발길이 닿지 않는 곳이었다. 옛날 세계지도에는 표기됐던 것 같은데, 해무와 해류, 변덕스러운 바다에 가려 수백 년간 지도상에서 사라지고 말았다. 수세기 동안 아조레스를 두고 잃어버린 아틀란티스 대륙의 자취라는 둥, 술의 신 바쿠스Bacchus의 아들 루수스Lusus가 발견한 루지아다스Lusiads의 마지막 왕국이라는 둥 소문이 분분했다. 아조레스 사람 중에는 자신의 조상이 실각한 포르투갈 귀족이나 귀족의 서자라고 믿는 이들도 있었다. 식민 지배를 위해 자기 의사와 무관하게 본토에서 보내진 소작농들이 섬의 최초 거주자일 거라고 생각하는 사람들도 있었다. 고고학계에선 최근 아조레스 제도에 포르투갈 사람들이 도착하기 전에 어떤 인류가 살다가 사라졌을지도 모른다고 발표했다. 이 같은 발표는 범선이 출현하기 이전에 사람들이 어떻게 바다 한가운데까지 갈 수 있었을까 하는 의문을 제기했다.

신화는 화산 봉우리를 에워싼 안개처럼 늘 아조레스를 따라다녔다. 이곳은 사람들이 죽은 이와 50년 전에 수다 떨었던 일을 마치 전날 이웃집에 놀러 갔던 일처럼 이야기하는 곳이다. 심지어 현대에 들어서도 아조레스는 몽상적인 언어로 묘사되곤 했다. 예를 들어 2013년 아조레스 제도에서 두 번째로 큰 섬인 피쿠Pico 섬의 화산성 산맥 꼭대기에서 유럽의 희귀 난초가 발견됐을 때에도 런

던의 큐 왕립 식물원Kew Gardens의 식물학자 리처드 베이트먼Richard Bateman은 연구자들이 그곳을 "잃어버린 세계"라고 표현했다고 했다.

마크 트웨인도 《철부지의 해외여행기The Innocents Abroad》에서 아조레스를 언급한 바 있는데, 그 내용은 이게 전부다. "우리 배에 타고 있던 사람들 중 그곳에 관해 무엇 하나라도 아는 이는 단 한 명도 없었다."

한때 아조레스 제도에서 영국으로 오렌지를 수출하기도 했지만 가장 많이 수출한 건 바로 사람이다. 100만 명의 아조레스인과 그 자손들이 북아메리카에 살고 있다. 이는 아조레스 아홉 개 섬의 인구를 모두 합한 것보다 네 배나 많은 수치다. 가장 최근 집단 이주 바람이 불었던 1958~1980년에는 화산 폭발과 빈곤, 포르투갈의 독재*에서 벗어나기 위해 아조레스 인구의 3분의 1 이상이 고향을 떠났다. 이들 중 대다수가 테르세이라Terceira 섬 출신으로, 캘리포니아주 센트럴밸리의 시골 지역에 정착했고 대개 소를 키워 밥벌이를 했다. 고향에서나 타향에서나 아조레스 사람들은 낙농장을 소유하거나 그곳에서 일하며 생계를 이어간 것이다.

아조레스를 떠난 이민자들은 늘 고향을 그리워했다. 사실 그건 그리움 이상이었다. 포르투갈어에 **사우다지**saudade라는 단어가 있

---

* 안토니우 드 올리베이라 살라자르(António de Oliveira Salazar)가 1932년부터 사고로 세상을 떠나기 전까지 36년간 총리로 재임하며 독재 체제를 구축했다.

다. 포르투갈 사람들은 이 단어의 의미를 다른 나라의 언어로는 온전히 옮길 수 없다고들 말한다. 이 단어는 향수병이나 누군가를 그리워하는 마음보다 더 큰 의미를 담고 있다. 다른 언어로는 표현할 수 없는 깊은 그리움. 아조레스인 친구의 말마따나 **사우다지**는 "순전히 포르투갈 언어"인 셈이다.

아조레스 사람들에 따르면, **사우다지**라는 표현은 죽은 이를 그리워할 때도 사용하지만 대개 삶, 그리고 바다, 혹은 지난 시절 같은 것들을 그리워할 때 주로 쓰인다. **사우다지**를 이해하는 단 한 가지 방법이 있다면, 그건 바로 포르투갈의 민요 파두fado를 듣는 것이다. 슬픈 음조의 노래인 파두를. 아니, 더 엄밀히 말해서 갈망의 노래인 파두를.

어머니의 품 같은 고향을 떠나 **사우다지**에 시달리던 아조레스 이민자들은 보스턴과 토론토에서 그랬던 것처럼 캘리포니아에서도 최선을 다해 섬 생활을 재현했다. 외딴 농촌 마을에서 이들은 오로지 옛 노래들로만 짜여진 파두 공연과 관습을 충실히 따른 축제를 열었다. 심지어 이들이 사용하는 언어조차 40여 년 전의 표현으로 범벅된 옛말이 대부분이다.

해마다 여름이 되면 아조레스 사람들을 가득 태운 비행기가 아조레스 제도로 향한다. 그들은 여름 내 가족들의 집에서 묵으며 그 섬에서 옛사랑과 앙숙과 친척들을 만난다. 해마다 여름이 되면 캘리포니아에서 방문한 구세계 사람들을 둘러싸고 신세계와 구세계 사람들 사이에 문화 충돌이 발생하기도 한다.

여름에 차를 몰고 뜨거운 센트럴밸리를 지나갈 때 차창 밖 풍경을 내다보면 사람보다 소들이 더 많이 눈에 띄었다. 이상하게도 도로변 식당들은 텅 비어 있고, 트럭들은 여러 달 동안 같은 자리에 주차되어 있는 듯했다. 이렇듯 손에 닿지 않는 과거 속에 파묻혀 있는 것들이 오랫동안 궁금했다. 그런데 이제야 그곳 주민들이 여름마다 어디로 떠나 있었는지 알게 된 것이다. 더불어 늘 내 안에 있었지만 나조차도 그 실체를 정확히 몰랐던 어떤 것을 가리키는 단어가 무엇인지 마침내 찾아냈다.

그건 바로 **사우다지**였다.

최악의 날들

모라이스의 농장에 처음 방문하기 하루 전날, 나는 프레즈노에 있는 우리 집 소파에 꼼짝도 하지 않고 가만히 누워만 있었다. 집에 있는 담요란 담요는 몽땅 꺼내 몸뚱이 위에 무더기로 쌓아올렸다. 모직 담요, 양털 담요, 푹신한 누비 담요가 만들어낸 숨 막히는 무게 속에 직장을 잃을 것 같다는 중압감을 감춰보려 노력하는 중이었다. 이제 와 하는 말이지만, 그때 그렇게 파묻혀 있기보다는 괜찮은 건수를 잡게 될지도 모른다는 생각을 했어야 했다. 이를테면 소문만 무성한, 잃어버린 아틀란티스의 실체를 알아낸다거나 뭐 그런 것을 말이다. 굉장한 일은 거의 언제나 틀림없이 최악의 상황에서 시작되게 마련이니까.

그 주 초반에, 내 입장과 내 기준에서는 결코 참을 수 없는 사건이 있었다. 그래서 홧김에 그동안 잘 일하고 있던 신문사의 수석 편집장 책상에 기사 초안을 내던지듯 내려놓고는, 이걸로 완전히 끝이라고 혼잣말하면서 자리를 박차고 사무실 건물을 빠져 나왔다.

욱하는 성격을 은근히 자랑스러워하는 사람들이 있다. 심지어 그중에는 자기가 얼마나 발끈했는지 그 정도를 과장하는 이들도 있다. 그러나 나는 그런 축에 들지 않는다. 화가 난다고 해서 뭔가를 집어던질 만큼 대담하지도 못할 뿐더러, 해결하기 어려운 문제에 부딪치면 그 일의 1,372가지 이면을 살펴야 직성이 풀리는 사람이다. 그러고 보면 우리 집에 있는 스웨터가 온통 회색인 게 놀랄 만한 일도 아니다. 직장의 멘토가 내게 회의 중 너무 자주 미소 짓지 않는 방법(그의 말을 그대로 옮겨 적으면 "넋 나간 멍청이처럼 입을 헤벌쭉 벌리고 있지 않는 방법")을 가르쳐준 적이 있을 정도다.

성격이 이런 탓에 나는 회사에서 발끈하며 하고 싶은 대로 불같이 화를 터뜨리고 난 뒤 전전긍긍하며 꼭 술에 취한 것처럼 축 늘어져 이불 더미에 파묻혀 있었다. 그때 누군가 우리 집 문을 두드렸지만 그냥 못 들은 척 무시했다. 밖에서 들려오는 목소리를 보니 길 아랫목에 사는 이웃이자 직장 동료인 잭 무디 같았다. 그는 내가 결국에는 산더미 같은 이불을 헤치고 나와 자신을 집 안으로 들여놓을 때까지 끈질기게 문을 두드려댔다. 나는 그를 늘 무디Moody라고 불렀다. '언짢은' '뚱한'이라는 의미를 가지고 있는 잭의 성이 그의 기질을 적절하게 표현한다고 생각했기 때문이다. 누구도 무디에게 '너무 자주 미소 짓지 않는 방법'을 가르쳐줄 필요가 없었다.

무디는 사건의 발단이 된 불운한 프로젝트의 담당 사진기자였다. 당시 우리 둘은 취재차 캘리포니아주 센트럴밸리의 황량한 지역에 위치한, 필로폰이 넘쳐나는 도시에 뻔질나게 드나들고 있었다. 그 도시는 진입로에 세워진 안내판에 스프레이 페인트로 "지옥에 오신 걸 환영합니다"라는 문구가 쓰여 있는 곳이었다.

한번은 이사용 렌트 트럭인 유홀U-Haul을 몰고 가던 세 여자를 취재한 적이 있다. 이들은 고향인 아칸소로 다시 이사하던 중이었는데, 가족은 대공황 때 고향을 떠나 캘리포니아로 이주해 왔다고 했다. 그러니까 이 셋은 거꾸로 된 '더스트보울Dust Bowl 이주'*를 하고 있던 셈이었다.

무디와 나는 연기가 자욱한 데니스Denny's 레스토랑과 슈퍼 8Super 8 모텔**, 모든 식당에서 아침 식사로 생선 튀김을 파는 동네들을 지나며 66번 국도를 쭉 따라 달렸다. 무디는 우리의 기나긴 자동차 여행 여정을 통틀어봤을 때 자기가 걱정했던 것만큼 내가 차 안에서 말을 너무 많이 하거나 너무 빨리 말하지 않는 게 가장 의외였다고 했다. 반면에 나는 무디가 어쨌든 꿀 먹은 벙어리는 아니라는 사실을 알게 되어 좋았다.

---

* 모래바람이 자주 발생하는 건조한 지대로 아칸소, 캔자스, 뉴멕시코, 오클라호마, 텍사스 등 중남부 지역을 아우른다. 1930년대 극심한 모래 폭풍과 경제 대공황을 겪으며 생계의 위협을 느낀 이 지역 주민들이 캘리포니아 등으로 대거 이주했다.

** 데니스 레스토랑은 미국에 본사를 둔 캐주얼한 패밀리 레스토랑 체인이며, 슈퍼 8 모텔은 미국의 대표적인 호텔 체인으로, 비교적 저렴한 편이다.

문제는 그다음이었다. 우리가 낭패를 본 데는 어느 정도 무디의 책임이 있었다. 그는 내가 쓸 기사에 함께 내보낼 사진 밑에 달 캡션을 확인해달라고 부탁했다. 그가 적어놓은 캡션을 보니 브라우니라는 여성이 알포Alpaugh• 주민이라고 잘못 쓰여 있었다. 브라우니는 알포에서 태어나 거의 평생 그곳에서 살았고 가족들도 알포에 살고 있었지만, 동부로 이사하겠다고 마음먹었던 당시에는 남자친구와 함께 알포 근처인 리버데일Riverdale에서 살고 있었다. 나는 그 부분을 바로잡으라고 말했다. 그런데 무디가 이를 수정하는 걸 깜빡 잊었고, 모든 게 완벽하길 바랐던 나는 교정쇄에 그 부분을 두꺼운 빨간 펜으로 동그라미 쳐놓았다.

당시는《뉴욕타임스》기자가 한 번도 가본 적 없는 곳을 마치 가본 것처럼 꾸며 기사를 날조해왔다는 사실이 밝혀진 지 얼마 되지 않았을 무렵이었다. 그 일을 계기로 모든 신문사의 편집자들이 긴장을 늦추지 않고 조심하고 있었다.

내 상관 편집장은 수정되지 않은 사진 캡션과 빨간 펜으로 고쳐둔 것을 보고 내가 처음에 브라우니와 알포의 관계를 꾸며낸 게 틀림없다며 나를 몰아세웠다. 그는 자기 휘하의 기자들 중 기자 정신이라고는 찾아볼 수 없는 엉터리 기자를 잡아냈다고 생각하는 것 같았다. 그 프로젝트의 담당 편집자는 사진 속 브라우니가 어디로 어떻게 거주지를 옮겼는지 그 자초지종을 모두 알고 있었지만 한

• 캘리포니아주 툴레어 카운티에 위치한 지역.

달 전에 다른 문제로 상사와 마찰을 일으켜 가족을 데리고 플로리다로 가버린 뒤였다. 나는 편집장에게 교정쇄에 빨간 펜으로 표시한 사람은 바로 나라고, 나는 결코 비열한 짓을 한 적이 없다고 맞섰지만 내게 돌아온 것은 비난뿐이었다. 결국 난 이 문제를 오롯이 혼자 책임져야 했다. 편집장은 고개를 빳빳하게 세우고는 기사를 보류하고 내가 쓴 단어를 하나하나 모두 검토하겠다고 협박하듯 꾸짖었다. "어디 한번 해보시죠!" 나는 태어나서 처음으로 살 떨리는 분노를 느끼며 큰소리쳤다(속이 약간 메스꺼웠지만).

그래도 무디가 있어서 정말 다행이었다. 그는 내가 현장 취재를 할 때마다 항상 함께 있었다. 그렇다고 내 인터뷰 내용을 전부 듣고 있었던 건 아니다. 현장 취재를 할 때면 무디는 자기만의 방식으로 주변의 모든 소음을 차단하고 온 감각을 오롯이 카메라에 쏟아부었다. 어쨌든 그가 촬영한 사진들은 내 기사에 등장하는 사람들이 모두 실존 인물이라는 증거가 되어 내 주장을 뒷받침해줄 것이고, 내가 어처구니없는 실수만 하지 않는다면 일은 잘 해결될 터였다. 하지만 내가 실수를 저질렀을까 봐 걱정돼서 밤잠을 설치는 것이 아닌데도 좀처럼 기사가 써지지 않았다. 나는 그런 상황이 견디기 힘들었다.

무디에게 우리가 두 달을 공들여 취재한 기사가 무기한 보류됐다는 소식을 전했다. 그는 어깨를 으쓱이며 대꾸했다.

"뭐 어때. 언젠간 실리겠지."

최악의 답변이었다. 위에서 날 못 믿고 의심하고 있다는데, 이렇게 배신감이 드는 상황에 내게 한다는 말이 고작 "뭐 어때"라고?

처음으로 가만히 있으면 안 되겠다는 생각이 들었다. 내 삶을 바로잡아야 했다. 언젠가는 소파 밖으로 기어 나가야 했다. 그렇게 하지 않으면 활기라고는 찾아볼 수 없는 무디처럼 되고 말 것이다. 될 대로 되라지, 하는 그런 사람 말이다.

"머리카락 색깔은 왜 그렇게 칙칙해진 거야?"

그가 물었다. 나는 순순히 답했다.

"샤워하지 않은 지 이틀인가 사흘인가 됐거든. 씻으려면 소파에서 내려가야 하잖아."

"그러니까 하도 안 감아서 머리가 떡이 됐다는 거야?"

그는 동물원 원숭이를 보는 듯한 표정이었다.

"응."

"설마 지금 걸치고 있는 그 보풀 천지인 옷이 혹시 사람들이 샤워가운이라고 부르는 그 옷은 아니지?"

"응, 맞는데?"

"몰골이 정말 말이 아니군."

무디는 따뜻하게 위로의 포옹을 건네는 그런 유형의 사람이 아니다. 그는 내 발 위에 덮인 담요를 어색하게 톡톡 쓰다듬으며 말했다.

"그럼, 어서 기운 차리라고. 담요를 한두 장 정도 걷어내보기도 하고."

무디가 떠난 뒤 나는 창문의 블라인드 사이로 들어오는 오후의 햇살이 벽지에 그리는 줄무늬에 시선을 고정했다. 그러면서 혹시라도 내가 정신질환에 걸린다면 그건 틀림없이 긴장증Catatonic* 일 거라고 생각했다.

과거에 정말로 굉장히 힘든 일을 겪은 적이 있었다. 그렇다면 이깟 사소한 회사 일 따위로 소파 위에 널브러질 게 아니라 그냥 대수롭지 않게 훌훌 털고 넘어갈 수 있지 않느냐고 생각할 수도 있었다. 그러나 인생은 그런 식으로 굴러가지 않는다.

내게는 삶을 바라보는 몇 가지 이론이 있다. 이를테면 '캐노피 침대 이론', '미용실 가는 날 이론' 같은 것들이다(두 번째 이론은 사실 내 친구 셸리가 만든 것이지만 나도 가끔 가져다 쓴다). 살면서 겪게 되는 상황에 이런저런 이름을 붙여 체계적으로 정리해보면 조금 위로가 된다. '종이에 베인 상처 이론'은 10대 때 부모님이 돌아가신 뒤에 만든 것인데, 내가 거의 처음으로 만들어낸 이론이다. 그 일을 겪고 나서 앞으로 어떤 일이 생기든 이겨낼 수 있다는 걸 나 자신에게 알려주기 위해서였다.

종이에 베인 상처 이론

이 이론은 못된 상사나 실연 때문에 생긴 작은 상처가 정말 큰 슬픔보

---

* 의식은 있지만 의지와 행동이 없고 주위의 자극에도 반응하지 않는 정신운동성 혼미 상태.

다 더 쓰리게 느껴진다는 의미를 담고 있다. 깊은 데서 욱신거리는 상처와 종이에 살짝 베인 상처의 차이점을 설명한다. 우리는 손가락 표피를 통해 세상을 탐험하기 때문에 그 부분에 더 많은 신경이 퍼져 있다. 그래서 종이에 베이면 그토록 끔찍하게 아픈 것이다. 과학자들이 밝혀낸 바에 따르면, 우리 뇌는 종이에 베인 상처가 생명을 위협하지 않는다는 걸 알기 때문에 엔도르핀이나 혈액 같은 자연적 방어기전을 발동시키지 않는다. 종이는 표면이 고르지 않기 때문에 종이에 베인 피부의 표면도 우둘투둘하다. 반듯하게 상처를 내서 우리를 죽게 할 수도 있는 면도칼과는 다르다.

마르코(마가)복음을 법률처럼 따르며 살았던 내 아버지 윌버 아이라Wilbur Ira는 초등학교 4학년 학력이 전부인 켄터키 출신 철강 노동자이자 기계공이었다. 나이에 비해 키가 컸던 아버지는 형의 출생증명서를 훔쳐서 열네 살 때 군에 입대했다. 돼지 분뇨통보다 깊고 당밀보다 끈적거렸던 가난에서 벗어나기 위해서였다. 그러나 아버지는 일평생 단 한순간도 가난에서 완전히 벗어나지 못했다. 우리 가문의 피에 가난이 흐른다고 말씀하셨을 정도다. 아버지는 한국전쟁에 참전했다가 부상을 당하셨는데, 어머니는 아버지에게 화가 날 때면 참전 당시 아버지가 받았다는 퍼플 하트 훈장을 꺼내어 보곤 하셨다. 그것은 군사작전 중 부상을 입거나 사망한 군인에게 수훈하는 훈장인데 그걸 보고 있으면 어머니를 화나게 한 사소한 일이 뭐 그리 중요한가 생각을 하게 된다는 게 그 이유였다.

아버지는 모든 상황에 격언을 만들어 붙이는 습관이 있었다. 아버지가 지금 내 상황을 보셨다면 분명 이렇게 말씀하셨을 것이다. "모든 것에는 싸구려 모조품이 존재한다." 가짜에 속아서는 안 된다는 말이다.

다시 한번 생각해보자. 이게 정말 내가 직장을 잃을까 봐 걱정해야 하는 생존의 문제였을까? 그건 아니었다. 나는 고작 중견 기업인 지역 신문사의 기자에 불과했다. 칵테일 바에서 웨이트리스로 일할 때의 돈벌이가 지금보다 나았다. 그러니까 필요하다면 다시 칵테일 바로 돌아가서 돈을 벌 수도 있었다. 그러나 이건 상사와 나 사이에서 일어난, 종이에 베인 정도의 상처를 내는 싸움 그 이상의 의미를 갖고 있었다. 내가 잘한다고 생각하는 몇 안 되는 일인 글쓰기와 근거 없는 낙천주의의 기반을 뒤흔드는 사건이었기 때문이다.

고군분투하며 희생하고 살았지만 매 순간 세상 앞에 무너지다가 결국 단명한 부모를 둔 자식이라면, 그런 부모의 삶이 헛되지 않았다는 걸 세상 앞에 증명해 보이기 위해 어떤 식으로든 의미 있는 존재가 되려고 하게 마련이다. 그러나 나는 머리도 감지 않은 채 다가올 내일을 두려워하며 소파에 널브러져 있었다. 스스로 특별하다고 생각했던 내 환상은 아주 무참하게 부서지고 있었다.

책에 나오는 온갖 유치한 방법들을 떠올리며 기운을 차려보려고 애썼다. 난 이 상황을 이겨낼 수 있다. 그 사람들이 내 상사도 아닌데 뭘. 사실, 엄밀히 따지면 상사가 맞았다. 까짓것 뚱한 사춘기 10대들처럼 상사들이 내게 말을 걸 때만 대꾸하면 되지. 나 외에는 아무도 관심 갖지 않을 법한 사소한 기사를 쓰는 일에만 집중하면 되지(그렇다고 여러분에게 사회생활의 전략으로 혼자 뿌루퉁해 있기를 추천하는 건 절대 아니다).

나는 캘리포니아주에서 실험적인 교육을 실시하던 시기에 초등학교를 다녔다. 우리는 수업 시간에 테이프에 녹음된 오디오북을 들었고 비누를 조각했다. 팸 선생님은 기타를 가져와서, 선생님의 표현을 빌리자면 '정신적 고통'을 겪게 될 때 의지할 수 있을 노래들을 가르쳐주었다. 선생님을 생각하며 볼륨을 키웠다. 사이먼 앤 가펑클Simon and Garfunkel의 〈아임 어 록I'm a Rock〉이 흘러나왔다. "나는 바위. 나는 섬…… 섬은 절대 울지 않아I'm a rock, I'm an Island …… an Island never cries."

마침내 소파에서 일어나 머리를 감고, 예전에 모라이스와 만났던 캘리포니아의 낙농장으로 차를 몰고 갔다. 그렇게 나는 스스로 섬이 되는 대신, 섬을 찾아가겠다는 꿈을 꾸기 시작했다.

대항해시대의 첫 번째 행선지

어릴 때부터 캘리포니아에서 살다 보면, 위대한 아름다움을 배경으로 하는 삶에는 그만한 위험 부담이 따른다는 사실을 일찌감치 깨닫게 된다. 햇빛이 잘 드는 산맥, 풍요로운 계곡, 반짝거리는 해안 도시들은 화재, 홍수, 지진 같은 자연재해에 취약하다. 캘리포니아에 살면서 대피해본 경험이 한 번도 없는 사람이 있을까? 화산섬인 아조레스 제도 역시 캘리포니아와 마찬가지로 여러 차례 자연재해를 겪어왔다. 아조레스 제도와 미국의 유대는 용암으로 이루어져 있다고 해도 과언이 아니다.

1957년 9월 16일, 아조레스 제도 한가운데 위치한 파이알Faial 섬 연안에서 소규모 지진이 연달아 일어났다. 그러나 크게 신경 쓰는 사람은 없었다. 그러다 9월 27일 아주 거친 물살을 목격한 **비지아**vigia(고래를 찾는 정찰자) 한 사람이 고래 떼가 나타났다고 신호를 보냈다. 그러나 그건 고래가 아니었다.

바닷물이 끓는 물처럼 요동치기 시작했다. 카펠리뉴스Capelinhos 항구에 있던 등대지기들과 선원들은 황급히 자리를 피했다. 1킬로미터 남짓 떨어진 해상에서 거대한 흰 물기둥이 솟구쳤다. 사흘이 지나자 물줄기는 원자폭탄이 터지면서 생긴 버섯구름처럼 보였다. 수증기와 시커먼 재가 1킬로미터 상공까지 부풀어 올랐다. 수증기와 화산재가 뒤엉켜 만들어낸 무시무시한 구름과 쿵 하는 폭발음이 한 달 내내 끊이지 않고 계속됐다.

그리고 100미터 높이의 새로운 섬이 바다에서 솟아났다. 우르르 울리는 땅을 향해 기자 세 사람이 노를 저어 갔고, 그들 중 한 사람이 기자답지 않게 애국심을 발휘해서 그 땅에 포르투갈 국기를 꽂았다.

수개월간 엄청난 양의 화산재가 떨어졌다. 파이알 섬의 기와지붕은 모조리 부서졌고, 화산재가 논밭을 뒤덮어 농작물이 죽었다. 사람들은 검은 비를 맞지 않으려고 우산을 쓰고 다녔다. 화산진은 화산과 파이알 섬을 잇는 지협을 형성했다. 화산재 구름이 태양 빛을 가로막아 섬 전체의 하늘이 어두컴컴한 구름으로 뒤덮였다.

5월 12일 밤, 지진이 파이알 섬 전역을 흔들었다. 성당마다 사람들이 들어찼다. 파이알 섬의 절벽 위에서 모자 달린 검은 망토 모양의 전통 의상 **카파**capa를 입은 여자들이 바다를 내려다보며 목 놓아 울었다. 그중에는 제물 삼아 묵주를 바다에 던지는 이들도 있었다. 많은 이가 그날 밤을 무사히 넘길 수 없을 것이라고 생각했다. 그러나 목숨을 잃은 사람은 단 한 명도 없었다.

지진이 일어나고 이틀이 지났을 때, 용암이 하늘로 솟구쳤다. 200킬로미터 떨어진 아조레스 제도 최서단에 위치한 플로르스 섬Flores 주민에게도 폭발음이 들릴 정도였다. 8월이 되자 화산추는 150미터 이상 솟았고 화산 폭발로 파이알 섬의 면적은 이전보다 거의 2.6제곱킬로미터가량 커졌다. 그리고 그해 10월, 마침내 화산이 "잠들었다." 화산학자들은 파이알 섬의 화산을 여전히 활화산으로 분류하고 있지만 그날 이후 지금까지 화산은 계속 낮잠을 자고 있다. 파이알 섬의 화산 폭발은 이 섬의 수많은 주민들이 미국행 표를 끊게 만드는 계기가 되었다.

사실 아조레스 사람들은 처음부터 미국 역사의 일부였다고 할 수 있다. 엄청난 덩치와 힘 때문에 포르투갈의 폴 버니언Paul Bunyan•이라고 불리기도 하는 피터 프란시스코Peter Francisco는 미국 독립혁명 당시 전투에 참전했는데, 적군의 대포를 어깨에 이고 나왔다는 이야기가 전해진다. 미국 해군 군악대 악장 출신 작곡가이자 행진곡의 왕으로 불리는 존 필립 수자John Philip Sousa는 테르세이라 섬에서 미국으로 가는 증기 화물선에서 행진 악대와 미국 역사를 향한 아조레스인의 애정을 담아 〈성조기여 영원하라The Stars and Stripes Forever〉를 작곡했다. 1920년대 무렵 미국에서는 아조레스계 미국인 공동체들이 체계적으로 만들어지고 이민자들의 물결이

• 미국 서북부 지역 전설 속에 등장하는 거인 벌목꾼.

꾸준히 이어지는 등 이민이 활발하게 이루어졌다.

오랫동안 미국은 다양성에 강력한 힘이 존재한다고 믿는 부류와 외부인을 두려워하면서 나중에 합류한 이민자들에게 사회 병폐의 책임을 묻는 부류로 나뉘어 있었다. 1800년대 중반, 이민 반대 집단인 모르쇠당Know Nothing Party•은 가톨릭을 가리켜 미국의 가치를 떨어뜨리는 종교라고 폄훼하면서 아일랜드 및 독일 이민자들의 유입을 강력히 반대했다. 1920년대 들어 이들의 적대감은 동부 및 남부 유럽 국가 출신 이민자들에게 집중됐다. 곧 빈곤하고 교육 수준이 낮은 사람들을 배척하자는 내용을 골자로 하는 법안이 줄줄이 통과됐다. 그 결과, 미국 내 아조레스 출신 이민자 수는 급격하게 줄었다.

그로부터 100년이 지난 1950년대까지도 자유의 여신상 주춧돌에 새겨져 있는 시는 법률상으로는 거의 아무런 영향력도 행사하지 못했다. "지치고 궁한 자들이여/ 자유롭게 숨 쉬길 갈망하는 군중이여/ 내게 오라"라는 구절은 유대계 포르투갈 집안 출신의 난민이었던 미국의 시인 에마 라자루스Emma Lazarus가 썼다. 파시스트 정권 아래 지식인들과 예술인들이 납치와 고문을 당하고, 굶주린 국민들은 일찍이 겪어본 적 없는 혹독한 나날을 보내면서도 포르투갈 이민자 수는 연간 503명에 불과했다.

• 1850년대 영국계 혈통의 개신교 남성들로 이루어진 정치 집단으로 이민자와 가톨릭교를 반대하고 억압하는 운동을 펼쳤다. 당시 당의 활동과 관련해서 질문하는 외부인에게 모든 당원이 아무것도 모른다고만 대답해서 사람들이 그들을 가리켜 모르쇠당이라고 불렀다.

그리고 그때 카펠리뉴스가 폭발했다.

당시 상원의원이었던 존 F. 케네디를 비롯해 자신의 지역구에 포르투갈 유권자를 다수 보유하고 있던 국회의원들은 1958년 및 1960년 아조레스 난민법에 따라 수천 명의 아조레스인이 미국으로 들어올 수 있도록 강력히 밀어붙였다. 1965년에는 이민법 개혁으로 더 많은 이민자들에게 문이 열렸다. 미국에 가족을 둔 이들은 미국 비자를 받는 것이 한결 더 수월해진 것이다.

게다가 당시 아조레스에는 빈곤이 만연했다. 또한 부모들이 자신의 아들이 징집되어 앙골라나 다른 식민지 전쟁에 파병될 나이가 되기 전에 고국을 떠나길 필사적으로 바라는 것은 당연했다.

이것이 내가 캘리포니아 중부에서 접했던 아조레스인 공동체들, 대부분의구성원이 1970년대에 이주하여 만들어진 공동체들이 탄생한 배경이다.

이보다 더 최근의 유대를 찾자면, 5월부터 9월까지 매주 월요일이면 오클랜드국제공항을 출발해 (센트럴밸리와 깊은 인연이 있는) 테르세이라 섬으로 향하는 포르투갈 항공편을 꼽을 수 있다. 이 항공편은 항상 만원이다. 그리고 매주 수요일 미국으로 돌아오는 항공편이 운항된다.

이 고국 탈출 시기의 공항 장면에 이런저런 살을 덧붙여 묘사해 (봉급이 필요해서 내가 차마 그만두지 못한) 신문사에 보냈고, 신문사의 동의를 얻은 덕분에 나는 프랭크 세르파와 그의 아내 페르난다, 그리고 이들 부부의 운전기사인 조와 함께 조가 모는 까만색 대형

SUV에 앉아 있을 수 있게 되었다. 프랭크는 여러 곳에 중고차 매장을 소유하고 있었다. 늦은 밤 텔레비전 지역 광고에 망토를 펄럭이고 하늘을 날아다니면서 자신의 중고차 매장 중 한 군데에 들르면 좋은 거래를 할 수 있다고 알려주는 슈퍼히어로, '세르파맨'으로 등장하기도 했다.

프랭크는 내게 황소에게 쫓기는 자신의 모습이 담긴 영상을 보여주며, 이것이 바로 자기가 여름마다 아조레스로 돌아가는 이유라고 말했다.

"여기! 여길 봐요! 저 소가 내 엉덩이를 걷어차서 부엌까지 날 날려버렸다니까요!" 프랭크가 영상을 보며 열심히 설명했다. 아닌 게 아니라 화면 속 프랭크는 담장을 뛰어넘어 집 안으로 달려 들어갔다. 황소도 뒤따라 그 담장을 뛰어넘었다. "젊은이가 된 기분을 다시 느낄 수 있는 방법이지요!" 프랭크가 말했다. 앞좌석에 앉은 페르난다가 고개를 돌리더니 날 보고 한쪽 눈을 찡긋했다.

프랭크가 내게 보여준 영상은 **토라다 아 코르다**tourada à corda(밧줄 투우)였다. 밧줄 투우는 위험 요소가 가득하고 소를 죽여야 끝나는 스페인식 투우와는 다르다. 테르세이라 섬에서는 공격적 성향을 띠도록 길러낸 고대 혈통의 황소를 시내 중심가에 풀어놓는다. 음, 풀어놓는 거나 다름없다. 그러고는 소매가 풍성한 흰 셔츠를 걸치고 납작한 검정색 모자를 쓴 일곱 명의 소몰이꾼, **파스토르**patore들이 소에게 매달아놓은 밧줄을 잡는다.

황소가 마음먹고 전력질주하면 멋지게 차려 입고 뒤에서 줄을 잡고 있던 사내들은 그저 끌려갈 수밖에 없다. 나중에 내 눈으로 직접 목격하기도 했는데, 남자들은 소가 끄는 밧줄에 매달려 이리저리 미끄러지면서 동네 곳곳을 끌려 다녔다. 그러나 그보다는 소가 옆쪽으로 가거나 줄을 잡고 있는 사람들을 향해 뒤 돌아 거꾸로 내달리는 경우가 많았다. 그러면 밧줄이 느슨해져 그로 인한 위험은 사라졌다. 이런 상황에서 구경꾼들은 단숨에 담벼락을 껑충 뛰어넘어 도망가는 소몰이꾼 때문에 넘어지는 일만 조심하면 된다.

"**아 프리메이라 핑카다 에 셈프레 두 토루**A primeira pancada é sempre do touro(선제공격은 황소의 것)"라는 옛말이 있다. 모든 사람의 호흡이 완벽하게 맞아떨어지고, 줄이 너무 엉키지만 않으면 파스토르들은 서너 번만 줄을 잡아당겨 사람들에게서 황소를 떼어낼 수 있다. 파스토르들은 사람들을 보호하기 위해서 그곳에 있는 게 아니다. 싸움이 끝난 뒤 이 쇼의 귀한 스타들을 다시 수송차에 태울 수 있도록 소들을 돌보기 위해서 그곳에 있는 것이다.

여름이면 밤마다 테르세이라 섬 어딘가에서 밧줄 투우가 벌어진다. 어떨 때는 한날 밤에 세 군데에서 투우가 열리기도 한다. 자부심이 있는 마을이라면 대혼란의 밤을 주최하지 않고서 여름을 그냥 보내는 법이 없다. 동네 주민들은 알록달록 꾸며놓은 집을 보호하려고 집 앞 담벼락에 얄팍한 합판을 세워놓기도 한다. 길가엔 둥근 빵 두 조각 사이에 매콤하게 요리한 돼지고기와 뭉근하게 익힌 양파를 넣은 **비파나스**bifanas와 맥주를 파는 푸드 트럭이 늘어선다. 창가와 문간마다 삼삼오오 사람들이 모여든다. 여기저기 사탕을 파는 상인들이 오간다. 여자아이들은 담장 위에 걸터앉아 거리를 내려다보며 남자아이들에게 농을 건네고, 남자들은 포르투갈 맥주병을 흔들어대며 줄담배를 피운다. 어린아이들은 황소 흉내를 내며 서로에게 달려들고, 어디에서나 행진 악대가 연습하는 음악 소리가 들린다.

그러다 보면 곧 꽃불을 뜻하는 **포게치**foguete 여러 발이 **빵!** 하는 소리와 함께 하늘을 가르고 날아오르며 하늘에 까만 얼룩을 남긴다. 이것은 경고음이다. 길에서 비켜나십시오. 담장 뒤로 들어가십시오. 나무 위로 올라가십시오. 그러지 않으면 황소와 마주하게 될 겁니다. 꽃불은 이런 경고를 날린다.

황소를 실은 수송차는 문을 열기도 전부터 덜커덩거린다. 또 다시 **빵!** 날카로운 소리를 내며 꽃불이 터지면 황소가 길거리로 나왔다는 의미다.

하지만 거리에 남아 있는 사람들은(거의 대부분 남자들인데) 소와 눈이 마주칠 때까지 가만히 있다가 정말 위험한 순간이 되어서야 냅다 뛰기 시작한다. 그중 몇몇은 '황소와 놀기'도 한다. 이들은 우산으로 소의 화를 돋우고 행주를 펄럭이며 소를 부른다. 황소의 뿔을 만지고도 뿔에 들이받히지 않고 우산을 든 채 황소 곁을 빙글빙글 맴도는 사람은 사람들의 시선을 한몸에 받는다. 스스로 투우사라고 칭하는 이런 사람들은 사실 운동화나 슬리퍼를 신고 있는 평범한 이웃이다.

황소는 이리저리 두리번거리다가 얄팍한 합판을 때려눕히며 마당 안으로 돌진한다. 가끔은 뿔을 들이밀고 교회 입구로 뛰어들거나 담장을 뛰어넘어서 야외용 의자에 앉아 있던 할머니, 할아버지들이 의자에서 나가떨어지기도 한다. 부모들은 황소를 피해 자식들을 **볼라 데 푸테보울**bola de futebol(축구공)넘기듯 패스한다. 이런 광경이 펼쳐져야 사람들은 정말 제대로 된 투우를 봤다고 생각한다.

프랭크는 공항으로 향하는 99번 국도에 접어들자 속도를 늦추면서 내게 책을 한 권 보여줬다. 그때는 투우의 실체를 내 눈으로 직접 보기 전이었다. 그 책에는 투우가 "사람들의 열정을 자극하도록 극적이고 재미있는 상황"을 연출한다고 설명되어 있었다. 그리고 최소 1600년대 초로 거슬러 올라가는 이 전통이 테르세이라 섬에서만 행해지고 있다고 했다.

"믿으르를 수 있겠습니까?"

프랭크는 영어로 말할 때 연음 음절을 더해 마치 포르투갈어처럼 발음했다. 그는 동네 사람들이 한데 모여 황소 난장판을 만드는 풍습이 어떻게 전 세계인의 마음을 사로잡지 않은 것인지 놀랍다는 듯한 표정으로 내게 물었다. 하지만 당시에 그 설명만 들어서는 밧줄 투우가 매력적이라는 생각이 들지 않았다. 나는 프랭크와 페르난다에게 물었다.

"정확히 무엇 때문에 밧줄 투우가 사람들의 마음을 사로잡는다고 생각하세요?"

곧 페르난다의 이야기가 시작됐다. "그게 바르로 우리가 스페인을 몰아낸 방식이니까요!" 그녀는 눈을 반짝거리며 말했다. 자세한 이야기를 들려주는 페르난다 역시 포르투갈식 발음으로 영어를 했다.

1581년 여름으로 거슬러 올라가 테르세이라 섬을 제외한 포르투갈 전역이 스페인 왕정 치하에 있었던 때의 이야기다. 스페인 왕은 섬을 침략하려고 함선 열 척과 1,000명이 넘는 군사를 보냈다(역사책에도 그렇게 많은 수의 군사를 보냈다고 쓰여 있다. 이후의 이야기를 두고 낭만적으로 포장된 전설이라고 하는 사람들도 있으나, 페르난다가 어찌나 열정적으로 이야기하는지 그녀의 입에서 나오는 한마디 한마디를 믿지 않을 수 없었다. 특히 역사가 여성의 공을 낮잡아 평가한다는 걸 감안하면 말이다).

페르난다의 이야기에 따르면, 사우가 전투Battle of Salga[*]가 벌어진 결전의 날, 테르세이라 만을 지키고 있는 포르투갈 병사가 얼마 되지 않는 것을 본 스페인 군대는 들판과 가옥을 불태우며 섬으로 쳐들어왔다. 그리고 아름다운 귀족 부인 브리안다 페레이라Brianda Pereira의 남편과 아들을 생포했다. 브리안다는 계략을 짰다. 테르세이라 섬 주민들은 섬 한가운데 있는 칼데라(화산 폭발로 분화구 주변이 붕괴하면서 생긴 골짜기)에서 매우 사납고 포악하게 개량한 황소를 키우고 있었는데, 칼데라의 소를 해변으로 몰고 가 스페인 군인들을 공격해달라고 섬 여인들에게 간곡히 부탁한 것이다. 농부들이 쇠스랑 등 무기가 될 만한 것들을 집어 들고 그 뒤를 따랐다.

---

[*] 1581년 7월 25일, 포르투갈 군이 스페인 군에 대항해 테르세이라 섬에서 벌인 전투.

스페인 군인들은 달려드는 야수들을 보고 기겁하며 그들의 군함으로 뒤꽁무니를 뺐다.

페르난다는 이런 이유로 테르세이라 섬 사람들이 지금까지 황소를 좋아하는 거라고 설명했다. "그렇지만 저는 별르르로 좋아하지 않아요. 저러다 겨르르국 프랭크가 죽을 수도 있으니까요."

이것은 결코 괜한 걱정이 아니다. 투우로 인한 사망 사고는 비교적 드문 편이지만 매년 다치는 사람들이 나온다. 그중에는 물론 사망자도 있다.

오클랜드공항에 도착했을 때, 선트립스SunTrips 항공사에서 제공하는 저예산 여행 패키지인 선트립 저가 여행 깃발 아래 줄 서 있는 사람들을 보니 여행 짐은 가볍게 싸야 한다는 말을 들어본 적이 한 번도 없는 사람들 같았다. 이들은 아조레스의 친인척에게 건넬 커다란 선물 꾸러미들을 한아름 들고 있었다. 그중에는 닭이 들어 있는 상자를 든 채로 줄 선 여자도 있었다. 프랭크는 테르세이라 섬에서 같이 자랐고, 지금은 툴레어 카운티에서 낙농업을 하고 있다는 지인과 우연히 마주쳤다. 두 사람은 내게 어릴 때 장난감이 없어서 옥수숫대로 자동차를 만들고 놀았던 이야기를 해줬다. 배를 곯다 못해 과일 서리를 한 적도 있다고 했다. 콜로라도에서 가난하게 자란 우리 어머니가 해주신 옛날이야기와 굉장히 비슷했다.

프랭크는 스물네 살 때 미국으로 건너왔다고 했다. 1971년, 주머니에 달랑 1달러짜리 지폐 한 장과 1센트짜리 동전 하나를 쥔 채 프레즈노공항에 도착했다. 초코바 세 개를 사고 나니 남은 돈은 76센트가 전부였다. 그는 자신이 미국에서 어떻게 시작했는지 잊지 않기 위해 그 거스름돈을 여전히 금고에 보관하고 있다고 했다. 프랭크의 원래 계획은 돈을 벌어 자신의 고향으로 돌아가는 것이었지만 쉰여덟 살이 된 지금 그의 곁에는 미국인 자녀들과 손주들이 있다. 프랭크 자신도 이전과는 많이 달라졌다.

"그러니까 이런 식이지요." 차 안에 있을 때 조가 내게 예를 들어 설명해줬다. "프랭크 사장님은 회사에 있는 모든 컴퓨터에 이런 메모를 붙여놨어요. '오늘 할 수 있는 일을 내일로 미루지 마라.' 그런데 그건 아조레스 방식이 아니거든요. 아조레스 방식은 이렇죠. '오늘 할 수 있는 일이라면 내일도 할 수 있다. 그렇다면 굳이 오늘 해야 할 이유가 무엇인가?'"

한두 해 전 테르세이라 섬에 있는 프랭크네 집을 고치던 남자들이 일을 시작한 지 몇 시간 만에 밧줄 투우를 보겠다며 짐을 챙기기 시작했다. 그 모습을 본 프랭크가 외쳤다. "이봐요! 돈 주는 사람은 나라고. 돈 주는 사람이 중요합니까, 투우가 중요합니까?"

그들은 "당연히 투우죠"라고 대답하고 집을 나섰다.

"그때 이이가 뭐라고 했는지 드르르었어야 하는데." 페르난다가 깔깔거렸다. "머리끝까지 화가 났더라고요. 그러면서 이렇게 말하더라니까요. '여기 사람들을 견딜 수 없어! 당장 집으로 돌아가야겠어.'"

페르난다는 내게 무엇 때문에 아조레스 섬으로 돌아가는 사람들 이야기를 기사로 쓰려는 거냐고 물었다. 나는 기사를 핑계 삼아 아조레스를 더 깊게 알고 싶다고 솔직히 대답했다. 나는 아조레스 사람들에게 빠져들고 있었다.

"테르세이라 섬에 보내달라고 신문사에 요청하지 그랬습니까." 프랭크가 말했다. 나는 그건 동네 커피숍 사장에게 커피를 연구하기 위해 웨이터를 밀라노에 보내자고 제안하는 것과 같은 일이라고 대꾸했다. 그러자 그는 "그를세, 그럼, 그냥 개인적으로 가시죠. 어떻습니까? 영화 시나리오를 쓰거나 뭐 그러면 되잖아요"라고 했다.

그들이 떠나고 일주일 뒤, 가까운 시일 내 유럽 여행을 가겠다는 계획 같은 건 꿈도 꾸지 않고 그저 집 뒷마당을 서성이고 있는데 휴대폰이 울렸다. 프랭크의 번호였다. 캘리포니아 시간은 프랭크가 있는 곳보다 일곱 시간 앞선다. 그러니까 프랭크는 아조레스 시간으로 새벽 4시에 내게 전화를 건 것이다. 수화기 너머에서 울리는 음악 소리와 사람들의 웃음소리 때문에 그의 목소리가 잘 들리지 않았다.

"여보씨오, 다이애나." 그가 말했다. "지금 아주아주 좋은 친구와 함께 있어요. 바다가 코앞에 있는 근사한 호텔을 가진 친구지요. 그 친구한테 아조레스를 좋아하는데 한 번도 와본 적 없는 기자가 있다고 했더니 그 친구가 글쎄 '그분께 여기 와서 내 호텔에 묵으라고 전해주게. 언제든 환영한다고 말이야'라고 말하는군요. 항공사에서 한자리하고 있는 친구도 있어요. 그놈이 공짜 표를 보내줄 겁니다. 아아무 조건도 없어요. 물론 당장 확답을 줄 수 없는 상황이라는 것도 잘 압니다."

나는 프랭크에게 마음은 고맙지만 기자들에게는 공짜 여행이 금지되어 있다고 말했다. 그렇다고 내게 영화 시나리오를 맡길 만한 사람도 없었다.

"그럼 아무것도 안 쓰면 되잖아요." 그가 대꾸했다. "옆에서 페르난다가 무조건 알겠다고 대답하라고 전해달라는군요."

페르난다가 수화기를 이어 받았다. 그녀는 내게 "미국식은 '당신이 내 등을 밀어주면 나도 당신 등을 밀어주겠소'이지만, 아조레스식은 '모두가 협력해서 모두에게 부족함이 없도록 하는 것'이라고 말했다. "여기 사람들이 벌써 **소파**를 한 냄비 가득 끓여놨으니 당신은 그저 숟가락만 들어서 먹으면 돼요."

다음 날 나는 몇 살 차이 안 나지만 내가 멘토로 여기는 작가와 함께 점심을 먹었다. 나는 그가 내 앞에 있을 때도 그를 '상남자 작가'라고 불렀다. 상남자 작가는 아조레스 황소들과 닮은 점이 굉장히 많았다. 좁은 장소에 있으면 안절부절못했다. 그럴 때면 그는 어쩔 줄 몰라 하며 땅을 파고 들어갈 것만 같은 모습이었다. 그는 대형 신문사에 소속되어 아주 심각한 사건을 다루는 **탐사보도 전문 기자**로, 공격적인 취재 접근 방식을 선호했다.

아조레스 공짜 여행을 제안한 프랭크의 말에 얼마나 혹했는지 얘기하면서 수치심이 들었다. 그라면 분명 내게 그런 제안을 받아들여선 안 된다고 말할 게 분명했다. 나는 그의 단호한 반대표가 필요했다.

"가요." 그가 말했다. "문제될 거 없잖아요. 프레즈노 신문에는 그 사람들 얘기를 안 쓰면 되고요. 뭐, 어쨌든 좋은 기회 아닌가요?"

"그렇긴 하지만, 그 사람들이 내게 뭘 바라나 싶어서요. 저한테 뭘 기대하는 거 같아요?"

"누구나 바라는 걸 바라겠죠. 자기들 이야기를 알아줄 사람을 바랄 거예요. 아, 그리고, 그 이야기라는 게 **당신 이야기**의 일부가 될지도 모르죠."

그는 내가 놓친 걸 콕 집어줬다. 내 이야기라니.

9월이 왔다. 나는 식탁보 한가운데에서 보았던 감자같이 생긴 테르세이라 섬으로 향하는 비행기에 올라타 있었다. 내가 탄 비행기는 그해 여름 아조레스로 가는 마지막 비행기였고, 나는 그 비행기에서 딱 하나 남은 좌석을 차지했다.

건너편 통로 쪽에 앉아 있는 글래디스라는 여자에게 스카프가 화려하니 예쁘다는 칭찬을 건네며 말을 걸었다. 글래디스는 내게 포르투갈 단어 몇 가지를 가르쳐주었다. 옆에 앉아 있던 그녀의 파트너 필로메나가 더는 참지 못하겠다는 듯 소리쳤다.

"글래디스는 쿠바 사람이에요! 댁은 지금 이 비행기에서 유일하게 포르투갈인이 아닌 사람에게 포르투갈어를 배우고 있는 거라고요!"

쿠바가 고향인 글래디스는 네 살 때 어머니를 따라 캘리포니아로 이민을 왔다고 했다. 당시 이들 모녀가 할 줄 아는 영어라고는 "코카콜라, 플리즈"뿐이었다. 어린 글래디스는 두려운 마음에 새로운 곳에서 어떻게 살아가야 할지 그저 막막하기만 했다. 그런 글래디스에게 어머니는 이렇게 말했다. "걱정하지 마. 사람들에게 묻기만 해도 중국까지 갈 수 있단다."

다음 날 아침, 육지 끄트머리도 보이지 않는 태평양 위로 떠오르는 태양이 눈에 들어왔다. 그리고 마침내 아조레스 제도가 보이기 시작했다. 섬들이 컴컴한 바다 한복판에서 반짝거리는 초록색 점이 되어 안개 사이로 보이다 말다 반복했다. 그 광경을 보고 있으니, 아조레스 제도가 지도상에서 몇 차례나 사라지고 나타나길 반복했다는 게 전혀 놀랍지 않았다. 아조레스 제도는 1300년대에 지도에 표기되었으나 정확한 위도와 경도에 표기된 건 아니었다. 그 섬들은 아조레스였을 수도 있지만 아닐 수도 있었다. 어쩌면 용과 바다 괴물이 출몰한다며 고대 지도를 종종 장식했던 신화 속에 등장하는 섬이었는지도 모른다.

수백 년이 흐른 뒤에야 포르투갈에서 아조레스 제도를 발견했다(아니, 어쩌면 재발견이었는지도 모른다). 그렇게 아조레스는 대항해시대의 첫 번째 행선지가 되었다. 처음 있는 일은 아니었다. 그리고 그건 내게도 마찬가지일 것 같았다.

열 번째 섬

내가 아직 캘리포니아에 있을 때 프랭크가 알베르투에 대해 말해준 적이 있었다.

"연세가 일흔여덟인데 50대로 보이는 분입니다. 체구도 크시죠."

프랭크의 사촌인지 조카인지 확실히 기억나진 않지만 어쨌든 프랭크와 친척 관계인 조제가 그의 아내 루이자와 함께 공항으로 날 데리러 나왔다. 며칠 뒤 **오 포르누**o forno(장작 화덕)에 요리한 포르투갈 전통 음식을 먹으러 알베르투와 도나 마리아의 집에 갈 때도 이들 부부가 날 데리러 왔다.

"알베르투 선생님을 만나면 푹 빠지게 될 거예요."

루이자가 말했다. 루이자는 누가 봐도 아름답다고 할 만한 포르투갈 미녀였다. 눈꼬리가 살짝 내려간 푸른 눈과 긴 속눈썹, 구릿빛 피부, 윤기 나는 흑발까지. 희멀건 나는 샘이 날 정도였다.

"선생님은 아는 게 정말 많아요. 걸어 다니는 백과사전 같다니까요."

조제가 말했다. 그리고 자신의 집 지하실에는 고물 컴퓨터가 있었는데, 당시만 해도 최첨단 기술이었던 스카이프를 사용하려고 동네방네에서 사람들이 몰려왔다는 이야기를 덧붙였다.

우리가 도착했을 때 마리아 여사의 화덕에서는 주황빛 연기가 모락모락 피어오르고 있었다. 화덕은 큼직한 정원 뒤에 딸린 별채의 부엌에 위치했고, 별채의 부엌에는 화덕에서 꺼낸 다양한 빵을 올려놓을 수 있도록 여러 가지 모양의 길쭉한 나무 도마가 벽에 걸려 있었다. 알베르투가 손수 만들었다는 나무 식탁 위에는 신선한 무화과가 가득 담긴, 어마어마하게 큰 그릇이 있었다.

루이자는 차에서 노랗고 빨간 토마토가 가지런히 담겨 있는 바구니를 꺼내 무화과 그릇 옆에 놓았다. 우리가 그 집으로 출발하기 전에 텃밭에서 딴 것이라고 했다. 아조레스에서 나는 생명을 얻은 정물화에 둘러싸인 것만 같았다.

알베르투는 얼굴이 너부데데했고, 말을 할 때면 두툼하고 큰 손바닥을 이리저리 흔들었다. 그는 날 보자마자 차가운 사그르스Sagres (포르투갈의 유명 맥주 브랜드) 병을 손에 꾹 쥐어주더니 곧바로 비옥하고 풍성한 텃밭을 구경시켜주었다. 텃밭에는 딜, 구아바나무, 감자 따위의 작물이 다른 채소들 사이에서 쑥쑥 자라고 있었다.

"이쪽에 있는 식물들이 저쪽에 있는 것들보다 얼마나 더 크게 자랐는지 좀 보시오." 알베르투가 말했다. "부엌에서 나온 음식물 쓰레기를 죄다 이 텃밭으로 던지는데, 저쪽까지 멀리 던지지 못해서 그런다오."

텃밭 바닥을 내려다보니 저쪽에 있는 식물보다 이쪽에 있는 식물들을 더 크게 자라도록 도와준 달걀 껍데기와 커피 찌꺼기가 보였다.

이들 부부가 사는 집은 이층으로, 집 주변에 잔디가 깔려 있었다. 잔디가 잘 손질된 걸 보면 이들 부부가 이민을 떠났다가 되돌아온 사람들이라는 걸 확실히 알 수 있었다(푸른 들판과 언덕이 있는 이 섬에서 잔디를 깎아야 할 필요성을 느끼는 건 미국인과 캐나다인뿐이라는 걸 나중에 알게 됐다). 잔디는 별채의 부엌까지 이어져 있었는데, 그 너머에는 텃밭이, 또 그 너머에는 파란 바다가 펼쳐져 있었다.

알베르투는 미국 부자들이 끈덕지게 이 집을 팔라고 했다고 말했다. "당신이 가진 돈으로는 이 집을 살 수 없을 거외다." 그럴 때마다 그는 늘 이렇게 대꾸했다. 그러면 그들은 다시 이렇게 물었다. "그러지 말고 값이나 한번 불러보지 그러십니까?" 알베르투는 또 다시 이렇게 대답했다. "팔 집이 아니기 때문에 당신이 가진 돈으로 못 산다는 거요."

그는 과거를 되새기면서 내게 이렇게 말했다.

"그러고 나면, 왜 있잖아. 한결 편안해 보였다오. 세상에 팔지 않는 것도 있다는 사실을 알고 나니 오히려 안도하는 것 같더라니까."

알베르투는 길 건너편 땅과 집을 1980년대에 약 6,000달러에 사들였다. 그 집은 아내 도나 마리아가 태어난 집으로, 지금은 캐나다에서 태어난 이들의 딸이 살고 있다고 했다.

우리는 새까만 화산암을 조심조심 밟아가며 해변으로 걸어 내려갔다. 알베르투가 조가비를 한 줌 가득 집어 들었다.

"보시오, 자기들의 자그마한 집을 뒤로하고 떠나버린 이 생물들은 사실 이 근처 바다에 살던 것들이 아니라오. 하지만 껍데기들은 이 섬에 남았지요. 세상은 생각보다 작다오. 해류는 누구든 어디로든 데려갈 수 있지요."

알베르투와 도나 마리아는 25년 동안 캐나다에 거주하면서 그곳에서 자녀들을 키웠다. 알베르투는 캐나다로 기타를 가져가긴 했지만, 한 번도 치지 못했다. 놀 시간도 없었고, 그와 함께 음악을 연주할 만큼 여가 시간이 있는 친구가 한 명도 없었기 때문이다. 나는 알베르투에게 캐나다에 살면서 좋았던 게 있느냐고, 돌아올 때 챙겨온 게 있느냐고 물었다. 그는 간단명료하게 대답했다.

"연금."

우리는 오래된 돌화덕에 요리한 음식을 먹었다. 식사는 전자레인지와 제빙기를 갖춘 현대식 부엌이 딸린 본채에서 했다. 커다란 식탁에는 음식이 그득히 차려져 있었다. 소고기, 돼지고기, 닭고기 등 온갖 고기와 돼지 피를 섞어 만든 소시지, 텃밭에서 기른 달콤한 감자, 쫄깃쫄깃한 참마, 버터처럼 풍미가 좋고 부드러운 고구마를 넣어 만든 **코지두 아 포르투게자**cozido a Portuguesa가 있었다. 또 화덕에서 갓 나온 빵과 텃밭에서 딴 호박을 반으로 잘라 흑설탕을 뿌려 불에 달군 돌에 익힌 것도 있었다. 내가 가장 좋아하는 포르투갈 단어는 호박을 뜻하는 **아보보라**abóbora다. 이유는 딱히 없다. 그냥 발음하는 게 재밌어서 그 단어를 좋아한다.

나는 맛볼 음식이 너무 많아서 도대체 언제 숟가락을 놓아야 할지 모르겠다고 말했다. 내 말에 알베르투가 대꾸했다.

"나 하는 대는 하시오. 내가 멈출 때까지 들면 된다고."

알베르투는 아주 오랫동안 손을 놓지 않았다. 적어도 레드와인 한 병을 혼자 다 마신 것 같다. 그러고 나서도 또 새 병을 따서 자꾸 내 잔을 채워주었다. 몇 시간 동안이나 계속된 식사를 마치고, 알베르투와 조제는 그들이 직접 만든 기타를 들고 나왔다. 알베르투는 포르투갈 기타를 만든 지 20년이 지나서야 연주법을 배웠다고 했다.

알베르투와 조제는 몇 곡 연주하며 함께 노래를 불렀다. 나는 테르세이라 섬의 민속춤 **샤마리타**에 관해 물었다. 캘리포니아에서 열린 파티에서 봤던 춤 말이다.

"**샤마리타**를 아시오?" 알베르투가 물었다.

"본 적은 있는데, 다시 봐야 기억날 것 같아요." 내가 대답했다.

알베르투는 내게 스텝을 보여주며 춤을 췄다. 그런 다음 다시 자리에 앉아 기타를 잡았다. "자, 이번엔 당신 차례요." 그가 말했다.

사실 별 볼일 없이 끝나버린 이력이지만, 나는 한때 아이들에게 춤을 가르친 적이 있다. 그 불행한 사건은 조금 전 조제, 루이자 부부와 대화를 나누다가 불쑥 튀어나왔다. '마사 리 무용학교Miss Martha Lee's School of Dance'에서 있었던 일이다. 마사 리는 그 학교 출신 발레리나의 이름인데, 그녀는 막대기만큼이나 꼿꼿하게 섰고, 막대기만큼이나 날씬했다. 칠흑처럼 검은 머리칼은 언제나 동그랗게 말아 단단히 묶고 다녔다. 그리고 겨드랑이에 자그마한 토이푸들 한 마리를 늘 끼고 다녔다. 마사 리의 손톱 색깔은 푸들 머리에 달린 리본과 항상 같은 색깔이었다. 가끔 푸들이 같은 색깔 매니큐어를 바르고 있기도 했다.

사실 마사 리는 재즈 댄즈에 전혀 관심이 없었다. 단지 아이들이 재즈 댄스를 배우고 싶어 하는 바람에 발레라고는 기초밖에 모르고 춤 실력도 잘 봐줘야 중간밖에 되지 않는 나를 어쩔 수 없이 고용했을 뿐이었다.

나는 열 살짜리 아이들로 이뤄진 반을 하나 맡았는데 그중에서도 열 살 치고는 특히 어설픈 실력의 아이들을 모아놓은 반이었다. 문제의 그날, 아이들은 각 신체 부위가 따로 움직이는 동작을 포함한 재즈 댄스 몸풀기를 할 예정이었다. 원래는 반 전체가 박자에 맞춰 똑같은 신체 부위를 동시에 움직여야 했다. 그러나 현실은 좀처럼 그렇게 되지 않았다. 나는 계속해서 음악을 점점 더 느린 것으로 바꾸다가 마침내 아무리 둔한 아이라도 따라할 수 있을 정도로 템포가 느린 프린스Prince*의 노래를 틀어놓았다. 그러고 나서야 아이들은 머리부터 아래로 내려가 갈비뼈, 엉덩이를 따로 두고, 한 쪽 엉덩이를 반대쪽으로 쭉 내밀고 반대 방향으로 다시 쭉 내민 뒤에 골반을 돌릴 수 있었다. 오른쪽-가운데-왼쪽-가운데-비이이이이이잉글.

마침 참관에 나선 마사 리가 우리 교실에 불쑥 들어온 그 순간, 한 아이가 스트리퍼나 할 법한 움직임으로 허리를 돌리고 있었고, 하필 그때 프린스의 대표곡인 〈달링 니키Darling Nikki〉가 흘렀으며, 하필 "호텔 로비에서 잡지를 보며 자위하는 그 여자를 만났지I met her in a hotel lobby masturbating with a magazine"라는 가사가 들려왔다. 그리고 나는 그 자리에서 잘렸다.

친구에게 통역을 부탁해 이 이야기를 들려주자 조제와 루이자는 배꼽 빠지게 웃어댔다. 두 사람은 그 노래를 알고 있었다. 이 세상이 서로 연결돼 있다는 사실을 증명하는 건 조가비만이 아니다. 우리에겐 프린스도 있다!

어쨌든 나는 요청받은 대로 부엌에서 잠깐 춤을 춰보였다.

"오, 춤을 잘 추는군요!" 알베르투가 감탄한 듯 말했다. 나는 잘린 춤 선생이라는 오명을 만회한 듯한 기분이 들어 기뻤다.

조제가 자리에서 일어나 기타를 연주하면서 루이자와 함께 춤을 췄다. 그러나 알베르투와 도나 마리아는 둘이 함께 춤추지 않았

---

* 미국의 천재적 싱어송라이터 겸 배우.

다. 같이 춤을 추면 몸이 잘 움직이지 않아서 서로 짜증만 내다가 결국 싸우게 되기 때문이라고 했다. 이들은 서로가 서로를 춤에는 젬병이라고 생각했다. 하지만 서로의 면전에 대고 이런 말을 하면서도 전혀 비난하는 기색이 없었다. 어쨌든 우리는 얼굴이 빨개지고 숨이 찰 때까지 춤을 췄다.

조제와 알베르투는 몇 곡 더 연주했다. 결국 이들의 연주는 풍부한 감정을 담은 파두에까지 이르렀다. 어떤 곡을 연주하자 루이자와 도나 마리아가 그 노래를 따라 불렀고, 곧 모두 눈물을 훔쳤다. 그 곡은 파두의 여왕이라고 불리는 아말리아 로드리게스Amalia Rodrigues의 노래였다. 당시에 나는 그 노래를 몰랐지만, 나중에는 그 노래에 아주 익숙해졌다. 이 네 사람은 파두를 번역하는 게 여간 까다로운 일이 아니라고 했다. 노랫말이 다른 언어를 거부하기 때문이다. 그래도 〈아 미냐 칸상 에 사우다지A Minha Canção é Saudade(내 노래는 그리움의 노래라오)〉의 가사를 대충 번역하면 이런 내용이다.

나만의 향수鄕愁에 눈물이 흐르네
나 자신이 안타까워 눈물을 훔치네
나만의 그리움에 잠겨 눈물이 흐르네

그날 우리는 저녁 늦게까지 계속 이야기를 나눴다. 캘리포니아에서 공동체를 이루고 사는 아조레스 사람들의 이야기가 나올 때면 나는 그런 사람들을 '열 번째 섬'이라고 일컬었다. 그들 스스로 그렇게 불렀기 때문이다. 처음에는 그 말이 캘리포니아에 사는 아조레스 사람들에게만 해당하는 말인 줄 알았다. 그러나 지금은 보스턴과 캐나다를 포함한 전 디아스포라를 아우르는 말이라는 걸 안다.

"열 번째 섬이 어떤 장소나 특정 무리인 줄 알았던 거요?" 알베르투가 놀리듯 내게 물었다. "열 번째 섬은 마음속에 지니고 다니는 것이라오. 모든 게 떨어져 나간 뒤에도 남아 있는 것이죠. 두 세상을 오가며 산 우리 같은 사람들은 열 번째 섬을 조금 더 잘 이해한다오. 어디에 살든 우리는 우리 섬을 떠난 적이 단 한 번도 없소."

그날 밤에 나는 테르세이라 섬 남단에 위치한 고대 항구 도시, 앙그라 두 에로이즈무Angra do Heroísm에 있는 호텔로 돌아갔다. 호텔에서는 테르세이라 섬 남부에 걸쳐 있는 화산의 잔재인 몬트 브라지우Monte Brasil가 보였다. 그 윤곽이 마치 바다 쪽으로 발을 뻗고서 도시를 지키는 스핑크스 같았다. 꼭대기에는 대항해시대 앙그라의 역할을 기념하는 기념비가 세워져 있었는데, 그 기념비 모양은 시내의 연철 발코니 난간이나 궁전 지붕 모서리, 광장 등 도시 곳곳에서 쉽게 찾아볼 수 있었다. 그 모양은 훗날 포르투갈식 기법을 받아들인 쿠바의 수도 아바나Havana와 콜롬비아 북부의 항구 도시 카르타헤나 데 인디아스Cartagena de Indias•, 중국과 브라질로 조용히 퍼져 나갔다. 16세기 역사학자 가스파르 프루투오자Gas-

• 카리브 해 연안에 위치한 항구 도시로, 과거 식민 시대에 무역항으로 번성했다.

par Frutuosa가 아조레스를 "세계의 기항지"라고 불렀을 만큼 앙그라는 중요한 항구였다.

지구를 돌며 꾸준히 부는 바람에는 크게 두 가지가 있다. 북반구에서는 반시계 방향으로 바람이 불고 남반구에서는 시계 방향으로 바람이 분다. 바로 무역풍이다. 항해시대에는 무역풍과 해류에 따라 뱃길이 결정됐다. 신세계에서 금과 은을 가득 실은 갈레온선이 다시 유럽으로 돌아오려면 아조레스를 지날 수밖에 없었다. 그중에서도 앙그라는 모든 길이 교차하는 중심지였다. 다양한 문화가 섞인 지역에는 특별한 마법 같은 게 존재하는 법이다.

정박지의 배에서 뿜어져 나오는 불빛이 물 위에 형형색색의 구불구불한 줄을 그렸다. 호텔 앞 자갈길은 달빛에 비쳐 흑백 무늬를 번뜩였다. 1980년대에 강한 지진이 발생했는데, 이후 동네 주민들이 도시의 자갈 하나하나를 원래 있던 자리로 돌려놓으려고 무척 애를 썼다는 말을 들었다.

시차에 적응되지 않은 탓인지 좀처럼 잠이 오지 않았다. 바깥바람을 쐬고 싶었다. 나는 안내데스크를 지키고 있던 그레이스에게 혹시 새벽 2시에 산책해도 안전할 만한 곳이 있느냐고 물었다. 그레이스는 무슨 말인지 모르겠다는 얼굴로 대답했다. "걷고 싶은 곳은 어디든 걸어도 돼요. 걱정 마세요. 안전하니까요. 포르투갈 사람들에게는 지금도 여전히 이른 시간이랍니다!"

테르세이라 섬에도 가정폭력이나 마약 밀매, 그리고 절도 같은 범죄가 존재하지만, 무차별 폭력 같은 범죄가 사람들 입에 오르내리는 일은 거의 없다.

나는 중앙 광장을 산책했다. 그리고 에릭 클랩튼의 곡을 연주하는 남자의 기타 소리를 들으며 피스타치오맛 젤라토를 먹었다. 그러고서 뭔가에 이끌리듯 길게 늘어진 방파제 쪽으로 향했다. 바다 쪽에는 파도의 힘을 분산시키는 Y자 모양의 거대한 콘크리트 구조물이 쌓여 있었다. 세계적으로 똑같이 사용하는 이런 구조물에는 대부분 번호가 적혀 있다. 마치 거인 아이가 장난감을 잃어버리지 않으려고 적어놓은 것처럼. 사실 이 숫자는 기술자들이 항공사진으로 구조물의 위치를 확인할 수 있도록 해놓은 것이다. 나는 정신이 몽롱한 상태로 방파제 끝까지 걸어가서 항구의 바위에 올라가 자리 잡고 앉아 어둠 속에서 부드럽게 반짝이는 도시를 바라보았다. 누군가 걸어가는 발소리가 들려도 걱정되지 않았다.

캘리포니아에 있을 때는 항상 경계심을 늦추지 않고 생활하고 있다는 사실을 인식하지 못했다. 이를테면 자동차로 걸어갈 때마다 나쁜 사람이 나타나면 눈알을 도려내버리겠다는 마음으로 열쇠를 주머니 밖으로 꺼내 손에 들고 다녔다. 그것은 그저 일상적인 행동일 뿐이었다. 언젠가 캘리포니아주 스톡턴Stockton 출신으로 부촌인 팰로앨토Palo Alto 근처에 있는 스탠퍼드대학교에 다녔다는 청년을 인터뷰한 적이 있다. 그는 명문 학교에 가서야 밤새 총소리가 울리는 것이 다른 사람들에게는 별일 아니라는 것을 알게 됐다고 했다. 그리고 그 사실이 학교에 간 뒤 배운 것 중에 가장 충격적이었다고 덧붙였다.

이곳에서, 이 어둠 속에서 아무런 걱정 없이 가만히 있다 보니, 내가 그동안 눈에 보이는 것들을 너무도 당연하게 여기며 살아왔음을 깨달았다. 폭력을 당할 가능성이 언제나 존재한다고만 생각했다. 그렇게 느끼지 않아도 되는 곳이 있으리라고는 꿈에도 생각하지 않았다. 물론 아버지의 격언 중 여기에 적용할 만한 것도 있다. "강 건너에는 다른 방식이 있을 수도 있다." 아, 지금 내 경우에는, 강 건너가 아니라 바다 한가운데라고 하는 게 더 적절할 것이다.

내가 간직하고 싶은 것들로만 이루어진 나만의 '열 번째 섬'이라는 개념이 마음에 들었다. 여자 혼자 산책하기에 어디가 안전하냐고 묻는 사람을 보고 당황하는 기색을 감추지 못하는 안내데스크 직원이 사는 이곳. 이곳을 내 안에 간직하는 것으로 나만의 열 번째 섬을 간직하는 일을 시작하기로 했다.

호텔로 돌아가는 길에 남자 둘과 마주쳤다. 걱정하지 마시라. 내 안에서 늘 작동하던 안전 감지기를 끄자마자 실종된 피해자가 되어 내 운전면허증이 저녁 뉴스에 등장하는 그런 끔찍한 일은 일어나지 않았으니까.

둘 중 키 큰 사람이 포르투갈어로 저녁 인사를 건넸다. "**보아 노이치**Boa noite"

"**보아 노이치.**" 나도 인사를 건넸다. 내가 원어민처럼 발음할 수 있는 스무 개 안팎의 어휘에 포함되는 인사말이다. 내 말이 끝나기 무섭게 그 남자는 내가 알아들을 수 없는 말을 빠르게 내뱉었다.

"**낭 팔루 포르투게스**Não falo português(포르투갈어를 할 줄 모릅니다)."

나는 얼른 말했다.

"아, 그러시군요." 그가 영어로 바꿔 말했다. "그럼 저희가 가르쳐드려야겠네요."

그는 자신을 소방서장fire chief이라고 소개했다. 그러나 나는 그의 말을 주방장chef으로 잘못 알아들었고, '주방장'은 내가 그를 부르는 별명이 되었다. 그는 결혼해서 책임감 있는 남자가 되기 이전의 젊은 시절, 여름마다 섬에 오는 포르투갈계 미국인 여자들에게 데이트를 신청하기 위해 미국 방송을 보면서 영어를 공부했다고 했다. 지금은 키가 크지만, 그때는 키도 작고 마른 체형이었기 때문에 영어를 배워 경쟁력을 갖춰야 한다고 생각했다는 것이다.

본토에서 놀러와 주방장이 안내해주고 있다는 그의 친척은 그날 **아구아르젠치**aguardente, **아구아**água(물) + **아르젠치**ardente(불타는 듯한) = 불타는 물, 미국식으로 말하면 위스키 문샤인moonshine*을 너무 많이 마신 탓에 벤치 위에 드러누워 있었다.

"제게는 자식 같은 섬입니다. 이곳을 보살피는 일을 좀 도와주세요." 주방장이 말했다. "나는 우리 섬이 너무 좋습니다. 섬에 사는 모든 사람을 알죠. 혹시 알고 싶은 게 있으면 무엇이든 알려드릴 수 있습니다."

---

* 미국에서 금주법이 시행됐던 시기에 집에서 증류했던 위스키로 도수가 매우 높다. 정부의 눈을 피해 늦은 밤에 증류해서 달빛이라는 뜻의 문샤인이라는 이름이 붙었다.

여긴 굉장히 작은 섬이라서 주민들 모두가 테르세이라 섬에 미국인 기자가 왔다는 걸 이미 알고 있다고 했다. 그는 전화기를 꺼내 연락처를 검색하더니 전화를 걸며 말했다.

“아, 이 친구는 생태박물관을 개관하려고 준비하고 있어요. 이 친구랑 얘기하면 좋을 거예요.”

“지금 새벽 3시예요.” 내가 말했다.

“아직 자고 있을 리 없어요.” 주방장이 말도 안 된다는 듯한 표정으로 말했다.

나 역시 평생 올빼미처럼 살아왔기에 내 말에 의문을 제기하는 그의 표정을 이해할 수 있었다. 그때 뻗어 있던 그의 친척이 일어나 앉았다. 그는 풍향을 확인하듯 손가락을 하늘로 뻗고는 목을 가다듬었다. 그리고 큰 소리로 말했다.

“아조레스가 멋진 건 큰 집이나 좋은 차보다 바다를 좋아하는 사람들이 있기 때문입니다!”

나는 그에게 테르세이라 섬을 그렇게 좋아하는데 어째서 리스본에서 살고 있느냐고 물었다.

“그야 리스본에 큰 집과 좋은 차가 있으니까요!” 그는 이렇게 말하고는 도로 뻗어버렸다.

타-슈, 타-슈, 파도가 치는 밤

내가 묵고 있던 호텔은 작지만 우아했다. 목조 난간과 석조 계단은 번쩍번쩍 광이 났고, 웨이터들은 턱시도를 갖춰 입었다. 아침마다 조식 뷔페가 차려지는 호텔 레스토랑에는 만이 내다보이는 발코니가 있었다. 레스토랑 한쪽 모퉁이에는 미국인과 캐나다인들의 입맛에 맞는 스크램블드에그와 소시지, 팬케이크가 담긴 보온용 냄비가 준비되어 있었다.

그러나 나는 공짜 숙소에서 제공되는 포르투갈식 아침 식사가 더 좋았다. 조식 뷔페에는 매일같이 섬에서 만드는 신선한 치즈가 올라왔다. 부드럽고 순한 치즈였는데, 입에 넣자마자 특유의 톡 쏘는 맛이 올라와 한입 더 먹어봐야 그 풍미를 제대로 느낄 수 있었다. 이 치즈는 섬 어딜 가나 보이는 젖소들에게서 짠 우유로 만들었다. 이 섬의 젖소들은 길 한복판을 한가로이 거닐기도 하고 파란 수국이 잔뜩 피어 있는 울타리 옆에 멋지게 서서 휴식을 취하기도 했다. 내가 테르세이라 섬에서 겪은 교통체증이라고는 착유 시간이 되어 젖소들이 길을 건널 때뿐이었다. 뷔페에는 껍질이 두껍고 속은 쫄깃한 빵, 껍질이 두껍고 속은 포근한 빵, 가지각색 단맛을 지닌 달달한 빵 등 다양한 빵이 치즈 옆에서 사람들의 손길을 기다리고 있었다. 고기, 요거트, 파이, 시리얼, 각종 열대 과일도 있었다. 빵, 치즈, 몇 종류의 포도, **카페**café 라고 불리는 포르투갈식 에스프레소는 최고의 아침 식사였다.

레스토랑에서는 아침, 점심, 저녁 내내 노신사 웨이터 셋이 함께 일했다. 호텔 요금에 조식이 포함되어 있었기에 아침 식사 시간에만 레스토랑에 갔지만, 세 사람은 점심 손님을 맞기 위해 식탁을 세팅하다가도 호텔을 나서는 나를 보면 손을 흔들어 인사를 건네곤 했다. 나중에는 내가 구 시가지에서 노닐다가 호텔을 지나갈 때면 주문을 받다가도 날 향해 손을 흔들어줬다. 그들은 한창 바쁜 저녁 식사 시간이 오기 전 발코니로 나와서 바다를 바라봤다. 그 시간에 내가 방파제로 산책 가려고 호텔을 나서면 우리는 서로 고래고래 소리쳐가며 인사를 나눴다. 늦은 밤이 되어 내가 호텔로 돌아올 때면 세 노신사는 뒷정리를 하고 있었다. 그러면 우리는 언제나 "**보아 노이치**" 하고 인사를 주고받았다.

처음에 인사를 나누면서 이름을 듣긴 했는데, 이름이 영 낯설어서 모든 웨이터의 이름 어딘가에 **즈으**- 소리가 난다는 사실밖에 기억나지 않았다. 나는 관습에 의존해 그저 남성을 부르는 경칭인 **세**

뇨르señor라는 말로 모두를 불렀다. 그러는 편이 왠지 "저기요" 또는 "선생님"이라고 부르는 것보다 나은 것처럼 느껴졌다.

이 시기에도 적은 수이지만 꾸준히 관광객이 찾아오긴 했다. 그러나 나는 섬 반대편에 있는 군부대와 아무 연이 없는 데다 포르투갈계 미국인도 아니었기 때문에 여전히 신기한 존재로 통했다. 그나마 웨이터들의 관심 덕분에 이곳에 아는 사람이 있는 것처럼 느껴지는 게 참 다행이었다. '집'에 돌아왔을 때 인사를 나눌 사람이 있다는 게 좋았다.

주방장, 그러니까 동네에 모르는 사람이 없는 소방서장은 테르세이라 섬의 대사 역할을 진지하게 수행하고 있었다. 그는 섬의 반대편에 위치한 마을에 살고 있었는데, 열일곱 살 때부터 쭉 타고 다닌다는 그의 빨간 머스탱을 몰고 요란한 소리를 내며 거의 날마다 앙그라로 넘어왔다. 아조레스를 제대로 알기 위해서는 꼭 만나봐야 한다 싶은 사람들을 데려오거나 나를 그들에게 데려다주려고 일부러 찾아오는 것이었다. 그렇게 우리는 염소지기, 어부, 박물관 큐레이터를 만났다. 또 101살이라는 고령에도 불구하고(주방장의 통역이 믿을 만하다면) 아주 맑은 정신에 낭만적으로 말하는 노인도 만났다.

주방장은 2주로 계획한 내 일정이 테르세이라 섬을 이해하기에는 충분하지 않다고 말했다. 그는 내게 자기 집 정원에 아직 완성하지 못한 차고가 하나 있는데 그곳을 원룸처럼 꾸밀 수 있으니 거기 들어와 지내는 게 어떻겠느냐고 제안했다. 그러면서 내가 집에서 같이 식사해도 아내와 아이들이 전혀 꺼리지 않을 거라고 장담했다. 바깥세상 사람들에게 아조레스를 알릴 수 있는 기회가 드디어 왔다는 느낌이 강하게 든다고도 말했다. 아주 고마운 제안이었으나 그건 내 목적에 부합하지 않았다. 내 목적이 무엇인지는 나도 정확히는 몰랐지만, '차고에 얹혀살며 밥을 얻어먹으러 안채에 들어가는 미국인'이 되고 싶은 생각은 눈곱만큼도 없었다.

조제와 루이자 또한 열성적인 가이드가 돼주었다. 이들 부부는 쾌속정을 한 척 갖고 있었는데, 텔레비전 수리 기사로 일하는 조제와 사무직으로 일하는 루이자가 퇴근하고 집에 오면 우리는 그 배를 타고 곧장 바다로 나갔다. 보통 우리가 가는 곳은 부부가 '패럿 코브Parrot Cove'라고 부르는 장소였다. 조제가 엔진을 끄면 쾌속정은 곧 다이빙 보드가 됐다. 그러면 우리 셋은 모두 일곱 살 때로 돌아간 것처럼 쉭- 하고 불어오는 바람을 느끼며 바다로 뛰어들었다. 그러고는 짠 내 나는 차가운 수면 위로 올라와 숨을 헐떡거리며 깔깔대다가 자그마한 섬의 벼랑 밑으로 가서 수영을 하며 놀았다. 그곳에 갈 때마다 나는 거기에 '앵무새parrot'라는 이름을 붙인 이유가 될 법한 새가 있는지 고개를 들고 훑어봤다. 나중에 지도를 보고 나서야 이들 부부가 패럿이 아니라 '**파이렛**pirate(해적)'이라고 말했다는 사실을 알게 됐다.

나는 포르투갈어를 할 줄 몰랐고 조제는 영어를 거의 구사하지 못했다. 자기 말을 알아듣지 못하는 나 때문에 안절부절못하는 그를 보며 언제부턴가 나는 조제가 무슨 말을 하든지 무조건 고개를 끄덕거렸다. 루이자는 영어를 할 때 두 개의 문장 구조만 사용했다. "나는 〔명사 또는 동사〕를 좋아합니다." 아니면 "나는 〔명사 또는 동사〕를 좋아하지 않습니다." 이건 내가 마침내 포르투갈어를 아주 약간 알아들을 수 있게 됐을 때 우리끼리 짜낸 전략이었다.

그러나 표정, 행동, 그림, 단어 몇 개를 말하거나 2개 국어를 할 줄 아는 사람들에게 받은 도움만으로 우리가 얼마나 많은 정보를 공유하고 대화를 할 수 있었는지 생각하면 정말 놀라울 정도다. 말이 거의 통하지 않는데도 나는 조제와 루이자 두 사람 모두 재혼했다는 것까지 알게 됐다. 둘은 서로 사랑했고, 행복했다. 조제는 두 가지 사실 덕분이라고 했다.

루이자가 매우 아름답기 때문이다.

밤마다 두 사람이 명상하기 때문이다.

조제는 인터넷으로 뇌파에 관한 책을 샀고(손짓 몸짓을 보고 내가 이해한 바로는 그랬다) 비디오테이프 영상을 보며 명상하는 법을 익혔다고 했다.

어느 날 밤, 나는 혼자 호텔을 나섰다. 이곳에 오기 전 내가 살던 세상에서는 내 생활 리듬과 맞지 않지만 어쨌든 상당히 늦은 시간이라고 간주했을 시간에 바다를 보러 방파제로 갔다. 내게는 그것이 일종의 명상이었다. 한 커플을 지나치면 곧 또 다른 커플과 마주쳤다. 쌍쌍으로 이루어진 노아의 방주가 광장을 누비고 있었다. 소외감이 들어 마음이 쿡쿡 아렸다.

방파제 끄트머리까지 갔을 때, 내가 늘 앉던 바위에 한 남자가 앉아 있었다. 돌아가려고 몸을 돌리는데 그가 내게 말을 걸었다.

"가지 마세요. 저희 집 거실에 의자가 얼마나 많은데요."

나는 그의 장난기 어린 말에 다른 바위에 앉았고, 우리는 주거니 받거니 말장난을 하기 시작했다. 그러나 내게는 우리의 농담보다 그 상황이 더 재미있었다. 잘 알겠지만 이런 일은 쉽게 일어나지 않는다. 문밖에 나서서 너무나도 외로운 마음이 들었는데 어느새 정신을 차려보니 잘생긴 포르투갈 남자와 나란히 바위에 앉아서 바닷물에 비친 도시의 불빛을 바라보며 농담을 주고받는 일. 이건 결코 흔히 일어나는 일이 아니다. 물론 섬에서라면 얘기가 다르지만.

우리는 항구 쪽으로 돌아 다시 걸어 나갔다. 어느덧 내가 묵는 호텔 앞까지 와 섰다. 농담이 툭툭 끊기다가 이내 묵직한 적막이 흘렀다. 우리는 자석에 이끌리듯 느릿느릿 서로에게 끌렸다. 그렇게 서로의 얼굴이 살금살금 가까워지기 시작했다. **이 남자가 내게 키스하겠구나,** 라는 생각이 마음속에 몰아쳤다. 나는 사춘기 이후로 느껴본 적 없는 '이 남자가 내게 키스하겠구나' 하는 콩닥거림을 느끼고 있었다.

우리 얼굴이 여전히 한 뼘 정도 떨어져 있을 때 갑자기 그가 내내 손을 잡더니 자기 가슴으로 갖다 대며 말했다.

"내 심장이 얼마나 빨리 뛰고 있는지 느껴져요? 10대 이후로 이런 적은 처음이에요."

"세상에! 저도 그래요."

우리는 또 다시 수다를 떨기 시작했다. 어떻게 이런 감정을 잊을 수 있는지, 또 잊고 있었다는 사실조차 모른 채 살아갈 수 있는지, 그러다 낯선 사람에게 이런 감정을 느낀다는 게 말이나 되는 소리인지 따위를. 서로 모르는 사람이라서 그랬던 걸까, 아니면 불가해한 어떤 힘이 작용했던 걸까? 정말 설명할 수 없는 일이 존재했던 걸까? 물론 지적 호기심을 자극할 만한 일이긴 했지만, 도대체 키스는 어떻게 된 거지?

그때 그가 말했다.

"파도 소리 좀 들어보세요."

나는 바닷물이 느리게 다가와 방파제에 부딪쳐 부서지는 소리에 귀를 기울였다. **타-슈, 타-슈, 타-슈.**

그는 말이 없었다.

그렇게 우리는 파도가 부서지는 소리를 가만히 더 들었다. **타-슈, 타-슈, 타-슈, 타-슈, 타-슈.**

그는 **여전히** 말이 없었다. 우리 둘은 나란히 서서 바다가 내는 소리에 귀를 쫑긋 세우고 있었다. 그러다 어느 순간, 그가 입을 열었다.

"사랑을 나누기에 완벽한 리듬이네요."

오.

그러나 그의 말은 그게 끝이 아니었다.

"팔꿈치에 집중해보세요."

뭐라고? 무슨 포르투갈어 문장을 내가 "팔꿈치에 집중해보세요"라는 영어 문장으로 잘못 들었나?

그게 아니었다. 그는 마음의 힘에 관한 책을 읽고 있는데, 그 책에는 사람의 감정을 증폭할 수 있다며 내가 내 모든 감정을 팔꿈치에 쏟아 넣어야 강하게 집중할 수 있다고 말했다.

뭐가 됐든, 좋다. 팔꿈치에 아주 강하게 집중했다. 짜릿했다. 물론 내가 짜릿함을 느끼는 신체 부위 목록에 팔꿈치를 포함시킬 생각은 전혀 없지만.

"똑같은 기술을 다른 부위에도 쓸 수 있어요." 그가 말했다.

우리가 다시 한번 키스하려고 다가가기 시작한 순간, 이게 괜찮은 건가, 당시에 내가 사귀고 헤어지길 반복하고 있던 그 관계가 **정말로** 끝이 난 건가, 하는 마음이 들었다. 그러다 막 키스를 하려는 바로 그 순간, 나는 세 명의 웨이터와 그들의 조수가 발코니에서서 이 장면을 내려다보고 있다는 걸 알아차렸다.

"웨이터예요!" 내 입에서 느닷없이 이 말이 튀어나왔다.

이 섬에 사는 많은 사람이 내가 누구인지 알고 있다는 사실과 그들이 캘리포니아에 사는 친척 및 지인들과 남 이야기를 자주 한다는 사실이 번뜩 생각났다. 그 순간 나는 휴가를 온 고독한 여인이 아니라 점잖은 신문기자처럼 행동해야 할 것 같았다.

"웨이터예요." 나는 다시 한번 말했다. "저는 이만 들어가야겠어요." 그렇게 나는 자리를 피했다.

몇 년이 흐른 뒤 포르투갈 본토에서 그 남자와 재회했던 적이 있다. 그는 내게 "웨이터예요!"라는 말이 자기는 모르지만 미국에서 사용하는 관용어인 줄 알고 이듬해 여름 내내 미국에서 섬을 방문한 친척들에게 그 말의 속뜻이 뭐냐고 물어봤다고 했다.

테르세이라 섬을 처음 방문했던 여름을 돌아볼 때면, 처음 본 남자와 키스할 뻔했던 일, 조제 부부와 해적 굴에서 수영했던 일, 알베르투와 춤췄던 일 등 모든 멋진 순간이 마치 영화를 보고 있는 것처럼 죄다 생생히 기억난다는 사실이 참 놀랍다. 그 장면들이 눈앞에 펼쳐질 때면 나는 어김없이 관람객이 된다. 그러나 그렇게 돌아본 기억이 내 발목을 움켜잡고 시공간을 뛰어넘어 나를 그 섬으로 데리고 가, 어느새 내가 바다 냄새를 맡고 바닷바람을 느끼게 될 때면 괜한 짓을 했다는 생각이 들어 이내 후회하고 만다.

섬에서 보낸 첫 주에는 정오가 지나도록 문밖은커녕 이불 밖으로도 나가지 않았다. 잠에서 깨면 아침을 먹으러 사람들이 계단을 걸어 올라가는 소리를 들었고, 커피 냄새를 맡았다. 호텔 앞 작은 해변에는 사람들이 몰려들고 아이들이 끽끽 소리를 질러대고는 했다. 나 자신에게 몸을 움직여 뭐라도 하라고 몇 시간 동안 꾸짖어보기도 했다. "넌 지금 바다를 건너와 있어. UN에서 세계문화유산으로 지정한 도시에 와 있다고. 밖에 나가면 사람들이 있고 또 무슨 재밌는 일이 벌어질지 모른단 말이야. 어서 일어나!"

그러나 나는 하얀 베개에 등을 받친 채 침대에 늘어져 방에서 작은 발코니로 연결되는 유리문에서 펄럭이는 커튼을 바라보며, 지금까지도 절반 정도는 기억하고 있는 이런저런 상념에 잠겨 있었다. 여기에도 내게는 (물론 언제나처럼) 이론이 있다.

빈둥거림의 중요성 이론

낭비하는 시간만큼 소중한 시간이 없다는 주장을 담고 있는 이론이다. 가장 흥미로운 것들은 보이지 않는 빈틈에 숨어 있다가 꾸물꾸물 빈둥거리며 침대에 누워 있을 때 발견되기 마련이다. 이때 발견되는 것이야말로 진정 우리 자신의 것이라고 부를 수 있는 유일한 것이다.

결코 아침형 인간을 꿈꿀 수 없는 게으름뱅이인 나 같은 사람이 이런 이론을 들먹이면 이 이론 자체가 굉장히 자기중심적이고 의문스럽게 들리는 게 당연하다. 나도 인정한다. 그러나 이 얘길 들어보라. 1930년대 중국의 작가이자 번역가이자 언어학자인 린위탕Lin Yutang은 《생활의 발견The Importance of Living》이라는 당대 최고의 영향력을 행사한 책을 출간했다. 나는 유명한 출판 전문가 윌 슈발브Will Schwalbe가 유용한 책들을 꼽아 예찬한 《인생의 책들Books for Living》을 읽다가 이 책에 관해 알게 됐다. 그는 특히 다음과 같은 내용을 강조했다.

살면서 누릴 수 있는 가장 큰 기쁨 중 하나는 다리를 둥글게 말고 침대에 누워 있는 것이리라. 심미적 기쁨과 심력을 가장 완벽하게 느끼기 위해서는 팔 자세 또한 매우 중요하다. 가장 좋은 자세는 침대에 똑바로 눕는 게 아니라 크고 푹신한 베개를 놓고 한쪽 팔이나 양쪽 팔을 30도 각도로 접어 머리 뒤에 놓는 자세다. 이런 자세를 취하면 어느 시인이라도 불후의 시를 쓸 수 있고, 어느 철학자라도 인류의 사상에 혁명을 일으킬 수 있으며, 어느 과학자라도 획기적인 발견을 할 수 있다.

아조레스에 처음 방문해 대부분의 시간을 느긋하게 보내고 있었던 때는 그 책을 읽기 전이었다. 그러나 어떻게 된 일인지 해변가의 작은 호텔에서 나는 린위탕이 말하는 "심미적 기쁨과 심력을 가장 완벽하게 느끼기 위한" 지침을 아주 구체적으로 따르고 있었다.

밧줄 투우

이곳까지 오는 비행기 안에서 내게 포르투갈어를 가르쳐줬던 쿠바인 글래디스와 그의 파트너 필로메나가 내 앞으로 **토라다 아 코르다**를 보러 가자는 초대장을 호텔에 남기고 갔다. 내가 와 있는 곳이 테르세이라 섬이고, 이런 형식의 투우는 100퍼센트 테르세이라 섬의 전통이었으므로 그러마 하고 대답했지만, 사실 속으로는 걱정스럽기도 했다.

우리는 크리스마스를 상징하는 색깔 리본들로 꾸며진 하얀 집들이 길게 늘어선 바닷가 마을 몇 군데를 지나 그날 저녁 투우를 개최하는 마을에 도착했다. 길거리 곳곳에 흰 등이 매달려 있었다. 사람들이 어찌나 빽빽하게 모여 있는지 그 난리통을 헤치고 앞으로 나아가는 것조차 힘들 정도였다. 집주인들은 자기 집 대문에 못을 박아두었다. 초대장이 없는 손님들은 주변에 있는 집을 찾아가 집주인에게 그 집 마당에서 투우를 관람해도 되겠냐고 허락을 구하는 게 섬의 관습이었다. 우리 중 필로메나만 유일하게 포르투갈어로 의사소통이 가능했으므로 필로메나가 제일 먼저 들어가 물어본 집의 주인이 그러라고 허락했다. 나는 담장에 걸터앉아 미국 팝송을 부르고 있는 포르투갈 10대 소녀들 무리와 그들의 할머니로 보이는 노인들 무리 틈에 끼어 앉았다. 담장의 높이는 120센티미터 정도였다. 만약 내가 집주인이었다면 담장을 더 높게 만들었을 것 이다. 황소들은 240센티미터쯤은 우습게 뛰어넘을 수 있다. "고삐 풀린 황소를 경찰이 쫓고 있다"라는 뉴스가 왕왕 터져 나오는 캘리포니아 농업 지대에서 자란 덕분에 나는 이 같은 사실을 잘 알고 있었다.

경고음이 울리자 사람들은 집 안이나 울타리가 쳐진 마당 안으로 들어가려고 사방팔방 다급히 달려갔다. 몇 분 뒤 경고음이 한 번 더 울렸다. 수송차 반대 방향으로 냅다 뛰는 남자들을 보니 황소가 거리에 나온 게 틀림없었다.

황소가 우리 앞 구역 길목에 나타났다. 황소가 우리 쪽으로 고개만 돌려도 나는 담장 밑으로 폴짝 뛰어 내려갔다. '황소가 힐끗거린다. 다이애나가 내려간다.' 이건 조건반사적 행동이다. 그런 나를 보고 할머니 한 분이 인상을 찌푸렸다. 매번 지레 겁먹고 뛰어 내려갈 때마다 그 아래 있는 식물을 밟지 않도록 조심했지만 어쨌든 할머니의 정원을 밟게 되었기 때문이다. 나는 무슨 일이 있어도 다른 여자들처럼 가만히 엉덩이를 붙이고 앉아 내 자리를 지키겠다고 단단히 마음먹었다. 내가 생각하는 것보다 황소가 더 가까이 다가오더라도.

황소가 경로를 벗어나 우리 쪽으로 달려오다가 제 몸에 묶인 밧줄을 붙잡고 있는 **파스토르**들을 향해 뒤돌아 달리면서 그들의 진력과 배치 전략을 쓸모없게 만들어버렸다. 그때 **파스토르** 한 사람이 담장 위로 폴짝 뛰어올랐고, 나는 그가 올라올 자리를 만들어주려고 서둘러 몸을 피했다. 그러나 반대편에 있던 예쁘장한 10대 소녀가 곧장 그를 다시 길가로 내몰았다. "황소를 제외한 누구에게도 길을 내어주지 말 것." 소녀는 윤기 흐르는 머리칼을 손으로 넘기며 내게 말했다.

황소가 지나간 뒤 길가에는 더 이상 아무것도 보이지 않았다. 눈에 보이지 않는 곳에서 고함 소리가 들렸다. 소가 돌아오는 모습을 보려고 사람들의 목이 길게 빠졌다. 돌아서 달려오는 황소를 보니 어찌나 숨을 거칠게 몰아쉬는지 옆구리까지 들썩거렸고, 걸쭉한 거품투성이 침이 질질 새어 나와 입가에 축 늘어져 있었다. 사람들이 수건을 펄럭거리며 소리쳤다. 무리 속에서 주저하던 사람들 몇몇은 아까보다 한층 용감하게 발을 힘차게 구르며 지친 동물 앞으로 다가갔다. 빙 둘러서 있던 **파스토르**들이 다시 수송차 안으로 몰고 들어갈 때에야 황소는 큰 소리로 울었다. 큰 소리로 울부짖는 황소의 눈망울은 분노와 공포로 뒤섞여 번쩍거렸다.

각각 다른 황소를 동원해 연출된 이 같은 광경은 세 번이나 더 반복됐다. 대기 시간은 꽤 잦고 길었다. 황소가 수송차 안으로 들어갈 때까지 기다려야 했고, 소들이 교체되는 휴식 시간에는 그동안 대로에 밀려 있던 차들이 지나갈 때까지 기다려야 했다. 내 옆에 있던 소녀들은 긴 대기 시간을 전혀 따분해하지 않았다. 아이들은 음료수나 사탕을 파는 행상을 따라다니다가 청년들이 지나가면 팔꿈치로 서로를 쿡쿡 찌르며 자기들끼리 키득거리느라 정신이 없었다.

나는 눈으로 직접 보기 전부터 네 번째이자 마지막으로 출전한 황소가 이전의 황소보다 더 크고 더 빠르고 더 공격적이리라는 걸 알 수 있었다. 내 뒤에 있던 남자가 주변의 아이들에게 소리쳤다. “어서 울타리 밖으로 물러나거라!” 포르투갈어였지만 무슨 말인지 정확히 알아들을 수 있었다. 필로메나에게 무슨 뜻인지 확인해 보니 내 예상이 들어맞았다.

길가에 남자 둘이 우산을 들고 황소 앞에 나란히 서 있었다. 황소가 돌진하면 그들은 각자 들고 있던 우산을 빙글빙글 돌렸다. 그러면 황소가 그들 사이로 달려갔다. 구경꾼들은 박수를 치고 벽을 쳐대며 열광했다. 그 모습이 황소의 주의를 끈 게 틀림없었다. 황소가 방향을 틀어 우리 맞은편 벽을 향해 돌진했다. 곧 50명 정도 되는 사람들이 다리를 공중으로 뻗으며 무더기로 나가떨어졌다. 나는 웃음을 터뜨린 데 죄책감이 들었지만 프랭크가 보여준 책이 옳았다. 투우는 정말로 우스꽝스러우면서도 극적인 상황을 연출했다. 하지만 다친 사람은 없었다. 사람들이 투우를 세 경기 보는 내내 술을 마셔서 몸이 토끼 귀처럼 나긋나긋해진 덕분인가, 하는 생각이 들었다.

토라다 아 코르다에는 대개 서너 마리 정도의 황소가 동원된다. 사람들은 그다음 날 숙취에 시달려 해롱거릴 것 같은 인간들을 다섯 번째 황소라고 부른다. 아닌 게 아니라 술을 얼마나 마셨는지 술에 떡이 되어서는 길바닥을 돌아다니는 사람들이 있어서 깜짝 놀랐다. 자기가 황소의 시야에 걸려들었다는 걸 알면 금세 정신을 차리고 술이 깰 것 같긴 했지만.

내 예측은 빗나갔다.

황소가 땀으로 흠뻑 젖은 뚱뚱한 남자를 골라잡았다. (서퍼처럼 차려입은 옷을 보니 캘리포니아에서 온 포르투갈 이민자가 아닐까 싶었다.) 남자는 우리가 있던 야트막한 담장으로 달려와 뛰어올랐지만 민첩한 **파스토르**들과 달리 담장을 뛰어넘지 못했다. 그는 담장에 매달리더니 내 옆에서 머리와 어깨를 이리저리 움직이며 미끄러져 내려가 펀펀한 엉덩이를 눈깔사탕처럼 드러내고 길가에 드러누웠다. 몇 명이 그의 팔을 붙잡고 담장 위로 끌어올리려고 애쓰는데, 그는 이 모든 상황이 우스꽝스러울 뿐인지 그저 낄낄댈 뿐이었다. 정말 술독에 빠져 무거워진 짐짝 같았다. 황소가 머리를 앞뒤로 움직였다. 속이 메스꺼웠다. 사람이 쇠뿔에 받히는 모습을 목격하기 직전이었다.

남자의 몸이 반절은 담장 위에, 반절은 담장 아래에 걸쳐 있었다. 고개를 숙이자 아까 그 두 남자가 소 앞으로 뛰어갔다. 그러더니 양쪽에 서서 빨간색 우산을 흔들었다. 그러나 황소의 시선은 여전히 술 냄새와 땀 냄새를 풍기며 깔깔거리는 투실투실한 "바늘꽂이 남"에게 꽂혀 있었다. 마침내 한쪽 우산이 황소의 시선을 끌었다. 황소가 고개를 돌렸다. 그러고는 그 우산을 향해 돌진했다. 우산을 들고 있던 남자는 빙글빙글 돌더니 반대편 담장 위로 가볍게 뛰어 올라갔다. 황소가 시야에서 사라지자마자 여자들과 나는 차라리 들이받혀버리는게 나았겠다는 표정을 지으며 우리가 살리려고 애썼던 남자를 아주 역겨운 눈초리로 쳐다봤다. 미친 듯이 웃어대던 남자의 얼굴이 지금도 생생하게 떠오른다.

투우를 녹화한 영상은 주요 사업의 하나다. 다음 날 앙그라의 자갈길을 걷고 있는데 상점과 술집 창문 사이로 투우의 주요 장면을 녹화한 영상이 재생되고 있는 것이 보였다. 나가떨어지고 뿔에 받히고 도망가다 떨어진 안경을 찾아 헤매는 남자들의 모습이 화면에서 끊임없이 흘러나왔다.

해변이 내려다보이는 광장에서 주방장을 만나 차를 마셨다. 그 해변은 몇 주 전에 큰 규모의 투우가 열린 곳이었다. 그 투우에서 광분한 황소 한 마리가 물속으로 헤엄쳐 들어가 10대들이 가득 타고 있던 보트를 뒤집어엎는 모습이 담긴 영상을 본 적 있었다. 주방장은 내게 처음으로 투우를 직접 본 소감이 어떠냐고 물었다. 나는 황소에게 미안한 마음이 들었다고 대답했다.

그날의 다이빙 보드 노트

이틀 뒤 나는 앨리스의 거울, 나니아의 옷장, 해리포터의 9와 4분의 3번 승강장, 또는 무엇이 됐든 소설 속 주인공을 원래의 현실 세계로 돌려보내주는 통로를 통해 다시 캘리포니아로 돌아왔다. 그간 겪었던 온갖 환상적인 일들이 정말로 일어나긴 했던 건가 싶었다. 아무래도 아조레스로 돌아가야 할 것 같았다.

나름대로 계획이 있었다. 프랭크의 제안을 받아들이기 훨씬 전에, 테르세이라 섬에 가보기도 전에, 나는 아조레스 디아스포라에 관한 글로 언론 지원금을 받으려고 신청한 적이 있다. 그때 내가 받은 불합격 통지서 하단에는 올해 지원은 이미 마감됐으니, 이듬해 다시 지원해보라고 권유하는 메모가 손글씨로 적혀 있었다. 아조레스 제도에 발을 들이기도 전에 "안타깝습니다만"이라고 시작하는 손글씨 메모라니. 나는 그 정도도 대성공이라고 여겼다. 이

번 지원금은 따놓은 당상이었다. 나는 주말 내내 툴레어Tulare, 털록Turlock, 힐마Hilmar 등의 도시로 가서 캘리포니아에 있는 아조레스인 밀집 지역을 조사했다. 그리고 두 번째 신청서를 접수했다.

상남자 작가는 어째서 내가 이렇게까지 아조레스에 집착하는건지 이해해보려 애썼다. 그가 추론해낸 결론은, 내가 외모는 전혀 그렇지 않아 보이지만 사실은 포르투갈인이라 그렇게 끌리는 건지도 모른다는 것이었다. 사실 나는 내가 어느 민족의 피를 물려받았는지 아는 게 없었다. 그러니 뚜렷하게 어느 민족이라고 정의할 수도 없었다. 그러나 상남자 작가는 모든 걸 혈통과 연관지었다. 그는 아르메니아인이었는데 자기가 타고난 성격이 강한 건 지금의 터키 동부에 있는 고대 아르메니아 마을인 무시Moosh 주 사람들의 피가 몸속에 흐르고 있기 때문이라고 주장했다.

나는 오래전에 나를 그들의 식구로 받아준 아르메니아인 가족인 하마옐리안Hamayelian 일가에게 상남자가 했던 말을 전해주었다. 당연히 말도 안 되는 소리라고 생각했기 때문이다.

"오, 아냐. 그 사람 말이 맞지. 그렇고말고." 그 집의 가장인 아르멘이 말했다. "그 양반, 화가 많은 사람인가?"

"글쎄요, 제가 보기엔 그냥 정의감이 넘친다고나 할까요. 세상을 바로잡아야 한다고 생각하는 것 같아요." 내가 말했다.

"아냐, 틀렸어." 아르멘이 단호하게 말했다. "무시 사람들은 그냥 순전히 화가 많을 뿐이야."

이전에는 DNA가 나를 규정한다고 생각해본 적이 없었는데, 그때부터 상남자 작가의 말이 맞나 싶은 생각이 들기 시작했다. 그건 어쩌면 내 가족들 때문이었는지도 모른다. 하마옐리안 일가는 나를 "**오다르** Odar(남)"라고 불렀지만 그래도 그들은 여전히 내 가족이었다.

내가 오디와 아르멘 부부를 처음 만났을 때 그들은 프레즈노 시내에서 자그마한 식당을 운영하고 있었다. 나는 그 식당의 바 테이블에 앉아 즐겁게 케밥을 먹으며 아르멘의 질문 공세를 받곤 했다. 아르멘은 내게 지쳐 보인다며 날 챙겨줄 남자를 만나 집에서 쉬어야 한다는 말을 자주 했다. 내가 화들짝 놀라는 모습을 보려고 일부러 그런 말을 한다는 걸 알고 있었지만, 그럼에도 나는 그 말을 들을 때마다 움찔움찔 했다. 하루는 어쩌다 보니 내가 캘리포니아에 가족도 남편도 아무도 없다는 얘기까지 하게 됐는데, 그 말을 들은 오디는 얼마나 놀랐는지 들고 있던 컵을 떨어뜨릴 뻔했다. 두 사람은 마치 내가 다른 행성에서 온 외계인이라고 고백하기라도 한 것처럼 서로를 쳐다봤다. 혼자서 세상을 살아간다는 건 그들에게 상상할 수도 없는 일이었던 것이다. 얼마 지나지 않아 이들 부부는 아침 식사, 다과, 추수감사절 식사에 날 초대하기 시작했다.

그렇게 10년을 보내고 나자 추수감사절이 되면, 사실 난 오렌지 껍질로 요리한 페르시아 쌀 요리를 훨씬 더 좋아하지만, 어쨌든 스터핑 stuffing* 을 만들어 그들 집으로 간다. 이들 부부의 자그마한 식

* 고기와 채소 등을 잘게 다져 익힌 요리로 주로 추수감사절에 닭이나 칠면조 속에 넣어 먹는다.

당이 있던 자리는 이제 연방법원 청사 주차장이 되었다. 그러나 그 날그날 있었던 일을 곱씹으며 내가 수없이 차를 마시고 뒷마당 수영장에서 둥둥 떠다니며 놀던 집에는 여전히 그들이 있었다.

아르멘과 오디는 세 아들 패트릭, 레니, 아비와 함께 결국 미국에 정착했다. 1979년 그들이 펜실베이니아에서 휴가를 보내고 있을 때 이란이 미국인 인질을 잡으면서 그들의 여권이 쓸모없는 종잇조각이 돼버렸기 때문이었다.

아르메니아 사람들은 1915~1971년 오트만 제국에서 1,500만 명의 아르메니아인이 희생당한 제노사이드가 발발하기 수백 년 전 (당시 페르시아였던) 이란에 정착했다. 혁명이 일어나기 전 이란에서 무슬림 이웃들이 용인해준 덕분에 아르메니아인들은 그들의 종교와 학교를 유지하면서 400년 이상 평화롭게 지냈다. 아르멘은 그래서 아르메니아계 페르시아 사람들이 아르메니아에서 제노사이드를 겪은 세대인, 프레즈노에 사는 아르메니아 사람들보다 기질이 더 부드러운 거라고 했다.

터무니없는 성차별적 발언으로 날 자극할 때만 제외하면 신사다운 유머 감각을 자랑하는 아르멘은 이란에서 지낼 때 그가 얼마나 보수적이고 고집불통이었는지 말해줬다. 오디가 친정 엄마를 보러 갈 때조차 미리 남편에게 허락을 구해야 할 정도였다고. 그게 그들의 방식이었다. "그렇게 살다가 여기에 왔는데 가족에게 상냥하고 부드러운 남자들을 보게 된 거야. 그때 생각했지. **아, 이게 훨씬 더 좋은 방식이구나**" 하고 아르멘은 과거를 회상하며 말했다.

이들은 프레즈노에서 30년 넘게 살았지만, 오디는 여전히 아침마다 갓 구워 배달받던 부드러운 라바시Lavash* 냄새를 맡고, 이란 북부 카스피해와 이란 고원 사이에 있는 엘부르즈산맥Mount Alborz에 덮인 눈을 보고, 카스피해에 떠 있는 태양을 바라보는 꿈을 꾼다고 했다. 아르멘은 마지막 이슬람 혁명이 있기 전, 현대적이고 생기 넘치던 이란의 수도 테헤란Tehran 시내 사진을 보여주는 걸 좋아했다.

나라 밖의 전쟁, 기근, 독재는 센트럴밸리의 공업 분야에 새로운 이민자의 물결을 몰고 왔다. 이제는 캘리포니아의 농경 도시만큼 글로벌한 곳이 없을 정도다.

나는 멕시코 산맥에 있는 석조 교회에 가서 미사 드리던 일, 라오스의 논을 가로질러 산책하던 일, 공들여 꾸민 정원에서 시를 낭송하던 일을 그리워하는 사람들에 관해 글을 썼다. 그들은 레몬그라스, 바나나 나무, '진짜' 칠리, 진흙 벽돌과 건초로 만든 남미의 전통 가옥인 어도비 하우스Adobe house, 조각이 새겨진 사원, 타일로 장식한 모스크, 브라질 남부의 항만도시 히우그란지Rio Grande, 식용 선인장 노팔nopale, 장미수, 갖가지 채소와 고기 따위를 빵빵하게 넣어 튀긴 만두 사모사samosa, 꽃향기가 나서 결국 곤드레만드레 취할 때까지 마시게 되는 문샤인을 무척 그리워했다. 나는 고국을 잃은 사람들에게 둘러싸여 있었다. 이들이 그리워하는 것은

* 아르메니아에서 처음 만들어진 전통 빵으로, 밀가루 반죽을 얇게 구워 만든다.

대부분 디아스포라들이 여름마다 반짝 방문하는 아조레스와 달리 끝내 되찾을 수 없는 것들이었다.

아조레스에 다시 돌아갈 수 있도록 이끈 내 열정은 그동안 살아온 삶에서 비롯된 것인지도 모른다. 아버지가 폐암으로 돌아가신 날, 그러니까 우리 가족이 감당할 수 없는 병원비에 치여 점점 더 싼 집을 찾아 이사를 다니다가 결국 고속도로 진입로 사이에 끼어 있는 동네로 이사해, 창문에 쇠창살이 달린 집에 월세로 들어가 살아야 했던 열여섯 살의 그날 밤, 나는 엄청나게 달렸다.

사실 그때까지 단 한 번도 제대로 달려본 적이 없었다. 발이 빠르지 않았을 뿐더러 정강이 외골증*까지 있었기 때문이다. 그래도 나는 달렸다. 주류 판매점과 '감귤 아파트Citrus Flats', '오렌지 꽃 저택Orange Blossom Manor', '밀감밭The Groves' 등 오렌지 과수원을 떠올리는 이름의 아파트 단지들을 지나 달렸다. 그렇게 달릴 때 아파트마다 "1개월 월세 지원!"이라고 쓰인 현수막이 걸려 있는 걸 보았다. 겉모습만 보고 거기 살고 싶은 사람이 없을 경우를 대비해서인 것 같았다.

심장이 쿵쾅거리는 소리가 귀를 울리고 다리가 덜덜 떨리고 폐가 타는 듯할 때까지 달렸다. 한참 달리다 보니 작은 공원이 나왔다. 오렌지 과수원이었던 자리에 들어선 추레한 아파트 건물을 보

---

* 정강이 앞쪽 안에 있는 힘줄에 생기는 염증으로, 주로 달리기를 시작할 때 날카로운 통증을 동반한다.

완하려고 시에서 택지 개발 업자들을 동원해 만든 곳이었다. 그제야 나는 달리기를 멈추고 공원 잔디밭에 몸을 던졌다. 그러고는 쿵쾅거리는 심장과 숨결을 온몸으로 느꼈다.

내 몸을 지탱하고 있는 땅바닥의 기운이 느껴졌다. 아버지를 데려가버린 하늘에는 별들이 끝없이 펼쳐져 있었다. 광활했다…….
그에 비해 한없이 미약한 내 숨소리가 들렸을 때 **내가 살아 있구나,** 하는 생각이 들었다. 나는 얼마나 미약한 존재인가. 눈을 감고서 한낱 점에 불과하지만 우주의 일부인 나 자신을 느껴보았다. 가만히 멈춰 있기만 하면 움직임을 느낄 수 있는 이 우주 속에서.

1년 뒤 내 어머니 베벌리 여사가 루게릭병으로 세상을 떠났다. 사인은 루게릭병이었지만 의사들마저도 어머니의 병세가 그렇게 빠르게 악화된 건 어머니가 삶의 의지를 잃고 실의에 빠졌기 때문이라고 했다. 나는 또 한 번 내 존재 너머에 존재하는 거대한 무엇인가에 연결되어 있다고 느꼈다. 동시에 익숙했던 모든 것으로부터 떨어져나온 것 같기도 했다. 그날 이후 나는 세상에 수없이 많은 점이 존재하지만 내가 속한 점은 없는 것 같았다. 내가 혼자서 둥둥 떠다녀야 할 운명일까 봐 두려웠다.

이것이 내가 이민 이야기를 좋아하게 된 까닭이다. 나는 장소, 분리, 정체성, 함께 있지 않을 때에도 서로를 엮어주는 게 무엇인지 알고 싶었다.

다시 아르멘과의 대화로 돌아가보자. 아르멘은 아르메니아인 동네와 자손들이 물려받은 성격이 3,000년이 지나도록 유지되고 있다고 말했다. 권위적인 사람들이 사는 동네가 있고, 빈정대는 사람들이 사는 동네가 있었다. 나는 특정한 성격으로 정의할 문제가 아니라고 생각하지만 그는 심지어 종아리가 두꺼운 사람들이 사는 동네도 있다고 했다.

그 주초에 한 번도 아조레스에 가본 적 없다는 캘리포니아 청년으로부터 그의 조부모님이 테르세이라 섬에서 돌아온 기념으로 파티를 했다는 말을 듣는데 어쩐지 집에 온 것처럼 내 마음이 편안해졌다. "'여덟 개의 섬과 파티 하나, 그 파티가 바로 테르세이라 섬이다!'라는 말 들어보셨죠? 제 피에 흐르고 있는 게 바로 그거예요." 그가 말했다. 그의 팔에는 한 번도 가본 적 없다는 섬이 문신으로 새겨져 있었다.

패트릭의 아내이자 오디와 아르멘의 며느리인 에일린은 이렇듯 자신들이 타고난 특성 얘기가 나올 때면 보통 내 편을 들어줬는데, 어찌된 일인지 이번에는 아르멘의 말에 맞장구를 쳤다. 에일린은 자기 별명이 생쥐인데, 아버지의 고향이 카자즈Kazaz인 덕분에 자기가 아주 용감한 생쥐가 되었다며 생쥐라는 별명으로 불려도 아무렇지 않다고 말했다. 카자즈 사람들은 용맹하기로 유명하다.

에일린을 알게 된 지 얼마 안 됐을 때 그녀는 내게 스페인에서 아르메니아계 이란인 난민으로 지내던 시절이 살면서 가장 즐거웠던 때라는 얘기를 한 적이 있다. 그때는 직장을 구할 수도, 학교에 다닐 수도 없는 상황이어서 플라멩코 춤을 배웠다면서 내게 스텝을 조금 가르쳐줬다. (공정한 거래를 하려는 건 아니었지만) 나는 에

일린에게 재즈 손동작을 알려줬다. 난민 신분이라는 상태조차 유쾌하게 받아들일 수 있는 친구를 결코 놓치고 싶지 않았다.

재미있는 사실은, 아르메니아인이 이렇고 페르시아인이 저렇다고 하며 오디와 아르멘이 주고받는 모든 이야기가 평범한 미국 노인들에게는 전혀 적용되지 않았다는 것이다. 이들 부부가 들려주는 대부분의 이야기는 대개 개인의 경험을 바탕으로 한 것들이라 일반화시킬 수 없었다.

이슬람 혁명이 일어났을 때 오디는 아비를 배 속에 품고 있었다. 시위가 최악으로 치닫는 날이면 밤에 일찍 잠자리에 들려고 애썼다. 그러나 매일 밤 이웃들이 지붕 위로 올라가 허공으로 총을 쏘며 소리쳤다. "미국에 죽음을!" 참다못한 오디는 이웃집으로 달려갔다. "당신네 종교에서는 '네 이웃을 불행하게 하는 일은 신을 불행하게 만드는 일이다'라고 하지 않던가요?" 오디는 무슬림 이웃에게 호소했다. "저는 지금 불행해요. 밤이면 밤마다 당신들 때문에 깜짝깜짝 놀란다고요."

그들은 바로 사과했다. 그러곤 그날 이후로 지붕에 올라가 총을 쏘며 "미국에 죽음을!"이라고 소리치기 전 오디가 놀라지 않도록 미리 찾아와 문을 두드리고 공손하게 알렸다. 이웃들은 그들이 그 일을 할 수밖에 없다고 오디에게 설명했다. 그렇게 하지 않으면 다른 이웃들이 그들을 의리 있는 혁명가가 아니라고 고발할 수도 있기 때문에, 미국으로 이민 갈 수 있을 때까지는 저자세를 취할 수밖에 없다고 했다.

내가 이 이야기를 이렇게 자세히 알고 있는 건 꽤 놀라운 일이다. 왜냐하면 그동안 내가 하마옐리안 가족들과 어울리면서 알게 된 사실이 하나 있는데, 그건 바로 이들 가족이 다 모여 있을 때는 가끔 누가 어떤 말을 해도 아무도 다른 사람의 말을 제대로 듣지 않는다는 것이다. 지난 크리스마스 때 저녁 식사 자리에서 살짝 빠져 나와 다이빙 보드로 갔을 때의 일이다. 나는 여전히 한마디 한마디 기억하고 있지만 사람들이 제대로 듣지 않아서 대화가 정말 이상하게 흘러가버린 적이 있었다. 그때의 내용을 적어보았다.

다이빙 보드 노트

오디가 이란에 있을 때부터 가족끼리 알고 지낸 친구 알베르트에게 말하길, 칵테일 파티에 갔다가 내 지인인 아르메니아인 작가를 만났는데 오디가 보기에 그 작가는 똑똑한 데다 '스모킹 핫smokin' hot'하더라고 했다. 오디는 영어를 완벽히 유창하게 구사하지만, 어휘의 숨은 의미까지 파악해 사용하는 건 가끔 어려워했다. 예전에 내가 오디에게 미국인은 잘생기고 매력적인 이성을 보면 "스모킹 핫"하다고 말한다며 알려줬던 표현을 활용했던 것이다.

내 옆에 앉아 있던 알베르트의 스물두 살짜리 아들이 내게 속삭였다.

"오디 아주머니가 그 남자를 보고 '스모킹 핫'하다고 생각했다는 거예요?"

나 역시 귀엣말로 대꾸했다. "아주머니는 나도 너도 '스모킹 핫'하다고 생각하셔. 그냥 아주머니가 쓰는 표현일 뿐이야."

이번에는 내 반대쪽 옆자리에 앉아 있던 알베르트가 속삭였다. "다이애나, '스모킹 팟smoking pot•'한다고요?"

맞은편에 앉아 웅성거림 속에서 우리가 하는 말을 들은 패트릭이 말했다. "아뇨, 저는 '스모킹 팟'을 싫어합니다."

청력이 좋지 않은 아르멘이 패트릭에게 물었다. "뭐? 지금 '스모킹 팟'을 좋아한다고요?!"

알베르트가 내게 속삭였다. "팟Pot도 썩 나쁘지 않죠. 전 스카치를 더 좋아합니다만."

그쪽에서 오가는 대화를 알아듣지 못한 오디가 요란스럽게 자기 말을 끝냈다. "그리고 글재주가 아주 대단하더라고요."

그동안 내가 그런 대화가 오가는 자리에 숱하게 끼어 앉아 있었다는 사실을 고려해보면, 그 집은 내가 지원금 신청 결과가 담긴 우편물을 받았을 때 가장 가고 싶지 않은 장소일 거라고 생각할 수도 있다. 그러나 나는 우편물을 받자마자 편지봉투를 뜯지도 않은 채 그대로 들고 곧장 이들 집으로 차를 몰았다. 그곳에서 저녁을 먹다가 도중에 식탁 밑에서 봉투를 열어보았다. 지원금 선정에서 …… 떨어졌다. 가슴이 철렁 내려앉았다. 상투적으로 쓰는 진부한 표현이 아니라, 정말 가슴 부위에 있는 무엇인가가 배 쪽으로 떨

• 팟(pot)은 맥주를 뜻하며, 스모킹 팟(smoking pot)은 마리화나를 피운다는 의미다.

어지는 것만 같았다. 내 마음속 눈에는 이제 다음 날, 그리고 또 다음 날 신문사에 출근한 뒤 취재하러 외근을 나가지도 않고 형광등이 비치는 책상 앞에 앉아서 점점 더 빨라지는 속도로 블로그 포스트를 찍어내고 있는 내 모습이 보였다. 나는 식탁에 있는 누군가가 내게 지원금은 어떻게 됐느냐고 묻기 전까지 입을 다물고 가만히 앉아 있었다. 차마 내가 먼저 그 말을 입 밖으로 내뱉을 수 없었다. 마침내 오디가 내게 소식을 들은 게 있느냐고 물었다.

"못 받았어요." 나는 기어들어가는 목소리로 대꾸했다.

"음, 그럼 받고 싶어 마." 오디가 말했다. "나도 그 단체가 싫어."

"이게 다 무슨 말이야?" 아르멘이 말했다.

"그냥 어떤 단체가 있는데 다이애나의 섬 이야기를 채택하지 않았다나 봐." 오디가 말했다.

"섬?" 패트릭이 물었다. "무슨 섬인데요? 아조레스? 거기에 산호초가 있어요?"

"산호초도 물론, 물론 아주 흥미롭지." 아르멘이 말했다. "아주 중요한 거야."

"저기, 있잖아요." 패트릭이 내게 말했다. "꼭 다시 한 번 시도해보세요. 이번에는 산호초가 있는 섬을 찾아서요."

"똑같은 단체에 신청하지는 마." 오디가 말했다. "난 거기 정말 별로야. 그렇지만 산호초는 정말 흥미롭네. 거기엔 엄청 많은 것들이 살고 있잖아."

에일린은 아무 말도 하지 않았다. 그저 여기저기서 내가 산호초를 연구해야 한다고 결론짓는 동안 침묵을 유지함으로써 내가 느낀 실망을 헤아리고 공감해줄 뿐이었다.

그러니 훨훨 날아가라

어쨌든 결국 순응하게 된다. 친구들과 수다를 떤다. 주말이면 하이킹을 하러 간다. 하루 종일 가만히 앉아 어떻게 하면 내 열정을 쏟아부을 기삿거리를 찾을 수 있을지 궁리하지 않는다. 그러기보다는 사무실에 갇힌 채 강요된 무기력함에 저항하며 아우성치는 몸을 달래려고 공연히 의자의 높낮이를 조절하고 좌우로 돌려가며 기사 옆에 딸린 내 이름을 보는 것조차 창피한 트렌드 기사나 쓴다. 어쩌면 산호초 관련 이슈를 찾아서 여기저기 뒤적거려볼 수도 있고.

그렇다고 내가 아조레스 제도를 잊었다거나 미국 이민 역사라는 실 뭉치의 일부이기도 한 아조레스와 캘리포니아의 관계를 잊은 건 아니었다. 다만 항상 마감에 시달리고 있었던 터라 그저 기한에 닥친 일정을 언제나 1순위로 여길 수밖에 없었을 뿐이다.

어느 날 나는 책상 앞에 구부정하게 앉아 타이핑을 하고 있었다. 특집 기사를 담당하는 부서로 발령 받아 새해 다짐 세우기 요령에 관한 기사를 작성하는 중이었다. 쓰는 사람도 너무 지루해서 의자를 360도로 빙글빙글 돌리게 만드는 이야기인데 읽는 사람이 재미있다고 느끼게 하려면 어떻게 해야 할지 도저히 생각나지 않았다. 그때 띠링- 하고 이메일 수신 알림음이 울렸다. 주방장에게 온 메일이었다. 메일에는 "새해 복 마니 받으세요!"라고 쓰여 있었다. 때는 1월이었고, 주방장의 영어 쓰기 실력은 그의 회화 실력만큼이나 완벽하지 않았다. 그러나 바다 냄새가 나는 것 같았다. 주방장의 웃음소리가 귓전에서 울리는 것도 같았다. 나는 주방장에게 그날 바다에서 다이빙했기를 바란다고, 또 평생 형광등 아래 앉아 있을 일이 없기를 바란다고 답장을 썼다.

단짝 동료인 바버라는 그런 내 모습을 보며 걱정을 감추지 못했다. 나는 바버라를 태즈라고 불렀는데, 그건 그녀가 태즈메이니아 데빌Tasmanian devil*처럼 세상일에 아주 광분해서 난리법석을 치는 사람이기 때문이었다. 그런 바버라가 내게 재능을 허투루 낭비하고 있다는 잔소리를 늘어놓느라 세상일을 향한 관심까지 제쳐놓고 있었다. 바버라는 나더러 소명 의식을 갖고 진심으로 관심 있는 글거리를 찾아야 한다고 했다. 물론 말하기는 쉽다. 나는 유치

---

* 오스트레일리아 태즈메이니아 섬에 분포하는 유대목 주머니고양잇과의 포유류로, 날카로운 울음소리 때문에 '데빌'이라는 이름이 붙었다.

원 시절부터 뚜렷한 재주 없이 뭐든 두루두루 어느 정도 잘하는 사람이었다. 심지어 그렇게 어렸을 때도 나비에 푹 빠져 살거나 쉬는 시간마다 발야구 기술을 연마하느라 정신없는 아이들이 엄청나게 부러웠다. 내가 기자가 된 것도 같은 맥락에서 해석할 수 있다. 나는 모든 일에 두루두루 흥미를 가지고 있었지만, 딱히 어느 한 가지에 꽂히지는 않았다.

내가 침체기에서 벗어나 아조레스로 돌아가게 된 건 기도 덕분이었다. 내가 올린 기도는 아니고, 론의 기도였다. 론은 같은 신문사의 종교부 기자였는데, 건강한 향의 향수를 뿌리고 다녔으며 몹시 상냥한 사람이었다. 그는 1998년도 전국대회에서 우승을 거머쥔 프레즈노 주립대학 여자 소프트볼 팀Fresno Women's Softball National Championship을 기념하는, 거대한 보석이 박힌 반지를 끼고 다녔다. 1면에 게재할 내용을 두고 피 터지게 예산 회의를 할 때가 아니면 비어 있는 회의실에서 성경 공부를 이끌었다. 나는 론을 보면 향과 빛과 기도가 모두 갖춰진 하나의 교회 같다는 생각을 하곤 했다. 론은 자신의 직업을 사랑했고, 일요일마다 다른 교회에 나가서 다른 믿음을 경험하고 그에 관한 기사를 썼다.

그런 그가 희망퇴직을 신청할 계획이라고 말했을 때 나는 깜짝 놀랄 수밖에 없었다. 론은 선교 활동을 떠날 생각이라고 했다. 우리 신문사에는 노조가 있었는데, 노조의 규칙에 따르면 누구나 희망퇴직에 지원할 수 있었으나 일차적으로는 경력이 가장 오래된 사람들에게 기회가 돌아갔다. 론이라면 틀림없이 받아들여질 터였다. 내 이름은 저 아래 '어림없는' 분류에 속해 있었지만, 그래도 이곳을 떠나 내가 있어야 할 곳을 찾아가려면 더 열심히 일해야 한다고 마음을 다잡을 요량으로 나 역시 신청서를 작성했다.

전국의 신문사들이 인원 감축을 시행하고 있고, 그에 따라 일자리가 대거 사라지고 있다는 보도가 연일 이어졌다. 《프레즈노 비》에 속한 우리들은 처음엔 그저 남 일 보듯 멀리서 사태를 관망했다. 우리 지역에 신문사는 하나뿐이었고, 《프레즈노 비》는 공동체를 기반으로 가족처럼 경영하며 기자나 사진기자를 단 한 명도 해고하지 않고 그동안의 힘든 시간을 이겨냈다는 자부심을 자랑하는 회사의 계열사였다.

그러는 동안에도 센트럴밸리 밖에서는 투자자들이 미국 최고의 신문사로 손꼽히는 기업이자 퓰리처상 수상자를 줄줄이 배출한 《나이트 리더Knight Ridder》에 편집실 인원을 줄이라고 압박하고 있었다. 2006년 즈음 월스트리트는 《나이트 리더》를 매각해야 한다고 평가했다. 《프레즈노 비》의 모회사인 '맥클라치McClatchy'는 현금 및 주식 45억 달러와 20억 달러의 채무를 인수한다는 조건으로 《나이트 리더》를 인수했다. 새우가 고래를 삼킨 격이었다. '맥클라치'는 즉각 노조를 보유하고 있는 《나이트 리더》 편집국을 팔겠다고 내놓았다. 그리고 《프레즈노 비》에서도 세 번째 인원 감축이 실시됐다.

희망퇴직인지 인원 감축인지가 마무리되기로 예정되어 있던 날 아침, 나는 혹여 너무 많은 사람이 마음을 바꾸고 꽁무니를 빼진 않았을까 걱정하며 사무실로 터벅터벅 걸어갔다. 설령 내가 회사에 남게 되더라도 이리저리 방황하며 탐험하던 시간은 더 이상 없을 것이다. 삶의 한 조각을 담은 사사로운 기사를 더 이상 작성할 수 없을 것이다. 이제 목표는 온라인을 불태울 기삿거리가 될 터였다. 언젠가 내 기사가 한 번 '퍼져 나갔던' 적이 있는데, 빈민가에서 빙수Shaved-ice 가판대를 시작한 두 소년의 희망찬 이야기였다. 나는 그 이야기에 담긴 보편적 인간미 덕분에 조회수가 급등했다고 생각했으나, 인터넷에 빠삭한 젊은 안내데스크 직원 헤더가 내 기사의 조회수가 급등한 건 그날 브리트니 스피어스가 면도한 은밀한 부위를 노출하는 바람에 많은 사람이 '면도shaved'라는 단어를 검색했기 때문이라고 알려주었다.

나는 바버라의 책상 앞에서 걸음을 멈췄다. 그러고는 지역 이름인 포터빌Porterville을 마치 사람 이름처럼 생각하게 만들려고 일부러 "포터빌의 칼에 찔린 남자" 같은 제목을 뽑은 기사들이 줄줄이 나오게 생겼다고 투덜거렸다. 내 자리는 론 옆이었다. 론 주변에는 사람들이 몰려 있었다. 그는 동료들에게 희망퇴직 신청을 철회할 거라고 말했다. 밤새 기도를 해봤는데 신이 여전히 자신에게 이 신문사에서 의미 있는 일을 주실 것 같다는 느낌이 들었다고 했다. 나는 이메일을 확인했다. 바버라가 보낸 메시지가 들어와 있었다. "부서별로 조정한대. 연공서열이나 신문사별로 하지 않고!" 결과적으로 론이나 나나 두 사람 모두 특집기사부의 손톱만한 잔존물로 남게 되었다. 아니, 그런 줄로 알았다.

이메일이 한 통 더 들어와 있었다. 한 편집자가 보내온 메일이었는데 자기 사무실로 와달라는 내용이었다. 가서 보니 그는 내게 희망퇴직을 제안했다. 나는 망설이지 않고 서류에 서명했다. 아무런 계획도 없었다. 가능성이 있는 일이라는 생각조차 하지 않았기 때문이다. 이럴 때 우리 아버지라면 뭐라고 하셨을지 모르겠다. 아버지는 다른 일자리를 구하기 전에 일을 그만두는 걸 좋게 생각하지 않았다. 그러나 엄마가 집집마다 돌아다니며 "돈이 없을지라도"* 라는 행복한 노래를 부른 적이 있는 걸 생각하면 경제적으로 봤을 때 말이 안 되는 선택을 지지하는 말을 해줄 사람이 지구 어딘가에 있을 것 같기도 했다.

나는 열쇠고리를 집어 들고 아르멘과 오디의 집으로 차를 몰았다. 아르멘은 컴퓨터 앞에 앉아 카드 게임을 하고 있었다. 나는 20주 급여에 해당하는 돈을 받는 조건으로 희망퇴직을 받아들였다고 말했다.

"썩 긴 기간은 아니군." 그가 말했다.

"세상에. 저 실수한 것 같아요. 그렇죠?" 점점 가빠지는 숨을 몰아쉬며 내가 물었다.

"앞날이 닥치기 전까지는 모르는 법이지. 그때가 와도 모를 수도 있고." 아르멘은 툭하면 미혼인 채로 사는 나를 걱정했다. 그런데 지금은 그게 다행이라고 말하고 있었다. "이런 소식을 전해야

* 캐나다 출신 가수 앤 머리가 부른 〈대니스 송(Danny's Song)〉의 구절.

할 남편도 없고 먹여살릴 아이들도 없잖아." 그러니까 이 말이었다. 굶주릴 아이는 없다. 나 혼자만 굶주리면 된다.

사실 모든 면에서 봤을 때 나 하나만 생각하면 됐다. 프리랜서 작가로 일했던 이력이 잘 풀리지 않아 신용카드를 발급 받을 자격조차 없었던 적도 있었다. 알포 사건 이후 직장을 향한 내 모든 신뢰가 깨져서 언제 찾아올지 모를 떠날 때를 대비해 비상금을 모아뒀지만, 조금이라도 돈이 모이면 타이어를 바꿔야 한다거나 세금고지서가 날아오는 등 매번 미리 계획을 세웠어야 할 다른 일들이 생겨 내 재정 상태는 결국 제자리걸음이었다.

오디는 부엌에서 내가 가장 좋아하는 페르시아식 아르메니아 샐러드를 만들고 있었다. 버터헤드레터스와 익힌 감자, 멕시코 감자 히카마jicama, 올리브오일, 레몬을 넣어 만든 샐러드였다. 나는 이게 단지 내 직장 일이라서가 아니라 요즘 언론계에 일어나는 일이라서 너무 슬프다며 연극이라도 하듯 독백을 쏟아내면서 오디가 건네주는 샐러드를 받았다. 우리 이야기가 없으면, 우리 모두의 이야기의 원천이 사라지면 우리는 어떻게 되겠는가? 내 연설은 점점 절정으로 치달았다. 《워싱턴 포스트Washington Post》가 사라지는 날이 바로 민주주의가 암흑 속으로 꺼져버리는 날이 될 거라는 말까지 했다.

자신의 조국 전체와 과거의 일상생활을 빼앗겨본 오디는 눈을 동그랗게 뜨고 말했다. "오, 우리 공주님. 그 사람들이 나무를 베어버렸지만, 공주님한테는 날개가 있잖아. 그러니 훨훨 날아가면 돼." (오디와 아르멘은 사람들에게 별명을 지어주는 것을 좋아했는데, 날 처음 만났을 때 내 눈이 꼭 사슴처럼 수줍은 갈색이라며 날 밤비라고 부르겠다고 했다. 그러나 나는 밤비가 직업여성들이 쓰던 별칭 같아서 싫다고 했다. 그러자 이들 부부는 아마 지나치게 허리를 꼿꼿하게 세우고 앉는 바른 자세 때문인 것 같은데 어쨌든 공주님이란 별명을 골랐다. 내게 거부권이 두 번이나 주어지지는 않아서 나는 그렇게 푸들에게나 지어줄 법한 별명을 갖게 됐다.)

어쩌면 나는 오디의 조언을 듣기 전에 이미 결정을 내린 것 같기도 했다. 그러나 문자 그대로 오디의 말을 듣는 게 좋았다. 퇴직위로금을 받은 다음 날, 나는 아조레스로 돌아가는 비행기 표를 샀다. 벼랑 끝에 몰려도 죽으란 법은 없다는 자연의 섭리를 진작 알고 있었더라면 좋았을 것이다. 그러고 보면 구명 뗏목은 우리가 공중에서 배치기를 하며 뛰어내리기 전에는 등장하지 않는다는 원칙이라도 있는 것 같다.

막상 실행에 옮기기 전까지는 테르세이라 섬으로 장기 여행을 떠날 자금을 어떻게 마련해야 할지 막막했다. 여행지를 테르세이라 섬으로 정한 건 단지 그곳에 무엇인가 특별한 것, 내가 알아야 할 무엇인가가 있다는 느낌 때문이었다. 그러나 지금 나는 어떤 말로 광고해야 여름이면 기온이 40도까지 올라가는 프레즈노의 내 집에서 살 사람을 구할 수 있을지 머리를 굴리며 크레이그리스트Craigslist[•]를 들여다보고 있었다. 마침 산타바바라에서 강을 연구하는 연구원이 내가 떠나 있으려는 여름 동안 지낼 곳을 찾고 있었다. 매트는 그렇게 우리 집을 전차轉借했고(집주인에게는 비밀), 최소한 9월까지 우리 집에 머무르기로 했다.

나는 캘리포니아에서 포르투갈학 프로그램 대표를 맡고 있는 엘마노에게 전화를 걸었다. 엘마노는 내가 따내지 못한 지원금 신청서에 학술 자문으로 적어낸 사람이다. 그에게 테르세이라 섬에서 내게 집을 빌려줄 만한 사람을 알고 있느냐고 물었다. 그는 테르세이라 섬에 가족 별장이 있는데 친구들에게 종종 빌려준다며 나더러 거기서 공짜로 묵어도 된다고 말했다. 우리는 얼굴 한 번 본 적도 없는 사이였다. 나는 엘마노에게 확실한 계획이 없는 상황이라고 말했다. 어떤 글을 쓰고 싶은지도 알 수 없었고, 날 지원해줄 단체도 없었다. 엘마노는 그래도 자기 제안은 여전히 유효하다고 했다.

엘마노와 그의 아내 알베르티나와 오랜 친구 사이가 된 지금에 와서 돌이켜보니 당시에 우리가 나눴던 대화 내용이 굉장히 의외였다는 생각이 든다. 엘마노와 알베르티나 부부에게 **확실한 계획이 없다**, 라는 말은 정말이지 낯선 개념이기 때문이다. 알베르티나는 20년 넘게 유치원에서 아이들을 가르쳤다. 그녀라면 어른들만 타고 있는 차에 올라탈 때도 출발하기 전에 탑승한 사람들에게 화장

• 미국의 생활정보 사이트로 시작해 세계로 확산된 온라인 벼룩시장.

실에 다녀왔는지 물을 것이다. 그리고 강수확률이 20퍼센트만 넘어도 우산을 챙겨줄 것이다.

한번은 이들 집에서 연 파티에 참석했는데 그날 내가 데려간 파트너가 이들 집 부엌 벽에 아주 기다란 할 일 목록이 걸려 있었다. 그건 일주일짜리 목록이었다. 부부의 오랜 친구가 끼어들었다.

"오, 그건 아무것도 아니에요. 예전에 이 집 애들이 어렸을 때 여기 놀러 온 적이 있는데, 세상에 할 일 목록에 '섹스하기'가 들어 있더라니까요."

알베르티나가 어깨를 으쓱하며 말했다. "이봐요. 목록에 넣어놓지 않으면 완료할 수 없잖아요."

나와는 수준이 다른 체계를 보니 기가 죽었다. 그래도 나는 여전히 목록 만들기의 충실한 팬이다.

아조레스에 관한 글쓰기 아이디어:

- 캘리포니아 문화

  하위 문화?

  낙농업 관련?

- 우연 기대하기

사랑과 우정 사이 I

흔히 남자보다 여자가 쓴 여행기에 연애사를 비롯한 개인적인 이야기가 훨씬 더 많이 담겨 있을 거라고 생각하는 경향이 있다. 성별에 따라서 어느 한쪽은 연애가 어떻게 흘러갔는지 후일담을 까발리고, 또 다른 한쪽은 오롯이 간직할 수 있다고 단정 짓는 건 불공평하다. 그렇지만 말이 나온 김에 나도 당시에는 한심하기만 할 따름이었던 내 연애사 기록을 여기서 한번 유용하게 써먹어보려고 한다.

전에 단추를 무서워하는 파일럿과 사귄 적이 있다. 솜이불 속에 갇혔던 어릴 적 기억 때문이라고 했다. 내 친구 하나는 그 정도는 헤어질 만한 거리가 되지 않는다며 격자무늬 공포증이 있는 자기 어머니 얘기를 해줬다. "격자무늬만 보면 어지러워하셔서 어디에 있든 그 안에서 꼭 나가야 해." 나중에 보니 그 남자는 지퍼도 싫어했다. 알고 보니 그는 사람들이 옷을 벗는 것 자체를 싫어했다.

내가 만난 사람 중에는 인류학자도 있었다. 그는 내가 친구 셸리와 농담을 하다가 해먹에서 빈둥거리기 좋아하는 걸 보면 지중해 어딘가의 핏줄인 게 분명하다고 말하는 것을 듣더니 거의 울 뻔했다.

"마거릿 미드Margaret Mead* 책도 안 읽어본 사람처럼 말하는군." 그가 침까지 튀겨가며 열변을 토했다. "너희는 지금 제국주의적 이론을 전파하고 있는 거나 다름없어! 각각의 주체를 깎아내리고 있는 거라고!"(뭐 이런 비슷한 내용이었다.)

그는 내가 그의 생일 파티를 열어주려고 계획한 전날 밤, 내게 이별을 통보했다. 내게서 나는 빛이 자기에게는 지나치게 눈부시다는 이유로. 나는 친구 진의 어깨에 기대어 펑펑 울었다. 진은 흑인 교회를 다니며 자란 친군데 느닷없이 성가대 스타일로 내게 연설을 늘어놨다. "그 사람 말이 맞네, 너는 **환히, 환히, 환히** 빛나는 여성이잖니. 그리고 그 쩨쩨한 남자는 침대 스탠드만큼도 밝지 않았다는 걸 잊지 말라고."

30인분 정도의 음식을 준비한 생일 파티가 취소된 탓에 나는 동료 잭 무디에게 우리 집에 들러서 같이 음식을 먹어 달라고 부탁했다. 무디는 먹는 걸 엄청 좋아했다. 그는 일주일 내내 우리 집에 들

---

* 미국의 문화인류학자로 사모아, 뉴기니, 발리 섬 등에서 생활하면서 청소년기 문제와 성에 관한 이론을 발표했다.

러 함께 점심을 먹었다. 그는 삼나무에 올린 연어와 필라프, 구운 채소를 먹으며 이렇게 말했다. "네가 그 땅딸막한 교수한테 차여서 **얼마나** 기쁜지 몰라."

제물 낚시꾼과 아주 깊고 무자비한 사랑에 빠진 적도 있다. 나는 그 사람의 느릿느릿한 목소리가 세상에서 가장 섹시하다고 생각했는데, 친구들은 하나같이 그의 목소리가 매일 약에 취해 있는 사람의 목소리 같다고 했다. 그러나 나는 그에게서 벗어날 수 없었다. 그런 유형의 사람은 최대한 멀리해야 현명하다는 게 뻔히 눈에 보였는데도 말이다. 무디도 그 남자를 알았다. 무디는 심야 라디오 방송에 어울릴 법한 그의 목소리를 흉내 내며 날 놀렸다. "안녕하십니까아아. 저는 백마 탄 왕자입니다아아." 무디는 그 남자 목소리를 아주 똑같이 따라했다.

사실 무디는 그런 말을 할 자격이 없었다. 무디와 함께 다른 신문사에서 일한 적 있는 바버라는 그가 이혼한 뒤 만나는 여자가 끊이지 않는다며, 그의 여자친구들을 일컬어 '일회용 여자들'이라고 불렀다. "무디는 자기만큼 똑똑해 보이는 여자 하고는 만나지 않아." 바버라는 내게 이런 말을 하기도 했다. 그 말을 무디에게 전했더니 그는 불쾌한 기색을 비치기는커녕 시원하게 인정했다. "나는 충실한 독신주의자가 되기로 했거든. 나한테 한마디라도 하려면 우선 결혼도 해보고 이혼도 해보고 오셔."

미국의 싱어송라이터이자 배우였던 조니 캐시Johnny Cash의 〈링 오브 파이어Ring of Fire〉를 열네 번 연속으로 듣고 또 듣고, 뻑뻑 울려대는 트럼펫 소리를 머리가 지끈거릴 때까지 듣고 나서야 마침내 백마 탄 왕자님의 꿈에서 깰 수 있었다. 그 후로 나는 두 번 다시 그런 끌림을 느끼지 못했다. 비슷한 상황에 처한다면 주저하지 말고 내 방법을 써보길 바란다.

그러나 이런 모든 일을 겪는 내내 나는 비밀을 하나 간직하고 있었다. 장기적으로 봤을 때, 상대를 잘못 골라 쓸데없이 쏟던 에너지를 모두 소진하고 나면 결국 내 옆에 '상남자 작가'가 있으리란 걸 알고 있었다. 우리는 둘 다 책 읽기를 매우 좋아했고 둘 다 어린 시절에 아픔을 겪은 적이 있어서 서로의 상처를 이해했다. 게다가 그는 검정 티셔츠가 잘 어울렸다. 운명이라고 생각했다. 수년의 기다림 끝에, 내가 직장을 관두고 이 나라를 떠나 대서양 한복판에 둥둥 떠 있는 섬으로 갈 준비를 하고 있는 동안에 나는 그런 생각에 서서히 빠져들었다.

늦은 밤, 상남자 작가와 내가 포르투갈 축제를 즐긴 뒤 차를 타고 집으로 돌아가는 길이었다. (그는 전부터 내게 여러 번 전해 들었던 포르투갈 전통을 직접 보고 싶어 했었다.) 집에 도착하기 한 시간 전쯤에 그는 이혼한 이후 처음으로 이제야 다시 연애를 할 마음의 준비가 된 것 같다고 말했다. 나는 숨을 참았다. 그 순간 그가 단호하게 말을 이었다.

"잠깐만요. 당연히 당신은 아니에요. 우리 둘 사이에 어느 정도 끌림이 있다는 건 알지만, 당신은 내 유일한 이성 친구예요."

그가 이런 걱정을 하고 있다는 건 일찍이 알고 있었다. 올해 초

그의 저자 사인회가 열리던 날, 내가 사인회장을 나설 때 그의 삼촌이 나를 두고 그에게 "저분은 어떠냐?"라고 묻는 걸 우연히 들었다. 그때 그는 "제 친구라 안 돼요"라고 대답하면서 이렇게 덧붙였다. "자기 집 닭장에 똥 누는 놈은 없잖아요." 지금 돌이켜보면 아무리 생각해도 그의 대답이 세상에서 가장 낭만적이라고 할 수는 없었다. 그러나 당시 내 귀에는 그 말이 "소중한 친구에게 마음이 끌렸습니다"라는 뜻으로 들렸다.

상대가 나는 아닐 테지만 그가 다시 연애를 할 거라고 말한 지 일주일쯤 지났을 무렵, 그는 나를 차에 태우고 시내를 돌며 자신이 처음으로 머리를 깎았던 곳, 처음으로 일했던 곳, 첫 키스를 했던 집을 보여줬다. 해설 딸린 관광이 무엇을 의미하는 건지 어리둥절했는데, 바버라가 그게 남자들의 방식이라고 말했다. 남자들은 자신을 지리적으로 보여주기를 좋아한다나?

어쨌든 육체적으로 우리는 더욱 멀어졌다. 상남자 작가는 우리 집 소파에 앉아 차를 마시는 것을 좋아했는데 그즈음에는 우리 집에 오더라도 그냥 서 있기 일쑤였다. 내가 거실에 있을 때에도 식탁에서 서서 내게 말을 했으며, 내가 식탁으로 다가가면 그는 부엌 안으로 들어가버렸다. 마치 방을 사이에 두고 왈츠를 추는 것 같았다. 서로 표현하지 않은 마음을 참아내기에는 그 마음이 너무 강렬해서 그가 물리적 거리를 방패 삼아 나와 떨어져 있으려 하는 것 같다고 생각했다.

내가 떠나기로 예정된 주가 다가왔을 때까지도 여전히 아무 일도 일어나지 않았다. 나는 몇 년 동안이나 그에게 빠져 있었기 때문에 내가 먼저 다가설 수는 없었다. 이번에는 그가 나설 순서라고 생각했다. 그러니까 그때 내가 그의 집으로 갔던 건 단지 그의 사인이 담긴 책을 받으러 가기 위해서였을 뿐이다. 큰 부탁을 들어준 그의 친구에게 줄 선물이었다.

아조레스에서 초반 몇 주 동안 머물기로 했던 엘마노와 알베르티나의 집에 머물 수 없게 됐다. 두 사람이 아조레스로 돌아가게 됐기 때문이었다. 미안해하는 그들에게 나는 아무 문제없다고, 시내 호텔에 묵으면 된다고 했지만 현실은 어렵기만 했다. 신문사가 내 희망퇴직금에서 세금을 떼어가고 나니, 비행기표와 예쁜 치마 두어 벌을 사고 나자 수중에 남은 자금은 다 합해 7,000달러 정도밖에 되지 않았다. 이런 상황에서 상남자 작가가 포르투갈 직원이 절반 정도 되는 유기농 낙농 협동조합을 운영하는 친구에게 연락해, 아조레스에서 자기 친구에게 셋방을 내줄 수 있는 사람을 알고 있느냐고 물어봐줬다. 채 하루도 지나지 않아 나는 그를 통해 초반 몇 주 동안 묵을 셋방을 구할 수 있었다.

그의 사인이 담긴 책을 가지러 갔을 때 나는 그의 집 부엌으로 곧장 들어갔다. 우리는 결국 언제나 부엌에서 시간을 보냈기 때문이다. 그는 강렬한 눈빛으로 날 바라봤다. 나는 그의 눈동자에 내 모습이 채워지는 게 보일 만큼 그와 가까이 서 있었다. 그의 눈빛이 심상치 않았다. 그는 가능한 한 마지막 순간까지 참고 참았지만, 그날이 끝이었다. 나는 그가 평생 잊지 못할 말을 뱉으리라는 확신이 들었다.

"마이클 잭슨 죽는 거 봤어요?" 그가 나지막하고 굵직한 목소리로 물었다. "그걸 보면 인생은 참 짧은 것 같죠."

물론 마이클 잭슨이 어떻게 죽었는지 알고 있다. 세네갈의 드러머들이 눈물을 뚝뚝 흘리는 뉴스 영상을 전 세계 사람들이 다 봤을 것이다. 상남자 작가의 말이 전적으로 옳았다. 인생에 확실한 건 없다. 나는 방금 막 직장을 그만뒀다. 카르페디엠의 전형이라고 할 수 있었다. 지금 그가 **디엠**을 움켜쥔다면 그것은 바로 나일 것이다.

우리는 조금 더 서로를 바라봤다. 누구도 움직이지 않았다. 나는 간신히 숨을 내쉬었다. 영겁 같은 시간이 흐른 뒤 수줍은 마음이 들었다. 나는 무슨 말이라도 하려고 애썼다. 그러나 고작 내가 속삭이듯 내뱉은 말은 이랬다.

"〈스릴러〉는 정말 획기적인 뮤직비디오였죠."

우리는 살짝 붙어 등을 두어 번 톡톡거리며 남자들끼리나 할 법한 플라토닉한 포옹을 나눴다. 나는 이메일로 연락하겠다는 약속을 한 다음 차 안으로 돌아왔다. 곧 도시는 시야 뒤로 물러가고 눈앞에 시골이 펼쳐졌다. 하늘은 하얗고 들판은 금빛으로 활활 타올랐으며 기찻길은 안개 낀 지평선을 향해 브이 자로 굽어 있었다. 나는 컨트리 음악을 들으며 북쪽으로 차를 몰았다. 기찻길을 바라보고 있는데 철길 교차로에 서서 철로에 1센트짜리 동전을 던지는 아이들이 보였다. 지나가는 기차에 동전이 깔릴 행운을 기다리는 것이다. 동전이 기차에 깔리면 행운이 찾아온다니 참 재미있는 발상 아닌가? 이런 일은 늘 일어난다. 우리는 운 좋게 행운이 찾아왔다고 느끼지만, 한참 지난 뒤 그 정도의 운은 언제나 우리 곁에 있었다는 걸 깨닫게 된다.

회녹색 깃털 같은 얼룩이 들판에 일정한 간격으로 띄엄띄엄 나 있었다. 나무였다. 가족 농장이라는 표시다. 각각의 바람막이는 집과 포치porch를 의미했다. 차는 거의 두 대씩 있었다. 농장 일을 하는 흰색 픽업트럭 한 대와 그 땅을 유지할 수 있게 해주는 일터로 나갈 연비 좋은 낡은 차 한 대. 한때 이곳에는 1,200제곱미터마다 나무가 무리지어 자랐다. 1950년대에 미국 농업은 "크게 짓거나 떠나거나"를 표어로 내세웠다. 전쟁 후에 태어난 베이비붐 세대들은 자연스럽게 저렴한 음식에 익숙해졌고, 제2차 세계대전에서 사용되었던 화학물질은 농약으로 탈바꿈해 그들의 기대를 충족시키는 데 크게 일조했다.

나는 상남자 작가의 친구 토니에게 가는 길이었다. 그는 소규모 농장으로 틈새시장을 개척한 부류에 속했다. 여기저기서 **유기농**을 앞세우기 한참 전부터 **유기농**으로 농장을 꾸렸다. 그건 그가 "그저 아버지가 했던 대로 가족들을 먹여살릴 만큼만 젖을 짜고 싶지, 세상의 모든 젖소에게서 착유를 하고 싶지는 않았기" 때문이었다. 그의 아버지는 아조레스에서 온 이민자였고, 테르세이라 섬 출신 아조레스인들은 거의 대부분 낙농가였다.

토니의 목장에서는 축제가 열리고 있었다. 나는 테르세이라 섬에 빈 집이 있는 낙농가 가족을 만나 그들이 내게 집을 빌려줄 것인지 최종 결정을 맡길 것이다. 농장을 운영하는 사람들과 샌프란시스코 만안 지역인 베이에리어Bay Area에서 온 타고난 힙스터들로 뒤섞인 축제는 찌는 듯한 열기 속에서 한창 무르익고 있었다. 지역에서 딴 꿀을 구입할 수 있는 곳으로, 유기농이라는 용어의 쓰임을 제한하자는 청원에 서명하는 축제의 장이었다.

베옷을 입은 커플이 토니와 대화를 나누며 종종 결혼식이나 가족 모임을 여는 목장 시설을 극찬했다.

"여기 엄청 크네요. 콘서트장으로 손색없겠어요. 시내에서 몇 시간 거리밖에 되지 않으니까요." 여자가 말했다. "인터넷 전략은 어떻게 되세요? 주 전략으로 소셜네트워킹을 활용하면 좋을 것 같은데요."

파란 눈, 깡마른 체형의 토니는 느슨한 카우보이 모자와 부츠를 신고 있었다. 그 외에 다른 옷을 입은 모습을 상상하기 어려울 만큼 그 차림이 잘 어울렸다. 토니는 그 커플이 제풀에 지칠 때까지 별로 말을 하지 않았다. "뭐, 저희는 저희가 원하는 대로 잘하고 있는 것 같아요." 마침내 그가 대꾸했다. "저희 아버지는 늘 제게 성공의 비결은 충분히 가졌을 때를 알고 멈춰서 감사하는 것이라고 말씀하셨거든요."

내가 그들 쪽으로 다가가는데, 환한 미소와 통통 튀는 에너지를 지닌 60대 후반 여성이 무리에 끼었다. "저희 누나 메리입니다. 저를 키워준 거나 다름없는 분이죠." 토니가 우리를 소개했다. "그리고 이분은 곧 아조레스로 가실 다이애나예요."

나는 그녀에게 상남자 작가의 사인이 담긴 책을 건넸다.

"자, 우리 둘 다 알고 있는 그 친구는 어떻게 지내고 있습니까?" 토니가 물었다.

아주 오래전에 아버지가 내게 나는 머릿속의 생각이 얼굴에 그대로 다 드러나는 사람이고 한 적이 있다. 결코 칭찬으로 하신 말씀이 아니었다. 상남자 작가에 관한 토니의 물음에 내 얼굴엔 실망한 기색이 역력히 내비쳤다. "어머, 아가씨!" 메리가 내 팔을 붙잡으며 말했다. "걱정하지 마요. 끝내주는 구강성교로 못 바꿀 건 없답니다."

나는 화들짝 놀라 사실대로 말해버렸다. "구강성교라뇨! 대체 왜 그런 말씀을. 우리는 입도 한 번 맞춘 적 없는 사이예요!"

"정말요?" 토니가 말했다. "저는 두 분이 연애 중인 줄 알았어요. 그러니까 두 분이서, 그러니까 그 친구가 전화했을 때……"

"어머 정말 심각한 문제네." 메리가 말했다. "내 천막으로 와봐요."

축제장에 마련된 메리의 천막은 어린아이들이 좋아할 만한 어린이 책으로 꾸며져 있었다. 우리는 기다란 리본과 반짝이는 별이 달린 공주님 손가방과 유니콘 인형 사이에 앉았다.

"그 사람을 처음 봤을 때 어땠는지 말해봐요. 선글라스는 벗고요. 눈 좀 봅시다." 메리가 말했다.

내가 어째서 메리의 말을 순순히 따르고 있는지 알 수 없었다.

그러나 나는 선글라스를 벗고 플러시천으로 만든 용 인형에 등을 기댔다. "그를 만난 게 아니고, 책으로 읽었어요." 나는 줄줄 털어놓았다. "그런 다음에 그가 제 글을 읽었죠. 그런데 그때부터 수 년째 둘 다 짝이 없는 상태로 같은 도시에 살고 있어요. 사실 아무것도 아닌데 제가 그냥 엮고 싶어 하는 건가 하는 생각도 들어요." 내가 말했다. "터무니없으니까요."

"사랑은," 메리가 말했다. "아주 재미난 거죠. 하지만 절대 터무니없지 않아요. 사랑을 믿나요?"

메리는 진지하게 내 대답을 기다렸다.

"글쎄요," 내가 말했다. "사랑 이야기 듣는 걸 좋아하긴 해요."

그녀는 내 말에 자신의 이야기를 들려주었다.

염소자리

메리는 세 번 결혼했다. 그녀의 말에 따르면, 세 번째 남편이야말로 진정한 사랑이었다. 그는 그녀가 학창 시절부터 알고 지낸 남자였다. 얼굴 전체에 주름이 질 정도로 상냥한 미소를 짓는 소년이었던 빌에게 처음 눈길이 갔을 때, 그는 열네 살 정도였다.

메리는 학교 다니는 걸 정말 좋아했다. 학구적이었던 그녀는 언제나 모든 과목에서 A학점을 받는 모범생이었다. 학생으로서 특출한 성과를 보이면 의무교육을 받아야 하는 16세 이후에도 아버지가 계속 공부를 시켜줄 것이라고 기대했다. 메리의 가족은 그녀가 여섯 살이었던

1948년 아조레스를 떠나 캘리포니아로 왔다. 테르세이라 섬에서 약 4만 명의 사람을 센트럴밸리로 데려온 이주 물결의 정점에 있었던 셈이다. 다른 섬들 또한 많은 사람들을 떠나보냈다. 이제는 아홉 개의 섬에 살던 인구보다 캘리포니아에 사는 아조레스인의 수가 두 배 더 많을 정도다.

이 공동체를 처음 접했을 때 내 마음을 강렬히 사로잡은 건 마치 시간이 멈추기라도 한 듯 변함없이 보존된 옛 모습이었다. 그 말은 곧 젊은 여성이었던 메리가 여성을 소유물로 여기는 가부장적 전통에 여전히 얽매여 있었다는 의미이기도 했다. 수대에 걸쳐서 아조레스의 지주들은 부를 확장하기 위해 다른 지주 집안에 자기 딸을 시집보냈다. 젊은 여성의 역할은 그저 순결하게 있다가 다른 집안으로 팔려가는 것이 전부였다.

메리의 아버지는 그의 섬을 '고국'으로 받아들였다. 그런 그도 나중에는 결국 새로운 나라와 새로운 시대에 마음을 열었지만 장녀였던 메리만큼은 고국의 전통대로 키워졌다. 메리는 데이트는커녕 그 어떤 과외 활동도 허락받지 못했다. 그녀의 아버지는 테르세이라 섬 출신 친구의 아들을 미래의 사윗감으로 골랐고, 메리가 열세 살 되던 해 그 친구와 악수 한 번 나눔으로써 자녀들의 혼인 합의는 끝났다.

계속해서 학교를 다니겠다는 메리의 계획은 수포로 돌아갔다. 메리가 열여섯 살 때 학교 교장이었던 맥스위니가 차를 몰고 목장까지 와서 메리의 아버지에게 그녀가 뛰어난 우등생이라며 학업을 이어가게 해달라고 간청했지만 메리의 아버지는 정부가 너무 오랫동안 딸을 잡아됐다며 거절했다. 이제 메리는 빵을 굽고 바느질을 하며 좋은 아내가 되는 방법을 배워야만 했다. 정략결혼이 이루어지기 전 테르세이라 섬에 있는 친척들이 남자의 친가, 외가 가족들의 뒤를 캤다. 그는 어떤 구설수에도 휘말리지 않은 오랜 가톨릭 가문 출신이었지만 사람이 없는 데서는 못된 면을 드러내기도 했다.

그해 여름 메리의 가족은 친척들을 만나러 테르세이라 섬을 방문했다. 메리의 여동생들은 해변이나 시장은 물론 믿을 만한 친구와 동행하기만 한다면 파티에도 갈 수 있었다. 그러나 약혼자가 있었던 메리는 종일 할머니 곁에만 붙어 있어야 했다.

그러나 메리는 그때 희망을 봤다. 메리의 아버지가 상황이 자기 기억 속 모습 그대로 돌아가지 않는다는 걸 깨달은 것 같았기 때문이다. 여자들은 스타킹을 신고 다니고 카페에서 담배를 피웠다. 교수가 된 여자도 있었다. 이렇게 멀리 떨어져 있으면, 메리가 파혼하고 싶다고 얘기하더라도 약혼자가 찾아와 손찌검할 수 없을 터였다. 메리는 우편으로 반지를 돌려보냈다. 그러고는 할아버지를 붙잡고 아조레스에 남을 수 있도록 아버지를 설득해달라고 간절히 애원했다. 할아버지는 그러마하고 대답했다.

아직 아무 문제도 해결되지 않았던 어느 날, 메리의 아버지가 성난 듯 발을 쿵쿵 구르며 집으로 들어왔다. 메리의 아버지는 예비 사위의 아버지이자 그의 평생지기 친구가 우편으로 되돌려보낸 금반지를 손에 쥐고 있었다. 그는 무척 화가 나 있었다. "장부일언중천금이다." 그가 말했다. "달라진 건 아무것도 없어." 그는 메리의 손가락에 다시 반지를 끼우고 그 길로 나가버렸다.

이후 메리는 더 이상 자신의 운명을 의심하지 않았다. 열여덟 살 때 메리는 (처녀임을 증명할 신체검사를 받고서) 결혼했다. 캘리포니아에 위치한 그림 같은 중부 해안으로 신혼여행을 떠난 지 일주일 만에 메리는 어머니에게 전화를 걸어 집에 와달라고 애원했다. "못 하겠어요." 메리의 말에 어머니가 답했다. "딸, 네가 자초한 일이니 견뎌야 한다." 메리는 마음속으로 자기는 자초한 게 없다고 소리쳤지만 할 수 있는 게 없었다. 그렇게 메리는 12년 동안 결혼 생활을 유지했다. 그러나 메리의 남편은 분필로 자동차 타이어에 표시를 해가며 메리의 일거수일투족을 감시했고 아내가 독서라도 하는 모습을 발견하면 당장 그 책을 빼앗아 던져버렸다.

두 번째 남편은 상냥한 연상의 남자였다. 그와 결혼한 건 순전히 아이들 때문이었다. "정말 마음 아파요. 나한테 그런 대접을 받아서는 안 되는 남자였거든요." 메리가 말하는 '그런 대접'이란, 우연히 빌을 만나면서 시작된 일이었다.

스물다섯 번째 고등학교 동창회가 열린 날이었다. 작은 동네였던 터라 졸업을 했든 안 했든 모두 동창회에 초대받았지만, 그전에 메리는 동창회에 한 번도 참석한 적이 없었다. 어쨌든 간호학 학위를 받으려고 학교를 다니긴 했으나, 제때 고등학교를 마치지 못했다는 게 계속 상처로 남아 있었기 때문이다. 그러나 이제 자식들도 다 키워놓았고 마음이 편해졌다고 생각했다. 옛 친구들을 만나면 재미있을 것도 같았다.

메리는 빌이 들어오자마자 그를 알아보았다. 키가 더 커진 것 같았다. 연필처럼 깡말랐던 몸통은 불룩해졌다.

"팔이 덜덜 떨리더라고요. 빌을 한순간도 잊지 못하고 있었거든요." 메리가 말했다. "사람들은 사랑은 10대들이나 하는 거라고 말하잖아요. 왜 그렇게 말하는지 전혀 이해되지 않아요. 그건 사실이 아니에요. 설레는 마음에는 면역이 생기지 않는다니까요."

빌의 눈빛에는 어둠이 서려 있었고 그를 보고 있으면 고통이 느껴졌다. 그러나 그의 미소만큼은 여전히 온화했다. 미소 지을 때면 그의 얼굴은 주름으로 가득해졌다. 순종적이고 학구열에 불타던 소녀는 오래전에 사라지고 없었다. 메리는 정략결혼의 대가로 얻은 화려한 옷을 입고 빨간색 BMW 컨버터블을 끌고 다녔고, 자신의 본모습을 뻔뻔하고 배짱 좋은 가면 뒤에 숨겨버렸다.

"어머, 빌," 메리가 말을 걸었다. "네가 오랫동안 내 야한 꿈의 파트너였던 거 알아?"

이렇게 지나친 농담으로 떨리는 진심을 숨길 수 있으리라고 생각한 것이다. 하지만 빌은 고개를 가로저으며 그녀를 가볍게 안고는 말했다.

"메리! 우리 메리."

빌이 유부남이라는 걸 알았지만 메리는 그날 밤 남편에게 이혼하고 싶다고 말했다. "당신을 두고 바람피우고 싶지 않아요. 그런데 그 사람을 다시 만나면 난 그이와 자고 말 거예요. 이렇게 오랜 시간이 흐른 뒤에 만났지만 그를 본 순간 설명할 수 없는 감정을 느꼈어요. 아니라고 부인하지 않을 거예요."

메리의 이야기는 계속 이어졌다. "다음 파티는 썩 보기 좋지 않았어요. 싸구려 잡화점에서 파는 연애소설에나 나올 법한 일이 일어났죠. 자세한 얘기는 않겠지만, 아무튼 우리는 많은 사람들에게 상처를 줬어요. 내가 하고 싶은 말이 뭐냐면, 그럼에도 불구하고 우리가 결혼해서 같이 산 지 28년이나 됐는데, 우리의 사랑은 이 땅 위에 존재하는 다른 것들처럼 여전히 실재한다는 거지요. 사랑은 내 인생에서 가장 중요한 거예요. 사랑은 정말로 존재해요." 메리가 옆에 있던 반짝이 응원 수술을 흔들며 말했다. "당신이 푹 빠져 있는 그 친구의 별자리가 뭔지 말해봐요."

굳이 기억을 되짚을 필요도 없이 그의 별자리가 생각났다는 사실에 부끄러웠다. 하지만 뭐 그의 생일이 크리스마스와 가까우니 그럴 수도 있는 것 아니겠어?

"염소자리예요." 내가 말했다.

"염소자리라! 내 사랑도 염소자리죠. 염소자리가 어떤지 말해줄게요! 겉으로 보기에는 세상 진지하고 구식이지만, 닫힌 문을 열고 들어가면 말이 전혀 달라지지요! 오해하지 마세요. 잠자리만 얘기하는 게 아니에요. 웃음도 마찬가지예요. 아, 빌과 나는 웃고 또 웃고 또 웃어요. 사람들이 많은 데서는 절대로 그런 모습을 보이지 않지만, 우리 둘만 있을 때 보면 빌처럼 우스꽝스러운 사람도 없다니까요. 게다가 웃는 얼굴만큼 섹시한 게 없잖아요."

메리의 이야기를 듣고 있는데, 중간중간 날 혹하게 하는 부분이 있었다. 일흔이 다 되어가는 부부가 고개를 흔들어가며 웃어대고, 잠자리를 한다니. 현재의 내 연애 속도를 고려해보면 아주 반가운 이야기였다. 사실 염소자리들은 정말로 주변에 사람들이 없을 때면 굉장한 장난꾸러기가 된다. 그러나 상남자 작가의 그런 모습은 퍼뜩 상상되지 않았다.

천막 밖으로 나왔을 때 토니가 하얀 목장 울타리에 몸을 기대고 저녁노을을 바라보고 있었다. 맨 아래 난간에 올려놓은 카우보이 부츠 하나, 얼굴에서 멀리 떨어져 있는 모자의 가장자리를 보니 완벽한 서부풍경을 담아놓은 그림이 따로 없었다. 나는 그에게 다가가 나란히 서서 그를 따라 울타리에 팔을 올렸다.

"한마디 조언해도 될까요?" 그가 물었다.

"그럼 저야 고맙죠." 내가 대답했다.

"여기에 친척들이 굉장히 많이 살아요. 높으신 분도 제법 있지요. 원한다면 그분들의 이름하고 연락처를 가르쳐줄게요. 그런데 제가 드리고 싶은 말은 방금 제가 한 제안을 받아들이지 말라는 거예요. 이것저것 계획을 너무 세우려 하지 마세요." 그가 말했다. "모험을 할 때는 만나야 할 사람을 만나게 되고, 들어야 할 이야기를 듣게 된다는 걸 믿으세요. 정말로 중요한 것들에 대해선 계획을 세울 수 없어요."

2부

이야기 꽃 피는 구둣방

나는 태양과 함께 테르세이라 섬에 도착했다. 이른 아침 비행기 밖으로 걸어 나가자마자 바다의 짠 내와 꽃향기, 그리고 도저히 믿기지 않을 만큼 익숙한 냄새가 밀려왔다. 내가 이곳에 왔던 건 4년 전 딱 한 번, 스무 날 남짓이 전부였다.

엘마노는 자기가 사는 마을은 테르세이라 섬 남부에 있다며 내가 앙그라 두 에로이즈무에서 지냈을 때와는 전혀 다른 경험을 하게 될 거라고 말했다. 앙그라보다 더 시골이기 때문에 주변에서 영어를 할 줄 아는 사람을 찾는 게 전처럼 쉽지 않을 거라고도 했다. 우연히(그리고 아조레스인이 어찌나 서로 얽혀 있는지) 내가 초반에 묵었던 집 또한 엘마노의 마을에 있었다. 그 집을 내게 빌려준 가족은 캘리포니아주 동부의 모데스토Modesto 에 사는 알베르티나 가족의 이웃이었다.

공항으로 나를 데리러 온 택시 기사는 영어를 할 줄 몰랐다. 목적지에 도착해서 보니 집 문이 잠겨 있었는데, 근처에 아무도 보이지 않았다. 주방장에게 내가 일을 관두고 아조레스 제도로 갈 계획이라는 이메일을 보내긴 했다. 그러나 모든 일이 손쓸 새도 없이 눈 깜짝할 순간에 일어났다. 그러려고 했던 건 아닌데, 처음에 한 번 감사 편지를 돌리고 난 뒤로 꾸준히 연락을 유지한 사람이 없었다. 또 그러려고 했던 건 아닌데, 여전히 포르투갈어를 배우지 않았다. 택시 운전사에게 뭐라고 해야 할지, 어디로 데려가달라고 해야 할지 알 수 없어서 집 밖의 옥수수 밭 앞에 여행 가방을 깔고 앉아 있었다.

캘리포니아에 있는 집 주인 프랭크에게 메시지를 보내야겠다는 생각이 들어 동네를 돌며 인터넷 카페가 있는지 찾아보기로 했다. 그러다 섬 이쪽에는 그런 게 없다는 걸 금세 알아차렸다. 마을 중심지에 들어서자마자 작은 카페가 하나 보였다. 나는 안으로 들어가 계산대 너머에 있는 남자에게 말을 걸었다. "**봉 디아, 팔라스 잉글레스**Bom dia, falas inglês (안녕하세요, 혹시 영어할 줄 아시나요)**?**"

바 테이블에서 에스프레소를 마시고 있던 키 큰 남자가 몸을 돌렸다. "아직도 포르투갈어를 안 배운 겁니까?" 그가 씩 웃으며 물었다. 머리가 돌아가지 않았다. 어떻게 주방장이 내 앞에 서 있는 거지?

"제가 누군지 아시겠어요?" 당황한 내가 선글라스와 모자를 벗으며 다급하게 물었다.

"돌아보기도 전부터 당신인 줄 알았습니다!" 그가 말했다. "포르투갈어 실력이 여전히 형편없네요."

"아니, 제가 여기에 있는 걸 어떻게 알았어요?" 내가 물었다. 그를 만나 정말 기뻤지만 너무 놀란 나머지 멍하니 서서 더듬거리는 것 말고는 아무것도 할 수 없었다.

"여기는 제가 사는 동네예요." 그가 말했다. "대답은 그쪽이 하셔야 할 것 같은데요."

우리는 바깥으로 나가 카페 앞 야트막한 담벼락에 걸터앉아 이야기를 나눴다. 담벼락은 교회와 중앙 교차로를 향해 있었다. 지나가는 사람들이 끊임없이 경적을 울려댔다. 그럴 때마다 주방장이 손을 흔들며 큰 소리로 인사를 건네는 바람에 나는 여전히 아무런 대답도 듣지 못했다.

"대화에 방해되게 계속 인사만 해서 미안해요. 여기서는 우정만큼 중요한 게 없죠. 누구에게 빼먹고 손을 흔들어주지 않으면 상황이 아주 안 좋아지거든요." 그가 말했다.

또 차 한 대가 경적을 울렸다.

"방금 지나가신 분은 제 어머니예요!" 그가 말했다.

"그런데 여기서 뭐하고 계시는 거예요?" 내가 재차 물었다.

"전 여기에서 태어났어요. 할머니와 아버지도 여기서 태어나셨죠. 그리고 전 소방서장이에요. 이제 당신은 여기서 뭘 하고 있는 건지 좀 들어봅시다." 그가 말했다.

도착한 지 한 시간도 채 되지 않았는데 마지막으로 연락한 지

4년도 넘은 사람과 우연히 마주쳤다. 그는 내가 언젠가 여름에 다시 이 섬에 오리라는 사실만 어렴풋이 알고 있었고, 나는 그가 이 섬 어딘가에 산다는 것만 알고 있었는데 말이다. 주방장은 내게 지금도 섬을 떠난 아조레스인들과 섬에 남은 아조레스인들의 유대 관계에 관심이 있느냐고 물었다.

"그럼요." 내가 대답했다. "그게 알고 싶어서 여기에 왔는걸요."

"**봉**Bom(잘됐네요). 제가 앙그라에서 컴퓨터 수업을 하고 있는데 꼭 한번 와서 보면 좋을 것 같아요. 아침 8시에 데리러 가겠습니다. 이번에는 어디서 지내시죠?"

나는 어느 집인지 설명한 뒤 그 집 문이 잠겨 있다고 말했다.

그가 약간 가라앉은 목소리로 대답했다. "아, 그러시군요. 어디로 가봐야 할지 알 것 같습니다."

주방장은 나를 차에 태우고 잘 정돈된 정원이 딸린 집으로 갔다. 문을 두드리는 그의 표정이 긴장한 것처럼 보였다. 아담한 체구의 여성이 답하며 문을 열더니 주방장을 보자마자 눈물을 흘리며 까치발로 서서 그를 와락 껴안았다. 무슨 일이 벌어지고 있는 건지 도무지 알 수 없었다. 그때 주방장이 내게 가까이 오라고 손짓했다. 여자는 포르투갈 전통대로 내 양 볼에 입을 맞추고는 주방장에게 길을 알려줬다(손가락으로 어딘가를 가리키는 모습을 보고 짐작할 수 있었다).

주방장은 차 안에서 마리아와 그의 남편이 집 관리인이며, 나를 맞이하기로 되어 있던 이들이라고 설명해줬다. 그런데 마리아의 남편이 나흘 전 심장마비로 세상을 떠났다고 했다. 당직 중이던 주방장이 출동해 남편의 심장을 다시 뛰게 하려고 심폐소생술을 시도했지만 살리지 못했다. 아조레스에서는 소방관들이 구급차 운전사이자 응급구조사다. 그는 얼굴만 기억할 뿐 개인적인 친분이 없지만 사람들은 위급한 순간에 소방관을 보면 격한 반응을 보이기도 한다고 했다. 슬퍼할 때도 있고, 분노할 때도 있고, 말 그대로 후려갈기기도 한다고. 수년이 흐르고 난 뒤에도 사고가 있던 날 마주쳤던 얼굴이 방아쇠가 되어 예기치 않은 기억을 떠올리게 되기 때문이다. 주방장은 마리아가 안아준 걸 고맙게 여겼다.

우리는 그 가족의 사촌에게 열쇠를 받았다. 내 임시 거처가 될 집의 문을 열고 들어가는데 주방장이 웃으면서 말했다. "여기서 지내는 동안 이 집의 주인에 대해 아주 잘 알게 될 거예요."

집은 남편 쪽 가족 소유였는데, 그의 어머니는 가족 자랑이라도 하듯 집 안 곳곳을 아주 열심히 꾸며놓았다. 모든 가구 위에 가족사진 액자가 빼곡하게 놓여 있었다. 포르투갈 역사와 〈최후의 만찬〉 그림이 그려진 태피스트리 두 장이 걸린 공간을 제외한 나머지 벽에는 남편의 첫 영성체부터 고등학교 졸업식, 그의 자녀들의 인생이 기록되어 있었다. 기자 생활을 하면서 이런 식으로 꾸며놓은 집을 여러 곳 봤다. 가족을 향한 자부심이 강한 할머니는 전 세계 어디에나 존재한다. 다음 날 아침에 나는 자부심 강한 할머니 몇 분을 실제로 만났다.

주방장은 앙그라의 한 노인복지관에서 컴퓨터 수업을 하고 있었다. 그는 교실을 돌아다니며 나이가 굉장히 많은 할머니들이 사진 첨부된 이메일을 여는 걸 돕고 있었다. 할머니들은 갓난아기인 증손주들이나 자식 혹은 손주들의 결혼식 사진과 아조레스식으로 구운 감자와 말린 대구 사진을 손가락으로 가리키며 깔깔거렸다. 대부분 센트럴밸리에서 찍은 사진 같았다.

할머니들을 보고 있으니, 내 생애 첫 아조레스식 파티였던 모라이스네 목장 파티에서 만난, 검은 옷을 입고 있던 여인들이 떠올랐다. 주방장은 내게 학생들의 연령대가 80~90대라고 말해줬다. 이들은 대부분 글을 읽거나 쓸 줄 몰랐다. 배고팠던 시대에 많은 아이들, 그중에서도 특히 여자아이들이 학교에 가지 못했던 시대를 살아냈다. 그러나 이제 이들은 자판을 누르며 비주얼 커뮤니케이션을 하고 있었다. 컴퓨터실에 앉아 할머니들을 바라보며 아조레스가 세상에서 떨어져 고립돼 있었던 시절도 이제 끝이 보이는구나 싶었다.

내가 지내는 마을에서는 노새가 쓰레기차를 끌었다. 아침이면 빵집 주인이 흰 밀가루가 묻은 갓 구운 빵 한 봉지를 우리 집 문고리에 걸어뒀고, 오후가 되면 어부들이 동네에 들렀다. 몇 시간 앞서 어선이 항구로 나가는 모습을 보지 못한 날, 여자들은 어부들에게 생선을 사지 않았다.

인터넷이 되는 곳을 찾는 일은 보통 아니었다. 나는 손글씨로 편지를 써서 소방서에 있는 컴퓨터실로 가 큼지막한 델Dell 컴퓨터에 입력해야 했다. 컴퓨터가 꽤액 꽥 소리를 내지르는 모뎀에 연결되고 나면 그제야 이메일을 보낼 수 있었다. 친구들에게 이메일을 받으면 출력해서 집으로 가지고 와 바다를 배경으로 두고 오래된 돌우물에 앉아 옥수수 밭을 바라보며 편지를 읽었다. 우체국에 가서 편지를 찾아오는 것과 별반 다르지 않았다.

이곳에서 편지(그리고 수시로 찍을 수 있는 사진)는 여전히 가장 위대한 발명품이었다. 시공간을 뛰어넘어 친구들을 내 눈앞에 데려왔고, 친구들의 모습을 뚜렷하고 생생하게 보여줬다. 잭 무디는 내게 자기 사진 한 장과 오리건 주 엄프콰 강Umpqua River에서 잡은 어마어마하게 큰 옥새송어 사진을 보냈다. 그는 편지에 "네가 여기 있었으면 이 물고기를 보고 '어어어어엄청나다!!!'라고 말했을 텐데"라며 6,000킬로미터도 넘게 떨어져 있는 날 놀려댔다.

저널리스트인 바버라는 내가 인터넷 연결이 힘들어서 뉴스 사이트를 거의 열어보지 못한다는 걸 알고 흥미로운 기사를 몇 개씩 뽑아 보내주었다. 그중 하나는 프레즈노에서 여덟 살짜리 아이 두 명이 절도죄로 체포되었다는 내용이었다. 아이들은 개구멍으로 기어들어가는 방식으로 두 집에 들어가서 한 집에서 500달러를 훔쳤고 다른 집에서는 강아지 한 마리를 훔쳤다. 한 아이가 두고 온 무전기를 가지러 한 집의 개구멍으로 다시 기어들어가는 바람에 잡혔다고 했다. 이런데도 정말 지역신문이 없어도 괜찮다고?

(바버라는 사촌들과 온천을 하러 갔던 날, 사촌들에게 설득당해 발톱에 매니큐어로 선홍색 바탕에 크고 흰 데이지 꽃 그림을 그려 넣었는데, 그리

자마자 번지는 바람에 40도를 웃도는 더위에 발가락을 덮는 신발을 신어야 했다는 이야기도 해줬다. 그런 얘기를 읽고 있으니 나는 센트럴밸리의 무더위에서 벗어나 있다는 사실이 새삼 고맙게 느껴졌다.)

진이 보낸 편지를 읽고 있으면 진과 그의 평생 반려자인 바비가 여름 내내 티격태격하고 있다는 걸 알 수 있었다. 내가 진에게 아조레스의 어떤 모습을 써 보내든 간에 진은 그 묘사가 꼭 자기 남편 생각 같다는 내용의 답장을 보냈다. 화산? 크고 어둡고 폭발하길 기다리는 모습이 꼭 바비 같네. 자갈길? 고루한 게 꼭 바비 같네. 하지만 나는 두 사람이 곧 화해하리라는 걸 알고 있다. 언제나 그랬으니까. 딱 한 번 싸움이 한참 간 적이 있는데 바비가 진에게 자신의 밴드와 함께 노래하지 말라고 했을 때였다. 바비는 아내가 음정을 못 맞춘다고 생각했고, 진은 절대 그렇지 않다고 반발했다. 그 모습이 꼭 1950년대 인기 시트콤 〈왈가닥 루시I Love Lucy〉 같았달까? 아니다. 누가 옳다고 말할 수 없다. 우정은 소중하니까.

바비는 전형적인 재즈남이었다. 마을 중심가를 거닐고 있으면 아름다운 선율이 흘러나와서 가끔 바비 생각이 났다. 남자들이 지붕 위에 도자기로 만든 기왓장을 척척 놓을 때마다 **쨍, 쨍, 쨍,** 하는 소리가 났고, 소들은 음메- 하고 울었다. 산들바람은 빗살 같은 브러시로 스네어 드럼Snare drum* 을 훑어내듯 옥수수 밭을 가로질러

* 원통형 몸체에 가죽을 붙이고 안쪽에 스내피를 부착한 드럼으로 드럼 세트의 중심 역할을 한다.

날아갔다. 여자들은 빗자루를 들고 **쉬익**- 멈췄다가- **쉬익**- 소리를 내며 포치를 쓸었다. 그리고 그 모든 소리 뒤에는 바다의 퉁퉁 튕기는 배경음이 깔려 있었다. 마을 전체가 하나의 리프riff 같았다.

내가 섬에 도착했을 때는 초여름이었다. 한여름의 쨍하고 푸른 하늘이 펼쳐지기 전이었고, 디아스포라들이 아직 돌아오기 전이었다. 초여름 하늘은 아침에는 잿빛이 돌고 오후가 되면 은백색 가루를 흩뿌려놓은 듯했다. 캘리포니아에서는 이 시기를 '암울한 6월'이라고 불렀다. 나는 이불을 걷어차고 침대 밖으로 나오기까지 시간이 걸리는 그런 날들을 좋아했다.

마을 뒤편 해안가에 자그마한 산(또는 큰 언덕, 또는 지질학적으로 접근하고 싶다면 고대 화산 폭발로 생긴 원추 화산)이 있었다. 그 땅은 한때 엘마노의 할아버지 소유였는데, 지금은 그의 삼촌 땅이라고 했다. 그가 밭을 가로질러 차를 몰고 가는 모습이 종종 보였다.

나는 매일매일 옥수수 밭과 방목장을 따라 꼭대기까지 길게 나 있는 흙길을 따라 걸었다. 그렇게 걷다가 옆길로 새서 석조 외양간에 있는 '브라운 카우brown cow'와 2개 국어로 인사를 나누곤 했다. "**봉 디아 바카**Bom dia vaca(암소 씨, 좋은 아침). **하우 나우, 브라운 카우**How now, brown cow**?***"

이 샛길을 걸을 때면 갈매기의 공격을 받는 일이 잦았다. 근처 어딘가에 둥지가 있는 게 틀림없었다. 갈매기가 갑자기 내게 덤벼

* 발음이 비슷한 네 음절로 만들어진 장난스러운 영어 인사 표현.

들기라도 할 것처럼 공중에서 내 머리로 휙 날아들었다. 금세 또 다른 방향에서도 날아왔다. 예측 불가능한 공격 덕분에 산책길은 더욱 재미있었지만 성질 난 갈매기나 황소를 제외하면 야생동물의 위협은 없었다. 섬 안에는 독사도 없고 사냥감을 찾아 돌아다니는 포식자도 없었다. 사실, 아조레스의 고유종이라고 알려진 동물은 유일하게 박쥐뿐이다.

피쿠 섬 꼭대기에는 높이 십자가가 달려 있는 흰 기념비가 있고 푸른색 보호망이 이런저런 기념물을 둘러싸고 있긴 했지만, 딱히 명소라고 할 만한 곳은 없었다. 피쿠 섬 꼭대기에는 깎아지른 듯한 해식 절벽이 있었다. 그 아래로 보이는 물이 어찌나 맑은지 어떤 날에는 해수면에서부터 수 미터 아래 있는 형형색색의 바위가 훤히 보일 정도였다. 어떤 날에는 밝은 바다에 청록색 거품이 일기도 했다. 꼭대기에 서면 푸성귀가 가득한 장기판 모양의 들판과 양옆의 해안가를 따라 이루어진 마을이 한눈에 내려다보여서 내가 지내고 있던 집과 엘마노의 집 쪽으로 손을 흔들고는 했다. 그 집에서 나는 여름의 대부분을 보내게 될 것이었다.

오후가 되면 의무적으로 이민자 도표를 공부하고 화산학이나 아조레스 사회 구조와 관련된 책을 읽었다. 언젠가 책을 쓰리라는 어렴풋한 계획이 있었고, 책을 쓰려는 사람이라면 당연히 이 정도의 노력은 해야 할 것 같아서였다. 물론 상남자 작가를 제외하면 내가 개인적으로 친분이 있는 작가는 한 사람도 없었다. 그리고 짐작하겠지만, 내 자료조사는 아주 형편없었다.

저녁이 되면 마을에 하나뿐인 카페로 걸어갔다. 사람들의 이야기가 듣고 싶었고 카페는 사람들이 모여 이야기를 나누는 장소였으니까. 말하는 사람들이 좋아하는 게 있다면 그건 바로 관객이다. 나는 아조레스의 여름이 해를 거르지 않고 어떤 제목과 함께 마무리된다는 정보를 입수했다. 늙은 마테우스가 사랑에 빠진 여름(그러나 결말이 좋지 않았다), 이혼의 여름, 캐나다 여인의 여름. 나는 마지막 이야기를 가장 좋아했다. 마을 사람의 절반 이상이 그 이야기에 개입되어 있는 것 같았기 때문이다.

젖소를 돌보던 미겔 카를루스와 성공한 경영자인 캐나다 여인은 언어가 통하지 않았는데도 서로를 미친 듯이 사랑했다. 그들은 축구도 같이했다. 그들 둘이 같이 있으면 웃음이 끊이지 않았다. 팔을 흔들고 몸짓으로 소통하며 함께 길을 거닐었다. 우스꽝스러워 보이긴 했으나, 마을 사람들은 그들이 진정 사랑에 빠졌다고 생각했다. 어쨌든 누가 사랑을 설명할 수 있단 말인가?

여름이 끝나갈 무렵, 그 여인은 캐나다에 돌아가 직장을 그만두고 짐을 꾸려 다시 아조레스로 와서 그의 아내가 되겠노라고 맹세했다. 그러나 그 여인이 떠난 뒤 미겔은 자신이 그녀에게 부족한 사람이라고 생각했고, 그 후로 더 이상 그녀에게 전화를 걸어 기타를 연주해주거나 친구들이 그에게 적어준 영어 문장을 읽어주지 않았다. 미칠 듯이 걱정된 캐나다 여인은 미겔의 친구들에게 일일이 전화를 걸어 그의 소식을 물었다. 미겔은 그녀에게 전화가 걸려오면 자신이 병원에 있다고 말해달라고 친구들에게 사정사정했다. 친구들은 가짜로 전화번호를 만들고 순서를 정해 영어를 모르는 간호사인 척하면서 전화를 받았다. 그러면서도 그들은 미겔이 언젠가는 다시 용기를 얻으리라고 생각했다.

그러나 결국 미겔 카를루스의 친구들 중 한 사람이 그를 대신해 관계를 끝내야만 했다(통화를 하면서 몸짓으로 이별을 나타낼 수는 없는 노릇이니). 이후 그 여인은 의사와 결혼했고 다시는 테르세이라 섬으로 돌아오지 않았다. 미겔은 1년 내내 술에 취해 살았지만 시간이 흐른 뒤 결국 어렸을 때 좋아했던 동창생을 만나 결혼했다.

주방장에게 그런 이야기를 듣는 게 얼마나 재미있는지 모른다고 말했더니 그가 이렇게 대꾸했다.

"조심하세요. 그러다가 동네 사람들이 당신을 보고 '**미국 여자**의 여름' 이야기를 만들어버릴지도 모르니까요."

주방장이 이야기를 들려줄 때도 있었다. 사람들을 병원에 실어 나르느라 평소보다 세 배는 바빠지는 투우철이 시작되기 전이라 호출을 받는 사이사이 대화를 나눌 시간이 있었다. 주방장에게 들은 이야기 중 내가 가장 좋아하는 건 그의 할아버지가 운영했던 구둣방 이야기였다. 지금은 그런 모습을 거의 찾아볼 수 없지만, 어렸을 적 주방장은 수줍음 많은 소년이었다고 했다. 그리고 그런 그가 가장 좋아하는 장소는 바로 할아버지의 구둣방이었다. 그는 그곳에서 아주 어렸을 때부터 칼과 망치와 성냥을 가지고 놀면서 구둣방 단골들의 이야기를 조용히 들었다.

미겔 치우Tio*는 늘 지팡이를 짚고 구둣방에 왔는데, 언제나 밤색인지 재색인지 모를 외투를 입고 다녔다. 무슨 색인지 확실히 알아볼 수 없었던 건 외투가 너무 더러웠기 때문이었다. 그는 고함을 지르듯 신경질적인 목소리로 짤막한 농담을 툭툭 건넸다. 카힐 치우는 길에서 본 두 사람이 어떻게 의견차를 좁혀갔는지 또는 개미떼가 어떤 방식으로 언덕을 타고 기어가는지 같은, 그날 관찰한 일을 줄줄이 늘어놓았다. 마을에서 제일가는 부자였던 모라이스 치우도 구둣방에 자주 왔는데, 다른 두 사람이 그를 놀리려고 붙잡아두는 것 같았다.

"마을 사람들이 모두 모여서 날 응원하게 할 수만 있다면 포르투갈에서 제일가는 부자가 될 수도 있었을 텐데." 어느 날 모라이스 치우가 말했다.

"음, 응원이 부를 가져다준다면 내가 어째서 자네를 응원하겠는가? 당연히 날 응원해야지." 카힐 치우는 이렇게 되받아쳤다.

조금 더 자라서 주방장은 학교 수업이 끝난 뒤에 친구들과 구둣방까지 달리기 시합을 했다. 그의 할아버지는 아이들의 손가락에 접착제를 발라주기도 했는데, 그러면 주방장과 친구들은 접착제가 마를 때까지 손을 들고 가만히 기다렸다가 누가 제일 먼저 손가락을 떼어내는지 시합을 해 가장 힘이 센 사람을 가려내곤 했다.

농부가 수선이 필요한 장화를 신고 들어오면, 주방장의 할아버

* 삼촌, 아저씨를 뜻하는 포르투갈어.

지는 하던 일을 모두 멈추고 장화를 한참 살펴보고는 15분쯤 들여서 신발의 어느 부분을 자르고 꿰매고 붙여서 고칠지 설명했다. 여자들이 교회에 갈 때 신는 구두를 들고 오면, 치우들은 모자를 쓰고 자세를 똑바로 고쳐 앉아 여자들이 구둣방에 머무는 동안만큼은 말을 가려 했다. 가끔 정치 이야기를 나눌 때도 있었는데, 독재자 안토니우 드 올리베이라 살라자르Antonio de Oliveira Salazar가 죽고 없는데도 이들은 어깨너머로 주변을 살폈다.

"심지어 나도 어렸을 때는 살라자르의 유령이 주변에 있는 것처럼 느꼈다니까요." 소방서에서 대화를 나누던 주방장이 내게 말했다. "그분들이 정치 얘기를 할 때마다 어찌나 목소리를 낮추던지, 아마 평생 잊을 수 없을 겁니다." 당시 정권은 어디에나 스파이를 심어놓았다. 교회에 가면 주방장의 할아버지는 이웃도 팔아넘길 만한 사람들이라며 몇몇 사람들에게 손가락질을 하곤 했다.

그러나 대부분의 경우, 구둣방에서 목소리를 낮추는 일은 거의 없었다. 더는 할 말이 남지 않을 때까지 모두에게서 끊임없이 이야기가 흘러나왔다. "그 순간을 제일 좋아했어요." 주방장이 말했다. "갑자기 정적이 흐를 때가 있었습니다. 그런 순간에도 우리 할아버지는 그저 묵묵히 땜질하고 망치를 두들기며 신발을 고치고 있었지요."

침묵이 한참 이어지면 누군가 "**에파**Epa!(어느 상황에서나 쓸 수 있는 테르세이라 섬의 감탄사)"라고 외쳤다. "오늘 좀 쌀쌀하네, 그렇지 않은가?" 또는 "오늘 우베르투네 옥수수 봤어?" 그러면 다시 이야기가 시작됐다.

경보음이 울렸다. 이야기를 하던 주방장이 겉옷을 집어들었다. "어떤 주제가 나오든 하고 싶은 말을 끝까지 다 쏟아낼 시간이 충분했죠. 믿을 수 있겠어요?" 주방장은 구급차로 달려가면서도 큰 소리로 외쳤다.

이봐요, 당신! 미국 아가씨!

가장 큰 행복을 불러오는 요인이 무엇인지 조사한 연구에 관한 글을 읽은 적이 있다. 학자들은 우리가 건강을 비롯한 기본적인 필수 요소를 갖추고 나면, 행복을 불러오는 요인은 돈도 성공도 교육도 아니라는 걸 밝혀냈다. 그들이 두 가지로 좁힌 조건은 감사하는 마음과 충분한 수면이다.

감사하는 마음은 이미 내 안에 있는 것 같았다. 하늘, 바다, 연보랏빛으로 물든 큼지막한 꽃 뭉치가 여기저기 매달린 수국 덤불, 갓 구운 빵, 와인, 친구들, 또 포르투갈 사람들은 밤 9시가 되도록 저녁을 먹지 않는다는 사실에 나는 감사했다. 어쩌면 나는 감사로 가득한 행복 속에서 기분 좋게 허우적거리고 있었는지도 모른다. 잠을, 약간이라도, 잘 수만 있었더라면.

발정 난 새들이 밤낮으로 울어대는 탓에 나는 좀처럼 잠들지 못

하고 있었다. 아뿔싸! 내가 무례했다. 아조레스에 사는 새 카가후cagarros의 사랑 이야기가 이런 대접을 받으면 안 되는데. 무슨 뜻인지 설명을 조금 덧붙여보겠다.

주방장은 꼭 가이드처럼 내게 이곳저곳 답사할 장소를 알려주고, 내가 인터뷰해야 할 다양한 사람들을 정해주는 등 내게 아조레스를 샅샅이 안내해줬다. 내게 누군가를 인터뷰할 만한 뚜렷한 목적이 없다는 사실을 그도 나도 알고 있었는데 말이다. 주방장은 나처럼 아조레스에 아무런 인연도 없는 사람이 이곳에 이렇게 매료되었다면, 거기에는 분명 설명할 수 없는 어떤 목적이 존재할 거라고 생각했다. 나는 "주변을 좀 보세요. 화산이며, 바다며, 꼭 잃어버린 시간 속에 들어온 것 같잖아요. 누군들 관심을 갖지 않을 수 있겠어요?"라는 말이 목구멍으로 넘어오려는 걸 꾹꾹 참으며, 입을 앙다물고 초 치는 소리를 하지 않으려고 애썼다. 부름 받은 사람이 된 것 같은 느낌이 좋아서였다.

두어 주 전쯤 주방장은 내가 카가후라는 바닷새를 추적하는 연구원들과 함께 현장조사를 갈 수 있도록 미리 약속을 잡아두었다. 둥지를 찾던 연구원 한 사람이 절벽에서 떨어져 주방장이 구조를 나갔을 때 알게 된 사이라고 했다.

전 세계 카가후의 75퍼센트 정도가 아조레스에 둥지를 튼다. 짝짓기를 하고 새끼를 기르고 나면 새들은 뿔뿔이 흩어져 날아가지만, 여름이면 언제나 (절벽 근처에 만들어놓은) 같은 둥지로 돌아와 같은 짝을 만난다. 어떻게 보면, 여기저기 퍼져 살던 사람들이 여름마다 이곳에 돌아오는 것처럼, 아조레스 제도는 조류 개체군에게도 마찬가지로 고향과 같은 장소인 셈이다.

그러나 이번에는 계절이 지나도록 새들이 날아오지 않았다. 연구원들도 다른 섬으로 옮겨 갔다. 한동안 나는 주방장에게 들은 설명만으로 카가후가 어떤 새일지 어렴풋이 짐작하고 있었다. 주방장이 말하길, 카가후의 울음소리는 내가 전에 들어봤음 직한 다른 새들의 울음소리와 판이하게 다르며, 짝을 찾아 우는 소리가 여름밤을 가득 메울 거라고 했다. 그의 묘사를 들으며 나는 고향으로 보낼 편지 내용을 머릿속에 끼적였다. 그 편지는 더없이 아름다운 새들의 구애 소리를 낭만적으로 묘사한 문장으로 가득 채워져 있었다.

마침내 카가후가 섬의 한 마을에 도착했다는 소식에 나를 포함한 몇 사람이 새를 구경하려고 차를 몰고 갔다. 새의 모습이 보이기 한참 전부터 울음소리가 들렸다.

내가 받은 첫인상은

1. 시끄럽다.
2. 매우 시끄럽다.
3. 이게 새 소리일까, 당나귀 울음소리일까?
4. 새라면, 우디 우드페커Woody Woodpecker(미국 애니메이션 주인공으로 등장하는 딱따구리 캐릭터)와 사촌지간이려나?

새들은 급강하해선 빙빙 돌며 울어댔다. **"와–카–와–카 와아! 와–카와–카 와아!"** 황소개구리 무리가 딸꾹질로 합창이라도 하는 듯한 소리였다.

주방장이 말하길 옛날에 사람들은 카가후를 "악마의 새"라고 불렀단다. 또 새의 울음소리를 섬뜩하고 소름 끼쳐 했다고 한다. 주방장의 말을 듣고서 나는, 이 새의 울음소리가 위험할 수 있는 상황이라고는 고작 웃다가 죽을 수도 있겠다는 것뿐일 거라고 대꾸했다.

일주일쯤 지나서 카가후 군단이 우리 집 근처에서 파티를 열었는지 밤새 꺅꺅 울며 소리를 질러댔다. 나는 어떤 환경에서도 잠을 잘 잔다는 자부심을 지니고 살았다. 비행기를 타든 기차를 타든 어떤 종류의 자동차를 타든 잠을 잘 수 있다는 건 기자로서 큰 장점이다. 그러나 이건 도저히 적응할 수 없는 소리였다. 잠잠하다가도 느닷없이 끼익하는 불협화음이 울려댔다. 가끔은 자는 걸 포기하고 그냥 바깥으로 나갈 때도 있었다. 그럴 때면 하늘을 날며 몸을 회전할 때마다 하얗게 반짝거리는 새들의 아랫배를 구경할 수 있었다. 새를 연구하는 사람들의 말을 들어보니 카가후는 낮에는 내내 바다에서 보내다가 밤이 되면 마을로 들어온다고 했다. 그러나 낮에도 계속해서 파티를 즐기는 녀석들도 있었다. 사람이든 새든 규칙을 따르지 않는 부류는 어디에나 있는 법이다.

다행스럽게도 엘마노와 알베르티나의 이층집으로 들어가기로 한 시기가 됐다. 그 집은 바닷가 쪽으로 발코니가 나 있고, 금상첨

화로 카가후의 활동 중심지에서 1킬로미터 가까이 떨어진 곳에 있었다.

어느 날 오후, 소방서에서 이메일을 확인하고 새로 들어간 집을 향해 걸어가는 길이었다. 상남자 작가와 '운명적 순간이 아니었던 순간'을 보낸 이후에 캘리포니아를 떠나 아조레스에 도착했던 날, 공항에서 나는 (고증을 위해서 휴대전화 기종까지 명시하자면) 블랙베리 BlackBerry 휴대폰에다가 그에게 보낼 메시지를 입력했다. 그저 주변 환경이 어떤지 묘사하는 메시지였다.

모두 포르투갈어를 써요. 남자들은 농부들이 입는 반소매 체크무늬 셔츠에 청바지를 입고 큰 버클이 달린 허리띠를 매고 있어요. 여자들은 꾸미는 걸 좋아하나 봐요. 긴 손톱을 예쁘게 꾸미고 발가락지랑 목걸이를 하고 있는 걸 보면 말이죠. 입고 있는 셔츠에는 온갖 종류의 꽃무늬나 호피 무늬가 그려져 있거나 셔츠 전체가 쨍한 청록색이거나 그래요. 손에 들고 있는 핸드백은 터질 것처럼 뭔가로 잔뜩 채워져 있고요.

그 뒤로 지금까지 아무런 소식도 듣지 못했다. 받은 편지함에서 그의 이름을 보자마자 맥박이 빨라졌다. 나는 서둘러 '열어보기' 버튼을 눌렀다.

내가 보낸 이메일에다가 이 한마디만 덧붙여 그대로 돌려보낸 답장이었다.

아래 내용이 당신에게 가장 최근에 받은 특전인데, 이쯤이면 새로운 소식을 알려줘야죠. 거긴 어때요?

어떻게 지내고 있는지 자기 근황은 언급조차 하지 않았다. 이제야 내 빈 자리가 실감난다는 살가운 말 한마디도 없었다. 테르세이라 섬에 온 이후 몇 시간이고 혼자 걸으며 그냥 이것저것 둘러보기만 하며 지냈는데, 그동안 한 번도 느끼지 못했던 외로움이 처음으로 찾아왔다. 세상에 혼자 남겨진 것처럼 외로웠다.

얼마나 극심히 자기연민에 빠져 있었는지 우리 집 건너편에서 어떤 여자가 큰 소리로 날 부르고 있는데도 전혀 듣지 못했다. 그 사람은 한 번 더 큰 목소리로 날 불렀다. "이봐요, 당신! 미국 아가씨!" 짧게 자른 은발에 마티니 셰이커를 손에 든 여자가 날 향해 손짓하고 있었다. "여기에요, 여기. 이리 와서 한잔합시다!"

로마나라는 이름의 나이 지긋한 여성은 그녀의 동생과 동네 이웃들에게 날 신경 써서 살펴봐달라는 당부를 들었다고 했다. 그들이 오가며 보니, 내가 늘 혼자서 걸어 다니는데 포르투갈어도 못하는 것 같고 분명 외로울 거 같아서 걱정스럽다면서. 완벽한 타이밍이었다.

보스턴에 사는 로마나는 여름마다 이곳으로 돌아와 자기가 태어난 고향 집에서 한 달 정도 머무른다고 했다. 매년 이 집에 오자마자 가장 먼저 하는 일이 부엌으로 가서 벽시계의 건전지를 빼 시곗바늘을 멈추는 것이었다. 그녀가 보스턴으로 떠나고 나면 그녀의 동생인 마릴바가 다시 시곗바늘을 돌렸다.

관광객들이 가는 술집에 가야만 차가운 술을 마실 수 있는 이 동네에서 로마나는 얼음을 띄운 진 마티니 한 잔을 내 손에 쥐어 주었다. 오드리 햅번처럼 늘씬한 그녀는 한 손에 자기가 마실 칵테일을 들고, 다른 손으로 마당에서 잔디 씨앗을 먹어치우는 새들을 쫓느라 탬버린을 들고 흔들었다. 그 바람에 진이 질질 흐르는데도 우아한 분위기를 풍겼다. 집 마당 뒤로는 방대한 규모의 옥수수 밭이 펼쳐져 있었고 그 너머로는 바다가 보였으며, 옥수수 밭 한가운데 돌로 지은 **팔레이루**palheiro(헛간)가 세워져 있었다. 지붕 위에서는 미국, 포르투갈, 아조레스를 상징하는 깃발이 펄럭였다.

"미국 국기를 가장 높이 꽂아놨지요." 로마나가 말했다. "이곳에 도착하기 전날 밤 깃발을 꽂아달라고 했어요. 나는 포르투갈계 미국인이니까요."

그녀가 굉장히 강인한 사람이라는 걸 한눈에 알 수 있었다. 로마나가 어떤 일들을 겪었는지 알게 되기까지는 시간이 필요했지만(이를테면 유방암으로 항암치료를 받던 중 킥복싱을 배운 덕분에 암을 이겨낼 수 있었다고 했다), 그녀의 성격이 돌풍처럼 강하다는 건 금세 눈에 들어왔다.

고향을 다시 찾는 토박이는 로마나뿐만이 아니었다. 곧 매주 이주민을 가득 실은 비행기가 섬에 착륙했다. 그새 섬 인구는 세 배로 늘었다. 주말마다 사람들로 북적거리는 축제가 (때로는 하루에도 세 건씩) 섬 어딘가에서 열렸다. 나는 여전히 소방서에 가서 이메일을 확인했지만, 이제 주방장은 내게 구둣방 이야기를 들려줄 시간이 없었다. 뇌진탕에 걸리거나 다리가 부러진 사람들을 병원에 데려다주느라 늘 동분서주하며 뛰어다녀야 했기 때문이다. 황소에게 들이받히지 않으려고 술에 취한 사람들이 미친 듯이 서로 밀치며 뛰다가 벌어지는 사고였다.

로마나는 투우를 좋아하지 않았다. 어느 날 오후에 우리는 그녀의 집 담장 옆에 앉아서 그녀는 마티니를, 나는 '구하기 힘든' 환상적인 얼음을 가득 넣은 진 토닉을 마시며 옥수수 밭을 바라보고 있었다(옥수수가 자라나는 모습을 바라본다고 하면 사람들은 혀를 찼다. 그럼에도 불구하고 그것은 내가 손에 꼽을 정도로 좋아하는 일이었다). 나는 로마나에게 그날 저녁에 아주 큰 투우가 열리는데, 우리도 가서 보는 게 좋지 않겠느냐고 물었다. 투우는 이곳 사람들이 열렬히 좋아하는 활동이고 테르세이라 섬에서 소비되는 돈의 6분의 1에 달하는 금액이 투우와 직접적으로 연관되어 있다. 그리고 투우에 버금가는 테르세이라 섬의 주요 산업은 축제였다.

"투우라니!" 로마나는 혐오스럽다는 듯이 목소리를 높였다. "살면서 한 세 번쯤 가본 것 같은데, 그걸로 됐어요. 투우만큼 멍청한 일이 또 있을까요. 물론 내 동생은 투우라면 자다가도 **벌떡** 일어나지만요. 아, 그렇다고 동생이 멍청하거나 뭐 그렇다고 생각하지는 마세요. 사실 아주 상냥하고, 교양 있는 사람이거든요. 하지만 투우에 열광하는 사람들을 보면 이 마을, 아니 테르세이라 섬 전역에서 먹는 물이 문제인가 하는 생각이 들 정도라니까요." 로마나는 잠시 생각에 잠기더니 이어 말했다. "사람들이 이제 물 대신 마티니를 마셔야 되는 게 아닌가 싶네요. 그렇게 하면 그 병이 나으려나."

사실 투우는 그녀가 그나마 후하게 쳐주는 전통에 속했다. 하루는 내가 **보두 데 레이치**bodo de leite(우유 퍼레이드)가 어쩌고저쩌고 재잘거리며 그녀의 집 안으로 들어갔다. 길가에는 꽃수레 두어 대, 아이들에게 사탕을 던져주는 사람들, 꽃단장한 황소 몇 마리, 달달한 빵과 우유를 나눠주는 사람들이 있었다. 굶주리는 사람이 아무도 없도록 모두에게 음식을 나눠주던 전통을 기념하는 행사의 일부였다. 캘리포니아에서도 이런 퍼레이드를 본 적이 있었다. 어쩌면 이렇게 전통이 고스란히 전승될 수 있을까 싶은 마음이 들어 그때 나는 크게 감동받았다.

"정말 아름다웠어요." 나는 아침에 본 퍼레이드를 떠올리며 말했다. 그런데 고상하게 다듬어진 로마나의 눈썹이 솟아올랐다. "어떤 우유 퍼레이드를 말하고 있는 거죠? **살찐** 갈색 소 두 마리, 그러니까 젖소도 아닌 소들을 데려다 놓고, 마트에서 사 온 우유를 유리컵에 따라다가 잔뜩 늘어놓은 그 퍼레이드를 말하는 거예요? 머리카락을 까맣게 물들이고 시끄럽게 떠들어대는 여자들을 잔뜩 싣고 들어오는 차들을 성당 계단에 앉아 있는 사람들이 '저 속을 누가 알겠어' 하며 쳐다보는 그 퍼레이드를? 그저 옷 자랑 하려는 사람들만 모이는 그 퍼레이드를? 황금색 조끼에 성직자처럼 옷을 입은 안타까울 정도로 우스꽝스러운 성자가 곤드레만드레 취해서 아주 근엄한 얼굴로 행진하는 그 퍼레이드를 보고 온 거예요?"

"네!" 내가 대답했다. "아주 멋지던데요."

사람은 자기자신에게 가장 박하다는 말이 있는데, 어쩌면 집단 정체성에도 그 말이 적용되는 것 같다. 오디와 아르멘이 아르메니아인에게 똑같이 이런 식으로 비난을 퍼붓는 걸 본 적이 있다. 캘리포니아를 떠나오기 전 그들 부부에게 내가 '상남자 작가'와 사귀게 될지도 모르겠다고 털어놓았을 때였다.

"어머, 안 돼!" 그때 오디는 이렇게 말했다. "아르메니아 남자라면 멀리 해야 돼. 그 사람들은 너무 아르메니아인스러워서 안 돼!"

오디의 아르메니아인 남편 아르멘도 동의한다는 표정으로 고개를 끄덕였다. 아르멘은 하와이에서 바텐더로 일하고 있는 장남 레니의 이야기를 증거 삼아 들려줬다. 한 해의 마지막 날, 레니의 아내가 자기에게 창녀라고 욕한 여자의 빰을 찰싹 때렸는데, 그런 직후 레니가 바를 폴짝 뛰어넘더니 난동을 부렸다고 했다. 그리고 그건 무례한 여자의 탓도, 성급하게 여자의 뺨을 때린 아내의 탓도 아닌 레니의 타고난 아르메니아인 성미 탓이라고 말했다.

예전에 칵테일 바에서 웨이트리스로 일했을 때 나 역시 술집에서 벌어지는 난동을 숱하게 목격했다. 그래서 테스토스테론에 절어 이성을 잃는 건 인종을 불문하고 남자들에게 일어나는 흔한 일이라고 장담할 수 있다.

"그렇지만 얘기를 들어보니 되게 설레는 걸요." 그들을 부추기기 위해 내가 대꾸했다.

"흐으으음, 아르메니아 남자들은 과잉보호하는 경향이 있지. 참 좋은 점이긴 한데……, " 오디가 말했다. "하지만 이놈의 아르메니아 남자들은 여자에게 아름답다는 말을 통 할 줄 몰라. 우리 여자들은 그렇게 말랑말랑하고 달콤한 말은 듣고 싶어 하잖아."

아르멘이 이의를 제기했다. "아비가 태어난 다음 날 내가 당신에게 세상에서 가장 아름답다고 말했잖아." 이 부부의 둘째 아들인 아비는 우리가 이 대화를 나누던 당시 서른두 살이었다. 사실 나는 이 말을 듣고 깜짝 놀라고 말았다. 아르멘 자신이 마지막으로 아내에게 아름답다고 말한 날짜를 정확히 알고 있기 때문에 말이다.

"포르투갈 남자들은 여자에게 아름답다는 말을 하루에 열 번씩은 해줄 거예요." 나는 첫 번째 여행에서 경험했던 추파를 떠올리며 말했다.

"하," 오디가 말했다. "이탈리아 남자들은 한 시간에 열 번씩 말해줄 걸! 이탈리아 사람들은 뭐든 지나친 면이 있잖아. 하지만 무척, 무척 좋지."

"그러니까, 아르멘," 내가 물었다. "오디에게 아름답다고 더 자주 표현해주는 게 어때요?"

"우리가 하늘을 보고 '하늘아, 너 참 파랗구나'라고 말하나, 어디?" 아르멘이 대꾸했다.

"봤지?" 오디가 말했다. "아르메니아 남자들이 이렇다니까. 감정 표현이라는 걸 할 줄 몰라. 우울한 얼굴로 쏘아볼 줄이나 알지."

나는 아르메니아 남자들의 장점은 무엇이냐고 물었다.

오디가 아르멘의 팔뚝에 손을 얹었다. "음, 이 얘길 해줘야겠다. 여름에만 나오는 어떤 멜론처럼 특정한 멜론이 먹고 싶다고 하면, 아르메니아 남자들은 한밤중이라도 가서 구해 올 거야. 가정에 아주 충실하기도 하고."

이건 로마나가 아조레스 남자들에게 할 법한 칭찬보다 더 큰 칭찬이었다. 로마나는 예순다섯 살이었는데, 그녀에게 필요한 게 없는지 살피러 그녀의 집에 들르는 홀아비들이 줄을 섰다. "불쌍한 것들. 하나같이 다리 짧은 쥐새끼들처럼 빨빨거리고 나타나는 꼬락서니 하고는. 자기들이 폴 뉴먼Paul Newman 처럼 잘생기고 아인슈타인처럼 똑똑한 줄 안다니까." 로마나는 그런 남자들을 보며 이렇게 말했다. "세상 모든 여자들이 자기에게 반한 줄 알아. 자기들이 엄청 잘생긴 줄 아는 거지. 아이고, 자기네 손주들이나 귀엽지. 하는 일이라고는 그 귀여운 손주들을 살찌우는 것밖에 없으면서."

로마나는 자신이 누리는 인기에 별 관심이 없었다.

"들어봐요." 그녀가 말했다. "내가 젊은 시절에는 여자들이 미국 여권만 가지고 있으면, 무조건 예쁘고 노래도 잘한다고 칭찬하기 바빴지. 그런데 지금까지도 그래."

여름철 날파리

포르투갈계 미국인 교사 부부의 집에 얹혀 지내는 숙박객인 나는 호기심의 대상이었다. 책을 좀 볼까 하다가도, 샤워를 해볼까 싶다가도, 살짝 낮잠을 한숨 잘까 싶다가도 금세 손님이 왔다는 신호인 "**웃**-우"소리가 들려서 도무지 아무것도 할 수 없었다.

"미국에서도 **웃**-우, 라고 해요?" 이웃집 사람이 내게 물었다.

"아뇨, 유-**후**, 라고 하는데, 음, 그렇게 자주 쓰지는 않아요." 이웃에게 나는 이렇게 대답했다.

어느 날인가, 이제 익숙해진 "**웃**-우" 하는 소리가 들려서 문을 열었는데, 건너편에 사는 프란시스쿠가 **라파**Lapa 가 수북히 담긴 접시를 들고 서 있었다. **라파**는 '삿갓조개'라고 번역할 수 있는데, 번역한 이름조차 내가 한 번도 들어본 적 없는 조개였다.

이 조개는 테르세이라 섬의 별미로 꼽혔다. 그 조개를 판매하는 건 불법이지만 식당은 사들여도 된다고 정해놓은 법조문 때문에 주방장과 그의 친구들은 크게 화를 내기도 했다. 그 말인즉슨 결국 잠수부들만 단속에 걸린다는 뜻이기 때문이다. **라파**는 참을성이 월등히 뛰어난 잠수부들에게만 허락된 조개였다. 아주 지독히 집요하게 단단히 붙어 있기 때문에 따려면 바위를 긁어야 했다. 이 조개들은 반투명한 젤리로 가득 찬, 얼룩진 바위 같은 모양을 하고 있었다.

그 조개를 먹어본 사람들은 조개에서 짭짤하고 시원한 바다 맛이 난다고 했다. 나는 그에 대해 할 말이 없다. 해산물이라면 자다가도 벌떡 일어나는 내 친구들이 나더러 뭘 하고 있는 거냐고 나무라는 소리가 귓전에 울리는 것 같지만, 그래도 차마 맛볼 용기가 나지 않았다. 케일과 레몬으로 세상에서 가장 예쁜 고명을 만들어 조개 옆에 곁들인다 해도 내 식욕이 돋지는 않을 것이다. 나는 쭉 채식주의자로 살아왔다. 구운 닭 가슴살을 한번 먹어보려다가 속이 메스꺼워 된통 혼났던 내가 하물며 바닷조개를, 그것도 날로 호로록 먹는다는 건 상상할 수도 없다. 그런데 지금, 영어를 한마디도 하지 못하는 프란시스쿠가 우리 집에 찾아와, 너무도 귀한 선물이라는 걸 나도 잘 알고 있는 그 음식을 내게 건네고 있었다.

그 짧은 순간에 서둘러 판단해야 했다. 나는 아주 슬픈 눈으로 그를 바라봤다. 그러고는 손을 가슴팍에 갖다 댄 뒤 안타깝게도 내가 조개 알레르기가 있다고 오로지 몸짓으로만 설명했다. 발진과 아나필락시스 쇼크를 연기해보였다. 가려움증을 표현하는 연기도 덧붙였다. 그는 전혀 의심하는 기색 없이 내 눈앞에서 접시를 치웠다. 그날 이후 내가 어느 식당에든 들어가면 뭐라뭐라 중얼거리며 고개를 가로젓는 사람들이 보였다. 긁는 몸짓을 하고 있는 사람들이 보이기도 했다. 테르세이라 섬에선 말이 굉장히 빠르게 퍼진다. 그나마 내가 생선을 좋아하는 게 천만다행이지, 그렇지 않았으면 사람들이 날 섬 밖으로 던져버렸을지도 모를 일이다.

엘마노와 알베르티나 부부는 내게 집과 함께 독일 오펠Opel 사의 오래된 자동차 한 대도 빌려줬다. 그 차에서 나는 소리를 들으면 자동차 엔진 소리를 표현하는 '**통통**'이란 의성어가 아주 적확한 표현이라는 걸 알 수 있었다. 나는 그 차가 마음에 들었다. 다만 테르세이라 섬의 도로에서 그 차를 모는 것은 꼭 비디오 게임을 하는 것 같아서 조마조마했을 뿐. 자전거에 같이 타고 있는 아이 두 명을 치지 않으면 10점! 당나귀 수레를 피하라! 결국 나는 섬의 모든 운전자들에게 요란하게 내달리는 하찮은 걸림돌 같은 존재가 되고 말았다.

바퀴가 가져다준 새로운 자유 덕분에 나는 로마나의 아홉 살 난 손자 존을 태우고 비스코이투스Biscoitos 마을로 차를 몰았다. 바닷물을 둘러싸고 쌓여 있는 화산암 무더기 덕분에 미로같이 복잡한 모양의 바다 수영장 여러 개가 만들어져 있는 곳이었다. 그렇게 만들어진 수영장 중에는 수심이 매우 얕고 잔잔해서 이제 막 걷기 시작한 아기들에게 수영을 가르칠 만한 곳도 있고, 용감한 사람들이 뾰족 솟은 화산암 꼭대기에서 거품이 이는 물속으로 다이빙을 할 수 있을 만큼 물이 굉장히 깊어서 사람들이 벨루 아비즈무Belo Abismo(아름다운 심해)라고 부르는 곳도 있었다.

존과 함께 수영하러 통통거리며 달려가던 어느 날, 다른 차가 굉음을 내며 우리 차 바로 옆을 휙 지나가는 바람에 깜짝 놀라 어깨가 귀에 닿을 만큼 몸이 움츠러들었다. 그러자 존이 내 무릎을 토닥이며 말했다. "걱정 마세요! 언젠간 내가 열여섯 살이 돼서 운전면허를 딸 테니까요."

존은 로마나와 함께 보스턴에서 왔다. 내가 존의 할머니인 로마나와 처음 만났던 날 존은 사촌을 만나러 앙그라에 가 있었다. 우리 세 사람은 이튿날 테르세이라 섬에서 두 번째로 큰 도시인 프라이아 다 비토리아Praia da Vitória에서 열리는 축제에서 다 함께 만났다.

"얘는 존이에요. 조앙이라고 불러도 되고." 로마나가 존의 영어 이름과 포르투갈 이름을 모두 일러줬다.

"아니면 '고무줄'이라고 부르셔도 돼요." 존이 자갈길 위에서 다리 찢기를 보여주면서 말했다. "가라테를 하거든요."

축제를 홍보하는 형형색색의 깃발이 방파제까지 드리워져 있었다. 하얗게 반짝이는 빛이 퍼레이드 행렬 전체를 가로질러 비쳤다. 밤하늘의 별들도 우리의 눈길을 받으려고 치열하게 경쟁하는 듯 전구 못지않게 밝은 빛을 뿜어냈다.

존의 사촌들은 존에게 포르투갈어를 쓰라고 강요했지만, 존은 영어로 수다를 떠는 게 무척 그리운 모양이었다. 채 몇 분도 안 되는 동안 우리는 포르투갈, 레이디 가가, 프랑스와 중국에 가보고 싶다는 그의 바람, 장래의 직업 계획 따위에 관해 대화를 나눴다. 존의 장래 희망은 지리학자, 화산학자, 속옷 모델("일하기도 쉽고 돈도 많이 벌 수 있을 거예요. 게다가 가라테를 해서 벌써 근육도 있잖아요, 전 아홉 살밖에 안 됐는데 말예요!")을 망라했다.

퍼레이드가 시작되자 존과 나는 입을 다물 수밖에 없었다. 축제의 테마는 대서양이었는데, 전체를 파란색과 초록색으로 장식한 우아하고 아름다운 꽃수레들이 아른아른 섬세한 빛을 내뿜으며 등장했다. 꽃수레 꼭대기에 여자들이 서 있었다. 머리에 얼마나 공을 들였는지 150센티미터쯤 솟아 있는 머리 장식이 길거리에 매달아놓은 전구를 아슬아슬하게 스칠 정도였다. 민속문화 공연단은 빙글빙글 돌고 노래를 부르면서 동시에 발차기를 했다. 일곱 명의 아리따운 여자들이 각각의 대륙을 상징하는 문학적 이미지가 잔뜩 그려진 드레스를 차려입고, 굽이 15센티미터는 돼 보이는 구두를 신은 채 행진했다. 그 드레스에 담긴 상상력도 놀라웠지만, 그보다는 그렇게 굽 높은 구두를 신고 자갈길을 걷는 그들의 능력이 더 놀라웠다.

"바다 한가운데 갇혀 사는 사람들이 생각해낸 일들이 놀랍지 않나요?"

로마나가 내게 속삭였다. 그녀는 자기 표현에 따르면 물에 "적셔지고 담겨지는" 데 전혀 흥미가 없었다. 그래서 오후가 되면 존과 나 둘이서만 수영장으로 향할 때가 많았다. 존의 수영 실력은 내가 본 사람들 중 가장 형편없었다. “여기 봐요. 여기 봐요.” 존은 이렇게 말하며 요란하게 첨벙 뛰어들었지만 물속에서 거의 한 발짝도 앞으로 나아가지 못했다.

존이 한바탕 첨벙거리고 나면 우리는 아이스크림을 먹으러 간이식당으로 갔다. 내가 할 줄 아는 말이 영어밖에 없었기 때문에 우리는 늘 영어로만 대화했다. 짜증이 잔뜩 난 것처럼 보이는 여자가 카페에 앉아 우리 쪽을 뚫어져라 쳐다보며 우리가 쓰는 말에 귀를 쫑긋 세우고 있었다.

“캐나다에서 오셨나요?” 여자가 물었다.

“캘리포니아에서 왔어요.” 내가 대답했다.

“아조레스에 와보니 어떠세요?” 그녀는 누가 봐도 자기는 별로라는 말을 하려고 기다리고 있는 사람처럼 물었다.

비스코이투스에서 보낸 여러 날이 아름다웠으나 특히 이날은 지나칠 정도로 완벽했다. 새파란 하늘, 진보랏빛 바다, 햇볕에 그을린 피부, 웃음소리, 짠물. 우리는 파라솔 아래서 아이들처럼 아이스크림을 먹고 있었다. 이 문장에 깃든 완벽한 운율과 사랑스러운 의미를 보라.

“전 이곳이 무척 좋아요.” 여자에게 대답했다.

“그래요? 어머, 난 하나도 안 좋은데.” 그녀에게서 돌아온 말은 이랬다. “저는 토론토에서 왔는데, 여긴 저한테 어울리지 않는 것 같아요.”

존이 깜짝 놀란 얼굴로 여자를 바라보며 물었다. “뭐 때문에 싫은 거예요?"

"할 게 아무것도 없잖니." 여자가 대답했다.

여자는 들창코에 몸집이 큰 편이었다. 그녀는 인생의 골칫거리라도 떠올린 듯 고개를 좌우로 흔들어댔다. 안 그래도 들려 있던 코가 더 높이 들쳐 올라갔다.

"할 게 아무것도 없잖니!" 여자가 떠난 뒤에 존이 그녀의 말을 따라했다. 우리는 한바탕 웃음을 터뜨렸다.

그러나 아조레스가 지루하다는 말은 일부 이주자와 그들의 자녀들에게서도 종종 들려오는 불평이었다. 이건 섬사람들이 섬을 방문하는 자기 친척들을 헐뜯는 이유가 되기도 했다. 이 지역 사람들은 타지 사람들의 화려한 옷차림이나 특히 영화관, 쇼핑몰 따위가 필요하다고 주장하는 소리에 코웃음을 쳤다. 가장 흔히 들리는 모욕은 타지에서 되돌아온 사람들을 가리켜 "여름철 날파리"라고 부르는 것이었다.

캘리포니아의 닭고기 가공업체에서 관리자로 일하다가 은퇴한 코니는 공항에서 어떤 남자가 온갖 진부한 표현을 쏟아내며 막 이륙한 사람들에게 빈정거리고 있는 광경을 발견했다. 코니는 자기 성질을 못 이기고 계속 씩씩거리다가 같이 있던 친구들에게 한 번 더 이런 일이 있으면 절대 가만있지 않겠다고 말했다.

"다음번에 또 누가 그런 소리를 하는 걸 보면, 일면식이 없는 사람이라 해도 꼭 이렇게 말해줄 거야. '이봐요, 나한테 하는 말인지 모르겠지만 한마디 해야겠습니다. 아니, 나한테 하는 말이 아니라

해도 이 말을 해야겠네요. 이 섬이 몇 년간 먹고살 수 있었던 게 여름철 날파리가 싸지르는 똥 덕분인 걸 아셔야죠!'"

그들의 분노를 이해하려면 시대를 거슬러 올라가야 한다. 1970년대 아조레스로 되돌아온 이민자들은 화려한 새 옷을 입고 나타나서는 섬 주민들에게 토스터나 초코바 같은 선물을 뿌리고 다녔다. 그러나 그런 행동은 가난한 친척들에게 고마움을 느끼게 하기보다는 오히려 노여움을 사는 경우가 많았다. 그러자 미국계 또는 캐나다계 아조레스인들은 본인이 이들에게 인정받지 못했다는 사실과 타지에 나가 낙농장과 공장에서 쉼 없이 일했던 그 시간들 역시 인정받지 못했다는 사실에 상처를 받았다. 떨어진 가족들을 그리워하는 표현으로 가득한 편지나 입에서 입으로 전해지는 역사처럼 그동안 내가 접했던 이야기를 돌이켜보면 그들 사이에 이런 비난이 오갔다는 사실이 쉽게 이해되지 않았다. 이 두 감정은 서로 전혀 영향을 주지 않는 성질의 것이었다.

어느 날 밤, 마을 주민 거의 모두가 카페에 모여 축구 경기를 시청했는데, 경기가 끝난 뒤에, 60대 형제 둘이 티격태격 싸우기 시작했다. 한 사람은 로스앤젤레스 근처에 아조레스인 공동체가 있는 아르테시아Artesia에서 거의 평생을 살았고, 다른 한 사람은 아조레스 섬에 남아 지내고 있었다. 그리고 둘 다 낙농인으로 시작해 지주가 된 사람들이었다.

"넌 섬에 살고 있긴 하지만 아조레스인은 아니지. 미사에 가지도 않잖아!" 캘리포니아에서 온 마누엘이 동생에게 소리쳤다. "화산재도 소금도 너보다는 내 피에 더 많이 흐를 거다." 그가 화산과 바다를 가리키며 말했다.

"화산재랑 소금은 형 머릿속에나 들어 있겠지." 동생 조앙이 외쳤다. "형이 늘 하는 말이라고 해봐야 냉장고가 얼마나 큰지, 트럭이 얼마나 큰지 그런 것밖에 더 있어?"

조앙의 아내 마리아가 이들을 진정시키려고 나섰는데, 실제로 효과가 있었다. "둘 다 진정하고 맥주나 한 병씩 더 마시면서 이번에 새로 온 신부님 얘기나 좀 해봐요." 마리아가 둘 사이에 끼어들었다. "그 신부님 고개가 한쪽으로 약간 기운 것 같지 않아요? 그냥 잠을 잘못 잔 걸까, 목 근육에 쥐가 난 걸까, 아니면 아님 교구에서 장애가 있는 신부를 보낸 걸까?"

마누엘이 떠나던 날, 나는 공항에 있었다. 그리고 거기에서 마누엘과 조앙이 와락 껴안고 펑펑 우는 모습을 목격했다.

존과 나는 거의 늘 눈코 뜰 새 없이 바빴다. 어떤 날에는 수영을 하고 바위 위에 드러누워 낮잠을 자고 아이스크림을 먹고 꽃 사진까지 찍고 났는데도, 옥수수 밭이 붉게 타오르고 옥수숫대와 바다 너머로 지는 해가 커다랗게 보이는 늦은 오후의 칵테일 시간cocktail hour•이 아직 되지 않았을 때도 있었다. 칵테일 시간이 되어 로마나와 만나면 나는 장식을 곁들인 칵테일 잔을 들고 야트막한 돌담에

• 저녁 식사를 하기 직전 또는 오후 4~6시 사이.

걸터앉아 그녀의 이야기를 들었다. 그중에 CIA와 스파이 이야기는 약간 충격적이었는데 이 작은 마을이 국제적 음모가 난무하는 온상이었다는 이야기를 듣게 될 줄은 꿈에도 몰랐기 때문이다.

1974년 살라자르 정권은 비폭력 혁명으로 막을 내렸다. 혁명은 리스본에서 일어난 군사 쿠데타로 시작됐으나, 포르투갈에 민주주의를 되돌리고 아프리카에서 일어난 식민지 전쟁을 종식시킨 건 뒤이어 일어난 민중의 저항이었다. 사람들은 이를 가리켜 카네이션 혁명이라고 불렀다. 쿠데타 이후 시민들이 거리로 몰려나와 군인들이 들고 있던 총과 옷깃에 카네이션을 달아준 데서 유래된 이름이다.

그 여파로 포르투갈의 정치적 상황은 긴박하고 불안정해졌다. 포르투갈 사회당원들과 공산당원들은 권력 투쟁을 벌였다. 외딴 곳에 고립되어 본토에 비해 정치적으로 보수적인 성향을 띠고 있었던 아조레스에서는 독립을 요구하는 목소리에 가속도가 붙었다. 완강한 반공산주의자들이었던 아조레스계 미국인이 이들의 활동을 일부 경제적으로 지원했다. 상미겔São Miguel 섬 중심에는 지하조직 아조레스해방전선Azores Liberation Front이 들어섰다. 상미겔 섬은 포르투갈이 소련과 동맹을 맺으면 정부의 간섭을 받거나 점령 당하게 될까 봐 기업가들과 농부들이 염려하던 지역이었다. 그러나 테르세이라 섬 주민들의 말을 들어보니, 사실 그들의 주요 관심사는 미군 부대를 지키는 것이었다. 미군 부대는 제2차 세계대전 이후 테르세이라 섬에 쭉 주둔해 있었는데, 섬의 지역 경제에 톡톡히 한몫하고 있는 것은 물론이고 테르세이라인의 정체성에도 막대한 영향을 미쳤다.

아조레스에 처음 왔을 때 사람들이 포르투갈어로 말하다가도 작별 인사를 할 때면 갑자기 영어를 쓰는 모습을 보고 깜짝 놀랐다. 이곳 사람들은 헤어질 때 "시 유 레이터, 엘리게이터See you later, alligator"라고 인사했고, 그러면 그곳에 있는 모든 사람이 "애프터 어 와일, 크로커다일After'while, crocodile"이라고 대꾸했다.* 인사말이 쓰이는 빈도로 경쟁했을 때 인사말의 발원지라 해도 될 것 같았다.

아조레스해방전선은 포르투갈이 공산주의 노선을 택한다면 아조레스의 독립과 미군 부대 유지 두 가지 다 이뤄내리라 맹세했다. 이는 두 열강에 모두 이익이 되는 일이었다. 그러더니 느닷없이 앙그라의 알타르스Altares 시내에 새로운 외국인 가족들이 이사 오기 시작했다. 주방장은 그의 할아버지와 치우들이 그런 가족들을 보고 어느 쪽 사람일지 짐작하며 그들에게 CIA 첩자 또는 KGB 첩자라는 별명을 붙여줬다고 회상했다. 당시 섬 주민들이 미국과 러시아 두 국가에서 모두 테르세이라 섬에서 일어나는 일을 진두지휘하는 남자(또는 여자)를 찾고 있다고 믿고 있던 까닭에 생긴 에피소드였다.

어느 날 오후, 로마나가 그 당시에 있었던 가장 흥미진진한 사

---

* See you later, alligator/ After 'while, crocodile: 미국인들이 운율을 살려 흔하게 주고받는 인사말.

건에 대해 들려줬다.

한 미국인 부부가 시내로 이사 왔다. 아내는 아름답고 독립적인 여성이었다. 그녀는 승마를 즐겼고, 외간 남자들과 춤을 췄으며, 가고 싶은 곳이 있으면 어디든 혼자 걸어 다녔다. 10대 때 부모를 따라 미국으로 이주했던 로마나는 당시 새신부가 되어 아조레스로 돌아와 있었다. 미국과 아조레스 두 곳 모두에 배어 있는 가부장적 문화에 신물을 느낀 로마나는 자유로운 영혼의 소유자인 이 여성과 금세 친구가 되었다. 그러나 이 미국 여성의 일탈은 춤바람을 훨씬 넘어선 정도였다. 얼마 지나지 않아 자기 남편이 그 미국 여자와 바람이 났다며 분개한 부인들이 떼 지어 나타났다. 이들은 서로 말을 주고받으며 더욱 분노했다.

바깥이 여전히 어둑한 이른 새벽, 목장으로 소를 몰고 가던 남자들이 그 미국 여성의 집으로 몰려갔다. 대부분 그 여자에게 고래고래 소리를 질렀다. 남자들이 떠난 뒤에 로마나는 홀로 남은 그 여자에게 다가가 물었다. "도대체 왜 그런 거예요?"

여자는 턱을 치켜들고 거들먹거리며 대꾸했다. "말 타는 것처럼 남자들을 타보는 거예요. 일시적인 쾌락을 맛보는 거죠."

로마나는 자기가 무슨 짓을 하고 있는 것인지 생각할 틈도 없이 여자의 뺨을 갈겼다. 그리고 그들 부부는 그날 밤 야반도주하듯 떠났다. 이로써 여자가 CIA 요원이라는 로마나의 의심에는 확신이 생겼다. 로마나는 이날 있었던 야단법석 때문에 그들의 존재가 노출될까 봐 두려웠던 정부 기관이 부부에게 서둘러 떠나라고 명령을 내렸을 것이라고 생각했다.

나는 아무것도 묻지 않은 채로 로마나가 들려주는 이야기 한마디 한마디에 집중하고 있었는데, 화가 난 부인들이 몰려왔다는 그 대목부터 로마나는 무심코 포르투갈어로 말하고 있었다.

"로마나, 지금 포르투갈어로 말하고 있어요. 무슨 말인지 하나도 못 알아듣겠다고요!" 나는 한참 재미있는 장면이 나오고 있는데 누가 실수로 텔레비전 채널을 바꾸기라도 한 것처럼 항의했다.

근처 해먹에 누워 있던 로마나의 조카 티아구가 말했다. "아, 그게 뭐 별일이라고 그러세요. 마티니 한 잔 더 마시면 이탈리아어로 말할 걸요?"

나는 그가 농담한다고 생각했는데 그해 여름, 티아구가 말한 장면을 두어 번쯤 실제로 목격했다.

이곳에선 마을마다 매년 축제를 열었다. 마침내 우리 마을의 차례가 왔을 때 로마나와 존은 앙그라에 가 있었고 주방장도 다른 곳에 가고 없었다. 그는 소방서장, 컴퓨터 선생님, 작살 어부로도 모자라 '치-노타스Ti-Notas'라는 밴드의 일원으로도 활동하고 있었다. 이 밴드는 아조레스 전통 음악에 그들이 직접 쓴 곡과 가사를 섞어 연주했다. 그중에 여름 노래 한 곡은 아조레스 젊은이들의 전화벨소리로 흘러나오는 걸 보면 꽤 인기를 끈 것 같았다. 그래서인지 치-노타스 밴드는 아조레스 제도 전역에서 열리는 축제에 초청을 받았다. 이때도 주방장은 콘서트를 하러 피쿠 섬에 가 있었다.

그래서 내 인맥이 고갈되고 말았는데, 다행히 로마나의 동생인 마릴바가 퍼레이드에 같이 가자며 나를 초대해주었다. 영어를 전혀 못 하는 마릴바가 **반제이라**bandeiras(깃발)가 어쩌고저쩌고라고 하는데, 하잘것없는 내 어휘 실력과 주방장과의 친분 탓에 나는 그 말을 **봄베이루**bombeiro(소방관)라고 알아들었다. 마릴바는 앞으로 팔을 뻗더니 위아래로 흔들었다. 나는 그걸 소방서를 의미하는 몸짓이라고 해석했다. **오 세상에, 축제 개막식 때 불을 지른다는 거구나,** 라고 생각했다. **미쳐 날뛰는 황소로는 충분하지 않다는 건가?** 그러나 그녀가 몸짓으로 표현하려고 했던 건 깃발을 흔들고 클라리넷을 연주하며 행진하는 악대였다.

퍼레이드가 있던 날 밤, 마을의 작은 밴드가 선두에 나섰다. 튜바 연주자가 두 명 있었다. 스네어 드럼을 맡고 있는 사람은 주방장의 아버지였다. 팔다리밖에 보이지 않는 것이 주방장의 체격과 똑같았다. 이들 뒤로 비스코이투스의 보이스카우트 같은 이들이 목에 스카프를 두르고 드럼을 연주하며 따라갔다.

잠시 침묵이 흐른 뒤 소방서의 공헌을 기리는 순서가 왔다. 소방차와 구급차가 몰려나와 사이렌을 울리며 거리를 질주했다. 뒤이어 오토바이와 ATV(사륜형 이륜 자동차)가 요란하게 엔진을 울리며 행렬에 진입했다. 귀청이 떨어질 것 같았다. 장식 따위는 없었고, 그저 시끄럽기만 했다. 밴드, 드럼, 사이렌, 배기관 등 길가 끄트머리에서 모인 행렬 전체가 방향을 돌리더니 반대쪽으로 다시 돌아왔다.

로마나가 돌아왔을 때 나는 마을 퍼레이드가 어땠는지 빨리 말해주고 싶어 안달이 났다. 그녀는 그 정도는 아무것도 아니라고 말했다. 작년에는 **봄베이루**들이 연기를 들이마시고 발코니에 쓰러져 있는 피해자들을 구조하는 연극을 만들어 무대에 올렸다고 했다. 로마나의 말에 따르면 피해자 역할을 맡은 사람의 몸집이 너무 커서 소방관들이 들것을 들어 올리는 데 굉장히 오랜 시간이 걸렸다. 사람들은 소방관들이 낑낑 대며 들것을 들다가 넘어지는 모습을 멍하니 바라봤다고 했다.

주방장이 돌아오자 나는 소방대의 행진을 봤다고 말했다.

"하지 말라고 분명히 말했는데!" 그가 소리쳤다.

나는 웃음을 터뜨리며 작년 퍼레이드에 등장했던 느려터진 들것 이야기를 들었다고 말했다. 주방장이 이를 악물었다. 그는 전혀 웃기다고 생각하지 않았다.

"그건 굉장히 교육적인 행사였습니다. 마을 사람들이 우리가 어떤 일을 하는지 아는 건 매우 중요한 일입니다." 그가 말했다. "게다가 그때 전 어깨까지 다쳤다고요."

카르도주 부인

동네에서 손꼽히는 유명 인사인 카르도주 부인이 연례 방문차 아조레스에 도착했다는 소식을 들었다. 하늘이 파란 어느 날 아침, 나는 카르도주 부인에게 인사를 가려고 준비를 했다. 엘마노가 캘리포니아에서 전화를 걸어 내게 안부를 물으며 집은 어떠냐고 물었다. 그에게 나는 어디로 갈 계획인지 알려줬다.

"카르도주 부인을 전에 만난 적 있나요?" 그는 내게 같은 질문을 했던 다른 사람들과 비슷한 어조로 물었다. 경고하는 것 같은 느낌이 들었으나 무엇 때문인지는 알 수 없었다.

나는 무슨 옷을 입을까, 하다가 치마를 고르고 다림질까지 했다. 그러고는 바깥으로 나가 엘마노와 알베르티나의 울타리에서 파란 수국을 꺾어 풍성한 꽃다발을 만든 뒤 '도나 아멜리아Dona

Amélia'* 케이크 상자에 둘러져 있던 리본 끈을 떼어 꽃다발을 단단히 동여맸다.

문이 열리자마자 카르도주 부인은 내게 안으로 들어오라며 요란하게 손을 흔들었다. 부인은 미용실에서 머리를 곱게 단장하고 꽃무늬 실내복을 입고 있었다. 그녀는 나를 훑어보더니 옷차림이 너무 심심하다고 한마디하며 자기는 다채로운 색깔이 좋다고 덧붙였다. 게다가 내 나이대의 여자가 짧은 치마를 입는다는 것에 또 한 번 놀란 기색을 내비쳤다. "무릎은 거짓말을 못 하죠." 카르도주 부인이 말했다.

카르도주 부인은 젊었을 때 미모로 유명했다면서 벽에 나란히 걸린 가족사진에 있는 손주들이 얼마나 예쁜지 보라고, 그것을 보면 자기 말이 거짓말이 아니라는 것을 알 수 있을 거라고 했다. 부인은 최근에 사별한 남편만큼이나 한 여자를 깊이 사랑할 수 있는 남자는 없을 거라고, 또 아들이 젊은 시절 자기 아버지만큼이나 잘생겼다는 말도 했다. 그러면서 그런 남자를 잡은 게 행운이라는 걸 며느리가 잘 알아야 할 거라고 강조했다.

이 모든 이야기를 끝낸 다음에야 우리는 소파에 마주보고 앉을 수 있었다. 카르도주 부인이 집 외관에 페인트를 새로 칠할 예정이라고 말하기에 내가 대꾸했다.

* 도나 아멜리아는 테르세이라 섬에서 처음 만들어진 아조레스 전통 디저트다. 1901년 아조레스를 찾은 아멜리아 여왕을 기념해 사람들은 이 디저트를 도나 아멜리아라는 이름으로 부르곤 했다.

"아, 그러시군요. 동네 사람들이 전부 다 축제를 준비하느라 페인트를 칠하더라고요."

"어머, 나는 그 사람들 하고 달라요. 난 **미국 페인트**를 써요." 부인이 말했다.

앙 가르드En garde.*

"소방서장이랑 친구 사이라고 들었는데, 그 사람 형 얘기도 알아요? 그 **칠삭둥이**말이에요." 부인이 물었다.

난 주방장의 가족사를 꽤 세세히 알고 있다. 그의 외할머니, 그러니까 빼빼 마른 구두장이의 아내는 웃음소리가 우렁차고 몸집이 좋은 여성이었다. 그녀가 가장 좋아하는 일 중에 하나는 가만히 누워서 죽은 척하고 있다가 어린 주방장이 친구들과 살금살금 다가오면 벌떡 일어나 이들을 쫓아내는 것이었다(주방장의 어린 시절 기억 중 가장 끔찍한 건 외할머니가 돌아가셨을 때 할머니가 죽은 척하고 있는 게 아니라는 사실을 받아들일 수 없었다는 것이었다). 주방장의 외할머니는 주방장과 그의 형에게 그들의 부모님 이야기를 곧잘 들려주었다. 외할머니는 손주들에게 아버지가 어머니에게 처음 접근했을 때 매의 눈으로 아버지를 뚫어져라 지켜봤다는 얘기를 손주들에게 들려주면서, 가재 눈을 하고 고개를 휙휙 움직여 보였다. 그렇게 잘 감시하다가 어느 날 잠깐 한눈을 팔았다. "5분도 채 되지 않았다는데(주방장의 외할머니는 동화의 표현법을 익히 알고 있었던

---

* 펜싱의 기본 준비 자세로 검을 든 손을 앞으로, 다른 손을 뒤로 하는 동작.

게 틀림없다)악마가 내 아름다운 딸을 임신시켰지 뭐니! 순식간에 딱! 5분도 안 됐는데 말이야!"

시간이 흘러 주방장과 그의 형이 학교에 다닐 나이가 됐을 때였다. 형의 친구들은 주방장의 부모님이 형을 임신했을 때 결혼한 사이가 아니었다는 말을 들었다며 형을 놀려댔다. 주방장의 형은 어째서 아이들이 자기가 그 말을 듣고 기 죽을 거라고 생각했는지 도무지 이해할 수 없었다. 형은 깔깔 웃으며 말했다. "응, 나도 알아! 우리 아버지, 그 악마 말이야. 5분도 안 걸렸대!"

나는 그 이야기를 부인에게 들려주면서, 아무것도 모른다는 듯 능청을 떨며 눈을 크게 뜨고 카르도주 부인을 바라봤다. "그 시대에 그 나이대의 여자가 그런 야비한 소문을 노련하게 이겨냈다니 정말 대단하지 않아요?" 내가 물었다.

카르도주 부인은 어떤 조치를 취해야 할까 생각이라도 하는 것처럼 가만히 나를 쳐다보았다. 데탕트 시기가 도래한 것 같았다. 잠시 후 부인은 곧 여기서 지내는 동안 입을 옷을 골라야겠다며 같이 옷 방에 가보자고 했다.

침실로 들어가보니 바닥에 빈 여행 가방 세 개가 놓여 있었고, 침대 위에는 옷이 잔뜩 쌓여 있었다. 부인은 각각의 셔츠와 그에 어울리는 바지, 샌들, 가방을 코디해서 들어 보였다. 옷의 무늬는 매번 이전보다 더욱 화려해졌다. 부인은 물건을 하나하나 들어 올릴 때마다 가격도 함께 이야기했다. "이건 우리 손녀가 68달러 주고 사준 가방." 파란 술이 달린 버킷백을 흔들며 이렇게 말하는 식이었다.

곧 거창한 피날레의 막이 열렸다. 부인은 옷 커버 안에서 앙큼한 손길로 아이스 댄싱복처럼 반짝이는 드레스를 한 벌 꺼냈다. 검은색이었으나, 한쪽 어깻죽지에서 별 모양의 스팽글이 반짝거렸다. 반짝거리는 바늘땀이 밑자락까지 늘어져 있고 가장자리에는 싸구려 보석이 달려 있었다. "혹시 모르잖아요. 무슨 말인지 알지요?" 부인이 말했다.

글쎄, 난 무슨 말인지 전혀 알 수 없었다.

"내가 여기 있는 동안 누가 죽을 수도 있지요. 제발 그런 일이 없길 바라지만." 부인은 어딘가 애석하다는 듯이 그 드레스를 개며 이렇게 말했다.

그해 여름이 끝날 무렵, 나는 카르도주 부인의 세대가 어떻게 이곳으로 다시 돌아왔는지, 캘리포니아 이주민 또는 외부인이라는 아픔 때문에 미국 돈을 자랑하면서까지, 알랑방귀라도 뀌어가면서까지 얼마나 사람들의 인정을 받고 싶어 하는지 알게 됐다. 그들은 경제 사정 때문에 아조레스를 떠날 수밖에 없었다며 "언젠가 다시 돌아와 당신들에게 증명해보이겠노라"고 굳게 맹세했으나, 오로지 몇 사람만이 촌스러운 친척들 집에 쳐들어오듯 1년에 한 번씩 찾아와 겨우 얼굴을 내비칠 수 있었다.

떠날 날이 얼마 남지 않은 어느 날이었다. 하늘에는 설핏 가을빛이 돌았다. 내가 카르도주 부인을 처음 만났던 때에 비하면 150센티미터는 더 자란 옥수숫대 위로 노란 금빛이 반짝거렸다. 나는 가슴속에

무지근한 통증이 퍼지는 걸 느끼며 마을을 거닐고 있었다. 혹시 이게 **사우다지**의 초기 증상이 아닐까, 싶은 생각이 들었다. 그때 마을 성당에서 종이 울리고 나무 문이 열리더니 장례식에 참석했던 조문객들이 쏟아져 나왔다. 나는 근처 간이식당에서 산 아이스크림을 손에 쥔 채 교회 건너편에 있는 방조벽에 앉아서, (포르투갈 사람들이 하는 말처럼) '틀망처럼 틀림없이' 성당 안 어딘가에 카르도주 부인이 반짝반짝 빛나는 드레스를 입고 앉아 있으리라 생각했다.

카르도주 부인의 가정에 감당할 수 없는 빈곤이 들이닥쳤을 때 부인은 겨우 10대였다. 그녀는 나이 많은 남자와 결혼해 낙농장이 있는 캘리포니아로 이주할 수밖에 없었다. 늘 좋은 사람들만 있는 곳이 아닌 캘리포니아로. 나는 방조벽에 앉아 영화롭게 아조레스로 돌아오는 카르도주 부인의 모습을 상상해봤다.

미스터리한 인생

매우 이른 아침 꼭두새벽부터 인기척이 들려왔다.

"**웃**-우! **웃**-우!"

새벽 3시까지 어느 축제에서 놀다 들어온 다음 날이었다. 아조레스인 기준으로 볼 때 조금 이른 시간에 자리를 뜬 것이였다. 잠이 덜 깬 나는 머리를 산발한 채 비틀거리며 현관문으로 다가갔다. 문 밖에는 생기 넘치는 모습으로 옷을 잘 차려입은 로마나가 서 있고 차 안에서는 그녀의 동생이 기다리고 있었다.

"어서 서둘러요." 로마나가 내 손을 잡아당기며 말했다. "마릴바가 **아우카트라**alcatra(점토 냄비에 요리한 아조레스 전통 음식)에 쓸 고기를 사러 최고의 푸줏간이 있는 저쪽 마을에 갈 건데, 거기 가는 길의 경치가 아주 기가 막혀요."

"전 아직 옷도 안 입었는데요." 나는 굳이 할 필요도 없는 말을 구태여 뱉었다. "자고 있었어요. 다른 사람들처럼요."

"누가 신경 쓴다고 그래요. 그냥 이대로 갑시다." 로마나는 계속 나를 잡아당기면서 말했다.

내 덩치가 컸으니 망정이지, 그렇지 않았더라면 이도 닦지 않은 채 티셔츠 차림에 맨발로 끌려 나갈 뻔했다. 다시 이불 속으로 파고들고 싶은 마음이 굴뚝같았다. 그러나 아주 오래전 나는 "같이 합시다"라는 말에는 "마다할 이유가 없죠"가 최고의 대답이라는 사실을 배운 데다, 이번 생애에 내가 로마나를 당해낼 재간은 전혀 없다는 걸 잘 알고 있었다.

하늘은 물감으로 칠한 듯 새파랬고 햇볕은 쨍쨍 내리쬐였다. 우리는 바다가 끝없이 보이는 오르막길을 오르고, 오르고, 또 오르며 내달렸다. 그러다 어느 마을에선가 멈춰 서서 로마나와 마릴바의 사촌이 산다는 집에 들러 그 집 안뜰에 있는 포도나무 시렁에서 포도를 따 먹었다. 다시 길에 오른 우리는 호박 덩굴이 담장을 타고 뻗어 있고 자그마한 널빤지 위에 호박이 하나씩 올려져 있는 집을 지나게 됐다.

"뭐가 먼저려나?" 로마나가 소리 내 말했다. "호박? 아니면 널빤지?"

나는 호박이 그걸 받치고 있는 자그마한 널빤지보다 커지면 어떻게 될지 궁금했다.

로마나는 차를 돌리다가 멈춰 세우더니 주인에게 물어보겠다며 그 집으로 들어갔다. 그녀는 문을 열어준 농부와 꽤 길게 대화를 나눴다. 그러나 차로 돌아왔을 때 로마나가 전해준 대답은 무척 간결했다.

"미스터리를 품고 사는 인생이 더 낫다고 하네."

주방장이 내게 지속 가능한 생태 관광을 향해 도약하고 있는 테르세이라 섬의 일면을 봤으면 좋겠다고 해서 날을 잡았다. 그날 이른 아침, 우리는 첫 번째 목적지인 산꼭대기 호수로 가고 있었다. 주방장은 그곳이 전 세계 모든 곳에서 찾아오는 여행객에게 선물이 될 만한 장소라고 말했다. 그곳에는 오래전에 제작된 관광 표지판이 최근까지 설치되어 있었다.

나는 주방장에게 호수에 자주 가느냐고 물었다. 그는 10대 시절 이후로 가본 적 없다고 했다. 내가 의아하다는 듯 눈썹을 찡긋 들어 올려 보이자 그는 누구든 제아무리 경이로운 광경도 자기 집 뒤뜰에 있으면 별 관심을 갖게 되지 않는 법이라고, 더군다나 한참 걸어야 갈 수 있는 곳이라면 더더욱 그렇다고 대꾸했다.

그의 차를 타고 트레일 시작점까지 올라갔을 때, 커다란 새 표지판이 보였다. 안내문은 포르투갈어와 영어 둘 다로 쓰여 있었다. 원래 있던 안내판이 꽤 오래된 탓에 전보다 잘 읽히게끔 반질반질하게 만든, 최근에 바꾼 안내판이었다. 덕분에 나는 모든 글자를 하나하나 또박또박 읽어낼 수 있었지만 결과적으로는 아무짝에도 쓸모없었다. 조금도 과장하지 않고 안내판에는 이렇게 쓰여 있었다.

다른 나무들보다 키가 큰 아조레스 월계수 한 그루가 있는 방향으로 2킬로미터 걸어간 뒤 오른쪽으로 가십시오. 갈림길이 나오면 좁은 길로 시작해서 두 갈래로 나뉘었다가 두 길이 합쳐지면서 넓어지는 길로 가십시오. 90미터 더 걸으면 작은 바위 옆에 큰 바위가 보이는데, 그 근처에 터널로 이어지는 진정한 트레일 입구가 있습니다.

"음," 주방장이 말했다. "흥미진진한 소설을 써놨네요. 그렇지만 내가 기억하는 대로 가보는 게 낫겠습니다."

주위에 널려 있는 큰 바위들을 지나고 나니 터널로 연결되는 길이 나왔다. 내 등산화보다 아주 약간 넓을 것 같은 오솔길이 진초록빛으로 빽빽한 떨기나무 사이에 나 있었다. 우리는 그 길을 따라 걸어 올라가기 시작했다. 대서양의 엷은 연무가 우리를 감쌌다. 주방장은 우리가 구름숲에 있다고 말했다. 나는 그의 말이 지나치게 시적이라고 생각했는데, 그건 실재하는 특정 생태계의 이름이었다. **라우리실바**laurisilva 같은 고대 숲은 엷게 낀 안개를 빨아들여 다양하고 진기한 동식물에게 시원하고 촉촉한 서식지를 만들어준다. 구름숲은 고대 지구의 대부분을 덮고 있었으나, 현재는 전 세계 삼림의 1퍼센트에만 존재해 기후 변화에 가장 취약한 생태계로 꼽힌다.

주방장이 앞장서서 길을 살피며 나아갔다. 자욱한 안개 속에서 구불구불한 길을 걷다 보니 마치 이 산 속에 나 홀로 있는 것만 같았다. 주변의 나무와 식물들은 공룡이 사라진 직후 시대의 잔존물이었다. 주방장이 (그리고 테르세이라 섬 사람 대부분이) 가장 좋아하는 영어 구절은 "현실과 동떨어진 아름다움Out of this world"이었다. 초록빛 물이 뚝뚝 떨어지는 비현실적인 산허리에서 가장 먼저 내 머릿속에 떠오른 구절이 바로 그것이었다. 그러나 이곳은 현실과 동떨어진 공간이라기보다는 오히려 중심부처럼 느껴졌다. 길을 걷다가 우연히 내밀한 제어실을 발견한 것만 같았다.

어쩌면 정말로 그랬는지도 모른다. 내가 빙하기 이전의 고대 유럽을 언뜻 보면서 지나가고 있었는지도. 이 세상 어디에도 존재하지 않는 나무와 풀과 새가 내 주변에 있었다. 이런 생물들이 어떻게 적응해서 살아남았는지 그 비밀을 아는 사람이 누가 있을까?

분화구에 만들어진 호수는 연무 사이로 힐끗 보기에도 색이 어두웠다. 나는 수영을 하고 싶은 것도 아니면서 주방장에게 호수에 들어가 수영을 해도 되느냐고 물었다. 그는 내가 혹시 자외선 차단제를 발랐다면 취약한 수역을 오염시킬 수도 있으니 물속에 들어가지 않는 게 낫겠다고 대답했다. 붉은 머리칼을 가진 나는 피부가 약해 햇볕은 쥐약이었고 늘 자외선 차단제를 바르고 다녔으므로 물속에 들어가는 건 곧바로 포기했다. 주방장 역시 들어가지 않았다. 그는 바다 말고 다른 곳에서 하는 수영은 의미가 없다고 생각하는 사람이었다.

내려오는 길이 가팔라서 발을 조심조심 디뎌야 했다. 주방장은 그런 나를 보더니 내가 걷는 방식이 잘못됐다며 자기가 하는 걸 보고 배우라고 했다. 그는 거의 뛰어오르듯 보폭을 매우 크게 잡고는 중력에 몸을 맡겼다. 무릎을 굽혔다 펼치며 힘차게 뛰어올랐는데, 가속도가 붙으며 흙더미 속으로 빠지고 말았다. 만화 속 로드러너Road Runner에게 당하는 와일 E. 코요테Wile E. Coyote*처럼 제대로 철퍼덕 소리를 내며 넘어졌다. 넘어지자마자 어깨너머로 고개를 돌려가며 내가 자기를 봤는지 살피는 걸 보니 다행히 다치지는 않은 것 같았다. 주방장이 창피하지 않도록 서둘러 구석으로 몸을 피하려고 했으나, 숨으려던 나를 주방장이 보는 바람에 우리 둘 다 웃음을 터뜨리고 말았다.

"보시다시피 아주 효율적인 움직임입니다." 주방장이 말했다. "전문 소방관들이나 할 수 있지요."

다음 목적지는 테르세이라 섬에 온 관광객이라면 반드시 둘러봐야 하는 곳인 아우가르 두 카르방Algar do Carvão이었다. 아마도 이곳이 세계에서 유일하게 원추형 화산 내부로 걸어갈 수 있는 곳일 것이다. 3,200여 년 전에 최초의 화산 폭발이 있었고, 2,000여 년 전 무렵에 같은 자리에서 폭발이 한 번 더 일어나면서 산 내부에 남아 있던 마그마가 분출됐다. 그렇게 마그마가 빠져나오면서 내부에 공간들이 생겨났다. 그곳의 암벽은 구스타프 클림트의 작품 〈키스〉에 나오는 연인을 가리는 색깔처럼 청동빛과 금빛 등으로 형형색색이었다.

* 톰과 제리처럼 쫓고 쫓기는 관계를 단순화한 워너브러더스 애니메이션 〈루니 툰〉 시리즈에 등장하는 캐릭터들이다. 와일 E. 코요테는 로드러너를 잡으려고 온갖 꾀를 부리지만 결국 자기 꾀에 자기가 넘어가 어이없이 실패한다.

우리는 그곳을 운영하는 '**오스 몬타녜이로스**Os Montanheiros(산악인)'에게 6유로를 지불했다. 카운터에 있던 남자는 내게 1963년 한 농부가 잃어버린 소를 찾기 위해 사람들이 처음으로 이 동굴을 탐험했다는 사실을 알려줬다. 당시 수색대가 화산 입구를 발견했고, 그들은 한 사람을 의자에 묶은 뒤 그 줄을 칠흑같이 어두운 구멍 속으로 천천히 내려보냈다. 랜턴 불빛이 90미터 깊이의 구멍 밑바닥에 나뒹구는 소들의 사체를 비췄다.

아조레스 지방정부에서 테르세이라 섬을 방문할 잠재 관광객들을 위해 돈을 들여 만든 새 안내판이 전시장 초입은 물론이고 셀프 투어 코스 곳곳에 세워져 있었다. 안내판에는 포르투갈 국기와 함께 '현재 위치'라는 뜻으로 "보세 에스타 아키Você está aqui"라는 문장이 쓰여 있었다. 그 아래에는 영국 국기와 함께 "유 아 히어 You are here"라고 쓰여 있었고, 그 아래에는 미국 국기와 함께 "유 아 히어You are here"라고 쓰여 있었으며, 그 아래에는 캐나다 국기와 함께……. 음, 이 정도면 각국이 얼마나 개별적으로 대접받고 있는지 이해할 수 있을 것이다.

우리는 섬뜩한 손전등 빛을 따라 긴 시멘트 동굴 안으로 걸어 들어갔다. 동굴로 들어가는 유리문을 열자마자 찬 공기가 밀려왔다. 나는 화산 안으로 발을 내디뎠다. 돌계단은 아래로, 아래로, 아래로 이어졌다. 맨 밑바닥에 있는 호수에 도달할 때까지 습기 때문에 발밑은 점점 더 미끄러워졌다. 벽에는 규산이 쌓여 만들어진 종유석이 곳곳에 매달려 있었는데, 이 지역에서는 굉장히 보기 드문 지형이라고 했다. 마치 내 눈앞에서 점점 더 길게 자라고 있는 것 같았다. 그러나 종유석은 한 세기에 1.5~2.0센티미터밖에 자라지 않는다.

스펀지처럼 촘촘하게 이끼가 뒤덮인 원뿔 내부에서 위를 올려다보니, 화산 입구를 통해 하늘이 보였다. 둥근 하늘을 가로질러 군데군데 나뭇가지가 튀어나와 있었다.

"나뭇가지가 보이십니까?" 주방장이 물었다. "여기서 이렇게 올려다보면 전혀 다르게 보이죠."

주방장이 어렸을 때는 화산이 존재한다는 사실은 알려져 있었으나, 방문객이 드나들 수 있는 출입구나 입장료를 받는 시설은 없었다고 했다.

그 시절의 어느 날 주방장과 그와 즐겨 놀던 (대부분 여전히 어울려 노는) 친구 무리가 화산을 찾아가보기로 작정했다. 약도 한 장 들고 길을 만들며 나가던 그들은 마침내 터널 어귀를 발견했고, 그들 중 누가 친구들이 뒤꿈치를 잡아주는 동안 나뭇가지 위에 엎드려 구멍 아래를 살펴볼지 정하려고 제비뽑기를 했다. 그리고 주방장이 졌다(주방장은 이겼다고 표현했지만). 그때까지만 해도 날씬했던 소년 주방장은 가느다란 나뭇가지 더미 위에 엎드려 깊숙한 화산 동굴을 들여다보았다.

어린 주방장이 하마터면 그 농부가 기르던 소들의 불행한 운명과 맞닥뜨렸을지도 모른다는 생각을 하자 몸서리가 쳐졌지만, 겨우 얼마 전까지만 해도 규제받지 않은 모험을 할 수 있었다고 생각하니 한편으로는 매우 흥미로웠다.

주방장은 대학에 진학할까 한다며 계획을 이야기했다. 그는 자신의 일을 사랑했고, 특히 수색과 구조 작업을 할 때면 화산 어귀를 가로질러 다니던 꼬마 시절로 돌아간 것 같다며 아이처럼 좋아했다. 그러나 소방관들의 신체 나이도 세월을 피해갈 수는 없다. 소방관들이라고 해서 평생 들것을 짊어 진 채 절벽을 기어오를 수는 없는 노릇이다. 그러다가 다치기라도 하면 어떻게 하겠는가? 그리고 대학 학위 없이는 관리자로 승진할 수도 없었다.

또 스스로에 대한 호기심이 들기도 했다. 주방장은 책을 많이 읽었고 할아버지에게 물려받은 지혜도 많이 간직하고 있었다. 이런 연유로 그는 오래전부터 대학을 졸업하고 사회의 주도권을 쥐고 살아가는 사람들보다 자기가 더 똑똑하다고 주장했다. 어떻게 해야 주방장이 그들과 겨룰 수 있을까? 그러려면 주방장이 다른 사람이 되어야만 하는 걸까?

둘째가라면 서러운 아조레스 제도의 지지자인 그는 아조레스 섬들과 마찬가지로 선택의 기로에 서 있었다. 더 큰 세상으로 나아가 다른 사람들과 경쟁하고 싶은 마음이 있으면서도 자신의 본질을 잃지 않길, 자신이 달라지지 않길 바랐다.

주방장은 미군 부대의 규모가 축소되고 있으므로 아조레스는 더더욱 관광산업으로 현금을 벌어들여야 한다고 보았다. 포르투갈이 EU에 가입했을 때 조건 중 하나가 아조레스의 우유 생산을 줄이는 대신 관광산업을 확대할 수 있도록 재정 지원을 하겠다는 것이었다. 테르세이라 섬의 10년 계획은 주로 시골의 자그마한 민박집에서 지내면서 생태적 모험을 즐길 관광객을 대상으로 했다. 저가 항공편을 마련하거나 대규모 호텔 체인의 할인 객실을 제공할 계획은 없었다. 대규모 관광을 욕심내지 않기 때문이다. 아조레스 제도의 섬 중에 규모가 가장 큰 상미겔 섬의 관광객은 엄청난 규모이지만, 다른 여덟 개의 섬 주민은 대부분 그 점에 전혀 신경 쓰지 않는다. 일반적 정서를 요약하자면 "그 관광객들을 계속 붙들고 있어도 됩니다"였다. 물론 이건 유럽 국가 부채 위기를 겪으며 필사적으로 규제 완화를 외치기 전 상황이다.

주방장은 내게 혹시 자기가 대학에 가게 된 다음, 내가 보기에 자신이 달라진 것 같으면 꼭 말해줘야 한다는 약속을 받아냈다. 그러나 세상 속에 뛰어들고도 달라지지 않기를 바란다는 건 참 동화 같은 환상 아닌가.

단순하지 않은 관계

세상에는 그 무엇보다 관능적이고 완벽하며 다른 사람들이 하는 TV 시청이나 집안일처럼 온갖 시시한 일상의 행위보다 더 우선시되는 사랑이라는 게 존재한다. 사랑은 정신적 이해를 동반하고 무궁무진한 성적 가능성을 초래한다. 물론 나는 지금 짝사랑에 관해 말하고 있는 것이다.

아주 오랫동안 나는 상남자 작가와 내가 멋진 하나가 될 운명이라는 따뜻한 희망을 품고 있었다(남녀가 만나 '서로 인연이라는' 사실을 깨닫고 서로의 존재를 갈고닦아 더욱 빛나는 사람이 된다는 식으로). 그런데 그런 내 꿈이 아슬아슬해지고 말았다. 그때 우리는 실제로 사귀어보는 게 어떨지 고민하고 있었다.

둘 다 밤늦은 시간에 써서 주고받은 이메일이 발단이었다. 그리고, 그게 그러니까, 글로 표현하는 건 우리가 늘 하는, 그리고 잘하는 일이었고, 그러다 보니 전화 통화로 넘어가게 됐다. 그랬는데 그가 무슨 말을 해야 할지 몰라 하는 게 아닌가! 그리고 그건 나도 마찬가지였다! 내가 오랫동안 공들여서 머릿속으로 써왔던 완벽한 각본대로 흘러가는 건 아무것도 없었다. 야한 부분까지도. 내 머릿속에서 그런 야한 대화는 끈적거리는 말투로 흘러갔다. 그러나 관계를 가지느냐 마느냐를 두고 우리가 나눈 대화는 은행 합병을 논의하기라도 하는 것처럼 생기발랄하기만 했다. 결국 내가 이의를 제기했다. 왜 그렇게 딱딱하게 형식적으로 대화하고 있었던 걸까? 우리가 섹스라는 말을 입에 담지도 않았다는 걸 그가 이상하게 생각하기나 했으려나?

그때 우리는 내가 캘리포니아로 돌아갈 때 그가 날 데리러 공항에 나올 것인지 말 것인지를 두고 대화를 나누던 중이었다. 그는 그게 섹스와 무슨 상관이 있는지 모르겠다고 말했다. 내가 차 안에서 하자고 말하기라도 했나? 음, 속으로는 생각했다. **살짝 놀려볼까나.**

"상관있죠." 내가 대답했다.

"안 될 것 같은데. 당신 다리가 너무 길어서요." 그가 말했다.

아마 농담이랍시고 건넨 말이었을 것이다. 하지만 나는 그게 농담인 줄 몰랐다. 내가 가장 좋아하는 부츠를 신을 때마다 그는 내가 그 신발을 신으면 자기보다 내 키가 약간 더 커진다고 토를 달았기 때문이다. 나는 그에게 당신이 내 큰 키에 신경 쓴다는 건 알고 있지만, 그렇다고 당신이 그렇게 작은 키는 아니라고 말했다(물론 내가 의미한 그대로 말이 나오지는 않았다). 이런 대화 속에 내가 꿈꿔왔던 "오, 베이비"의 순간이 있을 리가.

괜찮다. 까짓것 내가 다시 쓰면 되지 뭐. 이제 나는 혼자 낄낄거리며 열정으로 불태운 우리의 첫날밤을 떠올릴 것이고, 우리는 이런 어색한 출발을 웃어넘기게 될 것이다.

그러나 사실 우리는 이메일을 쓰면서도 고민했다. 러브레터가 희망에 가득 찬 내용이 담긴 글이어야 한다면, 우리가 주고받은 이메일을 러브레터라고 하기는 어려웠다.

그는 계속 같은 질문을 했다. "우리가 잘 안 맞으면 어떡하죠? 어떻게 다시 친구로 돌아가죠?" 그러면 나는 망설이는 그의 말꼬리를 물고 늘어졌다. "그러니까 당신 마음은 그렇지 않다는 거죠? 그냥 다시 곧장 친구로 돌아가고 싶다는 거죠?"

아버지가 이 대화를 들으셨다면 우리 둘 다에게 풍선 공장에 있는 고슴도치보다도 더 안절부절못한다며 다그쳤을 것이다. 그런 생각을 하다 보니 '피에스타 빌리지Fiesta Village'의 물 미끄럼틀 이론이 떠올랐다.

피에스타 빌리지의 물 미끄럼틀 이론

내가 예전에 일한 직장 중 '피에스타 빌리지 워터파크'라는 곳이 있다. 그곳에서 내가 했던 일은 아이들에게 "출발", **쉬었다가.** "출발", **쉬었다가.** 이렇게 외치며 햇볕에 피부를 그을리는 것이었다. 미끄럼틀을 타고 내려간 아이들이 앞서 내려간 아이들의 머리를 깔아뭉개지 않도록 먼저 출발한 아이들이 수영장에서 빠져나갔는지 확인하는 게 내 업무였다.

이 과정이 지연되는 경우는 아이들이 미끄럼틀 꼭대기에 올라와서 내려가지 못하고 가만히 서 있을 때뿐이었는데 그럴 때마다 나는 "출발"이라고 재촉해야 했다. 그렇지만 그런 아이들은 보통 꼼짝도 하지 않는다.

내가 매정한 사람이었던 건 아니다. 나도 고소공포증이 있었고, 하이다이빙을 해본 것도 살면서 딱 한 번뿐이다. 피부를 그을리는 일자리를 얻으려면 필요했던 인명구조 자격증을 따기 위해서였다. 몇 년 뒤 주근깨가 올라와 평생 모자를 쓰게 됐지만. 어쨌든 나도 고소공포증 때문에 물 미끄럼틀 위에 있는 내 자리로 올라갈 때마다 약간 현기증을 느낄 정도였다. 아이들에게 미끄럼틀로 뛰어내리지 못하고 사다리로 되돌아 내려가는 일은 정말 끔찍한 좌절의 경험으로 남는다. 나는 한 발씩 조심히 발을 디뎌 내려가라고 안내하기 전에 언제나 최대한 오래 기다려줬다.

그러니까 피에스타의 물 미끄럼틀 이론은 일단 미끄럼틀 꼭대기에 올라왔으면 무조건 뛰어내려야 한다는 것이다. 그렇지 않으면 슬프고 무거운 발걸음으로 돌아 내려가야 한다.

나와 상남자 작가의 관계에 현실적인 구석은 전혀 없어 보였다. 그저 나 혼자만의 공상에 지나치게 빠져 있는 게 분명했다.

아르멘이 내 미끄럼틀 이론을 들었더라면 당장 내게 "잘못된 생각이야!"라고 말했을 것이다. 길을 잘못 들었을 때 돌아가기에 너무 늦은 시간은 없다는 페르시아 속담이 있다고 말하면서. 아버지라면 "가끔 사냥을 하지 않는 개도 있다"라고 말했으리라. 그리고 상남자 작가와 내가 이 안타까운 꼬마들이라면, 염소 처리된 물속으로 내던져져 콧속으로 잔뜩 물이 들어가는 것보다 어쩌면 한 발 한 발 조심스럽게 바닥으로 내려오는 게 나았을지도 모른다. 그리고 그 결정은 내 몫이 아니었다.

상남자 작가는 프레즈노에 산다는 어떤 여자가 자신에게 감자 샐러드를 만들어서 갖다 주고 초콜릿 케이크도 사 온다고 했다.

"자꾸 여기에 들르네요. 초대하지도 않았는데." 그가 전화로 내게 말했다.

나는 드디어 그 순간이 왔다는 걸 깨달았다. 그는 이 뻔뻔한 여자를 보니, 내가 다른 여자들과 다르다는 사실을 알게 됐다는 말을 하려는 게 틀림없었다. 나는 아름다운 바다 경치를 바라보면서 내 안의 의심을 풀어줄 이 대화를 즐기려고 발코니로 걸어 나갔다.

그리고, 모든 게, 영원히, 달라졌다.

"다이애나," 그가 나지막하게 말했다. "그녀가 오늘 집에 오더니 나들이를 가자고 하면서 싫다는 대답은 허락하지 않겠대요. 생각해보니 이 관계가 우리 둘의 관계보다 훨씬 더 단순한 것 같았어요."

우리는 굉장히 오랜만에 대화라는 걸 나누고 있었다. 내가 알고 있던 상처 입은, 그리고 재치 있는 친구와 나는 진짜 대화를 나누고 있었다. 내 가볍고 낭만적인 몽상과 전혀 관련 없는 대화를, 앞으로도 낭만적인 관계가 될 일이 없을 그 남자와.

나는 전화를 끊었다.

"〈스릴러〉는," 나는 바다를 보며 혼자 중얼거렸다. "정말 획기적인 뮤직비디오였어."

어느 날 오후였다. 로마나와 존이 집으로 올 시간이 다가오고 있었다. 옥수수는 이제 너무 자라서 도로에 있으면 로마나의 3종 국기가 잘 보이지 않을 정도였다. 빛은 여전히 그을린 황금빛으로 변하고 있었다. 주방장은 소방서에서 근무 일정을 짜고 있었고, 나는 오디와 아르멘에게 편지를 쓰고 있었다. 주방장이 활동하는 밴드의 멤버이자 재생에너지 엔지니어인 목스는 컴퓨터를 고치고 있었다. 조용한 실내에서 우리 모두 각자의 일에 몰두하고 있을 때 미묘하게 움직인 구름 때문인지 태양 때문인지 사무실 안에 갑자기 따스한 햇살이 들어왔다. 목스가 창밖을 내다보며 말했다. "저기 좀 보세요, 그라시오사 섬이에요." 아조레스 제도의 섬 중 하나인 그리사오사 섬은 화이트 섬이라고도 불렸다. 건너편에 있지만 평소에는 잘 보이지 않던 그 섬이 마치 알루미늄 포일에 감싸여 있는 것처럼 빛을 반사하고 있었다.

나는 컴퓨터로 음악을 틀어놓고 있었는데, 때마침 레너드 코

헨Leonard Cohen의 〈할렐루야Hallelujah〉가 흘러나왔다. 목스가 그 노래를 따라 부르기 시작했다. 주방장이 화음을 넣었다.

한마디 한마디가 찬란하게 빛나요.
There's a blaze of light in every word.

무슨 소리가 들렸는지는 중요하지 않죠.
It doesn't matter which you heard.

신을 향한 찬양이 신성하든 일그러졌든.
The holy or the broken Hallelujah.

무無를 위하여

로마나와 존이 테르세이라 섬에서 보내는 마지막 밤이었다. 나는 그들의 집을 향해 걸었다. 그저 두 사람에게만 작별 인사를 건네는 게 아니라 존이 아홉 살이었던 여름, 내가 방황했던 여름, 그리고 로마나가 마티니를 내줬던 여름날, 마법 같은 시간의 한 조각에 작별 인사를 전하는 느낌이었다.

로마나는 풀에 물을 주고 있었다. 마침내 싹을 틔워 옥수수 밭과 바다를 물끄러미 바라보고 있는 식물이었다. 물에 젖은 풀에서 향긋한 냄새가 났다. 로마나는 어머니와 아버지를 생각하는 중이었다고 했다.

"두 분처럼 서로 사랑했던 사람들이 또 있을까 싶어요."

로마나는 결혼했지만, 남편은 상미겔 섬에 살았고 그녀는 보스턴에 살았다. 존에게 들은 이야기다. 언젠가 존이 할아버지가 자기에게 결혼 생활은 부부가 각각 다른 나라에 살 때 가장 좋다고 했다고 말해줬다.

나는 로마나에게 내가 사우다지를 느끼고 있는 것 같다고 말했다.

"그럼 행복할 수도 슬플 수도 있겠는 걸." 로마나가 말했다. "사우다지를 번역할 수 있는 마땅한 단어는 없어요. 전혀 없지."

그녀는 여전히 바다를 바라보고 있었다.

"나는 미국인이에요." 로마나가 난데없이 말했다. 그녀가 단지 국적 이야기를 하고 있는 게 아니라는 것을 알았다. 로마나는 자신이 더 이상 부모님의 모습을 닮지 않게 될까 봐 걱정하고 있었다.

로마나가 간직하고 있는 오래된 사진이 한 장 있는데 밀짚모자를 쓴 그녀의 아버지가 암벽 근처에 있던 본인 소유의 땅에서 찍은 사진이었다. 로마나는 똑같은 모자를 쓰고 똑같은 장소에 서서 내게 사진을 찍어달라고 했었다. 그때 마릴바와 존이 그 옛날 사진을 들고 고래고래 소리를 질러가며 로마나와 내게 정확한 위치를 알려준 덕분에 앵글과 자세와 배경을 최대한 비슷하게 맞춰 사진을 찍을 수 있었다.

"꼭 아버지처럼 생겼네." 카메라 화면으로 찍힌 사진을 보여주자 로마나가 말했다. "살면서 우리 아버지보다 멋있는 남자는 한 명도 못 봤어요."

그녀는 평소보다 훨씬 더 꼿꼿하게 선 채로, 바다에서 눈을 떼지 않았다. 로마나는 말했다.

“내가 해마다 계속 이곳에 돌아오고 있잖아요. 왜 그런 것 같아요? 죗값을 치르려고? 내가 천국에 가면 선한 주님이 내게 말씀하실 거예요. ‘오, 매년 테르세이라 섬으로 돌아가던 불쌍한 영혼이 왔구나. 네가 모자란 사람이든 어진 사람이든 이미 충분히 벌을 받았으니 이제 그만 들어오라’고. 나는 내가 여기 사람들을 넘어섰든지 여기 사람들이 나를 넘어섰든지 둘 중 하나일 거라고 생각해요. 뭐가 맞는지는 아직 잘 모르겠어요. 중요한 건 나는 더 나은 사람도 더 못한 사람도 아니라는 거예요. 그냥 여기 사람들과 공통점이 없을 뿐인데 가끔은 그게 너무 슬퍼요.”

존은 로마나의 들판을 지킬 허수아비를 만들었다. 우리는 펄럭이는 재킷을 입고 담뱃대를 물고 있는 허수아비를 들판에 세워놓았다. 로마나는 모닥불을 피워야겠다고 했다. 그녀는 자기를 따르는 팬 중 가장 부지런한 사람에게 마른나무 한 무더기를 갖다 달라고 하고서는 이웃들을 불러 모았다.

해가 지자 로마나는 우리에게 탬버린과 관광객용 멕시코 마라카스Maracas*를 나눠주었다. 그리고 마른나무에 불을 붙였다. 찬연한 불빛과 함께 펑펑 터지는 소리가 났다. 우리는 “와-!” “예-!” 하며 최대한 즐겁게 소리를 지르며 모닥불 주위에서 춤추며 그 순간을 즐겼다.

그렇게 한바탕 놀고 난 뒤 소방서에 들렀다. 주방장을 제외한

---

* 양손에 하나씩 들고 흔들어 연주하는 악기.

모두가 잠들어 있었다. 방문 시간이 지난 뒤였지만, 나는 컴퓨터로 급히 해야 할 일이 있다고 말했다. 그리고 계단을 올라가 모니터에서 나오는 불빛 앞에 앉아 오디에게 이메일을 보냈다. 집에 가야 하는데 돈이 떨어지는 등의, 혹시 모르는 상황이 생길 경우에 대비해 비행기 표를 끊을 수 있도록 오디에게 돈을 맡겨놓은 터였다. 나는 오디에게 내가 맡겨놓은 돈을 몽땅 이체해달라고 부탁했다. 그런 다음 돌아갈 비행기 표를 예약했다. 집에는 날 기다리는 것도, 기다리는 사람도 없었다. 그러나 내가 어째서 대서양 한복판에 있는 것인지 알 수 없었다.

주방장은 교대 근무를 마치고 퇴근하려는 참이었다. 그는 집까지 날 태워다주고, 온 김에 맥주 한잔하러 잠깐 집에 들어왔다. 그는 상남자 작가를 향한 내 마음을 모두 알고 있었다. 무슨 일이 있었는지 그동안 주방장에게 모두 털어놨기 때문이다.

"제겐 아무것도 없어요." 내가 말했다. "돈도 없죠. 직장도 없죠. 사랑도 없죠. 이제 뭘 해야 할지 도무지 모르겠어요."

주방장은 다리를 쭉 뻗더니 건강이 염려될 정도로 담배를 아주 오랫동안 깊이 빨아들였다. 그러고는 맥주병을 들어올렸다.

"무를 위하여Here's to nothing." 그가 말했다. "지금이 바로 어떤 일이라도 일어날 수 있는 때지요."

3부

뛰어넘어요!

캘리포니아로 돌아왔을 때 나는 빈털터리가 되어 있었다. '까만 부츠가 해졌는데 새로 살 여유가 없는' 빈털터리가 아니라 '월세를 내야 하나 끼니를 때워야 하나'를 고민해야 하는 빈털터리 말이다.

다행히 월세는 반만 내면 됐다. 우리 집을 전대한 강 연구자 매트가 박사 학위를 마치기 전에 프레즈노에서 일자리를 제안 받은 덕분이었다. 매트는 휴학하고 그 제안을 받아들였다. 불경기였기 때문에 아무리 산타바버라에 집이 있고 약혼자가 있고 키우는 토끼가 있다 하더라도 일자리를 거절하는 게 쉽지 않았을 것이다.

매트 덕분에 공과금으로 나가는 돈이 굉장히 절약되었다. 그가

1. 공과금의 절반을 부담해줬고,
2. 헌신적인 환경운동가였기 때문이다.

우리는 좀처럼 에어컨을 켜지 않았고, 세탁한 양말은 뒷 베란다에 널어서 말렸다.

나는《로스앤젤레스 타임스》에서 프리랜서로 하는 일이 너무 바쁜 나머지 '제대로 된' 일자리를 찾아볼 시간을 낼 수 없었다.《로스앤젤레스 타임스》는 내가 어릴 때부터 보고 자란 신문으로, 이 신문사의 기자가 되는 것은 어렸을 때부터 내 꿈이었다. 나는 정치나 국제 정세에는 특별한 관심이 없었다. 정기적으로 1면을 장식하며 술술 읽히는 '칼럼 원Column One*' 같은 걸 읽으려고 신문을 봤다. '칼럼 원'은 꼭 뉴스 기사만 다루지 않는다. 전 세계 곳곳에서 일어나는 기이한 일을 다루기도 하고, 바로 우리 눈앞에 있었는데도 궁금해할 생각조차 못 했던 일들을 다루기도 한다. 대부분의 사람들이 서로 공통된 관심사를 지니고 있다고 믿었던 그 당시에는 이런 기사들을 '휴먼 인터레스트humaninterest**' 기사라고 불렀다.

아조레스에서 돌아온 지 얼마 안 됐을 때《로스앤젤레스 타임스》의 한 편집자에게 전화를 받았다. 그때 나는 실업급여가 동나기 전에 프리랜서로 일한 급여가 들어오길 바라며, 식탁에 노트북을 열어놓고 앉아서 항공사 홍보지에 게재할 이런저런 것들의 5순위 목록을 작업하던 중이었다. 무료했다.

그 와중에 전화벨이 울렸다. 프레즈노 근처에 뉴스거리가 생겼

* 《로스앤젤레스 타임스》에서 칼럼을 싣는 기고란.
** 국제 · 국내 · 지역 문제와 직접적인 관련 없이 독자의 흥미를 유발할 목적으로 작성한 기사.

는데 현장에 빨리 도착할 수 있는 그 지역 프리랜서 기자를 고용하고 싶다고 했다. 나는 등산화를 신고 노트와 자동차 열쇠를 챙겼다. 여전히 내게 익숙한 방식이었다.

프레즈노에서 동쪽으로 30킬로미터 남짓 떨어진 시에라 고원 지역의 작은 마을 밍클러Minkler에서 한 남자가 경찰 셋을 총으로 쐈다. 한 사람은 사망했고 다른 사람은 위중한 상태로 생존 가능성이 희박했다. 남자는 도망갈 길 없이 포위되어 있었다. 그런 상태에서 경찰 수백 명과 총격전을 벌이는 소리가 산 너머까지 울렸다.

나는 스티브 차킨스Steve Chawkins 기자에게 정보를 건네줬다. 이전의 기사들을 통해 그가 흉흉한 살인 사건을 다룰 때도 있지만 익살맞은 유머가 녹아 있는 생활 기사도 자주 쓴다는 걸 알고 있었다. 그랬기 때문에 나는 그맘때 과수원이 굉장히 아름답다는 것과, 양치기 개가 경찰과 친해지려고 얼마나 노력하는지와, 밍클러에서는 메리, 찰리, 샐리, 제프가 평생을 서로 알고 지냈다는 것을 그에게 말해주었다. 어쩌면 그가 후속 기사를 쓰고 싶어 할지도 모른다고 생각했기 때문이다.

내가 간과했던 건, 스티브 역시 내 이름을 알고 있었다는 사실이었다. 그는 캘리포니아 전역에서 나오는 모든 신문을 눈여겨봤고, 한 번 본 이름은 잊지 않는 엄청난 재주가 있었다. 그는 2년 전에 읽은 내 기사를 기억하고 있었다. 그리고 편집자 카를로스 로자노Carlos Lozano에게 내가 밍클러의 후속 기사를 쓸 적임자라고 말했다.

카를로스는 저널리즘의 매력에 푹 빠져 텍사스를 떠나온 사람이었다. 그는 기자와 이민자를 옹호했고 가수 멀 해거드Merle Haggard의 노래라면, 특히 가사에 툴레어 카운티의 컨 강Kern River[*]이 나오는 노래라면 아주 사족을 못 썼다. 카를로스는 오래전부터 농업 중심인 센트럴밸리의 목소리를 신문에 더 많이 담아야 한다는 신념을 갖고 있었다. 나는 곧 이라크, 아프가니스탄 전쟁에서 일곱 명의 졸업생을 잃은 고등학교와 캘리포니아에서 가장 가난한 동네의 농부 자식들로 이루어진 팀이 체스 대회에서 우승했다는 소식 등 캘리포니아 변방 지역의 삶에 관한 기사를 정기적으로 쓰기 시작했다.

월세를 내려면 내 기사가 1면에 실려야 했다. 초반에는 내 기사가 1면에 실리면 600달러를, 안쪽에 실리면 300달러를 받았다. 그러다가 카를로스가 센트럴밸리를 속속들이 꿰고 있는 기자가 얼마나 귀한데 도로시아 랭Dorothea Lange의 사진에 나올 법한 영양실조 상태가 되도록 내버려둘 수 없다며 꾸준히 날 위해 로비를 해준 덕분에 급여가 올랐다. 도로시아 랭은 대공황 시기 실업자나 황폐해진 농촌의 실태를 알린 사진작가다. 어쨌든 정규직으로 고용된 건 아니지만 난 그렇게 내 꿈을 이뤄냈다.

우리 집이 이전에 일하던 신문사 근처에 있는 덕분에 바버라가

---

[*] 1985년 발매한 멀 해거드의 첫 번째 앨범에 〈컨 리버(Kern River)〉라는 제목의 컨트리 음악이 수록되어 있다.

가끔 점심을 먹으러 집에 들렀다. 바버라는 우리 집에 늘 먹을 게 부족하다는 걸 알고 있었던 터라 린 퀴진Lean Cuisine 브랜드의 냉동 즉석식품을 가져와 전자레인지에 돌려 먹곤 했다. 그녀는 일이 끊이지 않고 들어와 다행이라고 했지만, 빌어먹을 그놈의 돈이 문제였다.

"시간문제야. 분명히 자길 정규직으로 채용할 거야. 느낌이 그래." 바버라는 자신의 트레이드마크인 열정적인 표정을 지으며 말했다.

하지만 나는 그게 실현 가능성 없는 이야기라는 걸 잘 알고 있었다. 《로스앤젤레스 타임스》는 어느 한 사람도 더 고용할 수 없는 상황이었다. 5년 전에 샘 젤이라는 아주 야비한 부동산 재벌이 그 신문사를 소유한 회사를 사들였다. 편집실에 처음 방문한 날, 그는 모든 직원 앞에서 "오픈 기모노 정책Open Kimono policy*"을 실시하겠노라고 약속했지만 미스터 마구Mr. Magoo** 와 뽀빠이를 섞어놓은 듯한 젤의 인상 때문에 많은 사람이 불안에 떨었다. 아니나 다를까 젤은 신문사를 인수할 때 지출한 자금을 직원들의 연금으로 채우려 했고, 청렴한 경영을 주장하는 직원들을 비난하고 좌천시키더니 결국 신문사가 제 기능을 못 하게 만들어버렸다. 그는 그렇게

---

* 계획이나 중요한 정보 등을 숨기지 않고 모두 공개하는 정책.

** 1949년 UPA에서 제작한 동명의 애니메이션에 등장하는 땅딸막한 체구의 백만장자 주인공이다. 고도근시 때문에 늘 우스꽝스러운 상황에 처하는데, 문제를 인정하지 않는 고집으로 상황을 악화시킨다.

돈을 떼어먹은 뒤 절망적인 상태에서 끝이 보이지 않는 파산 절차를 남기고 신문사를 떠났다. 문제는 젤이 운영하던 시기에 통과된 고용 동결 정책 때문에 내가 고용될 가능성이 없어져버렸다는 것이다. 그저 내 계획은 오디가 내게 줄곧 충고했던 대로 내일 걱정은 내일로 미루는 것이었다. 그리고 그즈음 나는 황소와 마주쳤다.

아조레스의 지인이 내게 **포르사두**forçado라는 말을 알려줬다. 여러 명이 단체로 도미노 패처럼 나란히 서서 그쪽으로 황소를 유인한 뒤 소를 멈추게 하는데, 그런 사람들이 바로 **포르사두**다. 그리고 이제 캘리포니아 태생의 **포르사두** 세대가 생겨나고 있다고 했다.

나는 (인구 290명의) 스티빈슨Stevinson 마을의 투우장 담벼락 뒤에 서서 투우장에 나가지 않고 바깥에 있던 투우사 몇 사람과 대화를 나누며 취재하는 중이었다. 관중석과 나 사이에는 높은 벽이 있었고 나는 투우장 반대쪽을 바라보고 있었던 터라 수송차에서 끌려 나오다가 도망친 황소를 미처 보지 못했다. 그때 나와 이야기를 나누고 있던 남자가 갑자기 소리쳤다. "뛰어넘어요!"

"뭘요?" 내가 물었다.

"담벼락!" 열 명이 넘는 남자가 눈 깜짝할 사이에 관중석 담벼락을 뛰어넘으며 내게 소리쳤다. 두고두고 계속 놀랄 일인데, 그때 나 역시 담장을 뛰어넘었다! 평소에는 테니스 네트를 뛰어넘는 일조차 내게는 묘기처럼 느껴졌는데 말이다. 눈앞에서 고삐 풀린 황소가 날뛸 때 발현되는 인간의 능력이란 실로 굉장했다.

그날 밤 나는 재정적으로 불안정한 내 상황에 대해 진지하게 생각해봤다. 달려오는 황소 앞에서 높은 담벼락을 뛰어넘어보니 건강보험이 절실히 필요하다고 느꼈다는 요지의 이메일을 작성해 내 담당 편집장에게 보냈다.

몇 주 뒤에 카를로스에게 전화가 왔다. "지금 앉아 있습니까?" 그가 물었다.

나는 카를로스가 내 취재에 사진기자를 붙여줄 수 없다는 말을 할 줄 알았다. 이번에도 역시나. 그래서 짜증스러운 한숨을 내뱉으며 부엌 스툴에 털썩 앉았다.

"이제 막 앉았어요." 내가 말했다.

"다이애나, 채용됐습니다." 그가 말했다.

이 일을 통해 신문사에서는 관리자 선에서 무슨 대화가 오가고 있든 간에 고위직에 있는 사람들의 손에는 어쨌든 일을 해결할 방법이 있다는 사실을 알게 됐다. 이는 세상만사에 두루두루 적용되는 사실이다. 카를로스와 그의 상관 편집장들은 이 일을 해결하는 데 방해가 되는 사항들의 허를 찌르며 전략적으로 접근했다. 편집장들이 카를로스가 그동안 가장 애를 많이 썼으니 직접 내게 이 소식을 전하라고 그를 부추겼다고 했다.

카를로스는 LA에 있는 그의 상관 사무실에 있었다. 책상에는 패트론Patrón 테킬라 한 병이 놓여 있었다. 그들은 신나게 "와-" "예-" 하고 소리치며 축배를 들 순간이 오길 숨죽여 기다렸다.

그러나 프레즈노에 있던 나는 아무 말도 할 수 없었다. 온몸이 얼어붙은 것 같았다. 그들은 가만히 기다렸다. 침묵이 흘렀다.

“다이애나, 듣고 있어요?” 카를로스가 물었다.

계속 침묵이 흘렀다. 이 질문에도 나는 대답할 수 없었다. 내가 초등학교 4학년 때부터 바라던 일이 실현된 것이다.

그 후로 일은 폭풍처럼 몰아쳤다. 더 이상 기삿거리를 선택해서 쓸 수 없었다. 두더지 잡기를 하듯 쉴 새 없이 튀어나오는 지역 뉴스거리들을 책임지고 빠짐없이 다뤄야 했다.

스트레스를 풀 요량으로 탁구대를 하나 샀다. 탁구대를 조립하려고 바바라, 그의 남편 브루스, 나까지 셋이 달라붙어 끙끙댔지만 100개에 달하는 부품이 들어 있고 동봉된 조립 설명서도 거의 100쪽 분량이나 돼 우리는 손을 들고 말았다.

다음 날 무디가 한번 보겠다고 우리 집에 들렀다. 들어오자마자 그는 설명서를 찢어버리더니 탁구대를 뚝딱 조립해냈다. 그날 이후 무디는 가끔 오후에 들러 한 게임씩 탁구를 치고 갔다. 나는 대부분 무디에게 졌다. 그러나 마감 기한이 닥쳤을 때는 상황이 달랐다. 그런 날에는 아드레날린이 솟구쳐 서브가 아주 잘 들어갔으니까.

슈바

가뭄에 관한 이야기

가뭄은 눈에 보이게 닥치는 다른 자연재해들과는 다르다. 화재, 지진, 폭풍, 홍수 같은 자연재해는 전후 순간이 극명하다. 그러나 가뭄에는 언제나 만약이 존재한다. 만약 10월 말까지도 비가 오지 않는다면. 만약 2월까지도 눈이 오지 않는다면. 만약 다음 해에도 또 그다음 해에도 가뭄이 온다면. 가뭄이라는 말에는 딱히 공인된 정의조차 존재하지 않는다. 가뭄은 강수량과 경제와 정치가 한데 섞인 단어다. 특히 강줄기가 바뀌고 물을 사고 파는 캘리포니아에서는 더욱 그렇다.

누가 피해를 입고 누가 고통을 받느냐 하는 문제에는 다시 또 다른 만약이 적용된다. 만약 가난하다면. 만약 변두리에 산다면. 대개 이런 경우에 처해 있는 이들이 가장 먼저 문제를 겪게 된다. 모든 사람의 문제가 되기 전에 말이다.

센트럴밸리가 오랫동안 건조기를 겪고 있다는 사실은 익히 알고 있었다. 그러나 강수량 부족과는 전혀 상관없는 다른 기삿거리를 취재하던 도중에 무언가 잘못됐다는 걸 처음으로 깨달았다. 센트럴밸리의 극빈 지역에는 심각한 절망이 퍼져 있었다. 그 내막은 아직 겉으로 드러나지 않았고 복잡하게 꼬인 채 속에서 곪아가고 있었다. 주민들은 사진기자인 마이클 로빈슨 차베스와 내게 동네에 일자리가 없다고 한탄했다. 이웃들 전체가 다른 주로 떠나버렸다고 했다. 그런데 마을에서 1킬로미터만 멀리 나가면, 푸른 초원이 딸린 목장주택과 관개가 잘된 논밭이 여전히 좋은 수익을 내며 이전과 다름없이 잘 돌아가고 있었다.

농업 및 경영 분야 전문가인 동료들은 우리에게 수치적으로 보면 가뭄이 경제에 미치는 영향은 그리 크지 않다고 알려줬다. 동쪽으로는 시에라네바다 산맥까지 서쪽으로는 해안을 따라 북쪽의 레딩Redding에서 남쪽의 베이커즈필드Bakersfield까지 720킬로미터에 걸쳐 길게 뻗어 있는 센트럴밸리는 어떤 기준으로 보면 전 세계에서 생산성이 뛰어나기로 으뜸가는 농업지대다. 센트럴밸리에서는 아몬드와 아티초크부터 피스타치오와 복숭아에 이르기까지 수백 종의 다양한 농작물을 경작한다. 연중 어느 특정한 시기에는 미국에서 유통되는 거의 모든 양상추가 캘리포니아에서 생산된다. 한마디로, 캘리포니아의 농업 규모는 다른 모든 주에서 이루어지는 농사를 미미하게 보이게 만들 정도로 어마어마하다. 그러나 농업이 캘리포니아 경제에 미치는 영향은 2퍼센트 안팎에 지나지 않는다. 할리우드와 실리콘밸리의 경제 규모에 비하면 한낱 점에 불과하다.

기상 상황이 이런데도 농지에선 여전히 작물이 재배되고 있었다. 대규모 농사를 짓는 농부들은 우물을 더 깊이 파거나 물 할당 시 우선순위를 지정받았다. 때문에 식량 가격이 눈에 띄게 상승하지는 않았다. 1차적으로 가뭄 피해를 입은 사람들을 집계한 수치는 통계적으로 극미한 정도였다. 그러나 우리에게 중요한 건 수치가 아니었다. 우리는 사람들의 얼굴을 마주하고 있었고, 이러지도 저러지도 못하는 암울한 목소리를 듣고 있었다.

마이클은 LA에서 출발해 포터빌에 있는 한 호텔에서 지내며, 거의 아무런 희망도 없이 하루하루 일자리를 찾아 헤매는 농장 일꾼들을 따라가려고 새벽 3시면 일어났다. 일자리는 없었다. 수리권이 없는 소규모 농장의 농부들은 땅을 갈아놓기만 한 채 놀렸다. 물값이 오를수록 농작물을 재배하는 데 많은 돈이 들어갈 것이기 때문이었다.

나는 '칼럼 원'에 게재할 기사를 쓰느라 여러 날 밤을 새웠다. 혹시 영감이 떠오를까 해서 존 스타인백John Steinbeck의 책을 책상에 수북이 쌓아놓기도 했다. 크리스마스를 맞아 '칼럼 원'의 편집자인 캐리 호워드가 내게 《분노의 포도》 초판본을 건넸다. 혹시라도 내가 받는 압박이 충분하지 않을 경우를 대비해서 말이다.

가뭄은 날이 갈수록 심각해졌다. 농업 도시에 있는 학교들의 학생 수는 점점 줄어들었다. 마이클과 나는 교실에 남아 있는 학생보다 식료품 상자를 받으려고 길거리에 나와 식구들과 줄을 서 있는 학생이 더 많은 초등학교에서 이틀을 보냈다. 그런 날에도 여전히 나는 저녁이 되면 생존의 모든 희망을 비에 건 동네를 떠나 곳곳의 잔디밭에 일정한 간격으로 물을 뿜어내는 스프링클러가 박힌 동네로 돌아왔다. 내가 취재하고 있는 지역은 내가 사는 곳에서 한 시간 반밖에 걸리지 않는 곳이었지만 내 이웃들은 마치 내가 다른 나라를 다녀오기라도 한 것처럼 그곳에 무슨 일이 벌어지고 있는지 묻기 바빴다.

다른 기자들도 비슷하겠지만 나는 샤워할 때 머리가 가장 잘 돌아간다. 하지만 이제 더 이상 수도꼭지에서 흘러나오는 물을 보면서 머릿속에 글을 끼적일 수 없었다. 외곽 주민들이 아직 살아 있는 작물에 줄 물을 마련하기 위해 샤워하고 남은 물을 욕실 양동이에 보관해두는 현실을 알고 있었으니까.

가뭄으로 고통받는 사람들은 노동자에서 소규모 농작인을 거쳐 마을 전체로 천천히, 그러나 꾸준히 확대됐다. 심지어 농부들이 고갈된 대수층에서 물을 끌어올리는 바람에 센트럴밸리의 땅은 가라앉고 있었다. 대기오염으로 공기는 탁해졌다. 하늘을 씻어줄 비가 내리지 않자 화학물질로 범벅된 먼지 입자가 하늘을 온통 빛바랜 잿빛으로 물들였다. 저녁이 되면 지평선을 따라 짙은 회색빛 선이 드리웠다.

나는 늘 두통에 시달렸다. 가슴이 타는 듯해서 걱정스러웠지만 자전거를 타러 나갈 것인지 집 안에 있을 것인지 둘 중 하나를 택

해야 했다.

그때 우리 집 강아지 머피는 두 살이었다. 머피는 닥치는 대로 파괴하기로 악명 높은 통제 불능의 래브라도 리트리버였다. 보는 사람들마다 머피가 두 살이 되면 침착해질 거라며 날 안심시켰지만 사람들이 건넨 위로의 말은 실현되지 않았다(그런데 세 살이 되자 갑자기 스위치를 돌리기라도 한 것처럼 머피는 한순간에 부드러움의 대명사가 됐다). 어쨌든 두 살 시절의 머피와 조금이라도 평화롭게 살려면, 바깥에 나가서 팔이 떨어져 나가기 직전까지 공을 던져주는 수밖에 없었다. 그렇지만 그렇게 하면서도 머피가 바깥을 뛰어다니는 게 혹시 건강에 해롭지는 않을까 걱정스러웠다. 왈가닥 래브라도 리트리버에게 바깥 공기를 쐬어주느니 운동을 안 시키는 편이 더 나을 거라고 생각할 정도면 상황이 얼마나 끔찍했는지 짐작할 수 있을 것이다. 아이들을 키우는 사람들도 같은 고민을 하고 있다고 생각하면 이런 상황을 걱정하지 않을 수 없었다.

8월의 어느 주말, 머리를 식힐 겸 친구 셸리를 만날 겸 센트럴코스트[Central Coast]에 가고 있었다. 머피에게 바다 공기를 마시며 갈매기를 쫓아 뛰어다니게 해줄 생각을 하니 아주 설렜다. 어쩌면 나도 머피와 갈매기들 뒤를 쫓아 지그재그로 달리며 공기를 들이마시고, 들이마시고, 또 들이마실지도 몰랐다.

시에라 지역에 발생한 화재가 점점 퍼지고 있어서 소방관들이 염려하고 있었다. 가뭄이 든 이래 시에라 지역에선 늘 화재가 일어났고, 늘 불길이 커져서 소방관들을 걱정시켰다. 나는 간략히 기사를 작성해 퇴고한 다음, 더플백에 현장 취재용 등산화와 방화 장비 대신 반바지와 슬리퍼를 쑤셔 담아 자동차에 던져 넣었다.

한 시간쯤 지났을 때 편집자의 전화를 받고 차를 돌렸다. '림파이어Rim Fire•'가 폭발하듯 번지고 있다고 했다. 나는 옆자리에 타고 있던 머피를 이웃집에 맡기고 집으로 달려가 아까 두고 간 취재용 장비를 챙겼다.

소방관들은 화재를 진압하러 나서면서도 과연 불길을 잡을 수 있을지 확신이 서지 않는 건 처음이라고 했다. 나무와 덤불이 너무 메말라서 불이 옮겨붙기 쉬운 상태인 데다 공기가 너무 건조하고 뜨거웠다. 소방관들이 모여서 화재 진압 전략을 세우고 휴식을 취하는 곳으로 항상 안전한 장소에 세우는 베이스캠프마저 불길에 타서 철수했다. 그것도 두 번이나.

림파이어의 큰불이 잡힌 지 몇 주 지났을 때(화재는 수개월이나 지속됐다), 위험 부담이 큰 맞불 전략이 성공한 덕분에 지구상에 존재하는 가장 오래된 생물로 손꼽히는 세쿼이아 숲을 지킬 수 있었다는 사실을 알게 됐다. 대담하게 선택한 최후의 시도가 실패했더라면 방화선은 머세드 강Merced River을 뛰어넘어 요세미티 계곡까지 맹렬히 태워버렸을 수도 있었다.

느리게 전개되는 자연재해라도 참혹한 건 매한가지다. 캘리포

• 2013년 8월, 시에라네바다 지역 중부 스타니슬라오 국유림에서 사냥꾼의 부주의로 시작되어 요세미티 국립공원까지 번진 역대급 대형 산불. 스타니슬라오 국유림의 관망대인 '림 오브 더 월드(Rim of the World)'에서 이름을 따왔다.

니아 지역의 소와 말은 굶주렸다. 방목할 풀이 남아 있지 않은 탓이었다. 일상의 풍경 역시 달라졌다. 부모들은 아이들에게 컵에 물이 남거든 버리지 말고 물그릇에 갖다 부으라고 가르쳤다. 죽은 아내가 가장 아끼던 장미 덤불이 말라 죽지 않도록 설거지하고 남은 물을 그냥 버리지 않고 덤불에 준다는 남자도 있었다.

마당, 놀이터, 공원은 이제 흙빛이 됐다. 호수와 강의 수위가 낮아졌다. 아예 말라버린 곳도 있었다. 내게는 영화 〈미세스 다웃파이어Mrs. Doubtfire〉를 패러디한 '미즈 드라우트파이어Ms. Droughtfire' 라는 별명이 붙었다. 내가 쓰는 기사들이 전부 가뭄drought과 화재fire에 관한 내용이었던 탓에 붙은 별명인데, 한동안 그 별명이 떨어지지 않았다.

주말이면 나는 자연재해에 관한 생각을 떨쳐내려고 고도가 아주 높은 곳으로 올라가 맑고 시원한 공기를 마시곤 했다. 여전히 아랫목에 살고 있던 무디는 흰색 픽업트럭을 타고 나타나 머피와 나를 차에 태웠다. 그런 다음 우리는 푸른 나무와 호수가 보일 때까지 차를 몰고 시에라 산맥을 올랐다. 무디와 나는 자주 다니는 등산로가 따로 있을 정도로 여러 해 동안 함께 등산을 해왔다.

이 가뭄이 얼마나 더 심해질지 몰라 불길한 예감이 들었던 그 주말이 지금도 아주 생생히 기억난다. 그날은 유명한 검은곰팡이 사건이 일어난 날이기도 했다.

악명 높은 검은곰팡이 사건

로스앤젤레스에 사는 친구가 자기는 은발에 파란 눈을 지닌 남자에게 약하다는 말을 한 적이 있다. 무디는 내 취향이 아니었으나(이를테면 그는 나로 하여금 그가 나를 마음에 두고 있구나, 하고 착각하고 싶게 만드는 사람이 아니었다), 푸른 눈에 점점 은발이 되어가는 무디는 객관적으로 봤을 때 잘생긴 외모였다.

무디에게 그런 이야기를 하면서 내 친구를 소개해주겠다고 하려던 참이고, 두 번째 물병을 채울 참이었다. 그러나 무디는 그 잠시를 기다리지 못하고 자기가 챙겨온 여유분 물통에 우리 둘 다 마시고도 남을 만큼 충분한 양의 물이 있다며 날 재촉했다.

그러다 길을 잃었다. 등산로를 벗어나 다른 길로 가자는 건 무디의 생각이었다. 태양이 작열하는 오르막길에 다다랐을 때 우리는 결국 바윗길 위로 머피를 밀어 올려줘야 하는 지경에 이르렀다. 내 물병에는 물이 바닥나고 없었다. 마침내 호숫가에 도착한 우리는 통나무에 주저앉았다.

"나 물 좀." 무디에게 팔을 뻗었다. 그렇게 받아 든 물병을 들고 벌컥벌컥 물을 마시다가 코를 찡그렸다.

"맛이 이상한데?"

뚜껑은 무디가 들고 있었다. 그가 뚜껑을 들여다보더니 태연하게 대답했다. "아, 이것 때문인가 보네."

뚜껑은 **검은 곰팡이**로 뒤덮여 있었다. 구역질을 참느라 목이 메었다.

그러자 무디가 말했다. "거 참, 마컴, 요란 떨지 마. 그렇게 난리를 부려야겠어?"

내가 깜짝 놀라 대꾸했다. "검은곰팡이잖아, 독성이 있다고!"

"맙소사." 무디의 태도는 여전히 태연했다. "호흡기로 들이마실 때나 그런 겁니다."

나는 그런 모습을 보고 무디는 결코 로스앤젤레스로 보내 세련된 여성을 만나게 해줄 만한 남자가 아니라는 결론을 내렸다. 무디는 적절한 애인감이 아니었다. 그는 아무래도 상관없다고 했지만. 어차피 그는 혼자서 숲길을 누비고 다니고《내셔널지오그래픽》잡지를 읽을 수 있으면 만사태평한 사람이었다.

무디가 나를 중독시킬 뻔했던 상황에서 간신히 침착함을 되찾은 뒤 우리는 내 물병을 채울 만한 곳을 찾아 더 높은 호숫가로 계속 걸어 올라갔다. 그는 뭐든 깊이 들여다보는 사람이기 때문에 이런 순간, 그는 꽤 좋은 여행 파트너였다. 그는 말보다 눈빛으로 이야기하는 사람이었다. 평소라면 나는 말을 더 선호하지만, 이렇게 심란한 일이 계속 펼쳐지는 상황에서는 말보다 눈빛이 더 나았다. 말로 표현하기에는 너무 어려운 상황이었다.

우리는 말라버린 땅에 세워진 선착장 아래 있는 유원지 호수를 지나갔다. 캘리포니아주에서 물을 여기저기로 옮기고 또 사고파는 시스템의 한 축을 담당하는 곳이었다. 앞서 말했던 그 시스템 말이다.

그러나 우리가 그렇게 좋아했던 자연 호수에, 그러니까 수백억

년 전 빙하가 녹은 물을 담고 있던 화강암 그릇 같은 그 자연 호수에 도착했을 때 우리는 할 말을 잃고 말았다. 그 호수의 수위가 그렇게까지 낮아진 모습은 처음이었다. 무디는 우리 앞에 얄팍하게 덮인 눈 속에 피어 있는 빨간 꽃 한 송이를 보더니 고개를 끄덕였다. 한두 해 전, 7월 말쯤 그가 같은 장소에서 눈이 깊이 쌓여 있는 사진을 찍었던 게 기억났다. 그 자리는 언제나 그늘 져 있었다.

우리는 손가락으로 솔잎을 만지며 나무껍질을 쓰다듬었다. 여기저기 자그마한 도깨비불이 날아다니는 바람에 우리는 계속해서 코를 훌쩍거렸다. 우린 과학자도 동식물학자도 아니었기에 그저 예상했던 것보다 상황이 훨씬 더 심각하다는 생각만 할 뿐이었다.

동물에게 자연재해를 감지할 수 있는 육감이 존재한다는 말이 사실이라면, 그건 머피와 가뭄에는 해당하지 않는 말이었다. 머피는 호수에 뛰어들어 빙글빙글 수영하면서 신이 나 컹컹 짖어댔다. 과학자들과 인터뷰를 해보니, 그들은 이 가뭄이 끝날 거라는 보장이 없다고, 혹 끝나더라도 그다음에 올 가뭄이 더 심각할 수도 있다고 했다. 그들은 이 상황을 두고 그저 기상이변이 아니라 기후변화일 가능성이 매우 높다고 했다.

어느 날 시내에서 운전을 하다가 "기후 변화는 그저 허풍일 뿐이다"라고 쓰인 범퍼 스티커를 붙인 차를 봤다. 초등학교 3학년 때 여전히 산타클로스가 있다고 믿는 딱 한 명의 아이를 보면서 나도 그 애처럼 됐으면 하고 바랐던 때처럼 그 사람이 부러웠다. 아무것도 모르는 어렸을 때의 인생이 더 즐거운 법이다.

상남자 작가 또한 가뭄 문제를 파헤치고 있었다. 그는 누가 왜 물을 통제하는지, 그런 사람들이 자신의 권력을 이용해 무슨 짓을 하고 있는지, 그리고 이 비참한 상황에서 이익을 얻는 자는 누구인지 등을 캐고 있었다.

어느 날 저녁 우리 둘은 자그마한 태국 음식점에서 저녁을 먹으며, 물을 쭉쭉 빨아들이는 작물인 아몬드를 재배하는 경작지가 지나치게 많다는 자료를 비교해보고 있었다. 사람들이 마실 식수가 동나고 있는데 투자 그룹들은 땅을 사고 우물을 파고 부가가치가 높은 작물을 심어댔다. 농지와 수리권을 손에 쥐고 있는 투자자들에게는 가뭄을 그 누구보다 더 오래 견뎌낼 자금이 있었다. 식량 생산이 우리가 거의 알지도 못하는 몇몇 그룹의 손에 의해 결정된다는 게 과연 옳은 일일까?

문득 거울에 비친 우리 두 사람의 얼굴이 눈에 들어왔다. 침울해 보였다. 나는 한때 우리가 아주 매력적인 한 쌍이 될 수 있으리라 생각했다. 그러나 지금 우리는 늙고, 수심에 차 있는, 시대에 뒤떨어진 한 쌍이 되어 있었다. 아주 잠시 동안 지난날의 열망을 느껴보려고 근육으로 잘 다져진 그의 팔뚝을 눈여겨보았다. 그러나 그 시절의 감정은 이미 사라지고 없었다.

우리가 거의 사귈 뻔했던 여름에 관해 대화를 나눈 적이 한 번 있다. 그때 내가 운명의 전화를 받은 줄 알고 발코니까지 기어 올라갔다는 이야기를 해주었다. 그러나 그는 감자 샐러드를 만들어줬던 여자가 누군지조차 기억하지 못했다. 우리가 이어지지 않은 것은 다른 사람 때문이 아니었다. 단지 내가 그의 짝이 아니었을 뿐. 혹은 그가 내 짝이 아니었거나. 그로부터 몇 달 지나 그는 한 여자를 만났고 오래 가진 않았지만 그 여자와 사랑에 빠졌다. 나도 아조레스에서 돌아온 뒤에 장거리 연애이긴 했으나 사랑하는 사람을 만났다. 그 관계는 쭉 이어지다 최근에야 끝났다.

아조레스에 다녀온 지 6년이 흘렀다. 그러나 어딜 가든 늘 테르세이라 섬이 생각났다. 가끔은 한밤중에 아조레스의 짭조름한 공기를 타고 오는, 꿀처럼 달콤한 꽃향기가 생각나 잠에서 깨곤 했다. 금방이라도 쏟아질 것처럼 별이 가득 수놓인 밤하늘이 생각날 때면 생각하는 것만으로도 고개를 뒤로 넘기고 머릿속에 그 장면을 천천히 그리고 싶어졌다. 시에라 고원에 올라 가뭄의 영향을 받은 미루나무 사이를 걷고 있으면, 아조레스에서 포도 덩굴과 사계절 내내 푸른 아열대 나무 사이로 난 오솔길을 걸을 때 시커먼 화산 지형 속으로 등산화가 푹푹 빠지던 느낌이 떠올랐다.

무엇보다 무척 부드럽게 내려서 언제 왔다 언제 그치는지조차 알아차리기 어렵지만 가능한 한 숨을 크게 들이마시고 싶게 만드는 아조레스의 비, **슈바**chuva 생각이 많이 났다.

구식 아이팟에 녹음해둔 카가후 울음소리를 수년 동안 삭제하지 않고 남겨두었다. 나는 지금까지도 그 소리가 인간에게 배꼽 빠지는 웃음을 선사하는 데 틀림없는 자연의 방법이라고 믿는다. 재생 버튼을 눌렀다. 웃을 일이 필요할 때마다 특히 이런 상황에서는 그 울음소리를 듣고 또 들었다. 브루스 콕번Bruce Cockburn의 〈라스트 나이트 오브 더 월드Last Night of the World〉도 즐겨 들었다. **오늘이 마지막 밤이라면 나는 무엇을 해야 할까요? 어떤 다른 일을 해야 할까요**If this were the last night of the world What would I do?

내 인생 이론 중에는 윌리 웡카Willy Wonka 초코바 이론이라는 것도 있다.

윌리 웡카 초코바 이론

영국 작가 로알드 달Roald Dahl의 작품 《찰리와 초콜릿 공장Charlie and the chocolate Factory》을 보면, 꼬마 찰리 버켓에게 초콜릿 공장을 둘러볼 수 있는 황금 티켓을 찾을 기회는 딱 한 번 주어진다. 그 기회는 바로 1년에 한 번, 생일 선물로 받게 되는 초코바다. 찰리는 초코바 껍질을 열어보지만 티켓은 들어 있지 않다. **그때** 조 할아버지가 비상금으로 숨겨뒀던 동전을 꺼내 초코바 하나를 새로 사주고 이들은 포장을 뜯어본다. 이번에도 티켓은 없다. 겨울이 찾아오고, 찰리의 아버지가 실직하고, 온가족은 굶주림에 시달린다(우리는 어린이 동화책이 얼마나 암울한지 성인이 되고 난 뒤에야 알게 된다). 그러다 찰리가 우연히 지폐 한 장을 줍는다. 찰리는 그 돈으로 초코바를 하나 사지만, 말 그대로 너무 배가 고팠기 때문에 황금 티켓이 있는지 없는지는 안중에도 없다. 그렇게 찰리는 티켓이 없다는 것조차 알아차리지 못하고 게걸스럽게 초코바를 먹어치운다. 그러고서 남은 돈으로 "웡카의 정말 맛있는 위플 퍼지 멜로 딜라이트Wonka Whipple-Scrumptious Fudgemallow Delight"를 하나 더 사는데, 바로 그 안에 티켓이 들어 있다.

요점은, 기회가 정말로 딱 한 번뿐인 경우는 **매우** 드물다는 것이다.

2015년에도 가뭄은 계속됐다. 그런데 이전에 내가 썼던, 집과 농장과 꿈을 포기하지 않는 사람들을 다룬 기사가 퓰리처상 특집 기사 부문에서 수상했다. 상금을 받으며 생각지도 않은 돈이 생기자 나는 그 돈으로, 말하자면 윌리 웡카 초코바를 하나 더 사기로 마음먹었다. 회사에 1년 휴직계를 내고 아조레스로 돌아가기로 한 것이다.

오늘이 마지막 밤이라면, 나는 뭔가 다른 것을 하고 싶었다.

다시 한번 아조레스

테르세이라 섬에서 가장 큰 도시인 앙그라 두 에로이즈무의 한 가게에서 내가 아조레스에서 쓰게 될 휴대전화의 번호를 설정해 주던 젊은 여자가 내게 주소를 건네받고는 이상하다는 눈초리로 날 쳐다봤다.

“세레타라고요? 여기 북쪽에 있는 곳이잖아요. 저라면 절대 거기서 못 살 거예요.” 그 여자가 말했다. “저는 집 근처에 상점이 있어야 하고, 또 해변까지 걸어갈 수도 있어야 해요.”

세레타는 테르세이라 섬에서 가장 작은 마을이다. 내가 그 동네를 택한 까닭은 수많은 사람이 그곳을 떠났고 수십 년간 돌아온 사람이 거의 없기 때문이었다. 세레타에는 주민들이 여러 대에 걸쳐 캘리포니아와 캐나다, 보스턴 인접 지역 등지로 떠나면서 주인이 없어진, 이른바 ‘유령의 집’이 여러 채 있었다. 아조레스에는 ‘폐허'라는 매물 분류가 통상적으로 존재할 정도다. 여러 부동산 중개 사무소 창문에 허물어진 석조 건축물 사진이 담긴 전단이 붙어 있었다. 그런 폐허들은 덩굴이 자라고 이끼로 뒤덮인 돌담 옆에, 한때 창문이었을 쪽에 스프레이 페인트로 매물을 의미하는 포르투갈어 **'벤제-세**vende-se'를 써놓는 것이 더 일반적인 광고 방법이다.

앙그라의 자갈길과 노천 카페에서 세레타까지는 20킬로미터쯤 떨어져 있었다. 감자 모양으로 생긴 섬의 전체 면적은 세로 30킬로미터, 가로 16킬로미터 정도다. 나는 내 앞에 서 있는 도회적인 통신 상담사를 의아하다는 눈으로 쳐다봤다. 면적이 얼마나 작은 곳에 살든지 사람들은 언제나 이곳, 저곳, 외딴 곳을 나누게 되나 보다.

테르세이라 섬에는 섬 전체를 빙 도는 간선도로가 하나 있다. 앞에서도 한 번 이야기했지만 그 도로에서 운전할 때면 꼭 게임을 하는 기분이었다. 소를 치지 마시오! 사다리를 놓고 지붕에 기와를 올리는 사람을 보면 피해 가시오! 이제 그 도로에는 라이크라Lycra 브랜드의 스판덱스를 입고 스피드를 즐기는 자전거족까지 더해져 있었다. 자전거 경주와 자전거 여행을 즐기는 사람들이 테르세이라 섬을 발견해낸 것이다.

달라진 것은 또 있었다. 이번에는 캘리포니아에 있을 때 휴대폰 애플리케이션을 통해 집을 빌렸다. 항공사는 이제 살아 있는 닭을 기내에 싣는 걸 허용하지 않았다. 그러나 세레타로 돌아가는 길에 보니 여전히 어슬렁거리며 걷는 소 떼 뒤로 자동차 십수 대가 서 있었다. 벤츠를 타고 있던 남자는 얼마든지 경적을 울릴 수도 있었지만, 그런다고 해서 소들이 서두를 리 없다는 것을 잘 알고 있는 듯했다. 섬에는 여전히 고가도로가 하나 있었고, 그건 소를 위해 남겨둔 것이었다.

내가 머물기로 한, 땅위에 우뚝 솟아 있는 황금색 집은 여덟 명의 상속인이 한 사람씩 한 사람씩 이민을 떠나면서 결국 사람이 살지 않게 된 집이었다. 그 집은 1980년 테르세이라 섬에 닥친 참혹한 지진을 견디지 못하고 완전히 허물어졌다가 나중에 새 주인이 생기면서 호화롭게 재건된 것이라고 했다. 바다 경치를 볼 수 있는 커다란 통유리 창이 있고 욕실은 두 개였으며 쓸 만한 식탁도 있었다. 그러나 정확히는 이 집이 내가 지낼 곳은 아니었다.

나는 그 집 옆에 딸린 개조한 마구간에 묵었다. 원래 있던 돌을 사용해 재건축한 건물인데, 전에 건초를 보관했던 다락에 침실이 있었고 현관문은 다홍색이었다. 거의 1미터쯤 되는 돌 담벼락을 보고 있노라면 지진이 한 번만 더 일어났다가는 담벼락이 폭삭 무너져 돌더미가 될 것 같은 두려움이 드는 것만 제외하면, 성가실 정도로 고집이 세졌지만 이제는 놀랍도록 침착해진 머피와 나에게 더할 나위 없이 완벽한 공간이었다.

다락에는 바다가 내다보이는 창 하나와 성당으로 올라가는 길가에 난 창 하나가 있었다. 길을 따라가면 닿는 성당은 오래전 세레타에 찾아온 기적으로 유명한 곳이었다. 그 기적에 대해 이야기할 텐데 내가 그 여름 이후 사람들에게 그 기적 이야기를 들을 때마다 세부적인 내용이 계속 달라졌다는 점을 염두에 두기 바란다. 일단 고통받던 누군가가 신에게 위안을 받았다고만 해두자. 그래서 지난 수백 년 동안 9월만 되면 신에게 도움을 구하려는 사람들과 은혜를 받은 사람들이 세레타를 향해 맨발로 순례의 길에 올라 **이그레자 데 노사 세뇨라 도스 밀라그르스**Igreja de Nossa Senhora dos Milagres(기적의 성모 성당)에서 여정을 마쳤다. 작은 섬이라 걷는 데 네 시간이 채 걸리지 않는다는 점을 제외하면 포르투갈과 프랑스, 스페인 등지에서 유명한 **카미노 데 산티아고**Camino de Santiago와 비슷하다고 할 수 있다.

성당 바로 아래에는 포르투갈계 캐나다인 마리자가 운영하는 작은 상점이 있었다. 마리자는 토론토에서 만난 아조레스인과 약혼한 뒤 테르세이라 섬으로 이사했다.

"캐나다에서는 완전히 정상인처럼 보였다니까요."

마리자가 입을 떼면서 한쪽 눈썹을 추켜세우고 입술을 앙다물고 고개를 끄덕이는 모습을 보니 이야기를 듣는 동안 플라스틱 상자를 끌어와 자리를 잡고 앉는 게 좋을 것 같았다.

"그렇게 같이 여기로 온 거예요. 그이는 시어머니와 굉장히 친밀한 사이였어요. 충분히 이해해요. 나도 우리 가족이랑 사이가 엄청 좋으니까요." 마리자가 손가락을 까딱거리고서 양 손바닥을 펼치더니 가슴에 갖다 대며 말했다.

"그랬는데," 그녀는 양쪽 눈썹과 손가락 하나를 추켜세우고는 연기라도 하듯 잠시 그대로 있었다. "점점 조금씩 이상해지는 거예요."

시어머니는 자신이 아들의 빨래를 하겠다고 고집을 부렸다. 한 번은 빨랫감에 마리자의 속옷이 섞여 들어간 적이 있었는데, 저녁을 먹던 시어머니가 눈물이 그렁그렁 맺힌 눈으로 마리자가 아들의 지난번 여자친구처럼 티팬티를 입지 않아 얼마나 기쁜지 모른다고 말했다(마리자는 어쩌다 보니 그날 여성용 사각 팬티를 입었을 뿐이라고 했다). 심지어 시어머니는 아들을 그윽하게 바라보고 그의 팔을 쓰다듬으며 "넌 언제나 내 남자야"라고 말하곤 했다.

어느 날 더는 참지 못한 마리자가 시어머니에게 말했다.

"어머님, 이이는 어머님 아들이에요. 평생 어머니 아들일 거예요. 그렇지만 **제** 남자이기도 해요."

그때 남편이 집으로 들어오자 시어머니가 다가가서는(이 부분을 말할 때 마리자는 양팔을 활짝 뻗어 위아래로 흔들며 여긴 진한 글씨로 말해야 한다고 잔뜩 힘주어 말했다) **아들의 입술에 입을 맞췄다.**

"과장이 아니라 정말로 그랬다니까요." 마리자가 자리에 앉으며 말했다. "제가 이상한 건가요, 이 사람들이 이상한 건가요? 네?"

마리자 곁에는 이제 새로운 남자친구가 있다. 그는 외모가 출중하고 성실히 일했고, 그의 어머니는 오래전 세상을 떠났다.

마리자의 어머니는 세레타에서 자랐지만 불황기에 아조레스를 떠난 이들 중 하나였다. 어렸을 때는 어찌나 배가 고팠던지 성당의 축제가 끝난 뒤 사람들이 접시에 남기고 간 음식을 먹으려고 성당에 갈 정도였다고 했다. 그때의 불황기 이전에도 마리자의 어머니 이전 세대와 다른 많은 사람들이 굶주림에 시달렸다. 다행스럽게도 세레타는 여름 휴양지였다. 지역 역사학자는 이곳의 굶주림을 끝낸 건 수영복이라고 말한다.

1800년대에 앙그라에 사는 유복한 가족들이 자그마한 우림에서 불어오는 시원한 여름 바람과 절벽 아래서 파도가 부서지며 흩뿌리는 물안개를 맞으러 세레타에 찾아왔다. 이후 유럽 사회는 바닷가에서 여성들이 목부터 발목까지 가린 흠뻑 젖은 모직 옷을 입는 게 정숙한 복장이라고 생각하고 그런 복장을 용인하기 시작했다. 이제 여자들도 수영할 수 있게 된 것이다(과거에 여성이라는 이유로 삶이 얼마나 억압받고 제한됐을지 생각하게 만드는 장소에 직접 가보는 것에 견줄 만한 경험은 없다). 사람들은 곧 정말로 물속에 들어갈 수 있게 된 마을에 피서용 별장을 짓기 시작했다.

세레타는 해수욕을 할 만한 곳이 아니다. 등대가 있는 곳까지 머피를 데리고 산책을 나갈 때면 나는 수영에 환장한 래브라도 리트리버의 줄을 놓치지 않기 위해 젖 먹던 힘을 끌어내 있는 힘껏 줄을 붙잡아야 했다. 발 하나라도 물에 담그려고 했다가는 그길로 황천행이 될 수도 있었다. 까만 절벽이 바다 사이사이에 튀어나와 있고 돌 모서리가 삐죽삐죽한 걸 보니 물살이 매우 거센 게 틀림없었다. 파도는 맞부딪힐 때마다 천둥소리만큼이나 강렬한 소리를 냈고 폭죽을 쏘아올린 듯 흰 거품을 만들어냈다. 그렇게 소용돌이치며 만들어낸 물웅덩이 속에는 치명적인 저류가 흐르고 있을 게 분명했다.

한때 이 근처에 아름다운 등대가 있었는데, 기록물을 보면 대서양의 어느 곳보다 아조레스 주변의 해저 밑바닥에서 선박 사고가 자주 일어났다고 한다. (등대가 있는 곳은 그럴 만한 이유가 있다.) 그러나 이후 해로가 변경되고, 1980년 지진 때문에 등대가 손상되자 사람들은 그 등대를 허물어버렸다. 이제는 정사각형 모양의 작달막한 집과 빨갛고 흰 줄이 그려진 탑 하나만 덩그러니 놓여 있지만, 맹세하건대 폭풍이 부는 날 빛이 들어오는 모습을 내 두 눈으로 똑똑히 봤다.

등대를 향해 걸어가다 보면 늘 집 앞 현관 계단을 쓸고 있는 여자와 자주 마주쳤다. 그녀가 톤이 높은 목소리로 몇 마디 말을 건네면 머피는 반가워서 꼬리를 흔들었다. 바버라가 이와 똑같은 경쾌한 억양으로 머피에게 말하는 것으로 미루어보건대, 그 여자가 낑낑거리며 하는 소리는 분명 "너 정말 예쁘구나? 말 잘 듣는 강아지지? 꼬리를 더 세차게 쳐볼래?"라는 의미였을 것이다.

개만큼이나 딱히 언어를 중요하지 않게 만드는 존재가 있을까? 그 여자와 나는 길가에 나란히 서서 둘 다 머피를 쓰다듬으면서 서로의 포르투갈어와 영어를 엉성하게 알아듣고 고약하게 발음해가며 환히 미소를 짓고 고개도 끄덕거렸다.

어느 날 오후, 그 길을 지나가던 한 남자가 걸음을 멈추더니 우리에게 통역이 필요하냐고 물었다. 붙임성 좋은 포르투갈계 미국인 매니는 옥수수 밭 옆에 여름 별장을 소유하고 있었다. 그는 열 살 때 세레타를 떠났다가 42년 만에 고향으로 돌아왔다고 했다. 캘리포니아에서는 페블비치Pebble Beach에서 살았다고 했는데, 그 곳의 쭉 펼쳐진 해안선을 본 적 있는 사람이라면 어째서 그의 성격이 전혀 조급함 없이 느긋한 것인지 이해할 수 있을 것이다.

캘리포니아에서 잘 지내고 있었는데 갑자기 그의 단짝 친구가 쉰한 살의 나이로 세상을 떠났다고 했다. 그는 유쾌한 농담을 할 줄 아는 친구였다. 일평생 사랑을 외친 남자. 매니의 말에 따르면, 친구는 쉰한 살에 죽어서는 안 되는 남자였다. 매니는 장례식에 참석했으나 울지는 않았다. 그런데 어찌된 영문인지 자신의 몸이 마치 생명을 잃어버린 목석이 된 것 같은 느낌이 들었다. 집으로 돌아온 그는 아내 메리에게 그동안 늘 얘기만 했던 아조레스로 돌아갈 때가 마침내 온 것 같다고 말했다.

테르세이라 섬에 도착하자 그는 주변을 둘러보며 생각했다. **그래, 맞아. 기억나네.** 그는 비행기에서 내리자마자 감정을 주체하지 못하고 무너져내린 사람들이 많다고 들었지만 그에게는 해당하지 않는 말이었다. 부부는 메리의 고향을 방문했고 그것만으로도 충분히 좋았다.

다음 날 부부는 세레타로 차를 몰았다.

"저 언덕을 올라와서 등대로 가는 갈림길에 서 있는 동네 표지판을 보자마자 눈물이 터져 나왔어요." 매니가 말했다. "어머니, 아버지, 할아버지, 할머니의 영이 느껴지더라고요. 심지어 증조부모님들도요. 한 번도 만난 적 없는 분들인데 말입니다." 저는 원래 그런 사람이 아닙니다. 전혀 아니죠. 그런데 그런 일이 벌어진 거예요. 그분들이 거기 계셨어요. 친척들을 만나러 다녔는데, 이틀 내내 어찌나 눈물이 터져 나오던지 선글라스를 끼고 있어도 계속해서 눈동자를 계속 위로 올려대야 했다니까요."

그는 삼촌 소유였던 집과 땅을 매입했다. 그리고 이제 그와 메리와 그들의 자녀들과 손주들은 매년 이곳을 방문하고 있다.

가족 휴가를 보내고 있던 어느 여름, 세 살, 다섯 살인 아직 어렸던 손자 둘이 몰래 집에서 빠져나갔다. 온 식구가 당황해서 어쩔 줄 몰라 하며 애타게 아이들의 이름을 부르며 온 동네를 찾아다녔다. 매니는 등대로 차를 몰았다. 아이들이 이렇게 멀리까지 걸어올 수 없으리라고 생각했지만, 낮에 아이들을 데리고 이곳에 와 블랙베리를 따기도 했고, 이미 다른 곳은 모두 찾아본 뒤였기 때문이었다.

매니가 등대에 도착했을 때, 두 손자는 그곳에서 어깨를 나란히 하고 통나무에 앉아 바다를 바라보고 있었다.

매니는 아이들에게 걸어갔다.

"어이, 친구들. 뭣들 하고 계신가?" 그가 물었다.

"그냥 보고 있어요." 둘이 동시에 말했다.

매니는 그때가 인생에서 가장 뿌듯한 순간이었다며 이렇게 말했다.

"아이들이 거기 가만히 앉아서, 정말로 바다를 보고 있더라고요. 내 섬에서 말이지요."

리빙스턴의 행진 악대

5월이 지나고 6월 초가 됐는데, 여느 때와 다르게 하늘빛이 어스름했다. 공기는 축축하고 서늘했다. 예전에 내가 존과 함께 아이스크림을 사 먹곤 했던 비스코이투스 화산암 수영장 근처의 간이식당 아비즈무Abismo에서 한 여자가 창백한 아이를 보며 코를 찡그렸다.

"이즈음이면 혈색이 좋아야 하는데. 그런데 지금 나도 스웨터를 입고 있잖아."

그녀는 놀러온 친척들을 보며 자기를 불쾌하게 만든 니트를 잡아 뜯으며 구슬픈 목소리로 말했다. 축제 시즌의 시작을 알리며 매년 6월 일주일 동안 열리는 산조아니나스Sanjoaninas라는 큰 축제가 있는데, 축제 기간에 날씨가 좋지 않을까 봐 걱정됐기 때문이었다.

어느 날 아침, 빵 배달이 오기도 전에 잠이 깼다. 빵이 배달되는 아침이 내 일상의 한 조각이 됐다는 게 정말 기뻤다. 늘 하던 대로 바다를 내다보려고 창가로 다가갔다가 깜짝 놀라 나도 모르게 뒷걸음치고 말았다. 분명히 어제까지는 없었던 섬 두 개가 보였다.

상조르제 섬과 그라시오사 섬이 마치 욕조에서 깐닥거리는 장난감처럼 가까워 보였다. 이런 식으로 섬이 나타났다 사라졌다 한다면, 아조레스 제도의 아홉 개 섬이 지도에 모두 표기되기까지 수백 년이 걸렸다는 것도 전혀 놀라울 일이 아니다.

바다는 윤기 흐르는 새파란 빛이었고, 가장자리에는 보랏빛이 감돌았다. 어느새 납빛 하늘은 물러가고 하얗고 푹신한 구름이 파란색 예쁜 하늘에 통통 박혀 있었다.

그날은 축제 기간에 맞춰 미국과 캐나다에서 아조레스로 출발하는 직항편인, 휴가철 첫 번째 '여름 비행기'가 도착하는 아침이기도 했다. 아는 사람이 오는 건 아니지만 사람들이 온다는 것 자체만으로도 차를 타고 섬을 둘러보기에 충분히 좋은 이유가 될 것 같았다.

라제스Lages 공항에 비행기가 착륙하고 한 남자가 비행기에서 내리더니 사지를 바닥에 대고 엎드려 활주로에 입을 맞췄다. 노르베투라는 이름의 이 남자는 인구 밀집 지역의 오염으로부터 1,450킬로미터 떨어진 이곳 아조레스에 도착해 월계수와 들판과 바다 내음이 담긴 공기를 한 모금 깊이 들이마시고는 가던 길을 갔다. 그는 40년이 넘도록 아조레스에 발을 들이지 않았었다고 했다.

노르베투의 이런 감정 표현을 보고 누구보다 당황한 건 그의 아들 넬슨이었다. 수년간 아버지에게 아조레스에 가자고 설득했으나 그때마다 넬슨의 노력은 수포로 돌아갔기 때문이다.

"아버지에게 '아버지, 이번에는 아이들을 데리고 갈 거예요. 아버지 손주들요. 저희랑 같이 가요. 제가 비행기 표를 끊을게요'라고 말해도 아버지는 늘 싫다는 대답밖에 안 하셨어요."

노르베투는 아조레스를 생각하면 그곳에서 벗어나 새로운 삶을 시작하려고 죽도록 일했던 기억이 가장 먼저 떠오른다고 말했다.

"처음 캘리포니아에 갔을 때 소똥을 얼마나 치워댔는지, 잠은 또 얼마나 못 잤는지 몰라요. 그렇게 꼬박 사흘을 일해서 너무 힘이 들어도 급여 봉투를 받고 나면 그간의 고생이 말끔히 잊혔죠." 그가 말했다. "아조레스에는 신발도 없었고, 전기도 없었고, 먹을 것도 없었습니다. 곡소리만 넘쳐났어요. 아조레스에 돌아가서 그 곡소리를 다시 들어야 한다고 생각하면 너무 두려웠습니다."

그런 노르베투가 행진 악대에서 활동하는 손주들이 앙그라 중심가에서 행진하는 모습을 보려고 마침내 아조레스에 돌아온 것이다.

리빙스턴의 아조레스 행진 악대인 '필라르모니카 리라 아소리아나 데 리빙스턴Filarmônica Lira Açoriana de Livingston'이 산조아니나스의 한 부문에 초청을 받은 것은 2년 전이었다. 리빙스턴은 캘리포니아에 있는 작은 마을로, 낙농장에서 소를 키우는 게 당연한 것만큼 낙농장의 소유자가 아조레스인인 게 당연시되는 지역이다.

이 행진 악대의 단원들은 돼지고기 요리를 팔고, 가축을 경매에 부치고, 집에서 만든 포르투갈식 파이를 팔아 경비를 마련했다. 그러는 한편 새로운 노래를 몇 곡 더 추가하고 연습도 배로 열심히 했다.

아조레스로 여행을 떠날 생각에 아이들이 들뜨자, 단원들의 조부모와 대부모, 이모, 삼촌, 부모를 비롯한 주변 사람들은 어쩌면 지금이 아조레스에 가볼 적기일 수도 있겠다는 생각을 하기 시작했다. 아조레스 고향 마을에 살던 때는 클라리넷을 연주했지만, 캘리포니아에서는 그럴 여유조차 없었던 노르베투도 그런 사람들 중 하나였다. 리빙스턴 행진 악대의 단원은 50명 정도였으나, 노르베투와 함께 비행기를 타고 테르세이라 섬에 내린 행진 악대의 단체 인원은 거의 300명에 달했다.

며칠 뒤, 낮에 열린 파티에서 노르베투와 넬슨을 만났다. 넬슨은 피곤해 보였다.

"아버지를 도저히 감당할 수 없어요." 그가 말했다. "꼭 날라리 10대 아들을 둔 아빠가 된 기분이에요."

칠순에 접어든 아버지는 아침이면 점심 먹을 때쯤 돌아오겠다며 집을 나섰다. 그래 놓고 다음 날 동틀 녘이 다 돼서야 돌아오기 일쑤였다. 그럴 때마다 파티에서 우연히 이 친구 저 친구를 만나다 보니 시간 가는 줄 몰랐다고 말했다.

"그럼 전 이렇게 말하죠. '저희가 걱정하지 않도록 최소한 전화 한 통은 주셨어야죠.'" 넬슨이 말했다.

섬 반대편의 앙그라 두 에로이즈무는 축제 준비로 혼란스러웠다. 좁다란 자갈길이 통제되고, 이쪽저쪽으로 돌아가라는 우회 표지판이 하도 많이 생겨서 표지판 내용이 서로 모순되기도 했다. 후진하는 트럭에서 나는 **삐-삐-** 소리와 망치가 내리꽂히며 나는 **핑-핑-** 소리가 여기저기서 울려댔다. 안전 조끼를 입고 줄지어 기둥을 오르는 남자들이 형광 개미 떼처럼 보였다.

마침내 개막식 밤이 찾아왔다. 중심가의 17~18세기에 지어진 장중한 건물들 사이에 아치형으로 하얀 전구가 매달렸다. 각각의 아치에는 형형색색 화려하게 장식한 맥주 머그가 달려 있었다(그렇다. 사실 그건 도시를 상징하는 문장이었다. 내가 시야가 좁은 사람이었을 뿐이다). 바닥에 깔린 레드카펫은 까만 현무암과 흰 석회암으로 이루어진 포르투갈의 독특한 문양을 한층 돋보이게 만들었다. 축제를 위해 특별히 제작되었거나 수 세대를 걸쳐 전해 내려온 화려하고 복잡한 퀼트가 발코니나 2층 창문에 늘어뜨려져 있고, 거리에는 군중이 열 줄로 길게 줄지어 있었다.

운 좋게도 내가 초대받은 집은 앙그라에서 가장 유서 깊은 거리에 있었다. 덕분에 나는 발코니에서 완벽한 전망을 즐길 수 있던 건 물론이고, 그 집 가보로 내려오는 러그와 예술 작품, 나무로 만든 고가구와 벽면 가득 책장이 둘러진 집에서의 삶을 엿볼 수 있었다. 이 집에 초대받은 손님들은 교수나 의사 같은 직업을 가진 사람들로, 말 그대로 세기에 걸쳐 집안끼리 알고 지낸 가문의 사람들이었다. 마치 무대 바로 밑에서 춤추고 싶은 그런 콘서트에서 좋은 자리를 얻은 것만 같았다.

매년 축제에서는 아름다운 소녀 한 명을 축제의 여왕으로 뽑았다. 날 초대한 집의 주인이자 아름다운 40대 여성인 아나 바버라는 열일곱 살 때 축제의 여왕으로 뽑힌 적이 있었다. 그때 사람들은 그녀에게 예년 같은 번쩍번쩍한 야회복 대신 도나 아멜리아 왕비의 옷처럼 수수한 드레스를 입히고 옅은 화장을 해주고 머리를 뒤로 넘겨 가지런히 묶어주었다.

도나 아멜리아는 포르투갈의 마지막 왕비다. 아멜리아 왕비는 성악을 공부하고 그림을 그렸으며 나중에는 의대에까지 진학했는데, 의대에 간 건 노쇠해지는 남편 카를루스 왕을 돌보기 위해서였다. 그러던 어느 날, 암살 공격으로 카를루스 왕과 루이스 펠리페 왕자가 목숨을 잃었고, 훗날 포르투갈의 마지막 왕이 된 마뉴엘 왕자와 아멜리아 왕비만 살아남았다.

아나 바버라는 아멜리아 왕비의 모습을 하고 있는 자신을 보고 흐느끼던 사람들의 모습을 기억했다. 이곳 사람들에게 아멜리아 왕비는 그저 해마다 뽑는 축제의 여왕이 아니라 회복 탄력성의 상징 같은 인물이었다.

나는 디저트 덕분에 그 여왕의 이름을 기억했다. 앙그라의 가장 오래된 지역에 오 포르누O Forno라는 빵집이 있다. **볼루스 D. 아멜리아**Bolos D· Amélias라는 빵으로 유명한데, 테르세이라 섬의 특산품이라고 할 수 있는 자그마한 케이크다. 세련된 흰 상자 속에 들어 있는 케이크 하나하나에 케이크 이름의 유래가 적힌 종이가 다음과 같은 내용의 영어 번역문과 함께 들어 있다.

아주 비옥한 땅이 있었다. 사람들은 이곳에 찾아와 씨를 뿌리기 시작했다. 훗날 이들은 동인도와 서인도제국에서 이국적인 맛을 내는 귀한 향신료를 들여왔다. 그렇게 이들은 새롭고 맛있는 요리법을 개발했다.

포르투갈의 마지막 왕비인 도나 아멜리아가 처음 아조레스에 방문했을 때 주민들이 왕비의 이름을 따서 아주 특별한 케이크를 구웠다.

작고 둥근 모양의 케이크는 맛이 깊고 달콤하고 향긋했으며, 푸딩의 겉면만큼이나 보드라웠고, 위에는 슈거파우더가 넉넉히 뿌려져 있었다. 나는 그 케이크를 지나치게 많이 먹어서 탈이었다.

아나 바버라가 다가오더니 나를 안으로 데려갔다.

"꼭 만나봐야 할 사람이 있어요." 바버라가 말했다. "캘리포니아의 세력가예요."

우리가 다가가자 남자가 우리를 향해 돌아섰다. 그 사람과 나는 동시에 입을 뗐다. "당신! 누군지 알아요!"

눈앞에 있는 남자는 일명 고구마의 왕이라고 불리는 마누엘 비에이라였다.

마누엘위 영향으로 고구마는 사람들이 추수감사절에나 구매하던 작물에서 튀김, 스낵, 보디로션 등의 원재료로 사용되기 시작했다. 곧 제트팩의 연료 또는 눈 밑 지방 제거제 따위에 사용되리라는 사실은 굳이 말할 필요도 없다. 캘리포니아에서 소비되는 고구마의 90퍼센트 정도가 센트럴밸리에서 생산된다. 나는 기자라는 직업 덕분에 종종 비에이라와 만난 터였다.

그와 처음 만났을 때 나는 정확히 누가 그에게 "고구마의 왕"이라는 별명을 붙여주었냐고 물었다.

"제가 지었어요!" 그가 열정적으로 말했다. "책을 써달라고 사람을 구하기도 했었지요!"

한번은 캘리포니아 소 경매장에서 아이들이 테이블에 떼로 모여 포르투갈어로 노래를 부르고 있는 모습을 목격했다. 마누엘의 고향인 피쿠 섬의 자그마한 마을에서 활동하는 행진 악대 아이들이었다. 마누엘은 악단을 캘리포니아 축제에 초청한 다음, 단원 모두를 디즈니랜드에 보내주고 하루 동안 샌프란시스코 관광을 시켜줬다. 그리고 이번에는 캘리포니아의 작은 동네에서 활동하는 악단이 아조레스에 올 수 있도록 발 벗고 나선 것이다. 동네 주민이 대부분 가뭄 때문에 자녀들의 여행 비용을 지불하기 힘든 상황에 놓여 있었기 때문이다.

우리는 발코니로 자리를 옮겨 무용단의 행진을 구경했다. 또 굽이치는 파도, 환상적인 해룡, 범선의 형상을 본뜬 꽃수레를 내려다보았다. 리빙스턴 악단이 점점 더 가까워졌다. 금단추가 달린 자줏빛 재킷에 흰 바지를 입고, 흰 신발을 신고, 금실로 짠 모자를 쓴 아이들의 모습이 반짝반짝 빛났다. 〈뮤직 맨The Music Man〉• 제작사가 왔더라도 이보다 더 부지런히 의상을 준비하지는 못했을 것

• 소년 악대를 주제로 만든 미국의 코미디 작품으로 1950년대에 뮤지컬로, 1960년대에 영화로 제작되었다.

이다.

마누엘이 벅찬 얼굴로 미소를 띠며 내 등을 툭툭 쳤다. "눈물이 날 것만 같아요." 그는 활짝 미소 짓고 있는 얼굴로 커다란 눈물방울을 떨어뜨리며 말했다. "이쪽으로 오시죠. 저 아래로 내려갑시다."

우리는 계단을 달려 내려가 문을 열고 행진 악대가 있는 거리로 밀고 들어갔다. 총총걸음으로 연주자들에게 다가가자 어찌된 일인지 음악 소리가 전보다 작아졌다. 플루트, 클라리넷, 튜바 연주자들에게 미안하다고 연신 고개를 숙이며 드러머들 틈을 비집고 나아가는데, 마누엘이 트럼펫 연주를 담당한 손자 옆으로 폴짝 뛰어가며 외쳤다.

"여기에요! 사진 찍어요!"

행진이 끝나는 광장에 다다를 때까지 트럼본을 연주하는 다른 손자는 따라잡지 못했다.

반짝이는 가운을 걸친 젊은 여자 셋을 태운 꽃수레가 그들을 내려주려고 길에 멈췄다. 여자들은 각각 캘리포니아의 구스틴Gustine*, 캐나다, 미국 동부 미인대회 수상자라는 사실을 알리는 띠를 두르고 있었다. 미국 동부 미인대회 수상자가 덜컹거리며 펼쳐진 계단을 밟고 꽃수레에서 내려오는데 한 여자가 소리쳤다. "우리 모

* 캘리포니아주 머시드 카운티에 위치한 도시로 낙농업을 비롯한 작물 재배가 발달했다. 주민의 상당수가 포르투갈계 이민자인 구스틴은 포루투갈의 문화와 전통을 잘 보존하고 있는 미국 최대의 포르투갈 커뮤니티다.

두 널 보고 있단다! 우리 모두 널 보고 있어!" 거기에 모인 사람들이 보고 있다는 이야기인가 보다, 하고 생각했는데, 그 여자가 높이 들고 있는 태블릿 PC가 눈에 들어왔다. 미인대회 수상자의 할머니와 이모들이 로드아일랜드Rhode Island의 이스트프로비던스East Providence에 있는 어느 집 소파에 잔뜩 모여 앉아 있었다.

"식구들이 '사랑한다!'라고 말하는구나!" 그 여자가 화면을 톡톡 두드리며 말했다.

미스 구스틴이 계단을 내려올 때 어느 남자가 "캘리포니아 만세!"라고 외치자 주변 사람들이 구호를 외치듯 한목소리로 소리쳤다. "캘리포니아 만세! 캘리포니아 만세!"

그해 여름 내내 습관처럼 입에 배어버린 질문인데, 그날도 나는 주변에 있는 사람들에게 캘리포니아와 어떤 인연이 있느냐고 물었다.

"이모 둘이 차우칠라Chowchilla에 살아요."

"형이 구스틴에 살아요."

"전에 핸포드Hanford에 있는 낙농장에서 일했어요. 지나치게 많이 일했죠."

차우칠라는 캘리포니아주 마데라 카운티에 위치한 도시고 핸포드는 킹스 카운티에 위치한 도시다. "캘리포니아 만세"라는 구호를 외치기 시작한 남자는 보스턴의 부동산 중개업자인 빅터 산토스였다.

"월요일이면 내가 처음 이곳을 떠난 지 46년이 돼요." 그가 말했다. "하지만 난 늘 이곳을 마음에 품고 있었지요."

1년 전 그의 큰딸이 미국 동부 지역 미인대회에서 수상했는데, 그는 딸이 아조레스 이민자를 대표한다는 생각에 굉장히 자랑스러웠다고 했다. 그날 밤 그의 옆에 서 있던 스물한 살짜리 둘째 딸 첼시는 아버지보다 한 발 앞서 나가고 있었다. 그녀는 아예 아조레스로 이사 오고 싶다고 했다. 첼시는 친구가 운영하는 미용실에 가면 자기가 할 수 있는 일이 줄지어 있을 것이라고 생각했다. "너무 멀잖아!" 첼시의 아버지는 반대했다. 첼시는 미국인과 아조레스인이라는 두 정체성을 오가며 사는 미국 생활이 너무 복잡했다며, 섬에 와 있으면 그저 자기 본연의 모습대로 살 수 있어 좋다고 했다. 그녀는 아조레스에 오면 꼭 집에 와 있는 듯한 기분이 든다고 말했다.

집이라니. 내가 듣기에는 너무 덧없는 생각 같았다. 우리의 출신지가 집인 걸까, 아니면 우리가 살고 있는 곳이 집인 걸까?

광장에 있는 신고전주의 건축물인 시청에서 리빙스턴 밴드를 반기는 환영회가 열렸다. 안으로 들어가보니, 대리석 계단에 레드카펫이 깔려 있었다. 앙그라 시장은 내게 건물을 소개해주겠노라고 제안했다. 그때 그가 카펫을 피해 걷고 있는 게 보였다.

"이 레드카펫이 꽤 미끄럽더라고요. 레드카펫을 피해 걷는 게 더 안전할 겁니다."

시장은 내게 이렇게 말했다. 나는 그 말을 인생의 조언으로 받아들였다.

"이 감동에서 헤어 나오지 못하겠어요. 32년 전에 아주 작은 악단으로 시작했는데, 오늘 밤 여기까지 와 있네요."

그는 또 울지 않으려고 애쓰며 말했지만 성공하지 못했다.

"오늘 일은 아주 오랫동안 사람들의 입에 회자될 겁니다."

나는 바깥을 서성였다. 사람들 틈으로 보니 안뜰에 올해의 축제 사진을 찍는 공간이 마련돼 있었다. 축제의 왕으로 뽑힌 10대 남자아이를 보는데 왠지 낯이 익었다. 왁자지껄하게 축하를 건네는 사람들로 광장이 꽉 찬 상태라 더 가까이 가볼 순 없었다. 한참 동안 아이를 쳐다봤지만 도무지 누군지 생각나지 않았다.

예상치 못한 변화

주방장을 제외하고 테르세이라 섬에서 처음 만난 사람은 여행을 떠나오기 직전에 캘리포니아에서 알게 된 루이스였다. 할리우드의 선셋대로Sunset Boulevard에 있는 볼링장 '럭키 스트라이크 레인Lucky Strike Lanes'에서 루이스가 연주하는 공연을 보러 간 적이 있었다. 그는 무대에서 딸 마리아를 돕고 있었지만, 관객석이 로스앤젤레스의 최고 기타 연주자들로 가득한 건 루이스 때문이었다. 그는 이 업계에서 굉장히 유명한, 세계적인 수준의 연주자였다.

밴드 멤버들이 휴식을 취하고 있을 때 루이스가 솔로 연주를 했다. 그는 소매가 길게 늘어진 포르투갈풍 흰색 셔츠를 입고 무대 위에 마련된 의자에 홀로 앉았다. 그는 곧 기타를 얼굴로 향하게 들더니 기타를 향해서 몸을 둥글게 말아 기타와 몸통 사이에 생긴 공간을 에워쌌다. 쉬는 마디와 울림이 강한 아조레스 전통 노래 선율로 시작한 루이스의 연주는 점점 관객 모두의 몸을 들썩이게 하는 리듬으로 변해갔다.

관객들은 젊었고, 대부분 아르테시아에서 온 이들이었다. 로스앤젤레스 근처에 있는 아르테시아는 재탄생한 아조레스 집단 거주지 같은 도시였다. 관객들은 점점 흥이 올라 거칠어졌다. 자신을 프로 연주자라고 소개한 내 옆자리 남자는 자기 허벅지를 찰싹찰싹 때리기까지 했다.

"신사 숙녀 여러분, 이런 게 바로 천재적인 음악성입니다." 그가 불특정 다수를 향해 외쳤다.

나는 미리 루이스에게 이메일을 보내 약속을 해둔 상태였다. 콘서트가 끝난 뒤 땀에 전 루이스는 거친 숨을 몰아쉬어가며 바에 앉아 있는 내 쪽으로 오려고 애썼다. 그러나 앞을 가로막는 팬들 때문에 여러 번 발걸음을 멈춰야 했다. 루이스는 예순 살이었는데, 늦은 밤 공연이 거듭된 젊은 시절과 보스턴에 살면서 폭음했던 과거 생활을 고려하면 굉장히 젊어 보였다. 눈이 깊고 눈동자는 어두웠으며 얼굴에는 우수에 젖은 분위기가 서려 있었다. 우리는 한참 동안 만나지 못하고 기다리기만 하다가 바텐더가 술잔을 치우고 사람들이 흩어진 뒤에야 서로의 목소리를 들을 수 있었다.

그의 아조레스 이주 이야기는 다른 사람들과는 반대였다. 그는 아조레스로 돌아가 그곳에서 지내면서 가족들을 만나러 종종 미국에 왔다. 스물아홉 살 무렵 보스턴에서 이민자로 살고 있었던 때는 자신이 완전하다는 느낌이 들지 않았다고 했다. 아조레스의 방식대로 남자든 여자든 만나는 모든 이의 볼에 입맞춤하며 인사를 건네려는 자신을 억눌러야 했다. 사람을 만나면 부둥켜안고 곧장 눈물을 쏟아내는 그의 이런 면을. 그는 미국의 불평등에 관한 자신의 열정적인 의견을 겉으로 표현하지 않았는데, 그건 이웃에 사는 노동 계층 사람들이 그에게 고향으로 돌아가라고 말할 게 뻔했기 때문이었다. 그가 열다섯 살 때 미국에 왔는데도 말이다.

그는 열여덟 살이 넘으면 어머니나 형제들과 함께 살아서는 안 된다고 하는, 길 한복판에 차를 멈추고 이웃과 노닥거리면 안 된다고 하는 세상에 적응하는 법을 배워나갔다. 사람들은 심지어 사랑을 할 때도 상대방에게 너무 푹 빠져서 마음에 있는 모든 말을 내뱉어서는 안 된다고 했다. 그랬다가는 상대방이 자신을 미친놈이라고 생각할 테니까. 이런 일이 그의 삶 곳곳에서 지속됐다.

수년 동안 그는 음악을 하며 살고 싶었고, 서른 살이 되기 전에 보스턴에서 가장 잘나가는 밴드에 들어갔다. 자신에게 기타를 배운 어린 동생 누노는 1990년대에 활발히 활동한 밴드 '익스트림 Extreme'* 의 멤버로 명성을 얻었다. 그러나 루이스는 여전히 자신이 사회의 중심에 속한다는 느낌을 받지 못했다.

"세상을 바라보는 내 시각은 늘 동전처럼 앞뒤로 뒤집어졌어요. 세상을 보는 시각뿐만 아니라 이 세상을 살아가는 내 존재까지도

* 1989년에 데뷔해 세계적 명성을 얻은 미국의 록 밴드로 1996년에 해체했다가 2008년에 재결성했다.

자유자재로 뒤집어졌죠. 그러다 보니 내 안에 있는 어떤 모습이 진짜 내 모습인지 모르겠더라고요." 루이스가 지난날을 회상하며 말했다.

그는 잠시 쉬고 싶었다. 그렇게 보스턴에서 상미겔 섬으로 가는 저렴한 비행기 표를 구했다. 잔뜩 내리쬐는 햇볕을 받고 옛 친구들을 몇 명 만나고 상황이 되면 밴드 투어 계획을 세워야겠다는 생각을 하며 계획한 사흘짜리 여행이었다.

그가 어렸을 때 자란 고향인 테르세이라 섬에 갈 계획은 전혀 없었다. 그러나 미국으로 돌아갈 날이 다 되어 공항에 들어선 그는 타야 할 비행기를 피해 몸을 숨겼다. 그의 이름을 연이어 부르는 승무원을 모른 체하고 숨어 있었는데, 도대체 왜 그랬는지 자신도 모르겠다고 했다. 집으로 돌아가는 대신 그는 비행기로 30분 거리에 있는 테르세이라 섬으로 가는 표를 구매했다. 그다음 어릴 때 살았던 집으로 갔고, 그 집에 살고 있는 사람들에게 안으로 들어가 봐도 되느냐고 양해를 구했다.

2층에서 창밖을 바라보는데, 성당을 향해 걸어가는 나이 든 여자의 모습이 보였다. 그 집 가족이 오래전부터 알고 지내던 아주머니였다. 그녀는 몇 걸음마다 멈춰 서서 숨을 고르며 아주 천천히 걸었다. 걸음을 멈출 때면 아주머니는 고개를 돌려가며 집들을 둘러보고 먼 바다를 바라봤다. 얼굴을 들고 바람을 느끼기도 했다. 아주머니가 걸음을 멈출 때마다 루이스는 부엌에 모여 앉은 식구들과 친구들이 내던 떠들썩한 콧소리가 떠올랐고, 바다에서 수영하던 때가 생각났다. 그러자 드디어 온전히 자기 자신이 된 것 같다고 느꼈다.

"기준점이 없었죠. 버팀목으로 삼을 만한 게 아무것도 없었던 겁니다." 그가 내게 말했다. "그 아주머니를 기준점으로 삼자고 마음먹었어요. 다시 아조레스로 돌아와서 매일 아주머니가 미사를 드리러 걸어가는 그 모습을 바라보기로 한 거예요. 그건 진짜였으니까요."

그렇다고 그가 종교적인 사람인 건 아니다. 오히려 루이스는 신을 증오한다는 말로 사람들을 화들짝 놀라게 만드는 걸 좋아했다. 그러나 그는 그 아주머니가 죽을 때까지 수십 년 동안 그녀가 매일 미사를 드리러 걸어가는 모습을 바라봤다. 이것이 유일하게 그가 꾸준히 한 일이었다.

테르세이라 섬 프라이아Praia의 자그마한 한 카페에서 루이스가 자기 친구와 함께 나를 기다리고 있었다. 루이스의 친구라는 남자는 아조레스 지방정부에서 일하는 공무원이었는데, 미국인들이 떠나버리고 남아 있는 라제스 공군기지의 일부를 임대하는 문제로 중국 정부와 협상 중이라고 했다.

제2차 세계대전 이후 미군 부대는 테르세이라 섬 문화의 일부가 되었다. 미군 부대의 의미를 요약해놓은 문장 중 내가 가장 좋아하는 건 언젠가 지역 호텔에서 무료로 나눠준, 지나치게 거창한 번역본 여행안내서에 실린 내용이다.

미군 기지는 테르세이라 섬에 '미국의 생활 방식'을 다소 가져다주었다. 대다수의 주민에게 미국 클럽에 입장하는 것을 비롯해 난장판을 접할 기회를 제공하며 섬 주민들로 하여금 성적인 교류를 가능하게 했고, 오랜 시간이 흐른 뒤에야 다른 상점에서 팔 수 있게 된 상품들은 그 당시 주민들에게 터무니없는 금액으로 판매 되었다.

– 테르세이라 섬 안내서

라제스 공군기지에 주둔했던 미군이 대부분 철수하면서, 그들이 벌인 난장판과 구매할 상품들을 거두어 가는 바람에 테이세이라 섬의 경제는 무너지고 있었다. 미국의 서브프라임 모기지 사태로 시작돼 퍼진 유럽 국가 부채 위기가 한창일 때 테르세이라 섬에서 군인 가족들에게 집을 임대했거나 근처에서 식당을 운영했거나 상점을 운영했던 사람들은 소득을 잃었다.

사실 미군은 그들이 벌여놓은 난장판을 오롯이 수거해 가지 않았다. 아조레스 지방정부는 미군이 70년간 군사기지로 사용하면서 오염시킨 환경을 정화할 수 있도록 돈을 지불하라고 미국을 압박했지만 미국은 이 요구를 회피하고 있었다. 이 이야기를 듣고 나는 환경을 정화하려면 무엇이 필요할까 궁금해졌다.

아조레스에 처음 왔을 때 섬의 오지로 들어갔다는 수송대 이야기를 들은 적이 있다. 당시 미군은 트럭을 세워놓고 포르투갈 노동자에게 밖에서 트럭을 지키며 기다리라고 했다. 그리고 미국 군인들은 트럭에서 무엇인가를 갖고 안으로 들어갔다가 빈손으로 나왔다.

"테르세이라 섬에 폭탄이라도 묻었다는 거예요? 아니면 그냥 술집에서 떠들어대는 이야기인가요? 기록으로 남아 있는 이야긴가요?" 내가 루이스의 친구에게 물었다.

"저도 모르죠. 하지만 사실이라고 해도 전혀 놀랄 일이 아니에요. 오래된 무기는 늘 그런 식으로 버려졌으니까요." 그가 말했다. "어디서 핵 실험을 했는지 궁금하지 않으세요?"

그는 미군 기지에 반세기 넘도록 아무것도, 그러니까 "정말 아무것도" 자라지 않는 언덕이 있다고 말했다. 풀잎 한 조가리 없다고 했다. 그러나 옛날 사진을 보면 그곳 역시 섬의 다른 지역처럼 푸르고 싱싱했다. 소름이 돋았다. 상투적인 표현이라는 걸 잘 알고 있지만 분명 내 안에서 무엇인가가 몸서리치며 올라왔다.

자리를 뜨려는데 분주한 카페 한쪽 벽에 걸린 사진에 시선이 갔다. 나는 루이스의 소매를 움켜잡았다.

"**저게** 뭐죠? **왜** 살라자르의 사진이 벽에 걸려 있는 거예요?"

나는 공손하다고 하기에는 지나치게 큰 목소리로 물었다. 어째서 파시스트 독재자의 사진이 벽에 걸려 있는지 의아해하는 내 질문을 술집 사장이 들었으면 하는 마음 때문이었다. 루이스가 코를 찡긋했다.

"그게, 인간이란 원래 이런 존재니까요." 그가 말했다. "먹고살기 힘들잖습니까. 돈이 나가기만 하니까요. 사람들은 살라자르 때는 적어도 먹고살기 좋았다고들 말해요."

집에 가는 길에 차를 돌려 소방서에 들렀다. 여느 때와 다르게 주방장이 안에 있었다. 경제 위기 때문에 사회 복지 사업이 여럿 무너져 구급대원의 업무가 훨씬 더 늘어나는 바람에 주방장은 2교대로 일하고 있었다. 노인들이 침대에서 일어나다가 넘어졌을 때 부를 수 있는 사람이 소방관밖에 없는 상황이 이따금 발생했다.

나는 주방장에게 살라자르 사진을 본 얘기를 들려줬다. 그가 그렇게까지 입을 굳게 다문 모습을 전에는 본 적 없었다. 주방장은 마치 돌에 새긴 얼굴 같은 표정을 했다.

"지금 이 세상에는 암울한 일들이 미쳐 날뛰고 있어요." 그가 말했다.

심지어 여기에도 말이죠. 나는 속으로 생각했다. **심지어 이렇게 아름다운 섬에서까지요.**

주방장이 하루가 멀다 하고 바닷물에 뛰어들고 친구들과 연주하던 시절이 있었다. 그러나 이제 그는 일에만 매달렸다. 그가 어떤 선택을 했던 걸까? 이미 학위 과정을 마친 후였다. 그러나 아직 사무직으로 근무할 준비가 되어 있지 않았다.

"다이빙하러 가봐야겠습니다." 그가 말했다. "너무 오랫동안 물에 안 들어가면 짜증이 나서요."

불현듯 간디의 말이 떠올랐다. 전에 무디가 사무실 자리의 칸막이에 붙여놓았던 인용구다. "당신이 하는 일 대부분이 별일 아니겠지만, 그래도 그 일을 꼭 해야만 한다. 우리가 그런 일을 해야 하는 건 세상을 바꾸기 위해서가 아니라 세상이 우리를 바꾸도록 내

버려두지 않게 하기 위해서다."

나는 이 말을 실천하는 게 얼마나 어려운 일인지 그제야 조금씩 이해하기 시작했다.

빵 먹은 캉

어느 초여름 아침, 이웃들의 너그러운 마음을 기대하기엔 너무 이른 시간에 머피가 집 밖으로 뛰쳐나갔다. 머피는 여름 내내 이런 식으로 내 신경을 거슬리게 했다. 내가 머피의 이름을 부르면 잠깐 멈춰서 고상하게 한 발을 구부정히 들어 올리고서 내 간청을 들어줄까 말까 생각 중이라는 듯 눈을 한 번 마주치고는, 이내 내 말을 무시하고 경쾌하게 뛰어가버렸다. 그러나 머피에게는 그런 결점을 덮을 만한 장점이 많았다.

이 정도만으로도 머피가 어떤 개인지 눈치챘을 것이다. 머피는 이름을 부른다고 해서 늘 오는 개가 아니고, 소와 고양이를 쫓아댔으며(들복이던 고양이가 도망치던 걸음을 멈추면 깜짝 놀라며 주저앉아 그저 호기심 어린 선한 눈망울로 바라보기만 할 뿐이지만), 보이는 대로 먹어치우는 그런 개다.

머피와 함께하는 인생은 마치 사냥감을 찾아 헤매는 곰과 한방을 쓰는 것 같았다. 머피가 서로 다른 두 종류의 빵 상자를 여는 법을 터득해버렸을 때 요세미티 곰통bear canister을 떠올렸다. 그 곰통은 곰이 많이 서식하는 요세미티 국립공원에서 필수적으로 사용하는 음식물 보호 용기인데 음식 냄새를 차단해서 음식물을 보호한다. 나는 내 식량을 지키기 위해 그것을 구입해야 할지 잠시 고민했지만 다행히 놓을 공간이 없어서 참기로 했다.

머피에게 너무 냉혹한 잣대를 들이대기에 앞서 먼저 머피가 결함이 있는 유전자를 갖고 태어났다는 점을 꼭 말해두고 싶다. 영국, 스웨덴, 미국 과학자들로 구성된 연구진이 래브라도 리트리버의 폭식하는 특징에 관해 연구했는데, 그 결과 대다수의 래브라도 리트리버에게서 식욕을 통제하는 유전자인 POMCproopiomelanocortin 유전자 변이가 관찰됐다. "래브라도 리트리버는 비만이 가장 흔하게 발견되는 종이며, 식탐이 어마어마하기로 악명 높은 종이기도 합니다." 수석 연구원인 엘리너 라판Eleanor Raffan이 2016년에 인터뷰했던 내용이다. "그중에도 특히나 심각하게 (식탐이 강한) 개들은 모든 생물이 꺼릴 만한 것들까지도 먹으려 들죠."

오늘에 이르기까지 '머피가 먹어치운 것들 목록'에서 가장 끔찍했던 것 몇 가지를 꼽아보자. 우선 15인분은 족히 되는 **호스카 데 헤이스**rosca de reis(동방박사 3인의 케이크) 한 판과 거기에 꽂혀 있던 플라스틱 아기 예수 인형이 있다. 멕시코 전통에 따르면, 머피는 복을 받았으니 타말레tamale 파티*를 열어야 한다. 냉장고 위에 있던 케이크를 어떻게 꺼낸 것인지는 여전히 미스터리로 남아 있다. 주방용품을 전문으로 판매하는 체인 '수라테이블Sur La Table'에서 사 온 음식을 만진 손을 닦았던 식사용 냅킨 두어 장을 먹은 적도 있고, 생 양파 하나를 통째로 먹은 적도 있다.

영국에서 가장 뚱뚱한 반려견으로 알려진 '알피'라는 이름의 래브라도 리트리버는 몸무게가 80킬로그램에 달해 어느 기관에서는 알피를 "각각의 모서리에 다리가 하나씩 달린 거대한 덩어리"라고 묘사한 일도 있었다. 알피는 식탐이 강한 래브라도 리트리버에 관한 연구를 다룬 《뉴욕타임스》 기사에 이름을 올리기도 했다.

머피가 그 정도로 뚱뚱하지는 않았지만, 먹을거리를 찾아 사방팔방 오만 군데를 뛰어다니기에는 충분한 식탐이었다.

매일 아침 머피를 쫓느라 가파른 **카나다**canada(오솔길)를 뛰어 올라가야 했다. 하필 그 길은 아침마다 암소 떼가 내려오는 길목이었다. 나는 머피가 혹여 머리라도 한 대 얻어맞을까 봐 걱정돼 소들이 아조레스의 푸르른 언덕으로 눈을 돌리기를 간절히 바랐다.

자연이 지닌 아름다움에 인류가 어떤 영향을 미치는 걸까, 하는 생각이 잠시 들었다. 프레즈노에 있을 때 나는 블랙스톤 애비

---

* 타말레는 옥수수 가루, 다진 고기, 고추로 만드는 멕시코 요리다. 멕시코에서는 동방박사가 아기 예수를 찾아온 1월 6일을 주현절이라는 공휴일로 지정하고 이를 기념하는데, 이날 호스카라는 빵 안에 숨겨놓은 아기 예수 인형을 발견한 사람은 행운의 보답으로 2월 2일 성촉일에 타말레 파티를 여는 전통이 있다.

뉴Blackstone Avenue에 자주 갔다. 스모그가 깔린 탓에 하늘이 잿빛 아스팔트 같은 색깔로 보이는 동네였다. 그곳에는 스모그 테스트기를 파는 가게, 파충류를 파는 가게, 엔진 오일을 교환해주는 가게, 성인용품을 파는 가게, 와플을 파는 가게, 중국 음식을 파는 뷔페, 타코를 파는 야식 가게가 신경에 거슬릴 정도로 줄지어 있었다.

기자라는 직업 때문인지 눈앞에 펼쳐진 광경에서 사건이 먼저 보였다. "오, 저기 경찰들이 총을 하도 많이 쏴서 다음 날 증거물 표시판이 부족했던 곳이네. 그런데도 그때 용의자가 아니라 여자 친구가 총에 맞았지." 길 건너편에는 타이어 가게가 있었는데, 전에 또 다른 총격전 때문에 인터뷰하고 있을 때 분노에 찬 매춘부가 날 보고 자신의 영역을 침범했다며 힐난했던 일도 있었다.

차를 타고 블랙스톤을 지나가는 것만으로도 내 영혼이 빨려 나가는 게 아닌가 싶었던 적이 한두 번 아니다. 그에 반해 넓게 펼쳐진 해안선이 보이는 거리를 걷고 있으니 인간의 영혼이 고무되는 것 같았달까?

가파른 언덕길이라 어느새 화산암벽으로 나뉜 푸른 목장과 그 너머로 펼쳐진 바다가 한눈에 들어왔다. 담청색과 연회색으로 물든 날이었다. 수평선을 따라 기다랗게 펼쳐진 구름 때문에 하늘과 바다가 어느 지점에서 만나는지 또렷이 보이지 않았다.

아름다운 자연을 바라보며 몽상에 빠져 있던 시간은 앞에서 비닐봉지를 물고 있는 머피를 보자마자 산산이 깨졌다. 그건 빵집 아저씨가 아침마다 문 앞에 걸어두고 가는 비닐봉지였다.

곧장 윗길과 아랫길을 살핀 나는 여전히 문고리에 걸려 있는 비닐봉지들을 보고 한숨을 돌렸다. 봉지 밑바닥이 뚫려 있고, 그 안에 들어 있어야 할 갓 구운 **파포세코** paposeco(겉이 바삭한 롤)가 사라져버렸다는 걸 깨닫기 전까지는. 맙소사. 머피가 온 동네의 아침 식사를 먹어치워버린 것이다.

머리부터 발끝까지 당혹감이 퍼지며 심장이 엄청 빠르게 쿵쾅거리기 시작했다. 내가 얼마나 당황했는지 이해하려면, 포르투갈 사람들이 갓 구운 빵을 얼마나 중요하게 여기는지 먼저 알아야 한다. 이들에게 갓 구운 빵은 성당, 축구와 더불어 1순위를 다투는 **신성한** 존재다.

이웃집에 상냥하지만 늘 격식을 차리는 교수님이 살았다. 언젠가 내가 그 교수님께 어떻게 하면 나도 갓 구운 빵을 배달 받을 수 있는지 물어본 적이 있다. 교수님은 내게 빵집 차가 지나갈 때 손을 흔들어 불러 세운 뒤에 주문을 하면 된다고 말해줬다. 그런데 다음 날 아침, 쏟아지는 빗속에서 우산을 들고 길 한복판에 서 있는 교수님을 보았다.

"실례가 안 된다면 잠시 얘기 좀 나눌 수 있겠습니까?" 그가 내게 물었다. "빵집 사장님이 (죄송하지만 아무래도) 당신의 포르투갈어를 제대로 알아듣지 못할 것 같아서 제가 대신 사장님을 기다리고 있었습니다."

내가 포르투갈어를 완벽하게는 아니더라도 아주 조금이나마 할 줄 안다고 생각했다니 기분이 좋았다.

"그런데 이 빵집보다 다른 빵집이 나을까요?" 그가 물었다. "이 빵집은 아침 7시 30분에 빵을 배달하거든요. 조금 더 늦게까지 주무시는 게 낫겠습니까? 그럼 8시 30분에 배달하는 빵집이 또 하나 있는데, 거긴 또 일요일에는 배달을 하지 않아요. 아, 물론 일요일에 배달하는 빵집도 있습니다. 그곳의 배달 시간은 7시 30분이 아니고 10시 30분이죠."

나는 물론 잠을 더 늦게까지 잘 수 있는 배달 시간을 선호했다. 그러나 이웃이 나를 위해 빗속에 서 있는 경우라면 1번 빵집에 동의하는 게 최선이다.

이 이야기의 요점은 300명의 마을 주민이 경쟁 구도에 있는 배달 빵집 두 곳을 먹여살리는 동네에서, 7시 30분에 배달된 빵을 8시 30분에 먹고 싶어 하지 않는 동네에서, 우리 집 개가 온 동네 사람들이 가장 좋아하는 아침식사용 탄수화물을 먹어버렸다는 것이다.

빵 사건이 일어나기 전날 밤에 아조레스 작가인 조엘 네토Joel Neto의 출판 기념회에 갔었다. 우리 둘은 다음에 만나 아조레스인의 정체성과 작가의 신경증에 관한 이야기를 나눠보자며 전화번호를 교환했다. 그러나 지금 내가 조엘에게 전화를 거는 이유는 딱 한 가지였다. 그가 캉cão, 그러니까 개를 기르고 있기 때문이었다.

"세상에, 큰일이네요." 내가 상황을 설명하자 조엘이 대답했다. "아조레스 사람들은 **팡**pão(빵)을 아주 중요하게 생각하거든요."

최소한 유혈참극은 없었으니 다행이라고 했다. 조엘의 개 멜벨은 이웃이 기르던 닭 두 마리를 잡아먹은 적이 있다고 했다.

"얼마나 끔찍했는지 몰라요. 아주 말 잘 듣는 예쁜 닭들이었거든요. 이웃집 사람들은 그 닭들을 끔찍이 아꼈고요." 그가 말했다. "그 집 수탉은 페이스북 페이지도 있었어요."

조엘은 그 집에 닭 네 마리를 사다 주었다며 내게도 그와 비슷한 해결책을 제안했다. 그는 내게 당장 맛있는 빵집으로 달려가 사라져버린 아침식사를 대체할 빵과 함께 추가로 쿠키를 구입하라고 했다. 그리고 자기가 문자를 보내줄 테니 그대로 베껴 빵 봉지에 넣으라며 포르투갈어로 쓴 짤막한 편지글을 문자로 보내주었다.

그나마 다행인 건, 포르투갈의 거의 모든 서점 창가에 진열된 베스트셀러의 저자가 포르투갈어로 익살맞게 써준 "죄송합니다. 저희 집 개 머피가 당신의 빵을 먹었어요"라는 내용의 편지와 함께 빵과 쿠키가 들어 있는 봉지 예닐곱 개를 갖다 놓으러 갔을 때, 이미 일어나 활동하고 있는 사람이 거의 없었다는 것이다(아니면 굶은 상태로 하루 일과를 시작하러 벌써 집을 나섰거나).

그러나 더 큰 말썽을 부렸던 건 내 **수카타**sucata(고물) 차였다. 내가 아직 캘리포니아에 있을 때 직접 보지도 않고 구매한 차인데, 아조레스에서는 이런 일을 대개 인맥을 통해 처리한다. 그건 프레즈노에서도 마찬가지였다. 새 타이어나 전화기나 보험 따위가 필요하면 나는 아르멘과 오디의 아들인 패트릭에게 전화를 걸었다. 어떤 경우든 그에겐 아르메니아 친구인 "그 분야를 잘 아는 놈"이 항상 있었다. 나는 특정 민족 집단에 속해 있지 않았지만, 다른 민족 집단의 일원을 통해 그들 집단에 의존하며 지냈던 셈이다.

캘리포니아에 사는 아조레스인이자 교수인 친구 엘마노가 나를 대신해 알아봐줬고, 엘마노의 사촌의 아내의 여동생의 남편이 타고 다닐 만한 차를 1,500유로에 팔겠다고 했다.

거래 끝.

그렇게 해서 엘마노의 사촌의 아내의 여동생의 남편이 차를 가져다주었고, 내가 그를 집까지 태워다주었다. 거기서 그는 와인 한 병과 텃밭에서 갓 뽑은 양배추 한 통을 덤으로 얹어주면서 여름에 엘마노가 놀러 오면 그때 서류 작업도 하고 돈도 달라고 말했다.

그 차는 아조레스 기준으로 볼 때 굉장히 큰 축에 속했다. 자동변속기가 달린 구형 아메리칸 혼다American Honda였는데, 유럽 시내 전차보다 어림잡아 두 배는 넓었다. 그건 곧 섬에 있는 대부분의 도로 너비와 맞먹는다는 뜻이다.

차 색깔은 보라색이었다. 나더러 잘못 봤다고 하는 사람들이 있을지도 모른다. 섬에 와서 차를 본 엘마노는 차가 검은색으로 보인다고 했기 때문이다. 파란색 차라고 한 사람도 여럿 있었다. 그러나 내가 보기엔 확실히 보라색이었다. 금속성 페인트를 바른 차체에 햇빛이 어떻게 비치느냐 하는 문제였다. 나는 어린이용 공룡 프로그램 캐릭터 이름을 따서 차에 바니Barney라는 이름을 붙여줬다. 크고, 보라색이고, 어딘가 밉살스러운 게 딱이었다.

차를 끌고 집으로 가고 있는데 비가 내리기 시작했다. 흔히 있는 일이지만, 가뭄으로 오그라드는 캘리포니아를 목격한 이후 아직까지 당연하다고 생각되지 않는 날씨였다. 앞 유리로 약간 비가 새어 들어왔다. 그건 차 주인이 이미 엘마노에게 알려준 사항이었다. 그런데 곧 라스베이거스의 우림에 뿌려지는 인공 비처럼 천장 여기저기서 물이 마구 새어 들어오기 시작했다. 빗물이 얼굴을 타고 주르륵 흘러내렸다. 와이퍼는 작동되지 않았다. 한쪽 헤드라이트도 마찬가지였다. 엔진에서는 **바-바-바-룸!-룸!** 하는 소리가 불길하게 났다. 분명 정상적인 상태에서 날 수 있는 소리가 전혀 아니었다. 그런데도 난 무아지경에 빠져 있었다. 보시라. 난 그냥 관광객이 아니다. 내게는 내 소유의 차가 있다.

나는 주방장에게 차를 보여주려고 전에 살던 동네로 달려가 소방서에 들렀다. 그는 바니를 한참 바라보더니 한 걸음 물러서서 고개를 끄덕였다.

"음, 그렇군요." 그가 말했다. "평생 탈 차를 샀네요. 이 차를 살 사람은 아무도 없을 테니까 말이죠."

그는 전보다 훨씬 더 피곤해 보였다. 경제가 무너져가는 지역의 공무원은 할 일이 너무 많았다. 우리가 소방서에서 한가롭게 오후를 보냈던 날들은 이제 다 지난일이 되어버리고 말았다.

바니가 달리는 날이면 나는 머피에게 "올라타"라고 말하고서 세레타의 월계나무 숲을 가로지르고 옥수수 밭과 탁 트인 바다가 내다보이는 커브길을 돌아 언덕을 내려갔다. 빨간 기와지붕을 얹은 집들을 비롯해 마을 한가운데 예배당과 카페, 술집이 있는 400년 된 마을들도 지나갔다. 머피는 입으로 운전하는 오지랖 넓은 동승객이었다. 비스코이투스 수영장에 도착할 때까지 내 귀 옆에 코를 바짝 대고서 내가 커브길을 돌 때마다 매번 내 운전 솜씨를 비웃었다.

호리호리한 10대부터 푸근하게 살집이 붙은 할머니, 할아버지들까지 모두 바다에 누워 있는 물개들처럼 콘크리트 바닥에 누워 일광욕을 즐기고 있었다. 나는 일광욕 무리가 있는 곳을 피해 빙 돌아 둥지에 너무 가까이 가는 머피를 공격하러 날아드는 갈매기를 제외하고는 머피가 아무도 방해하지 않고 수영할 수 있을 만한 골짜기로 갔다. 머피가 수영을 하고 나면, 나는 아비즈무 앞에 깔린 밝은 오렌지색 플라스틱 테이블에 자리를 잡고 앉아 머피가 내 발 밑의 자갈 깔린 파티오에 누워 낮잠을 자는 동안 커피를 마셨다.

어느 날, 한 젊은 남자가 다가와 머피를 쓰다듬었다. 머피는 비몽사몽하면서도 남자의 발치에서 꿈틀거렸다(차분하게 친근감을 표현하는 방식으로 앞서 언급했던, 결점을 덮을 만한 장점 중 하나다).

"래브라도 리트리버인가요? 이름이 뭡니까?" 그 남자가 영어로 내게 물었다.

나는 머피라고 대답했다.

"래브라도 머피요?" 그가 소리쳤다. "세상에, 이 친구가 바로 **빵 먹은 캉**이군요!"

사랑과 우정 사이 Ⅱ

머피가 화산암 수영장에서 노는 동안 나는 그 수영장이 내려다 보이는 자리에 앉아 있었다. 그 자리에 앉아 있으면, 달라지는 바닷물 색깔이 한눈에 보여 경탄이 절로 나왔다. 물 색깔은 아주 진한 파랑일 때도 있었고, 연보라색일 때도 있었고, 또 거품이 인 옥색일 때도 있었다. 심지어 바위들도 조류에 따라 녹조색에서 회백색으로, 회백색에서 검은색으로 달라졌다.

변하지 않는 게 한 가지가 있다면, 그건 빙빙 돌며 수영을 하던 머피가 물밑으로 고개를 넣었다 뺄 때 물을 잔뜩 튀며 높은 목청으로 컹컹대는 소리였다. 머피는 아주 유별난 개였다. 나는 일부러 수영장으로 연결되는 길목 꼭대기에 자리 잡고 앉아 있었는데, 그건 혹시 머피가 느닷없이 물 밖으로 나와 공원에 있는 쓰레기차로 달려나갈 경우 지체 없이 머피를 잡기 위해서였다.

전화가 울렸다. 잭 무디였다. 아주 적절한 시기에 걸려온 전화였다. 바다 너머를 바라보고 있을 때면 늘 고향 생각이 났다. 음, 그러니까 바다 너머, 그리고 육지에서 4,800킬로미터 남짓 더 달려가야 하지만. 게다가 내가 바라보는 바다는 대서양이었다. 그러니까 캘리포니아가 맞닿아 있는 바다와는 전혀 다른 바다였다.

어쨌든, 무디는 통화를 길게 하는 걸 썩 좋아하지 않았기 때문에 용건만 간단히 전하는 짧은 통화가 될 줄 알았다. 그가 나를 짹짹이나 깨방정이라고 부를 때가 있는데, 그런 말을 들을 때마다 정말이지 불쾌했다. 바로 이런 점들이 내가 무디를 까탈스러운 사람이라고 생각하게 된 이유다.

사실 내가 말하지 않고 넘어간 이야기가 있는데, 이건 심지어 우리끼리도 좀처럼 입 밖에 내지 않는 그런 이야기다. 아니 실제로도 이 얘기를 꺼내지 않는다. 이건 무디가 검은곰팡이 핀 물병을 들고 다니는 사람이라는 걸 알게 된 이후에, 내가 다른 남자와 헤어지고 힘든 시기를 보내고 있을 때 생긴 일이다. 이걸 '수다쟁이 이야기'라고 부르도록 하자.

수다쟁이 이야기

어떤 일들은 운명이 정해져 있다. 그러나 이건 그런 종류의 일이 아니었다. 나는 우리가 여느 때처럼 생선 타코와 맥주를 파는 식당에 갔더라면 여느 때처럼 아무런 일도 일어나지 않았을 거라고 단언할 수 있다. 그러나 내가 살 차례이기도 했고, 프리랜서 급여를 받은 덕분에 대범해진 나는 이렇게 말하고 말았다. "저 아래에 있는 이탈리안 레스토랑에 가서 뇨키 먹으면서 좋은 와인 한잔하자."
값이 꽤 나가긴 했지만 '루이 더 립Louie the Lip', 그러니까 악명 높은 오토바이 갱단이던 크리스토퍼 키팅의 별명을 가진 주인장이 있는 식당이었다. 동네에 '루이 더 립'이라고 불리는 사람이 운영하는 식당이 있다면 어쩌다 한 번씩은 들러줘야 한다. 어째서 그런 별명을 얻게 됐는지 이야기를 듣게 될지도 모르니까.
나는 아직 몰랐지만, 그날은 무디가 조기 퇴직을 하기로 결심한 날이었다. 여행을 다니던 젊은 시절에 그가 품었던 꿈은 세계를 누비는 사진기자가 되는 것이었다. 그러나 그는 결혼하고 두 아이의 아버지가 되자 저녁에는 아버지 역할을 할 수 있도록 직원들을 일정한 시간에 퇴근시켜 집으로 보내주는 중간 규모 신문사의 사진기자 자리에 정착했다. 그러나 결혼 생활은 내가 그를 알기도 전에 끝났다(동네에 떠도는 소문으로 무디의 전 아내와 태극권 강사에 관한 온갖 이야기를 듣긴 했지만). 나는 한동네에 사는 무디의 두 아이가 커가는 모습을 지켜봤다. 아이들은 지난여름에 따로 집을 얻어 독립했다. 무디는 자기 집을 팔고 말 그대로 낚시를 떠날 예정이었다. 몇 개월이 될지 몇 년이 될지 모르겠다고 그가 말했다. 그는 두 번 다시 지역 공연이나 스포츠 경기 사진을 찍지 않겠다고 단단히 작정하고 있었다.
술 좀 깨자며 우리 집으로 돌아와 소파에 앉았는데, 저녁에 마신 와인 때문인지 갑자기 울적해졌다. 우리 동네에 있는 모든 게 달라지고 있었다. 사람들이 떠났고, 사람들이 죽었다. 새로 이사 온 이웃이 잘라버린, 저쪽 모퉁이에 있던 나무만 생각해도 슬펐다. 그런데다 이제 무디까지 떠날 것이다. 나는 그의 어깨에 고개를 파묻었다. 그에게 관심 있는 뭇 여성에게 신랄하게 욕을 먹으면서도 우리 둘은 단 한 번도 서로에게 이성으로서의 매력을 느끼지 않았으므로 이 정도는 전혀 문제될 거리가 아니었다. 그러나 서로 몸이 닿은 1,000분의 1초의 그 순간부터 우리는 꼬리를 높이 치켜올린 개들처럼 완전히 얼어붙어버렸다. 몸은 완벽히 정지되어 있었지만 의식은 지나치게 깨어 있는 상태로.

입을 맞췄다. 마치 소파 위에서 사랑을 나누는 나이 든 10대들이 된 것처럼 계속해서. 조만간 둘 중 누군가는 이 말도 안 되는 짓을 멈추자고 말할 줄 알았다. 갑작스럽게 뒤로 물러난 건 무디였다. 나는 그가 이러면 안 된다는 말을 하겠거니 생각했다.

"방으로 들어갈래?" 그가 물었다. "머피가 계속 내 귀를 핥아서."

거실을 가로지르는 느린 발걸음에 맞춰 나는 머릿속으로 구호를 외치듯 이 말을 반복했다. **실수하는 거야, 돌아가. 실수하는 거야, 돌아가.** 그러나 끝내 나는 돌아서지 않았다.

생각지도 않았던 두 사람이 함께 밤을 보내고 다음 날 일어나서 밤새 무슨 일이 있었는지 깨달으며 충격과 공포에 휩싸이는 그런 영화들이 있지 않은가? 몽유병 때문에 자기도 모르게 밤새 살인을 저질렀다는 사실을 알게 되기라도 한 것처럼 동그래진 눈에 카메라가 고정되는 그런 영화. 전에는 그런 영화를 볼 때면 늘 바보 같은 연출이라고 생각했다. 아니다. 영화 속 장면이 옳았다. 다음 날 아침이 되자 다른 건 차치

하고, 언제나 손쉽게 부탁할 수 있는 도그 시터를 잃었다는 생각에 굉장히 당혹스러웠다. 그런 일은 그저 남자 사람 친구에게 부탁하는 게 훨씬 수월한 법이다. 무디는 마치 그가 가장 아끼는 미끼를 내가 몽땅 내다버리기라도 한 것처럼 날 쳐다봤다.

우리는 둘 다 마트, 술집, 스시집, 세탁소, 자전거포 등 동네 사람들 모두가 드나드는 장소에는 한 발짝도 들이지 않으며 몇 주간 서로를 피해 다녔다. 그러다 문득(늘 문제의 초석이 되는) 생각을 하기 시작했다. 무디가 아직 끝마치지 못한 내 소설을 자기에게 읽어달라고 했던 일을, 우리 집 대문을 고쳐주고 또 같이 탁구를 치며 놀았던 일을. 그리고 또 이런 생각이 들었다. 온갖 대단한 일을 하느라 내게 전화 한 통 할 시간이 없는 세상 남자다운 사람보다는 이미 내 삶의 일부가 된 사람을 만나면 좋지 않을까?

확신이 들었다. 어째서 고전 연애소설의 줄거리는 늘 이런 식이란 말인가. 등잔 밑이 어둡다더니! 상상도 해보지 않은 남자가 내 짝일 줄이야! 마치 내가 천진난만한 눈을 지닌 순정만화 주인공이라도 되는 것처럼 그의 집으로 달려갔다. 사실 나는 전혀 그런 사람이 아니란 걸 까맣게 잊은 채.

"내가 당신 어깨에 기댔던 그날 밤에 있잖아." 그가 문을 열자마자 내가 다짜고짜 말했다. "그때 참 좋았어."

그가 고개를 끄덕였다.

"그리고 인생은 짧으니까 매 순간 소중한 거잖아. 곁에 있지도 않은 사람을 그리워하면서 슬퍼하고 있기엔 인생이 너무 짧은 것 같아. 특히 그 사람이 전화도 못 받는 사람이라면 더더욱. 그러니까 내 말은, 우리 사귀면 좋을 것 같은데." 내가 말했다.

그의 얼굴이 창백해졌다.

"난 당신이 '그날 정말 좋았어, 그렇지만' 뭐 이런 말을 할 줄 알았는데." 그가 더듬거렸다.

그는 늘 똑같았던 우리의 관계가 어떻게 한 번도 상상해본 적 없는 관계로 단숨에 넘어갈 수 있는지 모르겠다고 했다. 그리고 그는 그저 끝나기만 기다리는 관계를 시작하고 싶지 않다고, 또 혼자 사는 게 무척이나 좋다고 했다(참고로, 나는 둘이 사귀면 좋을 것 같다고만 말했다. 어느 순간에도 동거를 하자고 말하지는 않았다).

그는 무슨 일이 있었는지 동생에게 털어놓았더니 **동생**은 항상 내가 매력적인 사람이라고 생각했다며 아주 잘됐다고 말하더라고 했다. 무디는 그렇게 생각하는 사람이 있다는 사실에 당황스러워하는 것처럼 보였다. 그는 좋은 생각이 아닌 것 같다고 말했다. 나처럼 수다스럽게 말하는 사람이 아니었다.

수다스럽게.

내가 그에게 사귀자고 했더니 그는 나더러 수다스럽다고 했다.

이것이 그가 아조레스에 앉아 있던 내게 전화를 걸어 우리가 놓쳤던 걸 그대로 보내버릴 수 없다는 말을 했을 때 내 말문이 막혔던 까닭이다.

내가 떠나기 한 달 전 우리는 머피를 데리고 공원에 가서 공놀이를 하고, 서로 저녁을 만들어주고, 가끔 밤을 함께 보내는 그런 일상 속에서 살고 있었다. 일을 그만둔 이후 무디는 전혀 무디moody 하지 않았다. 그는 머피와 함께 요란을 떨며 놀았고, 라디오에서 자기가 좋아하는 옛날 사랑 노래가 흘러나오면 부엌으로 와 내 주변을 돌며 춤을 췄다. 우리는 밀키트meal-kit • 서비스를 신청해서 미리 계량된 식재료를 받아 샥슈카shakshuka •• 와 에티오피아식 양념 닭다리 구이 따위를 만들어 먹었다. 밀키트는 이미 부엌짐을 꾸린 그의 사정을 고려해 결정한 실용적인 생각이었다. 그리고 새로운 요리를 먹을 때마다 무디가 새로운 여행 이야기를 꺼내는 덕분에 식사 시간은 내 생각보다 훨씬 더 재미있었다. 이 남자는 완전히 수다쟁이가 되어가고 있었다.

그러나 이런 편안한 관계는 그가 곧 북쪽으로, 내가 대서양 한복판으로 떠날 예정이기 때문에 가능한 것이었다. 우리는 서로 반대 방향으로 떠나는 것이나 다름없었다. 서로 편안히 작별 인사를 할 수 있는 상대를 찾았던 것뿐이다. 그 이상이라고 생각할 거리는 전혀 없었다.

우선 첫째, 우리 둘 다 그 이상을 원하지 않았다. 나는 모두 끝이라고 생각했다. "다시는 사랑에 빠지지 않겠어"처럼 비통한 마음이었던 건 아니다. 나는 '이 늠름한 남자를 아주 멀리서' 사랑하

• 조리법과 함께 손질된 식재료, 양념 등을 포장 판매해 쉽고 빠르게 조리할 수 있는 식사 키트.
•• 토마토, 고추, 양파로 만든 소스에 달걀을 조린 요리로, 중동에서 주로 아침 식사로 먹는다.

고 있었다. 어떤 기억을 떠올려보더라도 그 안에서 우리는 웃고 있었다. 메리의 말이 옳았다. 사랑은 실재하고, 사랑은 강력하며, 정말로 즐거운 것이다. 나는 평생 경험하지 못하면 어떡하나 걱정하며 늘 내 반쪽을 찾아 헤맸다. 그런데 이제 내 차례가 온 것이다. 시즌을 훌륭하게 마무리하고서 오랜 선수 생활을 끝내고 은퇴하는 야구 선수 같다는 생각이 들었다. 박수 받을 때 떠나는 게 최선이다. 그럼에도 나는 물론 홀로 살 준비가 되어 있지는 않았다. 게다가 무디와 나 사이에 뭔가 있다고 생각하기 직전에 무슨 일이 있었는지 매우 생생히 기억하고 있었다.

"그렇지만 당신은 한순간도 날 좋아한 적이 없었잖아." 이제 내가 그에게 이렇게 말하고 있었다.

"대체 무슨 소리야? 난 항상 당신을 좋아했어. 물론 희한한 사람이라고 생각하긴 했지만, 당신을 좋아한 건 맞아." 그가 말했다. "그냥 이성적으로는 **전혀** 마음이 안 끌렸던 것뿐이지."

나는 그에게 굳이 "전혀"라는 말을 강조할 필요는 없다고 말했다.

그는 지금 마음은 그렇지 않다고 대꾸했다. 그동안 얼마나 혹독하게 자신을 괴롭혔는지 모른다고 말했다. 그는 이제야 원래 자기 모습으로 돌아간 것 같다며, 행복하게 지내고 싶은데 그건 나와 내 낙천적인 성격 덕분이라고 했다(여차하면 건방진 소리로 들릴 만한 말이지만).

"뭔가를 잊고 이겨내는 데 굉장히 오래 걸리는 사람들이 있잖아." 그가 말했다. "그러다 내가 중요한 걸 놓친 거지."

갑자기 지난 수년간 잭이 무디moody하다고 생각했던 게 슬퍼졌다. 마음에 상처를 입은 사람이었는데 내가 그걸 알아차릴 만큼 마음을 쓰지 못했던 것이다. 그렇다고 내가 이 갑작스러운 선언을 곧이곧대로 받아들인 건 아니었다.

"내가 거기 있을 때는 어째서 당신에게 그런 일이 전혀 생기지 않았는지 참 이상해. 요즘에는 계속 이런 생각이 들어. 내가 사랑받고 있구나. 그것도 아주 멀리서."

"내가 그리로 갈게." 그가 말했다. "언제 가는 게 좋을지 알려주기만 해."

"갑자기 왜 그래?" 내가 의심스럽다는 듯이 물었다.

무디는 그저 웃을 뿐이었다.

"나도 잘 모르겠어." 그가 말했다. "하지만 못 할 게 뭐 있어. 나는 그동안 쭉 일관성 없는 애인이었잖아. 뭐 그건 친구일 때도 마찬가지였지만. 당신이 못 미더워하는 게 당연해. 하지만 내가 하고 싶은 말은 우리 관계가 쭉 지속되면 좋겠다는 거야. 한번 해보고 싶어. 그리고 내가 이런 말을 하는 건 15년 만에 처음 있는 일이야."

눈에 눈물이 고였는데 이유를 알 수 없었다. 내가 알기로는 내가 잭 무디를 애타게 그리워한 적이 없었기 때문이다.

"전에 했던 말은 뭐야, 그럼?" 내가 물었다. "나한테 수다스럽다며."

"그게," 무디는 내가 입을 다물고 있는 걸 본 적 없다고 점점 작아지는 목소리로 말했다. "하지만 그때가 내 생애에서 가장 끔찍한 시기여서 그랬는지도 몰라. 생각할 시간이 좀 필요했어."

(몇 년 동안이나.)

"당장 대답할 필요는 없어." 그가 말했다. "천천히 한번 생각해 봐." 무디는 여름마다 아들들과 함께 가는 낚시 여행을 다녀온 이후부터 동생과 늦가을에 꿩 사냥을 가기 전까지는 아무 때나 올 수 있다고 말했다. 정말이지, 매년 군복 무늬 옷을 입는 거며 사냥해 온 새고기를 먹어보라고 권하는 걸 내가 얼마나 싫어하는지 무디는 알까?

"사냥하는 남자랑 무슨 연애를 하느냐는 생각을 하고 있다는 거 알아." 그가 말했다. "그런데 마컴, 분명히 얘기하지만 내 총 쏘는 실력은 정말 최악이야. 형제끼리 우애를 다지러 가는 거지 새들은 아주 안전하다고."

사라져버린 여름철 러브스토리

아조레스 대이동의 긴 역사를 보면, 아조레스에 남거나 아조레스를 떠나는 가장 흔한 까닭은 사랑이었다(물론 어딜 가나 마찬가지일 테지만). 심지어 세대마다 나라를 바꿔가며 산 가족이 있다는 이야기를 주방장에게 들은 적도 있다. 그 집안의 증조할머니가 아조레스계 미국인과 결혼해 캘리포니아로 이주했다. 부부는 여름을 맞아 딸을 데리고 아조레스에 방문했고, 그 딸이 아조레스인과 사랑에 빠져 섬에 남았다. 그 딸의 아들이 가족끼리 떠난 여름휴가에서 아조레스계 캐나다 여인을 만났고 그 여자와 결혼해 토론토로 이민 갔다. 그리고 이들 부부의 딸은 캘리포니아 출신의 아조레스인과 만나 결혼해 이제는 테르세이라 섬에서 사업을 하고 있다는 내용이었다.

나는 기타 연주자 루이스와 점심을 먹으며 섬의 러브스토리들을 수집하기 시작했다.

"그만합시다." 루이스가 내게 말했다. "여름철 러브스토리는 더 이상 이곳 얘기가 아니에요."

"그게 무슨 말이에요?" 내가 물었다.

"요즘 젊은이들은 사랑에 빠지지 않는다는 말입니다. 요새 애들은 여름철에 어떻게 추파를 던져야 하는지도 몰라요." 루이스의 대답은 이랬다. "이제 작별 인사를 할 일도 없지 않습니까. 다음에 연락하자고만 하면 되니까요. 상대방 생각에 설렐 일이 없다는 겁니다. 세계적으로 그렇죠. 머리 모양도 똑같이 하고, 똑같은 음악을 듣고. 무엇보다 내적 자아가 없어요. 그런데 다른 사람이 나에 대해 알아낼 게 뭐 있겠습니까? 페이스북에 다 올려놓는 걸요."

앞서 수프가 나왔을 때, 루이스는 음악이 존재하는 까닭이 무엇인지에 관해 열변을 토하며 진리란 무엇인가, 행복이란 무엇인가, 슬픔은 꼭 삶의 일부여야 하는가(루이스는 당연히 그렇다고 했다) 같은 주제를 진지하게 고민했다.

나는 우리가 먹고 있는 수프가 뭘로 만든 것인지 물어보고 싶었지만 끝내 기회를 잡지 못했다.

루이스에게 말했다. "당신이 실체가 없는 것들을 아주 중요하게 생각한다는 건 잘 알겠어요."

"아. 저런. 제 말을 전혀 이해하지 못했군요." 루이스는 마치 오해 받는 게 일상이라는 듯 쓴웃음을 내뱉었다. "뭐. 어쨌든," 그가 손바닥으로 턱을 괴고 앞으로 몸을 기대고 눈을 가늘게 뜨며 입을 열었다. "실체가 없다는 게 무엇일까요? 정말로요."

그는 질문을 던져놓고 가만히 있었다. 그러고는 자기 뜻대로 되었다는 듯 고개를 끄덕거렸다.

캘리포니아에서 루이스를 만났을 때 그는 내게 섬에서 자기와 함께 다니면 불편한 일이 생길지도 모른다고 말한 적이 있다. 자기가 섬사람들의 미움을 한 몸에 받고 있다는 게 이유였다. 막상 섬에 도착하고 나니 예상과 다르게 루이스는 여기저기 있는 친구들에게 날 소개하느라 바빴다. 그러던 어느 날 밤 그가 어떻게 의도와 다르게 사람들을 불쾌하게 만든다는 것인지 이해할 기회가 생겼다.

그날 밤, 그는 아조레스 제도에서 가장 인구가 많은 상미겔 섬에서 연주를 하고 있었다. 테르세이라 섬에서 왔다는 사람들 한 무리가 테이블을 하나 차지하고서 술에 취해 시끄럽게 루이스를 응원했다.

"사랑해요, 루이스! 우린 당신 팬이에요. 우리도 당신처럼 테르세이라 섬 출신이랍니다!"

무대에 있던 루이스는 테르세이라 섬에서 콘서트를 하는 동안 그들의 얼굴을 본 적이 한 번도 없다고 말했다. 한 번도. 그러니 상미겔 섬에서 자기 팬인 척하지 말라고.

"제가 위선자를 끔찍이 싫어해서요." 다시 연주하기 전에 그는 이렇게 말했다.

루이스의 이런 면을 광기로 본다면, 그런 광기가 도움이 된 측

면도 있다. 그는 아티스트였다. 그것도 놀라운 실력을 지닌 굉장한 기타 연주자였다.

요즘은 할리우드에 있는 아조레스 사람들이 대부분 그의 음악을 좋아한다는 것을 다시 한 번 루이스에게 말해줬다. "이봐요, 루이스. 이 애들이 열정이 없다면 무엇 때문에 당신이 기타를 연주할 때 열광하겠어요?"

그는 콧방귀를 뀌었다. 그리고는 사지를 절단해 더는 팔다리가 없는 사람이 거짓통증을 느끼는 것과 같은 현상이라고, 진심이 담기지 않은 속 빈 열광에 불과하다고 일갈했다.

나는 사랑의 종말을 선언하는 루이스의 말이 웃기다고 생각했다. 그래서 주방장에게 쪼르르 달려가 루이스에게 참 어이없는 이야기를 들었다며 그에게 들은 말을 자세히 전했다.

"아뇨, 그 친구 말이 맞습니다." 그가 말했다. "이미 모두가 알고 있는 사실이죠. 한 삼사 년 됐을 거예요. 이제 더는 섬에서 러브스토리가 생기지 않아요. 제이미 기억납니까?" 그가 물었다.

물론 기억했다. 제이미는 벨루 아비즈무에서 으뜸가는 다이버로, 구릿빛 피부에다가 잘 다져진 근육질 몸매를 지닌 젊은이였다. 그는 가장 높은 다이빙 포인트에서 점프해 마치 중력의 영향을 받지 않는 사람처럼 몸을 뒤집기도 하고 빙글빙글 돌기도 했다. 심지어 길을 걸을 때도 암벽 사이를 폴짝폴짝 뛰어넘으며 다녔다. 제이미의 꿈은 섬을 떠나서 장애물을 이용하거나 뛰어넘어 이동하는 기술인 파쿠르parkour* 분야의 세계적 일인자가 되는 것이었다.

"음, 지난여름에 카르도주 부인의 손녀가 섬에 왔었어요." 주방장이 말했다. "아주 예쁜 아가씨였죠. 그 아가씨가 제이미에게 반했어요. 제이미도 마찬가지였고요. 그래서 사람들은 이제 그 둘이 함께 길을 걷거나 현관에서 입을 맞추는 모습을 볼 수 있을 줄 알았죠. 주민들은 으레 이 두 젊은이 이야기가 사람들 입에 오르내리겠거니 했어요. 그런데 실제로 벌어진 일은 어땠는지 아십니까? 제이미가 휴대폰에서 한시도 눈을 떼지 않더랍니다. 혹시 그 아가씨한테 문자가 왔는지 보려고 말이에요. 아조레스의 밤이여! 별이여! 아가씨가 바로 저기 서 있는데, 휴대폰만 보고 있다니! 우리 같은 낭만주의자들은 이제 고리타분한 인간이 되어버린 겁니다. 사랑도, 심지어 섹스도 공룡들이나 하던 게 되어버렸어요."

나는 천천히 눈을 굴리며 주방장에게 말했다. "흠, 신문이라면 모름지기 부고란 정도는 갖춰야 한다고 생각하시겠군요. 재미있네요."

나는 바버라가 보내주는 이메일을 통해 많은 소식을 접하고 있었다. 바버라는 기사 링크에다가 자신의 의견을 한 줄씩 더해 보냈다. 이제 어딜 가나 무선 인터넷을 사용할 수 있었으므로 휴대폰으로 얼마든지 뉴스를 읽을 수 있었지만 난 바버라의 큐레이션이 좋았다. 주방장과 이런 대화를 하고 얼마 지나지 않아 바버라는 밀레

* 도시와 자연환경 속에 존재하는 다양한 장애물을 맨몸으로 뛰어넘으며 이동하는 스포츠.

니얼 세대가 이전 세대에 비해 섹스하는 횟수가 적다는 기사의 링크를 보내왔다.

밀레니얼 세대가 전 세대와 달리 특히 더욱 조심하는 까닭으로는 어릴 때부터 과잉보호를 받으며 자라서 그렇다, 침체된 경기 속에서 돈벌이를 하느라 너무 바빠서 그렇다, 전자기기 때문에 상대방과 오롯이 시간을 보내는 법을 제대로 터득하지 못해서 그렇다 등등의 다양한 설이 있었다. "요즘 애들은 포켓몬에 관심이 더 많아서 그렇다니까!" 기사 링크 아래 바버라는 아주 지긋지긋하다는 듯 이렇게 썼다.

다음 날 나는 명망 높은 세레타 성당 주변에서 10대 아이들이 휴대폰이 만들어내는 포켓몬 유령을 잡으러 다니는 모습을 목격했다. 그러나 다행스럽게도 이건 일시적 유행으로 지나갔다.

냉정하게 보면 지난날 여름철 섬사람들의 러브스토리가 하나같이 열정에 불타올랐던 건 아니다. 이들의 러브스토리에는 꽤 현실적인 구석도 있었다. 오랜 세월 동안 아조레스를 떠날 수 있는 몇 안 되는 방법 가운데 하나가 바로 결혼을 통해 다른 나라의 영주권을 얻는 것이었다. 예전에 로마나는 말했다. 미국 여권을 소지한 여성이라면 무조건 예쁘고 노래도 잘하는 사람이라고. 그리고 모든 미국 남자는 줄자에 표시된 숫자가 무엇이든 무조건 키가 190센티미터라고 했다. 아무래도 사랑과 다소 의심스러울 수도 있는 목적이 한데 섞여 반세기가 지나는 동안 갖가지 오해가 따라붙은 게 아닐까 싶다.

어느 날 오후, 여름 휴가를 보내기 위해 섬에 와 있었던 엘마노와 알베르티나 부부가 그들의 친구인 마리아 엘비타를 소개해주겠다며 점심 식사에 날 초대했다. 마리아는 50년 만에 처음으로 고향을 찾았다고 했다. 예순일곱이라는 나이가 믿기지 않는 외모였다. 고운 피부에 생기 넘치는 눈망울에다 긴 여름 카디건을 걸치는 패션 센스까지 지닌 사람이었다. 우리에게 옛날이야기를 들려주는 마리아를 보고 있으니, 이팔청춘 꽃다운 시절에 현관에 앉아 있는 모습이 어땠을지 머릿속에 훤히 그려졌다.

마리아는 길거리 투우 경기인 **토르다 아 코르다**에서 첫 남자친구인 아르투루를 만났다고 했다. 그건 테르세이라 섬의 전통적인 연애 방식이었다. 쉰 살이 넘은 부부는 말할 것도 없고 그보다 젊은 부부들도 대부분 어디에서 둘이 처음 만났느냐는 질문을 받으면 대부분 투우장에서 처음 만났다고 대답한다. 마리아 엘비타가 열일곱 살이었을 당시에 투우장은 남자들이 여자들에게 말을 걸 수 있는 몇 안 되는 장소였다. 그러나 마리아는 그를 처음 본 그날에는 아무런 대화도 나누지 않았다. 그들은 서로 눈만 마주쳤을 뿐이다. 마리아는 눈빛을 피해야 한다고 생각했지만 눈길을 돌릴 수 없었다.

그가 찡긋 윙크했다. 그건 "나중에 얘기할래요?"라고 묻는 신호였다. 마리아는 고개를 끄덕였다. 그날 밤, 아르투루는 여자의 집 앞으로 가 여자의 방 창문에 조약돌을 던졌다. 마리아는 창가로 나가지 않았는데, 그건 남자가 집 앞에 찾아온 첫날부터 단번에 모습을 드러내면 안 된다는 친한 언니의 충고 때문이었다.

다음 날 밤, 이번에는 그가 오토바이를 타고 나타났다. 마리아는 창가로 나가보았다. 그때 정확히 무슨 대화를 나눴는지는 기억나지 않는다고 했다. 그러나 그때 마음속에 있던 말을 했다는 사실은 기억했다. 평소에는 하고 싶은 말이 목구멍으로 넘어오지 않아 자신의 의사를 제대로 표현하지 못했는데 말이다. 마리아는 남자의 눈동자가 초록색이었던 것 같다고 했다. 그 초록색 눈망울을 기억했다. 그러나 창가에 서서 대화를 나눴을 뿐, 그보다 더 가까이 다가가지는 않았기 때문에 확신할 순 없다고 했다.

아르투루는 마리아의 어린 남동생에게 껌을 하나 주면서 베란다에 앉아 있다가 아버지가 오시는 게 보이면 얼른 달려와 알려달라고 부탁했다. 마리아의 아버지가 미국으로 이민을 가겠다고 결단을 내렸을 때도 이들의 애정은 여전히 풋풋했고 설렘으로 가득했다. 캘리포니아로 가는 비행기를 타려면 우선 배를 타고 상미겔섬으로 가야 했는데, 마리아가 배에 탔을 때 선착장에서 손을 흔드는 아르투루가 보였다. 그는 마리아의 시야에서 사라질 때까지 계속해서 손을 흔들었다.

마리아가 상미겔 섬에 도착했을 때 아르투루가 보낸 편지가 이미 도착해 그녀를 기다리고 있었다. 마리아가 떠나기도 전에 그가 편지를 써서 보냈던 것이다. 아르투루는 편지에다가 마리아를 만나러 캘리포니아에 가겠다고 썼다. 마리아의 가족은 캘리포니아 센트럴밸리에 도착한 뒤 처음에는 고모네 집에서 지냈다. 마리아가 보기에 고모는 세상 물정에 밝은 사람 같았다. 고모는 남자와 인생을 훤히 꿰고 있었다.

고모는 마리아 앞으로 온 편지들을 봤다. 그리고 마리아를 꾸짖었다.

"바보처럼 굴지 말거라." 너희 집에 기댈 만한 기둥이 있다는 건 모두가 아는 사실이야. 이 남자애는 널 그저 미국행 표로 보는 거라고."

이 말을 들은 마리아는 얼굴이 화끈거렸다. 마리아는 자기가 다른 여자애들만큼 예쁘지 않다고 생각했고, 또 워낙 숫기가 없었다. 잘생긴 아르투루가 어째서 자신을 선택한 건지 이제야 이해됐다. 심장이 고동치는 소리가 귓전에 울렸다. 마리아는 그길로 위층으로 뛰어올라가 아르투루에게 편지를 휘갈겨 썼다. "더는 나한테 편지 쓰지 마. 날 그저 미국으로 올 수단으로 생각했다는 걸 알고 있어."

마리아는 캘리포니아에서 고등학교에 진학했다. 단짝 친구도 생겼다. 자신과 마찬가지로 포르투갈 이민자인 메리였다. 메리는 자신감이 넘쳤고 항상 웃고 다니는 쾌활한 성격이었다. 유행하는 옷을 좋아했고 미니스커트도 입고 다녔다. 토요일 밤이 되면 두 사람은 마리아의 아버지 차를 타고 털록 중심가를 헤집고 다녔다.

마리아는 고등학교를 마치고 닭고기 가공 공장에서 일하기 시작했다. 어느 날, 특별한 이유 없이 슬프고 피곤에 지친 마리아가 일을 마치고 집에 돌아왔는데, 말하기를 좋아해 흥미진진한 이야기를 곧잘 지어내는 이웃집 여자가 현관문을 두드렸다.

"어떤 남자가 와서 당신을 찾았어요." 여자가 말했다. "이 말을 전해달라고 했어요. '마리아 엘비타에게 전해주세요. 캘리포니아로 오기 위해서 마리아가 필요했던 적은 기필코 없었다고. 그건 결코 이유가 아니었다고.'"

마리아는 오지랖이 넓은 이웃 앞에서는 태연한 얼굴을 유지했다. 그러고는 집으로 돌아와 펑펑 울었다.

안토네의 시

엘마노와 알베르티나 부부의 사교 일정은 일요일 성당의 미사 일정만큼이나 늘 빽빽했다. 그렇기 때문에 이들 집을 지나가다가 집 앞에 주차되어 있는 차를 보고 깜짝 놀랄 수밖에 없었다. 나는 진짜 아조레스 사람들이 하는 것처럼 아주 성급하게 유턴을 하고 **"웃-우!"** 소리를 내며 문을 두드렸다. 1970년대 이후로는 아조레스에도 전화기가 보편화됐지만, 갑작스러운 방문 대신 미리 전화를 하는 건 여전히 보편화되지 않은 상태였다.

엘마노는 잡초를 뽑고 있었고, 알베르티나는 양배추 수프를 끓이고 있었다. 조리대와 식탁은 친구들과 친척들이 갖다 준 채소가 담긴 바구니와 빵이 놓인 접시로 가득 차 있었다. 꼭 포르투갈 식료품점을 운영하는 사람 같았다. 엘마노와 알베르티나는 굉장히 계획적이고 책임감 있으며 공동체 의식이 강한 사람들인데, 그럼에도 불구하고 나는 이들 부부가 매우 좋았다.

"아휴, 조금만 더 일찍 왔으면 좋았을 텐데." 알베르티나가 말했다. "남편이 방금 누굴 만났다는데, 뭔가 이야깃거리를 갖고 있는 사람들 같다고 하더라고요."

엘마노는 조금 전 길거리에서 미국인 셋을 봤는데 아무래도 길을 잃고 헤매는 것 같아서 살피러 나가봤다고 했다. 그들은 아내의 할머니의 집인가, 할아버지의 집인가를 찾고 있는 중이라고 했단다. 피쿠 섬 어쩌고저쩌고 했다면서. 엘마노는 내가 이것저것 묻길 좋아하니 그때 같이 있었더라면 정말 좋았을 거라고 아쉬워했다.

집으로 돌아가는 길에 버스정류장에 서 있는, 미국인으로 보이는 사람 셋을 봤다. 내가 아는 바로는, 곧 도착할 버스가 없었다. 엘마노가 말한 미국인들이 틀림없었다.

나는 콜린과 그의 남편 밥, 이들의 딸 마리를 앙그라에 있는 호텔까지 태워주겠다고 했다. 다만 홀딱 젖고 냄새나는 머피와 함께 뒷좌석에 타야 했는데, 그들은 그것도 괜찮다고 했다. 머피가 밥과 마리의 무릎 위로 몸을 뻗고 눕는 바람에 알타레스 너머의 파란 하늘과 흰 성당이 펼쳐지는 도로를 달리는 동안 두 사람은 물에 푹 들어갔다가 나온 머피의 몸에서 뚝뚝 떨어지는 바닷물을 공유해야 했다.

도로 위에 뻗은 나무의 나뭇가지들이 아치형으로 굽은 채 가운데에서 맞닿아 햇빛이 스며드는 터널을 만들어냈다. 나는 우리가 화산 두 개 사이에 난 길로 섬의 내부를 가로질러 가고 있다고 설명했다. 위로 올라가고 있을 때 콜린은 이들 가족이 아조레스에 온 건 증조할아버지인 안토네가 쓴 시 때문이라고 알려줬다. 다음 날 이른 아침에 이들은 안토네가 태어난 피쿠 섬으로 떠날 예정이라고 했다.

콜린이 그의 증조할아버지인 안토네에게 굉장한 사연이 있다는 말을 하는 바로 그때, 뜨거운 온도 때문에 내 고물차 바니의 계기판이 팽팽 돌아갔다. 나는 동승자들을 놀라게 하고 싶지 않아서 천천히 액셀에서 발을 뗐지만, 이미 자동차의 보닛 위로 구름처럼 연기가 뭉게뭉게 피어오르고 있었다. 나는 차를 멈췄다. 우리는 축제에 앞서 소를 분류하고 선별하는 장소에 와 있었다. 주말이면 가족들이 축사 근처에서 나들이를 즐기고 꼬마들은 송아지, 소와 함께 놀았다. 애들이 커서 황소와 길거리를 함께 쓰게 될 훗날에 대비한 좋은 연습이었다.

보닛을 연 지 몇 분 지나지 않아 차 몇 대가 멈췄다. 곧 정비사가 아닌 열한 명의 사람이 바니의 엔진을 뚫어지게 쳐다보며 고개를 끄덕거렸다. 정비사였던 우리 아버지는 이런 상황을 보면 "작품 감상 하고들 있네"라고 말하곤 했다.

엘마노에게 전화를 걸었다. 그는 가족 식사 자리에서 일어나 나 때문에 화산 사이에서 오도 가도 못 하고 있는 미국인 3인조를 구하러 왔다. 그리고 나를 대신해 포르투갈어로 견인 회사에 전화를 걸어줬다.

모여 있던 사람들이 흩어졌고, 머피와 나는 차 안에 자리를 잡고 앉아 견인차를 기다렸다. 기다리고 또 기다렸다. 그림자가 점점 길어졌다. 날은 점점 더 어두워졌고 나는 뒷자리로 넘어가 코를 고는 머피를 무릎 담요처럼 내 다리 위에 걸쳐놓았다.

그러다 크레인 소리에 깜짝 놀랐다. 덜커덕덜커덕 소리가 나더니 어두운 그림자가 자동차 위를 덮쳤다. 나는 우렁차게 고함치는 황소가 실린 나무 상자가 축사 안으로 들어가는 모습을 지켜봤다. 크레인이 나무 상자를 바닥에 내리자마자 순식간에 다른 크레인 두 대가 더 들어왔다. 가끔 서너 마을에서 같은 날 밤에 투우가 열리기도 했다. 여름 동안 개최되는 토라다 아 코르다를 모두 다 합하면 300회쯤 된다. 나는 황소의 번화가에서 오도 가도 못 하고 있었던 것이다.

테르세이라 섬에는 연중 내내 거주하는 상주인구 수보다 소 사육두수가 더 많다. 머피는 지나가다 슬픈 눈망울을 지닌 아름다운 소와 마주칠 때면 항상 짖어댔다. 그러나 이번에는 분노가 담긴 듯 울려 퍼지는 울음소리 때문에 불안에 떠는 나와 달리 웬일인지 머피는 우렁찬 소 울음소리를 음악처럼 느끼기라도 한 듯 깨지도 않고 편안히 잤다.

잠시 후 엘마노에게 전화가 왔다. 내가 무사히 집에 들어갔는지 물어보려는 확인 전화였다. 그의 목소리 너머로 한창 무르익은 파티의 잡음이 들려왔다. 고상한 사람이라면 이 불쌍한 남자가 이제라도 식사를 즐길 수 있도록 다 잘됐다고 거짓말을 해야 했다. 그러나 난 그렇게 고상한 사람이 아니다.

머피와 나를 데리러 온 엘마노가 도착할 즈음이 되어서야 견인차가 마침내 모습을 드러냈다. 여기서는 어딜 가나 일처리가 이런 식이다.

한 달 뒤, 콜린에게서 안토네의 시가 첨부된 이메일을 받았다.

안토네는 171스탠자stanza•로(그렇다, 171이었다) 자기 인생을 노래했다. "1863년, 엄청났던 그해. / 4월 9일, 내가 이 세상에 떨어졌다." 시는 이렇게 시작했다.

가난한 미혼모였던 안토네의 어머니는 비탄에 젖어 있었다. 부자였던 그의 아버지에게 속아 넘어갔기 때문이었다. 어머니는 안토네가 어렸을 때 세상을 떠났다. 그의 기억 속에 남아 있는 어머니는 언제나 울고 있었다. 안토네가 조금 더 컸을 때 동네 사람들은 그에게 아버지를 찾아가 자기가 누구인지 말하라고 일렀다. 하루는 장작을 줍다가 우연히 아버지란 사람을 만났다. 안토네는 아버지에게 어머니의 이름을 말하며 자기가 그의 아들이라고 밝혔다. 그 남자는 안토네의 따귀를 날렸다. 안토네는 마지막 눈 감는 날까지 그때 맞은 따귀를 잊지 못했다.

자신의 아들을 부인하며

아들을 고아라고 부르는 남자는

• 시의 기초 단위로, 4행 이상의 각운이 있는 시구를 말한다.

하느님의 심판을 받아야 하며 용서 받아서는 안 된다.

안토네는 마음씨 좋은 대부에게 거둬들여졌지만, 학교를 그만두고 고래잡이 배를 타야 했다. 어느 배에 탔을 때는 두들겨 맞기도 했고 또 다른 배에 탔을 때는 물속으로 던져지기도 했다. 한번은 그가 타고 있던 배가 난파되어 일곱 달 동안 외딴 섬에 표류됐는데, 그곳에서 선원 여섯 명이 목숨을 잃었다. 안토네는 온갖 우여곡절 끝에 마침내 캘리포니아에 자리를 잡았다. 그리고 아조레스 출신 여자를 만나 결혼했다. 그 여자가 바로 콜린의 할머니다. 할머니는 엘마노와 알베르티나가 사는 집 건너편에서 어린 시절을 보냈다.

내가 가장 깜짝 놀랐던 스탠자는 안토네가 처음으로 고래를 죽이는 데 가담했던 일을 생생하게 회상한 부분이었다. 1879년 9월 14일, 그가 타고 있던 포경선이 고래를 발견했다. 첫 번째 창이 던져졌고 상처 입은 고래가 작은 배 네 척 중 하나를 꼬리로 가격했다. 물속에 있던 남자들, 그중 한 사람이 가라앉는 모습이 보였다. 두 번째 창. 격분한 고래가 다른 배 한 척을 물어뜯으며 저항했다. 안토네와 같은 배에 타고 있던 모든 사람이 고래의 상처에서 흘러나온 피로 붉게 물든 바닷물 속에 빠졌다. 생존한 사람들은 구조되어 다시 배로 끌려 올라갔다. 다음 날 안토네와 몇몇 선원은 또 다시 작은 배에 올라 고래를 잡아 오라는 지시를 받았다.

콜린의 증조할머니는 안토네의 시를 영어로 번역했고, 그 시는 대대손손 자손들에게 전해졌다. 콜린은 어렸을 때부터 그 시를 읽었다고 했다.

"슬프기도 하고 동시에 흥미진진하기도 했어요. 왠지 모르겠지만 제가 꼭 할아버지를 알고 있는 것 같은 느낌이 들더라고요." 콜린은 이메일에 이렇게 썼다.

안토네는 쉰네 살 때 스스로 목숨을 끊었다. 가톨릭에서는 자살을 죄악으로 여기기 때문에 스스로 목숨을 끊은 사람의 장례를 가톨릭식으로 치를 수 없다. 이제 다 큰 딸이 있는 콜린은 할아버지의 영혼을 쉬게 해드리려고 이곳을 찾아온 것이었다. 콜린과 밥과 마리는 안토네가 태어나고 그의 어머니가 울었던 피쿠 섬의 그 집을 찾아갔다.

이 가족은 마그달레나Magdalena에 있는 성당으로 들어가 그곳에서 안토네의 영혼을 위해 기도했다. 마리가 청아하고 깊은 목소리로 죽은 자의 영혼을 위로하는 진혼곡인 〈자비로운 예수Pie Jesu〉를 불렀다.

세상의 죄를 없애주시는 예수님
그들에게 안식을 주소서.

콜린에게 받은 이메일을 다 읽고 난 뒤 나는 등산화를 챙겨 신고, 네 발을 모두 천장을 향해 들어올린 채 코 골며 자고 있던 머피를 깨웠다. "어이, 친구. 일어나봐. 가야 할 데가 있어."

나는 미라도라miradoura(경치관람구역)에 주차하고 비지아vigia(전망대)까지 걸어 올라갔다. 고래잡기가 성행하던 시절에는 한 사람이 이곳에 서서 좁다란 틈에 망원경을 대고 감시하다가 고래를 발견하면 로켓을 쏘아 올렸다고 했다. 고래잡기는 한때 아조레스의 생활 양식이었는데 1987년이 되어서야 이 수역에서 고래잡기가 중단됐다.

이제 아홉 개의 섬 주변의 바다는 세계에서 가장 큰 고래 보호지역에 속한다. 캘리포니아 회색고래를 포함해 전 세계에 서식하는 고래 및 돌고래 종의 3분의 1에 달하는 종이 이 수역을 거쳐 간다.

평소에는 주의력이 부족한 나이지만 이날은 한번 기다려보기로 작정했다. 그리고 이곳에 온 지 한 시간도 채 되지 않아서 선명하게 뿜어내는 흰 물줄기를 보았다. 흰 물줄기는 뒤이어 또 한 번 연이어 나타났다.

나는 고래를 향해 손을 흔들고 머피의 머리를 쓰다듬은 다음, 시인 에드워드 에스틀린 커밍스E. E. Cummings의 시 구절을 낭송하며 걸어 내려왔다.

이토록 아름다운 날을 허락한 주님께 감사합니다. 초록으로 물든 초목의 감성과 하늘같이 파란 진정한 꿈을 주셔서. 꾸밈없고 끝이 없고 언제나 옳은 이 모든 것을 주시니 감사합니다.

'치 쇼아'에서 춤을

아조레스 제도는 멕시코 만류의 난류가 지나가는 한가운데 있다. 그래서 뉴욕만큼 북쪽에 위치해 있으면서도 날씨가 그렇게까지 추워지거나 더워지지 않고, 공기 중에는 늘 습기가 차 있다. 습기 덕분에 언덕은 언제나 진초록빛을 띠고, 도깨비불이 큰불로 이어지는 일이 없지만, 머릿결이 머금은 습기를 지나치게 염려하는 얼뜨기 같은 사람들이 견디기에는 좀 힘들 수도 있다. 바로 나처럼 말이다. 빨간 머리들은 항상 이런 걱정을 할 수밖에 없다. 우리는 어릴 때부터 사이렌siren과 말괄량이 삐삐, 고아 애니Little Orphan Annie, 위치푸Witchiepoo•가 삐져나온 잔머리 몇 가닥 빼고는 다들 비

• 사이렌은 아름다운 외모와 신비로운 노래로 선원들을 유혹해 죽음에 빠뜨린다는 신화 속 여인으로 주로 빨간 머리칼로 표현된다. 고아 애니는 1924년에 방영된 미국 만화의 주인공이고, 위치푸는 1969년도에 방영된 미국 어린이 프로그램 속 마녀로 둘 다 머리 색깔이 붉다.

슷비슷하다고 믿으며 자랐다. 그런데 운 좋게도 고수머리로 살지 않으려고 충실하게 노력하다 보니 동창회 하나를 열게 됐다. 마리아 엘비타와 우연히 마주쳤을 때 그녀가 내게 미용실에 관해 물어본 게 발단이었다. 나는 곧장 명함을 한 장 꺼내 건넸다. 내가 미용실 정보를 수집하고 있었던 걸 알고 있던 이웃사촌 매니가 아내에게 받은 거라며 건네준 명함이었다.

마리아는 뭔가 깊이 생각하는 듯 미간을 찌푸렸다.

"혹시 세레타에서 온 매니인가요?" 마리아가 물었다. "어떻게 메리가? 그 사람 아내가 내 고등학교 단짝 친구 메리인지 몰랐어요. 둘이 여기 사는지도요."

우리 네 사람은 세레타에 하나밖에 없는 레스토랑인 '치 쇼아Ti Choa'에서 만나기로 했다. 섬 전역의 사람들이 갓 도축한 돼지고기와 소고기로 요리하는 아조레스 전통 음식을 먹으려고 이 식당을 찾아왔다. 이 식당에서는 리산드라가 아우카트라와 블러드 소시지, 돼지 갈비를 요리했다. 리산드라와 자매지간인 델루이자가 식당을 운영했다. 나는 가장 좋아하는 고기가 뭐냐고 물으면 잘 익은 아보카도를 꼽는 부류의 캘리포니아 사람이지만, 금요일이어서 그런지 어쨌든 무척 신이 났다.

'치 쇼아'에서는 금요일마다 커다란 장작 오븐에 빵을 굽는다. 처음 이 빵을 먹었던 날, 나는 한창 대화를 나누던 중이라 빵을 대충 찢어 입속에 집어넣었다. 그런데 입속에 빵을 넣자마자 세상이 멈춘 듯 내 신경은 온통 빵에 집중됐다. 갈색빛이 도는 두꺼운 빵

껍질은 쫄깃쫄깃했고, 벌집같이 생긴 빵의 속살은 하얗고 부드러운 데다 따뜻한 김을 머금고 있었다. 정신을 아찔하게 만드는 달콤한 속삭임이었다.

빵을 만드는 비법은 식당 주인 자매가 증조할머니에게 물려받은 레시피였다. 포르투갈의 전통 빵인 **팡 카제이루**pão caseiro에 기반을 둔 레시피였지만, 거기에 지금까지 비밀에 부쳐졌던 식재료를 하나 더 추가해 빵을 구웠다. 그 비밀 재료는 바로 고구마 효모다.

빵 굽는 일은 이른 오후에 시작된다. 델루이자가 정원에서 베어 온 풀과 장작용으로 팬 삼나무를 쌓아 올린다. 오븐 굴뚝에서 연기가 피어오르면 세레타 전역에는 한여름에도 크리스마스 같은 냄새가 폴폴 난다. 서너 시가 되면 반죽 덩어리가 오븐으로 들어가고 향긋한 효모 향이 온 동네에 풍긴다. 성당 계단이나 노인들이 카드 게임을 하는 카사 데 포보Casa de Povo(주민센터)에서도 냄새를 맡을 수 있을 정도다. '치 쇼아'에서 일하는 익살맞은 웨이터 세르히오가 근무 시간에 맞춰 출근한 뒤 오븐에서 빵을 꺼낸다. 세르히오는 옷을 갈아입고 식탁 정리를 하는 동안 빵이 식지 않도록 빵을 두꺼운 천으로 덮어둔다.

작고 흰 건물에 보기 좋은 빨간 창문이 달린 식당이 문 열길 기다리는 동안(아조레스에서는 식당이 영업 시간을 정확히 지키는 일이 드물다) 매니는 이 식당이 어떻게 '치 쇼아'라는 이름을 얻게 됐는지 그 이야기를 들려줬다.

수년 전 이 건물의 소유주가 일 때문에 캐나다로 떠났다가 돌아온 뒤 그는 모든 일에 "슈어sure(물론이지)"라고 영어로 대답했다. 그런데 아주 강한 억양 탓에 그의 말은 "슈아showa, 슈아"처럼 들렸고, 그렇게 그는 '슈아 아저씨'를 뜻하는 '치 쇼아'라고 불리게 되었다. 리산드라네 가족이 처음에 이 집을 사서 식당으로 수리하고 있을 때 사람들이 계속 드나들며 "'치 쇼아'네에서 뭘 하시려는 건가요?"라고 물어댔다. 그래서 식당 이름을 그렇게 지은 것이다.

식당 안으로 들어가자 세르히오가 식탁에 따뜻한 빵이 담긴 바구니를 올려놓고, 곧 레드 와인 한 병을 가져다주었다. 포르투갈에서는 화이트 와인을 좋은 와인으로 쳐주지 않는다. 언젠가 와인 애호가인 친구와 함께 포르투갈 본토 해안선을 따라 자전거를 타고 달린 적이 있다. 웨이터가 풀 보디 레드 와인을 추천하자 내 친구가 말했다. "정말요? 저희 생선 요리를 주문했는데 화이트 와인이 아니고요?"

웨이터가 대답했다. "선생님, 포르투갈 사람들은 좋은 와인을 마셔야 한다고 생각합니다. 그래서 언제나 레드 와인을 마시죠."

메리는 편안해 보였다. 사실 메리는 내내 몸 상태가 좋지 않았다. 지난 몇 년간 질병과 싸워 이겨냈지만 여전히 너무 말라서 어깨 끝이 뾰족해 보일 정도였다. 그녀는 심장마비를 겪은 매니를 간호했고 막내 손자가 갑작스럽게 원인 모를 전염병에 걸려 죽다 살아났을 때 두려움에 떨었다. 모든 식구가 건강을 되찾았는데, 메리의 몸은 그제야 긴장이 풀렸는지 힘없이 바스러져버렸다.

한 남자가 전자 건반을 연주했다. 빵을 굽는 밤마다 라이브 음악이 연주됐다. 매니는 메리에게 춤을 추자고 제안했다. 두 사람은 테이블 사이사이 좁은 공간을 빙빙 돌았고, 모두가 두 사람을 바라보며 미소를 지었다.

캘리포니아에 있을 때 매니는 메리를 만나고 싶어서 메리와의 만남을 스스로 주선했다. 그전에 포르투갈 여성이 아닌 미국 태생 여성과 사귀어보기도 했으나, 그런 여자와 결혼하면 자신의 문화와 너무 멀어질 것 같은 느낌이 들었다. 그러나 다른 한편으로는 그가 캘리포니아에 처음 왔을 때 겨우 열 살이었는데도 가장 마음에 들었던 건 어딜 가나 보이는 여성의 맨다리였다고 했다.

"아조레스에서 이제 막 넘어와 목부터 발목까지 꽁꽁 싸맨 여자하고 연애하는 내 모습은 상상할 수 없었어요." 그가 말했다.

그는 친구에게 학교에 "풋풋이(새 이민자)"가 없느냐고 물었다.

"메리라고 한 명 있는데, 남자애들이 다 걔를 좋아해." 친구가 말했다.

"옷 입는 건 어때?" 그가 물었다.

"옷 되게 잘 입어." 친구가 말했다. "유행에 민감해. 짧은 치마도 입던걸."

매니는 그 친구에게 더블데이트를 하게 해달라고 사정했다. 그렇게 메리를 만났을 때 매니는 생기발랄한 메리의 모습에 곧장 매료됐다. 그는 메리를 꼭 다시 만나야겠다고 다짐했지만 보수적인 메리의 가족이 딸이 혼자서 데이트에 나가는 걸 허락할 리 만무했다. 그는 다음 주말에 (두말하면 잔소리일) 투우장에서 메리를 만날 계획을 세웠다. 메리는 이모, 사촌들과 함께 투우장에 와 있을 것이 분명했기 때문이다.

캘리포니아계 아조레스인들은 토라다 아 코르다를 캘리포니아에 성공적으로 들여오지 못했다. 캘리포니아에는 황소를 풀어놓을 수 있는 포르투갈식 주택이나 좁은 거리가 있는 마을이 없기 때문이다. 그래서 이들은 **포르사두**forçado 라는 이름의 또 다른 아조레스식 전통 투우를 캘리포니아에 들여와 발달시켰다.

포르사두는 마치 사람들에게 토라다 아 코르다가 매우 위험하고 괴상하다는 인상을 계속해서 심어주기 위해 존재하는 것 같다. 여덟 명의 사내가 몸에 딱 달라붙는 반바지에 무릎까지 올라오는 레이스 달린 흰 양말을 신고 빨간 허리띠를 두르고 짧은 양단 재킷을 걸치고 서 있으면, 요정들이 한 줄로 나란히 들어와 긴 털모자 같은 걸 가져다준다.

카라cara 라고 불리는 맨 앞줄의 남자가 소와 눈을 마주치고서 "**토루, 토루**Touro, Touro!"라고 외치고 때로는 발을 쿵쿵 구르며 황소를 "부르러" 걸어 나온다. 황소가 돌격하면 카라는 재빨리 뒤로 물러난다. 모든 일이 순조롭게 진행되면 가죽으로 뿔을 감싼 황소가 카라의 배를 한 방 먹인 다음 머랭 반죽에 이는 물결처럼 포르사두들을 차례차례 들이받으며 지나간다.

어느 동네든 캘리포니아에서 온 포르투갈 이민자라면 이런 투우에 한 번은 가게 마련이다. 전에 그 좁디좁은 스티븐슨 경기장에 3,000명이 모인 걸 본 적도 있다.

매니가 메리를 보려고 찾아간 투우장도 이런 곳이었다. 그런데 매니는 학교 수업을 마친 뒤 낙농장에서 일해야 했고, 그래서 일을 마친 뒤 제 시간보다 늦게 투우장에 도착했다. 관중석이 가득 차 있었지만 그는 메리를 찾을 수 있으리라고 확신했다. 메리를 찾는 일이 뜻대로 잘 풀리지 않자 매니는 메리가 자기를 발견하기 쉽도록 눈에 띄는 장소에 서 있으려고 했다. 하지만 이 또한 잘 풀리지 않았다.

마침 중계실에서 경기를 해설하는 사람이 아버지의 친구 분이라는 게 생각나며 메리를 불러낼 아이디어가 떠올랐다. 그러나 크고 건장한 체격의 경호원이 그를 중계실로 들어가지 못하게 막았다. 격분한 매니는 낡아빠진 경기장 밖으로 나가 정글짐 구조물 2층 높이를 기어올라 끝내 중계실에 진입했다. 중계자는 확성기에 대고 메리에게 매니를 만나러 노천 맥줏집으로 나오라고 장내 방송을 했다.

메리는 잔뜩 화가 난 상태로 모습을 드러냈다. 이유인즉슨, 이제 사람들이 자길 보고 맥주를 마신다고 생각하지 않겠느냐는 것이었다. 어쨌든 어찌어찌 두 사람은 마음을 가라앉혔고, 그렇게 결혼까지 해 거의 반세기 동안 결혼 생활을 이어오고 있다.

나는 마리아 엘비타에게 어렸을 때 만난 아르투루를 본 적 있느냐고 물었다. 그가 결혼했다는 소식을 엘마노가 어디선가 들었다고 했다. 만약 그 아르투루와 같은 사람이 맞다면.

"결혼했더라도 오랜만에 만나서 인사라도 나누면 좋지 않을까요? 혹시 그분 아내가 50년 전 일 때문에 신경 쓸 거라고 생각하시는 건 아니죠?"

메리가 고개를 젓히며 입술을 앙다물었다. "모를 일이지."

무엇 때문인지 나는 마리아가 아르투루를 다시 만나 대화를 할 상황을 만들어주고 싶어졌다.

그 무렵 나는 웅장한 로맨스가 아직 날 찾아오지 않았다고 생각하고 있었지만, 그래도 로맨스는 아주 중요한 거라고 믿고 싶었다. 우리에게는 주어진 인생은 지금의 삶 한 번뿐이다. 그러나 가보지 않은 모든 길, 우리가 선택할 수 있었던 다른 모든 삶 역시 우리 인생의 일부가 아닐까? 사람이나 장소, 기회, 변화를 비롯한 셀 수 없이 많은 것들을 열망하는, 끔찍하면서도 아름다운 그리움은 삶을 살아가는 우리의 마음에 깊숙한 구멍을 만든다. **사우다지**가 번역할 수 없는 온전한 포르투갈 단어일지는 몰라도 가슴 아픈 열망은 보편적인 마음일 것이다.

"아시겠지만, 제가 찾아볼 수도 있어요." 나는 마리아에게 말했다. "전 기자이기도 하고, 이 섬 전체 인구라고 해봐야 한창 바쁜 날 트레이더 조스Trader Joe's •에 있는 사람들 수 정도일 테니까요."

메리와 매니는 깜짝 놀란 것 같았다. 누구도 입 밖으로 꺼낸 건 아니지만, 보아하니 두 사람은 마리아가 알코올중독을 겪었고 이혼을 했으며 유령을 좇는지도 모른다는 사실을 내가 전혀 모르고

• 미국의 대형 슈퍼마켓 체인.

있다고 생각하는 것 같았다. 하지만 여긴 테르세이라 섬이다. 마리아가 내게 직접 말해주지 않아도 그녀가 대략 어떤 삶을 살았는지 이미 알고 있었다.

테르세이라 섬의 수군거림은 우리가 일반적으로 생각하는 그런 뒷이야기가 아니다(물론 그런 수군거림도 충분히 많다. 내가 섬에 처음 왔을 때에는 내 행동거지 하나하나를 지켜보는 눈들이 있어서 꼭 파파라치의 감시 대상이 된 듯한 느낌이었다). 뭔가 다르다. 주민들이 다른 사람의 삶에 일어나는 기본적인 일들에 대해 이야기하는데, 아무런 덧붙임 없이 정말 사실만 전달했다. 아무개가 열두 살 때 아버지가 돌아가셨다더라. 아무개의 어머니가 자살하는 바람에 결혼식을 연기했다더라. 아무개가 자기 형이랑 10년간 말도 안 섞고 지냈다더라. 언젠가 나는 내 문화 통역가인 주방장에게 이 얘기를 꺼내며 소름 끼친다고 한 적이 있다.

"그건 소름 끼치는 게 아니에요." 그가 대꾸했다. "여기가 작은 섬인 거 알잖아요. 수십 년 동안 우리는 서로서로 다 함께 살아야 했으니까 서로 이해할 수 있도록(어떻게 이렇게 말할 수 있지?) 소식을 나누는 게 습관이 된 거죠."

마리아를 자주 만난 건 아니지만, 나는 마리아가 지난날의 콤플렉스 때문에 포기했던 첫사랑을 다시 만나 "이제 그때보다 더 강한 여성이 되었어"라는 얘기를 전하고 싶을 거라고 짐작했다. 다른 모든 이유를 차치하더라도 그 말이 사실이라는 것 하나만으로도 충분한 이유가 될 것 같았다.

섬을 아름답고 완전하게 만드는 것

엘마노와 알베르티나는 항상 본인들이 다른 민족끼리 결혼한 사이라고 말했다. 물론 두 사람 다 아조레스인이었다. 단지 다른 섬 출신이었을 뿐이다. 이들 부부는 여름이 되면 엘마노는 테르세이라 섬에 있는 자기 가족 집에서, 알베르티나는 상조르제 섬에 있는 자기 가족 집에서 보냈다.

두 사람은 내가 머피를 키우고 있는 걸 알면서도 알베르티나가 지내는 섬에 놀러오라며 날 초대했다. 알베르티나는 어릴 때 개한테 물린 적이 있어서 개를 무서워했지만 조금씩 머피에게 익숙해지고 있었다. 그렇게 둘은 조심스럽게 친해졌다.

다만 거기까지 배를 타고 가는 일이 꽤 골치 아팠다. 머피는 운송용 나무 상자에 실려 베스파Vespa, 내 짐 가방들과 함께 하갑판에 타야 했는데, 이를 매우 언짢아했다. 하갑판에 실린 머피는 평소와 달리 하울링howling까지 했다. 사실 머피가 낸 소리는 하울링이라기보다 목구멍 깊은 데서 끌어올리는 낑낑거림에 가까웠다. 그 소리는 언제 들어도 꼭 수탉 울음소리 같다. 그러나 배에 탄 사람들은 이 소리를 엔진에 어떤 문제가 생겨서 나는 소리라고 생각했다. 나는 허락을 받고 밑으로 내려가 머피 곁에 있을 수 있었다. 규칙에 어긋나는 일이었지만, 승객들이 집단 불안을 겪게 두는 것보다 이렇게 하는 편이 낫다고 선원들이 판단한 덕분이었다.

우리가 알베르티나의 가족이 사는 집에 도착하자 알베르티나는 머피의 큰 머리통을 살짝 쓰다듬어주었다. 그녀로서는 꽤 용기를 낸 행동이었다. 다 같이 바다가 멀리 내다보이는 베란다에 나가 있었는데 머피가 알베르티나에게 "말"을 건네기 시작했다. 머피는 계속해서 뭐라고 소리를 내며 낑낑거렸다. 배를 타고 오는 동안 자신의 언어 구사 능력을 발견하고 이를 끊임없이 사용하기로 작정한 게 틀림없었다.

"머피가 뭐라고 하는 거예요?" 알베르티나가 깜짝 놀란 듯한 표정으로 물었다.

"뭐라고 하는지 저도 알았으면 좋겠네요." 내가 대답했다. "모르긴 몰라도 뭔가 웃긴 얘기를 하는 걸 거예요."

부부는 나를 집 밖으로 데리고 나가서 세로 53킬로미터, 가로 8킬로미터 크기의 애호박처럼 생긴 섬을 구경시켜줬다. 우리가 처음 들른 곳은 아조레스에서 가장 사진이 많이 찍히는 장소였다. 절벽, 부서지는 파도, 큼직큼직한 응원 수술처럼 피어 있는 연보라색

수국으로 뒤덮인 언덕이 펼쳐진 광경. 수국은 이곳의 자생종이 아니지만 동남아시아인가 미대륙에서 들어온 이후 가는 곳마다 쉽게 볼 수 있게 되어 이제는 아조레스 제도의 아이콘이 되었다.

그다음으로 베이라Beira 근처에 있는 치즈를 판매하는 공장에 들렀다. 잠깐. 아조레스인들이 한목소리로 날 비난하는 원성이 들린다. 다시 말해야겠다. 그냥 치즈가 아니라 상조르제 치즈를 생산하는 공장이다. **오래된** 상조르제 치즈를.

상조르제 치즈를 생산하는 협동조합에는 여덟 곳의 전통 치즈 생산지가 포함되어 있다. 1986년 이들은 식품의 원산지와 생산 과정을 보장하는 인증인 원산지 지명 보호PDO, protected designation origin를 획득했다. 프랑스 샴페인의 유제품 버전인 셈이다. 상조르제 섬의 경제는 향이 강한 반경질 치즈를 중심으로 돌아간다. 이 치즈의 역사를 알려면 15세기에 치즈 만드는 법을 가지고 들어와 정착한 플라망인Flemish들까지 거슬러 올라가야 한다. 이들은 벨기에의 플랑드르 지방과 프랑스 북부 지역에 살았는데 과거 목조 범선들은 원양 항해를 떠나기에 앞서 대용량 치즈인 휠 치즈Wheel cheese를 싣기 위해서 이곳에 한 번은 정박했다. 이 치즈는 아침에 착유한 원유와 저녁에 착유한 원유를 섞어 만드는데, 이들이 배양할 때 사용하는 유장乳漿은 그전에 사용한 솥에서 나오므로 치즈의 톡 쏘는 향은 수백 년 전부터 내려오는 혈통을 지닌다고 할 수 있다. 아조레스 제도와 일부 외국 상점에서 판매되는 상조르제 치즈는 3개월, 7개월, 1년산이다. 정말로 향이 강한 치즈를 사려면 상조르제 섬으로 가야만 한다.

엘마노와 알베르티나는 준비성이 철저한 부부였다. 이들은 미리 차 뒷좌석에 큰 아이스박스를 실어 두었고 치즈 주문도 마친 상태였다. 공장에서 우리를 안내해준 메리 루와 이미 아는 사이였다는 건 말할 것도 없다. 이들은 메리 루의 자녀들 이름과 그녀의 결혼기념일, 그녀가 남편을 어떻게 만났는지까지도 알고 있었다. 두 사람은 매년 이곳에서 메리 루를 만난다고 했다. 메리 루는 7킬로그램짜리 휠 치즈를 꺼냈다. 그러고는 소믈리에의 예민한 감각과 신성함을 동원해 세 개의 맛보기 조각을 잘라냈다.

엘마노와 알베르티나는 맛을 보고는 만족스럽다는 듯 고개를 끄덕였다. 나는 치즈의 톡 쏘는 향 때문에 입천장으로 내뺐던 혀를 조심스럽게 다시 떼어냈다.

메리 루가 내 쪽으로 몸을 기울이더니 작당모의라도 하는 것처럼 우리에게 속삭였다. "이건 1년 반 된 거예요. 3년 된 치즈도 있어요. 드리려고 준비해뒀어요. 혹시 몰라서."

엘마노가 좋다는 의미로 고개를 끄덕였다. 알베르티나는 나와 눈을 맞추더니 눈썹을 올려 보였다.

귀금속을 사러 가본 적은 없지만, 귀금속 쇼핑도 3년 된 상조르제 치즈가 베일을 벗는 광경을 지켜보는 일과 썩 비슷할 것 같다. 경의와 격식, 시시한 건 치우고 금고에 들어 있는 진짜를 보자고 청하는 사람의 흥분. 우리는 각자 한 조각씩 맛봤다. 엘마노보다 나중에 치즈를 먹었기 때문에 먼저 치즈 맛을 본 엘마노의 반응을 하나도 놓치지 않고 지켜볼 수 있었는데, 그러길 참 잘했다는 생각이 들었다. 엘마노의 반응은 이런 순서였다.

깜짝 놀란 듯 눈을 크게 뜬다.

카랑카랑한 소리로 짧게 "음" 하는 소리를 낸다.

깔깔거리며 박장대소한다.

다른 말은 필요 없었다. 그건 순수한 기쁨에서 나오는 웃음 소리였다. 《메리 포핀스Mary Poppins》•에서 연 날리는 법을 배우는 아들을 연상시키는 모습이었다.

내 몫으로 잘라준 조각을 입에 넣었다. 수천 번 따끔따끔했고, 묘하게 얼얼했다. 눈에는 눈물이 고였다. 이렇게 작은 치즈 조각 하나가 입안에서 얼마나 격렬하게 터져대는지 정말 놀라웠다. 재미있는 맛이었다.

섬사람들 사이에 경쟁의식이 있다는 걸 알고 있었기에 사람들이 저마다 **자기가 사는** 섬이 가장 아름답다고 말해도 나는 별로 신경을 쓰지 않았다. 아홉 개의 섬 모두 화산섬이고, 푸르렀으며, 대서양 한가운데 풍덩 떨어져 있었다. 가장 아름다운 섬을 꼽는 일은 아마도 머피를 쏙 빼닮은 래브라도 리트리버 새끼 강아지들 중에 가장 귀여운 녀석을 고르는 것 같은 일이 아닐까 싶었다.

• 파멜라 린던 트래버스가 쓴 동화 시리즈로 1934년에 출간된 이후 1964년에는 영화로, 2004년에는 뮤지컬로 제작됐다. 은행원인 뱅크스 집안에 메리 포핀스라는 유모가 들어와 아이들의 마음을 사로잡는다는 줄거리로, 늘 아빠와 함께 연날리기를 하고 싶어 했던 아들의 바람이 이루어지면서 유모가 떠난다.

그러나 상조르제 섬에 가보고서는 깜짝 놀랐다. 배 위에서 보니 섬이 마치 폭포로 둘러싸여 우뚝 솟은 에메랄드 요새 같았다. 깎아지른 듯이 가파른 모습이 어딘가 비밀스러워 보였다. 큰 마을들은 벼랑 위에 있었다. 굽잇길은 **파자**fajas(곶머리)까지 이어져 내려왔다. 그 곳은 용암이 분출했을 때 바닷가까지 흘러나와 식은 다음 그 위에 바다절벽이 허물어지면서 형성된 것이었다.

옛날에는 사람들이 거의 1년 내내 위쪽에 살다가 와인을 담그고 축제를 여는 시기가 되면 그때 **파자**로 내려왔다. 그러나 이제 사람이 살지 않아 황폐해진 마을도 있었다. 또 연중 인구수는 적지만 여름이면 고향을 찾는 이민자들과 파도를 찾아 전 세계로 영역을 확장해나가는 서핑족 같은 이들 덕분에 인구수가 증가하는 마을도 있었다.

상조르제 섬에 터를 내리고 사는 인구는 약 1만 명이었다. 그리고 2만 필의 소가 살고 있었다. 목장은 마을보다 훨씬 더 높은 곳에 있었다. 그 위로는 거대 양치류로 이루어진 숲과 빙하기 때부터 살고 있음 직한 종류의 나무들이 우거져 있었다.

알베르티나가 사는 **파자**는 대로에서 한참 떨어져 있었다. 거기엔 빨간 기와를 얹은 집이 자그마한 항구 쪽으로 경사져 있는 비탈길에 여기저기 널려 있었다. 조금만 걸어가면 화산암 수영장이 나왔는데, 그곳의 광경은 비스코이투스를 집 안의 욕조처럼 만들어 버렸다. 수영장을 둘러싸고 높이 솟은 승상용암 벽은 마치 촛농이 떨어진 것 같은 모양이었다. 물이 있는 데까지 내려가려면 아주 용감한 다이버가 아니고서야 꼭 빨간색 긴 사다리를 타고 기어 내려가야 할 정도였다. 물가로 내려가면 소용돌이치는 수중 동굴들이 있었다. 수영장 안은 물살이 굉장히 강했다. 일광욕을 즐기는 무리도 없었고 그들이 몸을 눕힐 선베드도 없었다. 심지어 머피마저도 녹조 낀 바위를 딛고 물 밖으로 빠져나오느라 애를 먹었다.

성 조지Saint George•는 용을 죽인 성인으로 유명하다. 그렇게 용과 성인이 반복해서 등장하는 모티브가 섬을 한층 더 동화 같은 느낌이 들게 만들었다. 용과 성인을 그린 그림은 두 항구 도시의 자갈길을 배경으로 그려져 냄비 받침이나 행주 따위에 수 놓였다.

이 섬에서 나는 이틀을 묵었다. 이틀이면 주변을 둘러보기에 충분한 시간이다. 만약 누군가 다른 사람을 초대해 막간의 연애를 시도하려 한다면 알베르티나의 고향인 **파자** 섬이 제격이라고 추천하기에 딱 알맞은 기간이었다.

마지막 날 밤, 우리는 알베르티나가 사는 마을의 레스토랑에서 식사를 마친 뒤 패션프루트 무스mousse를 주문해서 와인을 조금 더 마셨다. 어느 순간 엘마노와 알베르티나의 관계가 궁금해졌다. 엘마노는 알베르티나의 의자에 팔을 두르고 있었다. 그가 농담이라도 한마디 던지면, 알베르티나는 깔깔 웃으며 "오, 엘만!"이라며 사랑스럽게 남편의 애칭을 불렀다. 이들처럼 안정적이고 과업

• 회화에서 주로 칼이나 창으로 용을 찌르는 백마 탄 기사의 모습으로 그려지는 기독교 성인으로 '성 게오르기우스'라고도 불린다.

지향적인 부부를 볼 때면 언제나 이런 사람들은 로맨스의 반대편에 있는 부류일 거라는 생각이 든다.

두 사람은 알베르티나가 유치원에서 아이들을 가르치기 시작한 첫 해에 만났다. 엘마노는 다른 학교에서 교장으로 일하고 있었다. 운명적 만남이라고 부를 만한 세렌디피티serendipity 따위는 없었다. 비슷하게 좋은 성품을 지닌 두 사람간의 신중한 교제였다. 두 사람은 성당에서 결혼 관련 워크숍을 진행하기도 했다.

“두 분이 그렇게 결혼을 권하는 건 무슨 이유 때문이에요?” 나는 결혼을 수상쩍은 제도라고 생각한다는 듯한 뉘앙스를 풍기며 물었다. “결혼을 문화나 전통이라고 생각하시는 거예요?”

엘마노는 치즈를 먹을 때 보였던 것만큼이나 큰 열정을 보이면서 고개를 가로저었다. “오, 알베르티나 없는 삶은 상상도 할 수 없어요.” 그가 말했다. “알베르티나는 정말이지 내 영혼의 단짝이거든요.” 알베르티나 앞에서 그녀가 먼저 죽으면 다음에는 덜 까다로운 아내를 찾을 거라는 농담을 던진 남자의 입에서 나온 말이었다.

알베르티나는 잠시 멍한 표정으로 생각에 잠기더니 신중하게 답했다. “결혼은 다른 모든 걸 가치 있게 만드는 일이에요.”

“결혼 수업에서 사람들에게 뭘 가르치나요?” 내가 물었다. “결혼 생활의 비결이 뭐죠?”

“비결 중 하나는 우리가 서로 사이 좋은 부부들과 많은 시간을 함께 보낸다는 거예요.” 엘마노가 말했다. “결혼 생활에 만족하지 않는 사람들과 함께 있으면 그 기운이 전염되거든요."

"그럼 제가 두 분 옆에 있을 때는 조심해야겠네요." 나는 농담을 건넸다. "악영향을 미칠지도 모르니까요."

나는 캘리포니아에 사는 (아마 친구 이상인 것 같은) 친구가 여기에 와보고 싶어 한다고 말했다. 부부는 좋은 생각 같다고 말했다.

다음 날 아침, 배 시간이 되기 전에 알베르티나, 머피와 함께 산책을 했다. 알베르티나는 이제 머피의 줄을 잡을 수 있는 정도가 됐다. **파자**에 있는 가장 아름다운 집의 대문이 열려 있었다. 자그마한 바위 해변 바로 옆에 울타리 있는 정원이 딸린 이층집이었다.

"**웃**-우, 에드아르두." 알베르티나가 주인을 불렀다.

옆문으로 나온 남자는 파란 눈에 고불고불한 은발이 인상적이었다. 적어도 70대는 되어 보이는 노인으로, 아조레스 낙농가들이 신는 무릎 위로 올라오는 장화 안에 닳아빠진 연두색 바지를 끼워 넣고 소매가 늘어진 셔츠를 걸치고 있었다. 그가 자신을 가리켜 로맨틱한 예술가의 모습이라는 말만 하지 않았더라면 정말 모든 게 예술일 뻔했다.

그의 집 마당은 손으로 가슴을 가리고 있는 인어와 뛰어오르는 돌고래, 보석으로 장식한 거북 조각상으로 가득 채워져 있었다. 왕관을 쓰고 염소수염을 기른 왕자 조각상은 까만 머리에 젊은 모습이라는 것만 제외하면 눈에 띄게 에드아르두를 닮아 있었다. 아조레스에 빈번히 나타나는 고래나 돌고래뿐만 아니라 황소를 이끌고 밭을 매는 남자, 가톨릭 성인, 환상의 동물들도 있었다. 단조로운 조각상을 장식한 머리칼과 보석 등은 집 앞 바다에서 주워 온 작은 돌멩이들로 만들어진 것이었다. 조각상의 모양은 단순하고 민속적이었으나 저마다 개성이 있었다. 그것들은 정돈된 산책길과 꽃밭, 포도 덩굴 사이에 놓여 있었다. 그는 작품을 만든 날짜를 각각의 조각상에 새겨두었는데, 보아하니 최소 20년 넘게 이 일을 해온 게 분명했다.

에드아르두는 포도를 몇 송이 따서 우리에게 권했다. 알베르티나의 통역 덕분에 나는 에드아르두가 미술 공부를 한 적이 전혀 없다는 사실을 알았다. 돈을 벌기 위해 이탈리아에서 몇 년간 생산직으로 일하는 동안 그는 주조하고 조각하는 방법을 스스로 터득했다고 했다. 그는 자기 작품을 어디에 내놓거나 누구에게 보여주려고 한 적이 없었다. 누가 자신을 알아주길 바라는 꿈은 전혀 없다고 했다. 그의 예술 작품은 "그저 해야 할 것 같은 느낌"에서 나온 결과물이었다.

나는 그가 뭐라고 대답할지 이미 감이 왔지만 어떤 작품을 가장 좋아하느냐고 물었다. 그의 답은 내 예상과 다르지 않았다.

"언제나 이다음에 시작할 작품이지요."

아조레스 제도 한가운데 자리 잡은 상조르제 섬에 있으면 사방에 널린 다른 섬의 풍경이 보인다. 피쿠 섬, 파이알 섬, 그라시오사 섬, 테르세이라 섬. 포르투갈 작가인 라울 브란당Raul Brandão이 쓴 글 중에 아주 유명한 인용구가 하나 있다. "섬을 아름답고 완전하게 만드는 것은 건너편에 있는 섬이라는 사실을 알게 되었다.Já percebi que o que torna as ilhas belas e as completa é a ilha em frente." 삶이란 바로 이런 것이다. 우리는 늘 순간을 살아야 한다고 말하지만, 지금 이 순간을 아름답고 완전하게 만드는 건 우리가 다음에 무엇을 할지 상상하는 일이다.

잘 가라, 바니!

세상이 제대로 돌아가고 있는 것 같고, 있는 그대로의 내 모습이 만족스럽고, 호기심 어린 유쾌한 눈빛으로 지나가는 사람들과 반갑게 눈을 마주칠 준비가 되어 있는 그런 시기가 있지 않은가. 당시에 나는 전혀 그런 시기를 보내고 있지 않았다.

나는 다시 테르세이라 섬으로 돌아왔다. 그런데 바니가 시동이 걸리지 않았다. 또 다시. 이번에는 내 잘못이었다. 분홍색과 노란색 포스트잇에 "**루제스 두 카루**Luzes do carro(자동차 라이트)**!**"라고 적어서 대시보드에 붙여놓고도 또 라이트를 끄지 않았던 것이다. 바니의 다른 모든 것들과 마찬가지로 물론 경고음은 작동하지 않았다. 나는 혹시 우리 집으로 차를 가져와 내 차에 다른 차의 배터리를 연결해 시동을 걸어줄 수 있을지 물어보려고 정비소로 가는 언덕을 터벅터벅 올라가고 있었다.

그때 멀리 앞에 보이는 지프Jeep에서 남녀 한 쌍이 내리는 모습이 보였다. 남자는 키가 컸고, 금모랫빛 헝클어진 머리칼은 눈과 관자놀이까지 내려와 있었다. 포르투갈인은 아니었다. 여자의 머리칼은 그보다 어두운 색이고 곱슬기가 있었다. 발톱에 바른 보라색 매니큐어는 보라색이 강조된 테바Teva• 샌들과 잘 어울렸다. 포르투갈 사람이려나? 나는 누구네 집 미국인 손녀일 거라고 짐작하며 공연히 대화로 이어지지 않도록 짧게 고개만 끄덕여 인사했다. 누구와 대화를 나눌 만한 기분이 아니었다.

내 기분은 하루 전, 머피가 소들이 물을 마실 수 있게 물을 받아놓은 물통을 잇따라 발견하고 그 안에 들어가 수영하려고 난리 친 저녁부터 가라앉기 시작했다. 미끄덩거리는 수조 안에서 개구리를 잡는 데 정신이 팔린 개를 내 손으로 끄집어내야 했던 그날 밤의 일은 그해 여름을 통틀어 손에 꼽힐 만큼 최악의 경험이었다. 머피를 끌어내 살펴보니 녹조를 뒤집어쓴 건 말할 것도 없고, 온몸에 반투명한 벌레가 꾸물꾸물 기어다니고 있었다.

머피가 물속으로 뛰어드는 개구리를 발견하기 전까지 몇 시간 동안은 자유롭게 목장을 돌아다니며 더없이 행복한 시간을 보냈다. 우리는 낡은 나무문을 넘고 수국 울타리를 따라 거닐었다. 머피는 언덕을 넘어 내달리기도 했고, 푸른 풀밭과 파란 바다 위로 흐리게 펼쳐진 흰 바탕 속으로 세차게 뛰어오르기도 했다.

• 벨크로가 장착된 샌들 브랜드.

웬일인지 자꾸만 웨일스 시인이 떠올랐는데 무엇 때문인지 도무지 알 수 없었다. 그러다 마침내 무선 인터넷을 발견한 어느 날, 드디어 '웨일스 시인'을 검색해보았다. 검색 결과에 곧 1930년대 영국의 대표 시인 딜런 토머스Dylan Thomas의 이름이 떴다. 그 이름을 보자마자 내가 어릴 때 갖고 있었던 '고전 시 100편' 뭐 이런 비슷한 이름의 천 표지 책에 목판 삽화와 함께 수록돼 있던 딜런 토머스의 시 〈고사리 언덕Fern Hill〉이 생각났다.

내가 아무런 근심 없이 풋풋했던, 헛간들 사이에서 유명했던 그 시절에…

당시에 나는 사회의 흐름이 문자로 쓰인 문학을 벗어나 비주얼 커뮤니케이션으로 이동하고 있다는 내용의 책을 읽고 있었다. 내가 딜런 토머스의 시를 모두 외우고 있었던 건 아니지만 스스로를 웨일스 시인과 동일시해보니, 다른 시대와 다른 장소에서 쓰인 글이 없는 상황을 도무지 상상할 수 없었다.

그 무렵 내 입에서 나오는 말들은 썩 시적이지 않았다. 머피는 줄을 풀어줄 때마다 어김없이 소 물통으로 달려갔다. 전날 밤, 호스로 물을 뿌려 머피를 목욕시킨 다음 나도 곧장 샤워를 하러 들어갔다. 샤워를 마치고 나왔는데 문득 반투명한 벌레가 생각 나서 다시 한 번 샤워를 하러 갔다.

그리고 한 번 더.

원하는 만큼 샤워를 할 수 있는 현실이 여전히 기적처럼 느껴졌다. 여기서는 물을 아껴 쓰지 않아도 됐다. 가뭄이 계속되고 있는 캘리포니아에서는 한 번 한 번의 샤워가 호사였는데 말이다.

세 번의 샤워를 마친 내 곱슬머리는 〈고인돌 가족〉 속 붉은 머리칼의 페블 플린스톤Pebbel Flinstone처럼 머리통 위에 덩그러니 얹혀 있었다. 샤워를 했지만 내 옷가지들은 여전히 더러웠는데, 그건 집주인이 언제든 안채의 세탁실을 사용하라고 말했으나 안채에는 전 세계에서 온 신혼여행자들의 발길이 끊이지 않는 탓이었다. 사랑도 좋고 다 좋다만, 그놈의 사랑이 잔뜩 쌓인 양말을 빨고 싶은 내 앞길을 가로막았다. 게다가 파란 하늘에 햇빛이 쨍쨍한 나머지 섬들과 다르게 세레타의 날씨는 주로 습했고 낮에도 흐렸다. 딱 오늘처럼. 마치 성대한 파티에 나 홀로 초대받지 못한 사람이 된 것 같은 기분이 들었다.

사실은 그냥 내 기분이 조금 우울했다. 로마나와 존이 보고 싶었고, 그들과 함께 보낸 여름날이 그리웠다. 예전의 주방장이 그리웠다. 예전의 내 모습이 그리웠다. 모든 게 다 끝이라는 느낌이 아니라 뭔가를 갈망하던 느낌마저 그리웠다.

큰길에서 길을 꺾어 비탈길로 걸어 올라가다가 마침내 정비소로 들어갔다. 그 커플도 같은 길로 걸어갔다. 이상했다. 굉장히 이상한 상황이었다. 좁디좁은 아조레스 길목을 걷고 있는데 미국인으로 보이는 세 사람이 아무런 대화도 하지 않고 있으니 점점 어색해지는 것 같았다.

"자동차 배터리가 나가서요." 턱으로 정비소를 가리키며 내가 마침내 입을 뗐다.

"아빠하고 다른 친척들이 소유하고 있는 할머니 집을 저희가 매입할까 생각 중이에요." 여자가 길 바로 건너편에 있는 집을 가리키며 말했다. 여자는 내게 원한다면 셀리오(그는 정비공의 이름을 알고 있었다)에게 볼 일이 다 끝난 뒤에 집에 들러보라고 말했다.

나는 여자의 말대로 그 집에 들렀다. 두 사람의 이름은 크리스와 델시오네였다. 둘은 내게 벽에 걸린 대대손손 내려오는 가족사진들과 조부모님이 델시오네와 그 여자의 동생이 20대였을 때 사줬다는 이층 침대를 보여줬다. 보스턴 사람이라는 델시오네 자매는 어렸을 때 여름마다 아조레스에 와서 지냈다고 했다. 델시오네는 다섯 살 때 목장에서 소를 몰고 집까지 걸어갔던 일을 여전히 기억하고 있었다.

크리스와 델시오네는 11년간 결혼 생활을 이어오고 있는 부부였지만, 델시오네의 아버지는 여전히 델시오네에게 남편감으로 적당한 아조레스 청년들을 소개해줬다.

"내 옆에 꼭 붙어 있어야 해." 크리스는 머리를 가로저으며 말했다.

그는 미시간 출신이었다. 철강 회사에 일자리를 얻은 덕분에 어릴 때 살던 고향 마을을 떠나 보스턴으로 이사했다고 했다. 9·11 테러 사건이 일어나기 직전이었다.

"살면서 그렇게 외로웠던 적이 없었어요. 그러다 세상이 뒤집어진 거죠." 그가 말했다.

그의 사무실은 광란의 장소가 되었다. 회사 동료인 데이브는 아조레스인으로 부모 형제와 한집에 살면서 평생을 사촌들 틈바구니에서 시끌벅적하게 지낸 터라 아무도 없이 외롭게 사는 크리스를 보고 큰 충격을 받았다. 그는 식사 자리와 포르투갈 축제 등에 크리스를 초대하며 살뜰히 챙겼다. 내게 아르메니아 가족이 생긴 것처럼 크리스에게도 마침내 아조레스 가족이 생긴 것이다.

크리스는 데이브의 유대관계가 부러웠다. 반면 데이브는 크리스의 자유가 부러웠다. 데이브는 곧 주말 동안 크리스의 아파트에서 지내기 위해 금요일마다 배낭을 챙겨 들고 출근하기 시작했다. 그는 곧 크리스의 비공식적 룸메이트가 되었고, 데이브의 어머니에게는 아들이 하나 더 생겼다.

보스턴에서는 비공식적으로 '루소 부즈 크루즈Luso Booze Cruise'라고 부르는, 먹고 마시는 뱃놀이 축제가 매년 열린다. 루소는 포르투갈어를 쓰는 모든 사람을 가리키는 단어다(로마제국 시대에는 이베리아반도 지방을 루시타니아라고 했다). 그 지역에 거주한 포르투갈 인구에 관한 역사는 고래잡이를 하던 아조레스 시대까지 거슬러 올라간다. 이런 이유로 보스턴에서 '루소 부즈 크루즈'는 정확하게 말하면 술 취한 아조레스인을 뜻한다. 데이브는 크루즈에 크리스를 초대해놓고 정작 자기는 축제장에 나오지 않았다. 크리스는 수많은 포르투갈 청년들이 누가 봐도 포르투갈인이 아닌 한 남자를 쳐다보던, 전혀 달갑지 않은 눈빛을 여전히 기억했다. 델시오네도 여동생 니비아에게 바람 맞고서 똑같은 크루즈 줄에 서 있었다.

크리스와 델시오네는 이전에 데이브의 아조레스 인맥 모임에서 만난 적이 있었다. 그러나 두 사람이 대화를 나눈 건 크루즈에서가 처음이었다.

델시오네는 그때 **우와, 남성우월주의자가 아닌 남자는 이런 모습이구나,** 라는 생각이 들었다고 회상했다. 당시 그녀는 이탈리아계 미국인과 사귀고 있었는데, 델시오네의 말에 따르면 그 남자는 "포르투갈과 이탈리아의 문화에서는 모두 남자가 왕이라고 생각하기 때문에 당신의 딸이 포르투갈 사람과 결혼하지 않는다면 그 다음은 이탈리아인이어야 한다는 이유로" 아버지도 받아들일 수 있는 남자였다. 크리스는 대화를 시작하자마자 둘이 결혼할 인연이라고 생각되면서도 한편으로는 **절대, 델시오네는 내가 넘볼 대상이 아니야,** 라는 생각이 들었다고 했다. 어쨌든 두 사람을 가깝게 엮어준 크루즈에서 가장 큰 역할을 한 건 약속 장소에 나타나지 않은 데이브와 니비아였다.

크루즈에서의 만남 이후 두어 달쯤 흘렀을 때, 델시오네와 니비아는 보스턴의 아조레스 민속단과 함께 앙그라에 갔다. 니비아는 평소처럼 즐거워하지 않았고 나가고 싶어 하지도 않았다. 술도 마시지 않았다. 임신 중이었기 때문이다.

어린 꼬마였을 때부터 니비아는 크리스의 친구인 데이브를 좋아했다. 니비아는 그해 성당에서 축제를 준비하고 있을 때 데이브를 보고 그에게 다가가 자신의 마음을 고백했다고 델시오네에게 말했다. 데이브는 충격을 받았다. 그에게 니비아는 여동생 같은 사람이었기 때문이었다.

"당연히," 델시오네가 말을 이었다. "금방 충격에서 벗어났죠. 제 동생이 한 미모 하거든요."

"글쎄." 크리스가 대꾸했다.

"둘 다 정말 믿기지 않을 정도로 비밀을 못 지키더라고요." 델시오네가 깔깔거리며 말했다. "지금 생각해보면 크리스가 얼마나 이상하게 행동했는지, 정말 얼마나 어쩔 줄 몰라 했는지 몰라요."

니비아가 아버지에게 곧 할아버지가 될 거라고 말하자 가족 식사 자리에 긴장감이 돌았다. 아버지는 델시오네를 쳐다봤다.

"절 그렇게 쳐다보지 마세요!" 델시오네가 외쳤다. 아버지는 늘 델시오네가 반항아라고 생각했다. 델시오네는 어릴 적 아버지에게 아조레스 남자와 결혼해서 1년 내내 섬에서 살고 싶다고 말했었다. 아버지는 딸에게 세레타 행진 악단에서 가장 형편없는 연주자나 되어야 딸과 결혼해줄 것이라고 말했다. 델시오네가 너무 독립적이라는 이유 때문이었다. 델시오네는 심지어 그 당시에도 아버지가 어쩌면 이탈리아계 미국인 사위를 볼지도 모른다고 체념하고 있었는지 모르지만, 그래도 딸이 사윗감으로 미시간 출신 백인을 데려오리라고는 상상도 하지 못했을 거라고 했다.

데이브와 니비아의 결혼식에서 델시오네와 크리스는 다시 만났고 그렇게 주말 내내 첫 데이트가 이어졌으며 그때부터 두 사람은 서로의 짝이 되었다.

니비아의 할머니가 소유했던 집의 부엌에 서서 식탁에 놓인 커다란 도자기 조형물을 바라보았다. 90센티미터 정도 되는 높이였다. 조형물에는 창백한 원숭이 얼굴처럼 생긴 머리통이 달려 있었는데, 초록색 큰 눈과 과장되게 표현된 검정 속눈썹이 시선을 사로잡았다. 케이크 위에 둘러진 크림 같은 모양이 있었는데, 털을 의미하는 것인지 꽃을 의미하는 것인지 모를 노란색 소용돌이 장식이 머리와 발 위에 올려져 있었다. 앉은 자세의 조형물은 담청색 꽃이 엮인 꽃다발을 입에 물고 있었다.

"푸들인가요?" 내가 머뭇거리며 의견을 냈다.

"사자? 산토끼?" 크리스가 받아쳤다.

"어 티스켓, 어 태스켓, 언 어글리 싱 위드 어 배스킷A tisket, a tasket, an ugly thing with a basket"• 델시오네가 뜬금없이 노래를 불렀다. 그러고는 크리스를 쳐다보며 말했다. "자기, 미안한데, 이건 여기에 있어야 돼. 이건 이 집의 일부야. 당연히 그렇고말고."

"뭐? 무슨 말을 하는 건지 잘 모르겠어. 좀 알아듣게 말해봐." 크리스가 말했다.

몇 주 동안 크리스, 델시오네와 어울리다 보니 이들이 동음이의어를 이용한 말장난을 굉장히 좋아한다는 걸 알게 됐는데, 사실 첫 만남에서부터 그럴 것 같다는 직감이 들긴 했다. 그렇다고 내가 말

• 특별한 의미 없이 비슷한 음절의 가사로 만든 말놀이 동요.

장난을 '인형 도착증' 같은 것으로 여긴다거나 하는 건 아니다. 그저 크리스와 델시오네가 말장난에 그 정도로 빠져 있다는 사실이 굉장히 의외였다는 의미다.

그러니까 이게 어떤 느낌이었냐면, 괴상한 관습이 굉장히 많은 지역인 캘리포니아주 팜스프링스Palm Springs에서 웨이트리스로 일할 때와 유사한 느낌이었다. 그곳 식당들은 시내에 어떤 모임이 있는지 모임 목록을 전해 받았는데, '메노파 교도Mennonite* 여신도 퀼트 모임'이 항상 '인랜드엠파이어 스팽커Inland Empire spanker'** 같은 모임과 같은 시간대에 예약되어 있는 걸 보면 아주 재미있었다. 짧은 바지에 골프용 폴로셔츠를 입은 중년 커플이 앉은 테이블에서 시중을 들다가 그들이 팔에 차고 있는 고무 팔찌가 이들이 잠시 후 낯선 사람의 옷을 벗기고 그들을 찰싹찰싹 때리는 사람들이라는 의미라는 걸 알게 될 때는 매번 좀 충격을 받았다.

집으로 걸어가고 있는데 햇빛이 들었다. 세레타에까지 해가 난 것이다. 나는 크리스와 델시오네의 두두두두두 하는 대화(말장난과는 다른 새로운 것이었다)에 금세 익숙해졌다. 전보다 덜 외로웠다.

형 델리오와 함께 사업체를 운영하고 있었던 정비공 세일로가 우리 집으로 출장을 나와줬지만 바니의 시동을 걸지는 못했다. 그

---

* 16세기에 창시된 개신교의 일파. 대부분 현대에도 전통적 교리와 생활방식을 고수하며 살아간다.

** '인랜드 엠파이어'는 캘리포니아주 남부에 위치한 지역이며, '스팽커'는 상대방을 때리면서 성적 흥분을 느끼는 사람을 일컫는 말이다.

는 새 배터리를 넣었고 나는 그의 손에 70유로를 추가로 건넸다. 내 차의 잔금을 치른 지 겨우 일주일 만에 일어난 일이었다.

그때 가게에 있던 마리자는 나더러 돈을 지불하지 말라고 설득했다. 그녀는 사람들이 옛날에 자동차 뒷유리 앞에 놓았던 강아지 인형처럼 머리를 앞뒤로 까딱거리면서 손가락으로 허공에 거칠게 지그재그를 그었다. 그러고는 도끼눈을 하고서 내게 이렇게 말하라고 신신당부했다. "고물인 걸 알고 있었으면서도 팔아넘겼잖아요. 이런 차에 절대 제값을 지불할 순 없죠." 그러나 신이시여. 거래는 거래다. 게다가 엘마노도 끼어 있는 일이었다. 솔직히 말하면 나중에 혼자 있을 때 거울 앞에서 손가락과 머리를 움직이며 마리자가 했던 대사를 따라해보기도 했지만, 그래 봤자 내가 결코 마리자처럼 보일 수 없다는 사실만 더욱 명확해질 뿐이었다.

엘마노와 나는 엘마노의 사촌의 아내의 여동생과 결혼한 남자와 그의 동업자(중학교 때 만난 친구이자 유사한 패션 감각을 소유하고 있는 처남이라는 남자)를 만났다. 채도는 약간 달랐으나 두 사람 다 밝은 주황색 셔츠를 입고 있었다. 둘 다 대담한 사업가 기질이 있는 게 분명했다. 우리가 바니의 소유권 이전을 신청했던 시청은 이혼이 이루어지는 장소이기도 했다. 그 동업자라는 남자는 시청이 새롭게 정원 관리사가 필요한 여성을 찾거나(그는 부업을 하고 있었다) 자동차나 집을 빠르게 처분하고 싶어 하는 부부를 만나기에 좋은 장소라고 말했다. 바니도 처분을 기다리고 있는 차들 중 하나로 보였나 보다.

보험회사 사무실로 들어가고 있는데 '엘마노의 친척이라고 하기엔 뭣한 사람'이 내게 좋은 값을 받을 수 있겠다고 말했다. "미국인들은 하나같이 오토를 사려고 하니까요." 그가 말했다. "아주 쉽게 차를 팔 수 있을 겁니다!"

"제 생각엔 평생 제가 타야 할 차인 것 같은데요." 나는 주방장의 말을 그대로 베껴 얼른 말했다. "저 말고는 아무도 그 차를 살 사람이 없을 테니까요."

그는 상처 받은 것 같았다. 나는 마음이 좋지 않았다.

하지만 집으로 돌아온 나는 그제야 그의 말이 옳다는 걸 알게 됐다. 머피와 해변용 수건을 바니의 뒷좌석에 밀어 넣고 있는데, 내 앞에 큰 트럭이 멈추더니 조수석에 앉은 한 여자가 큰소리로 날 불렀다. "미국 차를 팔까 하신다고 들었는데요."

"이 차라면 안 사시는 게 좋을 거예요." 내가 대답했다. "말썽만 일으키는 차거든요."

"아녜요, 전 좋은데요." 여자가 트럭 밖으로 나오며 말했다.

아르테시아에서 어린 시절을 보냈다는 재닛은 여름마다 어린 두 딸과 함께 이곳에 온다고 했다. 그러나 남편은 계속 캘리포니아에 남아 일을 해야 했다. 재닛은 시어머니 집에서 지내면서 시동생에게 운전을 부탁해야 했는데, 스틱 차량은 몰 줄 몰랐고 **정말로** 자기 차를 갖고 싶어 했다. 나는 그게 어떤 기분인지 알 것 같았다.

"그래도 늘 고장만 나면 어떡하시려고요?" 내가 물었다.

"상관없어요." 재닛이 말했다. "시동생이 못 고치는 게 없거든요."

재닛은 곧 캘리포니아로 떠날 예정이라고 했다. 축제의 여왕으로 뽑힌 큰딸의 기념식을 보러 센트럴밸리로 돌아가야 한다고. 재닛은 내가 자기에게 차를 팔겠다면 자기는 내년 여름에 와서 탈 테니 그동안 차를 몰아도 좋다고 말했다.

그녀가 제안한 금액은 1,200유로였다. 나는 좋다고 했다. 트럭 안에 분홍색 커플 수영복을 입고 있는 두 딸이 보였다. 아이들의 머리 끝부분 역시 분홍색이었다. 미용사 엄마가 쿨에이드Kool-Aid•에 담가 염색해준 색깔이었다. 나는 이 가족에게 차를 태워주겠다고 제안했고, 그렇게 우리는 모두 다 같이 화산암 수영장으로 갔다.

재닛은 전화기를 붙잡고 남편에게 캘리포니아에서 운전하던 것과 같은 차를 아조레스에서 샀다고 말하면서 물속으로 텀벙텀벙 걸어 들어갔다. 그 무렵 내 차는 새로운 부품으로 잔뜩 교체됐으니 어쩌면 재닛에게 제격이었는지도 모른다. 딸들은 돌아가며 머피에게 물속으로 나뭇가지를 던져주었다.

잘 가라, 바니!

• 과일 향을 첨가한 청량음료 분말.

혈통과 아조레스

크리스와 델시오네의 외모를 보면 아웃도어 카탈로그에 등장하는 커플이 떠올랐지만, 이 부부는 사실 아웃도어 활동에 전혀 관심이 없었다. 나는 아침마다 가뭄과 불과 홍수에 관한 종말론적 시각에 대항하며 머피를 데리고 산책을 나가 꽃향기를 맡고 새소리를 듣고 나무를 보고 아아! 하고 탄성을 지르면서 내게 주어진 시간을 충실히 즐겼다. 그런 다음 크리스와 델시오네를 만나 형형색색의 카페 파라솔 아래 앉아 커피를 홀짝였다.

그러고 있을 때면 오디와 아르멘의 뒤뜰에 앉아 차를 마시며 인생 얘기를 깊이 나눴던 지난날이 생각났다. 그때마다 오디는 이란에서 살던 집 안뜰에서도 같은 방식으로 시간을 보냈다며 과거를 떠올렸다. 델시오네는 보스턴에 돌아가면 생각할 짬도 없이 바빠질 테지만 그래도 분명 지금 이 날들이 생각날 것 같다고 했다. 그때그때 흘러가는 대로 인생 이야기를 나누다 보니 우리는 어느새 어린 시절 여름 캠프에서 만난 친구들처럼 똘똘 뭉쳐 있었다. 둘은 무디에 관해서도 알고 있었고, 그에게 '엔디콧Endicott'이라는 새 별명이 생겼다는 것도 알고 있었다.

잭 무디는 사탕처럼 달콤하게 밀어를 속삭일 줄 아는 낭만가가 아니었다. 그런 무디가 늘 어울려 노는 친구들에게 날 만나러 아조레스에 오고 싶다고 얘기하자 그 친구들이 옛날 미국 밴드인 '키드 크레올과 코코넛Kid Creole and the Coconuts'의 곡 중에 도덕군자인 척하는 배려 깊은 애인에 관한 노래 가사에서 따와 '엔디콧'이라는 별명을 붙여준 것이다. 무디와 친구들은 중년이 되어서도 꼭 "여자애들 출입 금지"를 써 붙이고 모여 노는 남자애들 무리처럼 놀았다. 무디가 이 모임을 벗어나 새로운 모험을 해볼 생각을 했다는 게 나로서는 아주 뜻밖이었다.

크리스는 엔디콧이라는 별명이 굉장히 웃기다며, 그런 별명이 붙은 걸 보니 내가 마음을 열어도 될 만큼 좋은 남자일 것 같다고 했다. 이날 술이 들어간 상태로 우리끼리 주고받은 대화야말로 그동안 내가 그토록 기다려왔던 대화였다.

"문제는 포르투갈 남자가 한 사람 있는데, 내가 평생 잊을 수 있을지 확신이 안 생긴다는 거예요." 내가 말했다.

"잠깐!" 크리스가 소리쳤다. "'엔디콧'도 그 유럽 남자를 알아요?"

나는 그게 놀랄 일인지 이해하지 못하겠다는 얼굴로 고개를 끄덕였다. 무디와 나는 10년 넘게 알고 지냈고 서로 비밀을 만들 이유가 없는 사이였다. 우리 사이에는 서로 모르는 일이랄 게 별로 없었다.

"뭘 모르시네." 크리스가 말했다. "우리 같은 미국 남자들은요, 유럽 남자들한테 좀 그런 게 있어요. 우리가 그놈들한테 상대가 안 된다고 생각하거든요. 유럽 남자들은 수천 년의 연애사를 갖고 있으니까요. 우리에게 데비 크로켓Davy Crockett*이 있다면 그들에게는 카사노바가 있잖아요. 와, 엔디콧 형님은 제 영웅입니다!"

크리스는 '실연당한 뒤 이겨내는' 분야에서 자신이 겪은 경험담을 솔직하게 들려주었다. 델시오네를 만나기 전, 그와 동거 중이던 약혼녀가 가장 친한 친구와 침대에 뒤엉켜 있는 광경을 보고 말았다(이와 비슷한 이야기를 얼마나 많이 들었는지 모른다. 제발 중요한 순간에는 문들 좀 잠그시라. 누구도 이런 모습을 머릿속 기억장치에 저장하고 싶지 않을 것이니!). 크리스는 지금도 그 장면이 문득문득 떠오른다고 말했다. "그리고 그럴 때마다 이런 생각을 하지요. **오! 하느님 감사합니다. 그 일이 없었더라면 델과 결혼하지 못했을 거예요!**" 그는 허공으로 주먹을 쳐올리며 힘차게 말했다.

그의 말에는 일리가 있었다. 철저하게 배신 당하는 것만큼이나 최악의 화를 면하게 해주는 일은 없다.

---

* 텍사스 독립을 지지하다 알라모 전투에서 사망한 미국 군인, 정치가로 미국의 영웅으로 추앙받고 있다.

남편을 하늘로 떠나보낸 내 친구 하나는 인간의 심장에 네 개의 방이 있다고 믿었다. 그래서 방 한 칸을 떠나간 누군가를 위해 영원히 내주더라도 여전히 새로운 사랑을 할 수 있는 방이 남아 있다고 했다. 의미는 같지만 덜 낭만적이었던 아버지가 했던 말을 생각하니 새어나오는 미소를 참을 수 없었다. 아버지는 이런 말을 하곤 했다. "다리가 셋뿐인 개도 충분히 빠르게 달린다."

사다리를 오르면 무조건 뛰어내려야 했기 때문에 확신이 필요했다. 마을 축제의 물 미끄럼틀을 거꾸로 기어 내려오는 슬픈 사람은 없어야 하니까.

크리스와 델시오네가 테르세이라 섬에서 보내는 마지막 일주일이 다가오자 우리는 제대로 된 관광을 하자고 마음먹고서 섬 전체를 빙 두르며 수많은 **임페리우**império를 둘러봤다. **임페리우**는 이 지역의 가족 단위로 구성된 성령회Cult of the Holy Spirit •에서 관리하는 작고 정교하게 장식된 예배당이다. 섬에는 쉰 개가 넘는 **임페리우**가 존재했다. 마을마다 최소한 한 개 이상의 **임페리우**가 있었는데, 대개 성당 바로 건너편에 위치했다. 비교적 자그마한 규모의 예배당 꼭대기에는 보통 왕관과 비둘기 한 마리가 올려져 있고 저마다 독특한 색깔로 장식돼 있었다. 한 예배당은 파랑, 노랑, 빨강으로, 또 다른 예배당은 초록과 분홍으로, 또 다른 한두 군데는 쨍한 청

• 가톨릭을 기반으로 하는 종교로, 1135년경 요아킴 신부가 주장한 성령의 시대를 믿고 기다리는 이들로 구성되었다. 포르투갈 디아스포라들을 비롯하여 브라질 일부 지역에서 여전히 전해지고 있다.

록색으로. 노란색이나 주황색으로 칠해진 예배당도 있었다. 요란한 건축 양식과 밝은 빛깔 때문에 그런 건물들은 마치 웨딩케이크나 피냐타piñata •처럼 보이기도 했다.

해마다 봄이 되면 **임페리우**들은 성령 축제Holy Spirit festival를 중심으로 활기를 띠었다. 성령 축제는 솥 한가득 끓인 수프와 빵이 가득 담긴 바구니를 내놓으며 주민들에게 자선을 베풀 것을 독려하는 행사다. 예배당들은 싱싱한 꽃으로 뒤덮이고, 각 마을에선 흰 드레스와 망토를 걸친 소녀들과 중세 깃발을 든 소년들, 빵이 든 바구니를 머리에 이고 가는 사람들이 긴 행렬을 이룬다. 이 행사는 아조레스의 정체성과 밀접히 연관된 전통으로, 디아스포라들이 열성적으로 받아들이는 전통이기도 하다. 캘리포니아에서도 봄에 주말이 되면 포르투갈 공동체 어딘가에서 공짜로 수프를 나누어 주는 행사를 했다. 사람들이 잘 모르는 것 같은데, 이건 철저하게 종교적인 의식으로 보이지만 사실 가톨릭 전통이 아니다.

역사학자들의 연구에 따르면, 성령을 기리는 전통은 1135년경 이탈리아 남부에 위치한 칼라브리아Calabria에서 태어난 요아킴Joakim 신부로부터 시작됐다. 이탈리아 피오레Fiore 지방에 있는 수도원의 원장이었던 요아킴 신부는 성부, 성자, 성령의 삼위일체가 인간의 특정 시대를 대표한다고 믿었다. 그가 쓴 경전에 따르면 과거는 성부의 시대이고, 현재 우리는 성자의 시대를 살고 있으며,

• 멕시코나 중미의 화려하게 장식한 항아리로, 안에 장난감이나 과자가 들어 있다.

곧 성령의 시대가 올 것이다. 그는 성령의 시대가 오면 복잡하고 어수선한 티끌세상과 신성 세계 간의 구분이 없어질 것이라고 예언하기도 했다. 성령의 제국이 평화, 정의, 평등, 관용을 불러올 것이라는 말이었다. 지구상에 이 같은 유토피아가 펼쳐질 거라는 사상은 많은 사람의 마음을 사로잡았다. 특히 단테는《신곡》에서 요아킴을 파라다이스에 사는 것으로 묘사하기도 했다.

그러나 평범한 사람들이 하느님과 직접적으로 소통할 수 있다면 애초에 교계 제도가 필요하지 않았을 것이다. 결국 요아킴이 주장한 교리는 이단으로 분류되었고, 성령 축제는 유럽 전역에서 근절되었다. 그러나 여전히 소규모 저항 세력이 남아 있었는데, 이런 세력은 특히 프란체스코 수도회 수사들과 '성전 기사수도회' 회원들이 주를 이뤘다(이들은 영화 〈인디애나 존스〉의 플롯 장치로만 쓰인 게 아니라 실제로 존재한 모임이다). 포르투갈 왕과 왕비는 성령을 열광적으로 신봉했으나 동시에 매우 헌신적인 가톨릭 교도였다. 이 예배당이 영속한 권력을 유지하기 원했던 이들은 성령 축제를 기성 종교에 위협되지 않는 별도의 축제로 이끌어갈 일반인 집단을 모집했다. 교황이 이 사실을 묵인하면서 성령 축제는 포르투갈에서 계속될 수 있었으나 이 축제에는 평범한 사람을 성령 왕국의 제왕 자리에 앉히는 순서가 포함되어 있다. 초기에는 관에 기독교와 성자 시대를 상징하는 십자가가 달려 있었지만 나중에 십자가는 성령과 새 시대를 상징하는 비둘기로 대체되었다.

이런 일이 일어나는 동안, 아조레스 제도는 사람이 살지 않는

채로 남아 있었다. 그러다가 성전 기사수도회를 계승해 창립된 그리스도 기사수도회의 통치를 받은 포르투갈인들이 섬에 정착했다. 프란체스코회 회원들이 초반에 정착했는데, 이들은 가족 구성원들로 이루어진 종교 집단(혹은 협회)을 만들어 성령 축제를 체계화했다. 자칭 관광 코스라며 우리가 둘러본 형형색색의 예배당은 결국 이단 세력이 해안가에 만들고 싶어 했던 유토피아적 미래상의 잔존물이었던 셈이다.

나와 델시오네의 관심을 끈 건 예배당이 아니었다. 우리는 스페인 종교재판 시기에 성령회 교인들이 유대인을 오히려 눈에 잘 띄는 곳에 숨겨줌으로써 보호했다는 이야기에 푹 빠져버렸다. 우리는 둘 다 그 이야기에서 개인적인 유대감을 느꼈다. 내 경우는 약간 비논리적인 이유로 들릴지도 모르겠는데, 어쨌든 델시오네와 나는 우리가 각각 세파르딕 유대인Sephardic Jews *이라고 생각했다.

델시오네의 고조할아버지는 기독교에서 세 명의 동방박사가 아기 예수를 찾아온 날을 기념해 주현절 또는 공현절이라고 부르는 1월 6일에 태어났다. 이 때문에 가족들은 왕이라는 의미를 지닌 헤이스Reis로 성을 바꿨다. 그러나 델시오네는 가족들끼리 수군거리는 말을 종합해봤을 때 성을 바꾼 진짜 이유는 유대인이라는 뿌리를 숨기기 위해서였을 거라고 했다.

---

* 약 500년 전 스페인의 종교 박해를 피해 포르투갈 등 이베리아 반도에 정착한 이들과 그 후손을 일컫는 말.

1497년 포르투갈의 유대인들은 개종하거나 나라를 떠나지 않으면 죽임을 당했다. 기독교로 개종당한 유대인은 마라노Marrano라고 불리며 새 이름을 받았다. 스페인의 종교재판이 더욱 잔인한 방식으로 널리 퍼져 나갈수록 스스로 보호하기 위해 점점 더 많은 유대인이 성을 바꾸거나 여러 개의 성을 사용하기 시작했다. 그렇게 성을 바꾸는 일을 세대에 걸쳐 지속적으로 실천한 가문들도 있었다.

유대인들은 1세대 아조레스인 틈에 섞여 있었다. 테르세이라섬에서 포르투갈이 가장 먼저 점유한 항구의 이름은 포르투 주제우Porto Judeu다. 해안가로 가장 먼저 수영해 간 유대인 선원에게 이름을 지을 특권이 주어졌다. 아조레스 제도는 제2차 세계대전 당시 또 한 번 유대인 가족들의 피난처가 되었다. 아조레스인의 Y 염색체를 연구한 결과를 보면 인구의 13.4퍼센트가 유대계와 공통된 유전적 표지인자를 지니고 있다.

이러한 이유로 델시오네와 그의 고모는 크리스마스 선물로 서로 유전자 검사를 해주기로 했다. 두 사람은 그루폰Groupon*을 통해 유전자 검사를 할 수 있는 쿠폰을 구매했고, 검사 결과, 이들의 유전자에서 유대인의 유전자가 나왔다. 이제 두 사람은 크리스마스가 되면 선물로 메노라Menorah**를 주고받는다. 그러는 데는 독

* 미국 시카고에서 시작된 세계 최초, 최대의 소셜커머스 기업.
** 촛대를 의미하는 히브리어. 유대교 제식에서 쓰이는 7~9갈래의 촛대로 유대교에서 중요한 상징적 의미를 지닌다.

실한 가톨릭 신자인 델시오네의 아버지가 식식거리는 모습을 보려는 목적도 약간 있다고 했다.

내 혈통에 관한 증거는 그보다 훨씬 빈약하다. 그루폰에 올라온 쿠폰을 구매하지 않았기 때문에 확실하게 아는 것도 없다. 어릴 때는 내가 어느 민족과도 닮은 구석이 없다는 게 굉장히 신경 쓰였다. 아무리 봐도 내가 어느 민족에도 속하는 것 같지 않았다. 그런데 내가 아조레스에 처음 갔을 때 주방장과 함께 아조레스의 스페인계 유대인 디아스포라의 역사를 다룬 박물관 기획전에 갔던 날이었다. 박물관에 신원미상의 세파르디 유대인 여성을 그린 그림이 한 점 걸려 있었다. 심지어 사실적인 묘사도 아니고 모자이크 형식 같은 그림이었다. 그러나 그림 속 여자에게서 갸름한 얼굴에 뾰족한 턱, 아몬드 모양의 갈색 눈, 붉은 머리칼, 막대기처럼 호리호리한 팔다리 같은 특징이 뚜렷하게 보였다. 내가 어떤 반응을 보이기도 전에 주방장이 먼저 깜짝 놀란 듯 가쁜 호흡으로 이렇게 말했다. "오, 세상에. 당신하고 꼭 닮았네요."

곧장 나는 (전체적으로 나와 닮은 누군가의 그림을 우연히 마주한) 이 굉장한 혈통 연구가 그동안 어째서 내가 이렇게 아조레스에 끌렸는지 그 이유를 명쾌하게 설명해준다는 결론을 내렸다(그건 타고난 피 때문이었던 것이다!). 유전자 검사를 받아볼까 잠깐 고민도 했다. 그러나 난 혈통이 중요하다고 믿지 않기 때문에 썩 좋은 생각 같지 않았다. 나는 인간이라는 단 하나의 분류를 지지하는 사람이다. 물론 델시오네도 역시 나와 같은 생각을 가지고 있었다. 다만

이를 아버지에게 증명해보이기 위해서 검사를 했다고 했다.

이런 대화를 나누고 있을 때 크리스가 한 가지 제안을 했다. 우리가 공통으로 가지고 있을지도 모르는 유산을 찾아 관광을 해보는 게 어떻겠느냐고 말이다. 이곳저곳을 돌아보는 중간중간 머피가 수영을 하고 우리는 생선을 먹기 위해 여러 번 걸음을 멈췄다. 그러고서 **임페리우**에 들를 때마다 요란한 장식을 보며 히브리어나 메노라, 다윗의 별•로 보일 만한 곳을 찾아내는 놀이를 했다.

표면상으로는 개종했던 유대인 가족들이 **임페리우**에서 비밀리에 다른 가족들과 만나 신앙 활동을 했을 것이라는 이론도 있다. 어쩌면 이들이 유대인의 도상학을 제식과 건물 양식에 집어넣었을지도 모른다.

델시오네는 이를 두고 신앙을 비롯해 모든 익숙한 것을 빼앗긴 가족들이 지역사회의 일원으로서 편안함을 느끼기 위해 활용한 방법이었을 뿐일 거라고 말했다.

"그러니까 예수님을 믿는 사람들이 아니었잖아요. 그렇죠? 하지만 성령을 알고 있었어요." 델시오네가 말했다. "그랬으니까 빠져들 수 있었을 거예요."

상징이 숨어 있다면 그게 중요한 일일까? 일부 학계의 주장에 따르면, 그런 상징은 우리가 그 의미를 파악하지 못하더라도 말이 아닌 다른 차원으로 인간의 이야기를 후대에 전승한다. 온갖 신화

• 유대교와 이스라엘을 상징하는 별 모양으로 두 개의 삼각형 형태로 이루어져 있다.

와 미신이 항상 부글부글 끓고 있는 섬에 머물고 있는 내게 이 이야기는 아주 그럴듯하게 들렸다. 이곳 사람들은 마치 방금 가게에서 마주친 이웃 이야기를 하듯 고인이 된 이들과 나눴던 얘기를 하기 때문에 보이는 그대로 생각하는 방식을 버리지 않았다가는 혼란에 빠지기 십상이다.

임페리우를 둘러보는 길에 우리는 흥미로운 장소가 나올 때마다 걸음을 멈췄다. 그렇게 전속력으로 달리다가 항구 벽에서 바다로 뛰어드는 아이들을 가만히 바라보기도 했고, 유난히 예쁜 성당의 사진을 찍기도 했으며, 소 방목장 사이에 바퀴 자국이 깊이 팬 비포장도로를 따라가보기도 했다. 그런데도 섬을 다 돌아보는 데 한나절밖에 걸리지 않았다.

그날은 초여름에 개최되는 산조아니나스에 버금가는 규모를 자랑하는 프라이아 페스타Praia Festa가 열리는 날이었다. 파티에 가기 전에 나는 엔디콧에게, 그러니까 무디에게 전화를 걸었다. 그 통화 때문에 크리스, 델시오네와 만나기로 한 약속에 늦었고, 꼬마 인어들과 〈마다가스카르Madagascar〉에 나오는 펭귄들로 가득한 어린이들의 행렬 뒤에 갇히고 말았다. 만화 마을 틈바구니에서 빠져 나와 춤추는 무리 옆을 지나가고 있을 때 크리스가 손에 들고 있던 맥주를 허공으로 높이 들어 올려 내게 방향을 알려줬다. 그가 있는 곳으로 다가가자 그는 마치 상을 주듯 내게 맥주를 건넸다.

"자," 그가 인사말 건네듯 말했다. "그래서 엔디콧이랑은 어쩌기로 했어요?"

"여기로 오기로 했어요."

나는 크리스에게 이렇게 말했다. 우리는 맥주병을 위로 들고 쨍- 부딪쳤다.

주방장이 속한 밴드이자 여전히 테르세이라 섬이 (그리고 내가) 가장 좋아하는 밴드인 치-노타스가 공연 중이었다. 무대에 오른 사람 중 가장 키가 큰 주방장이 가장 조그마한 기타이자 우쿨렐레의 조상 격인 **카바키뉴** cavaquinho 를 연주한다는 사실이 언제나 웃기다고 생각했다. 포르투갈인들은 하와이에서 **카바키뉴**라는 악기를 들여왔다. 물론 밴드에는 기타와 드럼, 바이올린, 리드 보컬도 있었다. 주방장이 친구들과 노래하며 춤추는 모습을 보니 좋았다. 그들의 음악은 열정적이었다. 관객들은 이들의 음악에 맞추어 서로 팔을 걸고 별이 총총 떠 있는 따뜻한 이 밤 속에서 빙빙 돌았다. 아이를 유모차에 태운 채 춤을 추는 여자도 있었다.

가만히 앉아 있는 것도 혼자 있는 것도 싫어했던 주방장이 자신이 아조레스인인 덕분에 음악을 연주할 수 있어서 참 다행이라는 얘기를 했던 적이 있다. 아조레스에서는 초등학생 아이들에게 악기를 나누어주고 밴드 연주법을 가르치면서 아이들이 합주를 익히도록 한다. 주방장은 만약 미국 아이들처럼 방 안에 갇혀 혼자 연습했더라면 절대 악보 보는 법을 깨치지 못했을 거라고 말했다. 미국에서 음악을 전공하는 학생이나 나이가 들어서 그 악기를 정말로 좋아하게 되는 경우에는 혼자서 연습을 더 한 뒤에 음악가로 성장한다. 그러나 아조레스에서 자란 사람이라면 누구나 어떤 악기든 조금씩은 연주할 줄 안다.

공연이 끝난 뒤 우리는 보도에 서서 여러 사람들 틈에 끼어 맥주를 마시며 이야기를 나눴다. 이 작은 집단 안에도 인류 이동의 예측 불가한 모든 예시가 들어 있었다. 내가 주방장의 단짝 친구이자 밴드의 공동 창립자를 만나기 전에 주방장은 내게 그를 "자기가 아는 사람 중 가장 아조레스인다운 사람"이라고 설명했다. 그랬던 주방장이 내게 그 친구를 소개하면서 "다이애나, 이쪽은 제리예요"라고 말하는 것 아닌가. 제리는 누가 들어도 포르투갈식 이름이 아니다. 알고 보니 제리의 부모님은 젊은 시절에 짧은 기간 동안 캐나다로 이민을 떠났다가 그들에게 맞지 않는다고 결론을 내렸다고 한다. 그러나 캐나다에 머무는 동안 제리 루이스Jerry Lewis*의 영화를 재현해보겠다는 열정을 키웠다.

열일곱 살이 되었을 때 제리는 성공을 꿈꾸며 캐나다로 떠나 친척집에서 지냈다. 그러던 어느 날 저녁, 텔레비전을 보고 있는데 포르투갈 채널에서 앙그라의 성령 축제 장면이 나왔다. 그의 삼촌과 숙모, 사촌들은 방송을 보다가 모두 흐느끼기 시작했다.

"그때 처음으로 사우다지가 어떤 건지 제대로 깨닫게 되었어요." 그가 말했다. "그리고 생각했죠. **음. 나한텐 안 맞아. 평생 내 섬을 그리워하면서 보내진 않겠어.**"

그다음 주에 그가 보고 싶었던 콘서트가 테르세이라 섬에서 열

* 1926년에 연기자의 아들로 태어나 다섯 살 때 처음 무대에 올랐던 미국 코미디 배우.

릴 예정이었다. 그는 그길로 콘서트 표와 비행기 표를 사서 섬으로 돌아왔다.

바이올린의 거장 스탓은 미국에서 태어나 미국 국적을 가지고 있었다. 그러나 그의 부모님이 그가 젖먹이일 때 아조레스로 돌아오는 바람에 스탓은 포르투갈어밖에 할 줄 몰랐다. 보스턴에 갈 때 여권을 보여줬는데 간단한 질문조차 영어로 대답하지 못해서 수 시간 동안 출입국 관리 사무소에 붙잡혀 있었다고 했다. 직원들은 그에게 포르투갈로 돌려보내겠다고 얘기하다가 종국에는 그를 내보내주었다. 하미뉴Ramiho의 작은 마을에서 행진 악대와 함께 보스턴에 가는 길에 벌어진 일이다.

델시오네가 스탓에게 보스턴에 있을 때 어디에 묵었는지 묻자, 그는 브라운스톤brownstone•을 설명하기 시작했다. 델시오네의 눈이 휘둥그레졌다. "침실이 어떻게 생겼는지 기억해요?"

그는 침대 커버와 커튼이 어땠는지 상세히 설명했다.

"거기 저희 아버지 집이에요." 그녀가 말했다. "제 침대에서 주무셨네요!"

도대체 어떻게 밴드 멤버들이 하나같이 미국이나 캐나다에 친척이 있는 걸까 생각하고 있는데, 잊고 있던 인연 하나가 더 떠올랐다. 밴드의 드러머 티아구가 로마나와 친척 관계였던 것이다. 로마나가 마티니를 과하게 마시면 이탈리아어를 할 수도 있다고 내

• 적갈색 사암을 사용해서 지은 건축물로, 주로 미국 북동부 지역의 부유층 저택을 의미한다.

게 경고했던 바로 그 사람이었다. 그에게 나는 로마나가 혹시 왔을까 싶어서 운전할 때마다 늘 그녀의 집 앞을 지나가게 된다고 말했다. 티아구는 로마나가 노쇠한 데다가 넘어지기까지 해서 올해는 오지 못했다고 말했다. 어느 정도 예상은 하고 있었다. 로마나는 아조레스에 올 수 있는 여건이 되면 언제나 테르세이라 섬에 올 사람이란 걸 알고 있었기 때문이다.

"그렇지만 존은 여기 와 있어요." 그가 말했다. "산조아니나스에서 왕으로 뽑혔는데."

역시 내 감이 틀리지 않았다. 꽃수레에 타고 있던 10대 소년은 내가 아는 아이였다.

존과 전화 연결이 되었을 때 우리는 많은 얘기를 나눴다. 그의 가족은 보스턴에서 플로리다로 이사했다. 그래서 내가 그를 찾을 수 없었던 것이다. 존이 수영 팀에 들어갔다는 소식을 들려주었을 때 나는 불현듯 비스코이투스 수영장에서 마구잡이로 물장구치던 그를 바라보던 여름날이 떠올랐다.

그 사람을 찾아야겠어!

매니가 세레타 중심가로 내려오고 있을 때 나는 그 반대쪽으로 가고 있었다. 테르세이라 섬에서는 고개를 까딱이는 인사만 하고 지나가는 일이 거의 없다. 사람들은 화산암벽 위에 눕거나 성당 계단에 앉거나 자동차 시동을 끄고서 수다를 떤다. 잡담을 나누는 건 이곳에서 아주 중요한 활동이다. 길을 가다 교차로가 나오자 매니와 나는 담벼락에 걸터앉아 바다를 바라보고 앉아 수다를 떨었다. 매니는 그때도 이렇게 앉아 있었는데 바로 그 일이 터졌다고 했다.

“바로 이 집 말이에요?” 내가 물었다.

“네, 맞아요.” 매니가 대답했다. “파이알 섬에서 화산이 폭발했을 때 딱 여기에 앉아 있었어요. 바다가 불타고 있는 것처럼 보였던 게 기억나요.”

카펠리뉴스 화산이 분출해서 가족이 이주했던 때 매니는 꼬마

였고 열 살 때 미국으로 떠났다. 열 살이라는 나이에는 어딘가 마법 같은 면이 있다. 어린 시절에 누리는 기쁨과 쾌활함을 모두 지니고 있는 나이이지만, 동시에 충분히 컸다고 평가받는 나이이기도 하다. 그 나이에 이민을 간 매니는 두 곳 어디에도 소속감을 느낀 적이 없다고 했다. 그건 조금 더 나이를 먹은 사람들이 이민을 갔을 때 흔히 느끼는 감정이다.

"전 항상 100퍼센트 아조레스인이라고 느꼈고 또 100퍼센트 미국인이라고 느꼈어요." 그가 말했다. "학교에서는 이런 사람이었다가 집에 가면 또 다른 사람이 되었죠. 그렇게 사는 게 좋았어요. 지금도 하나보단 그 이상의 모습으로 사는 게 좋아요."

물론 힘든 일도 있었다. 그의 가족 중 유일하게 경제활동을 하는 가장이었던 아버지는 캘리포니아로 이주한 대부분의 아조레스인처럼 낙농업에 종사했는데, 일하던 중 심각한 부상을 입었다. 매니는 당시 아버지의 병실 밖에서 숙덕이던 낙농업주 두 사람이 병실 안으로 들어와서 어떤 제안을 했는지 또렷이 기억했다. 그들은 아버지의 자리를 비워둘 수 없다며, 뾰족한 수가 없다면 다른 사람을 고용할 수밖에 없다고 했다.

"저기, 아들내미 덩치가 꽤 크군요. 우리가 번갈아가면서 저 친구를 데려다가 허드렛일을 시켜도 되겠어요? 직장에 복귀할 때까지 저 친구가 학교 가기 전후 시간에 일하면 어떻겠습니까?" 한 사람이 말했다.

그렇게 1년 가까이 매니는 강도 높은 육체노동을 했다. 해 뜨기 전에 일어나고 짙은 어둠이 깔린 뒤에야 잠자리에 들었다. 학교에 있는 시간을 제외하고는 언제나 낙농장에서 일을 했다. 학교에 있는 친구 누구에게도 그의 다른 일상에 관해 털어놓은 적이 없었다. 그때는 아무 때고 자리에 앉기만 하면 금세 잠들어버렸다. 고작 열한 살 때였다.

"그 사람들 입장에서는 호의를 베푼 거였다는 사실을 잊어서는 안 됩니다." 매니가 말했다. "아버지가 직장을 잃었으면 우리 가족은 어떻게 됐겠습니까?"

매니에게 마리아 엘비타에 관해 물었다. 여전히 내 마음 한구석에는 마리아가 어릴 적 남자친구와 우연히라도 마주쳤으면 하는 바람이 자리 잡고 있었기 때문이다. 매니는 다음 주면 그녀가 테르세이라 섬을 떠날 거라고 했다. 믿을 수 없었다. 마리아는 6주 일정으로 테르세이라 섬에 머무르고 있었는데 벌써? 어떻게 한여름이 이렇게나 빠르게 지나갈 수 있단 말인가? 그렇게 우리 모두는 함께 저녁을 먹기로 계획했고, '치 쇼아'에서 다시 만났다.

마리아에게 아르투루를 만나보았느냐고 물었다. 아직 만나지 못했다고 대답하는 마리아의 얼굴은 슬퍼 보였다. **더는 못 참아.** 속으로 생각했다. **그 사람을 찾아야겠어.** 다음 날 아침, 나는 '시동아 제발 걸려라' 하는 일일 기도를 드리며 바니에 올라탔다. 마리아의 비행기는 다음 날 떠날 예정이었다.

그 사람을 찾는 데 주방장을 끌어들일 작정이었다. 그러면 치-노타스 밴드 멤버들에게도 물어볼 수 있을 것이다. 대부분의 뮤지

션들처럼 이 멤버들도 낮 시간에 하는 일이 따로 있었다. 낙농업, 생물학, 간호, 교육, 공직 등 활동 분야가 다양했기에 여러 사람들에게 물어볼 수 있을 터였다.

소방서에 도착하자 축제에서 다친 사람들과 술에 취한 사람들을 상대하느라 분주한 밤 근무를 마친 주방장이 눈을 비비며 밖으로 나왔다. 일전에 그에게 아르투루가 어쩌면 테르세이라 섬으로 돌아와 경찰로 일하고 있을지도 모른다는 말을 전해 들었다고 얘기한 적이 있었다.

주방장이 전화를 한 통 걸었다. 수화기 너머로 "**프론투, 프론투, 프론투**pronto, pronto, pronto(알겠어요, 알겠어요, 알겠어요)"라는 소리가 들렸다. 그는 전화를 끊고서 내게 노트와 펜을 달라고 하더니 연습장에 지도를 그려줬다. 그러고는 비스코이투스의 한 지점을 손끝으로 가리키며 말했다. "그 친구가 주말을 보내는 별장이 여기에 있답니다."

그날은 토요일이었다. 나는 마리아에게 전화를 걸었다. 받지 않았다. 아르투루의 주소를 알았으니 확인하는 대로 내게 전화해달라는 메시지를 남겼다. 시간도 때우고 먹을거리도 살 겸 마트에 갔다. 아직 마리아에게선 전화가 오지 않았다. 다시 전화를 걸어도 받지 않았다. 토요일이 그렇게 흘러가고 있었다.

추적 대상의 위치를 파악했다는 설렘에 가득 차 매니와 메리에게 전화를 걸었다.

"좋은 생각이 아니라고 생각해서 전화를 안 받고 있는지도 모르겠네요." 매니가 말했다.

맑은 날이었다. 별장은 항구 근처에 있었다. 나는 그저 바다를 보러 가는 것뿐이라고 내 결심을 합리화하며 그의 별장 방향으로 차를 몰았다. 말끔히 정돈된 울타리로 둘러싸인, 풀이 무성한 마당을 훔쳐보려고 차를 멈췄다. 한 남자가 정원 안에서 식물을 들여다보고 있었다.

나는 차 안에 덜덜 떨고 앉아 있기만 했을 뿐 그에게 다가가지 않았다. 처음에는 그가 영어를 못 할 수도 있으니까, 라고 아무것도 하지 않는 나 자신을 또 합리화했다. 그러나 사실 내가 차 밖으로 발을 떼지 못한 건 매니의 말이 옳았기 때문이라는 걸 깨달았다. 그건 전혀 내가 상관할 바가 아니었다. 좋지 않은 생각이었다. 마리아가 열일곱 살 때 사랑했던 이 남자와 한마디도 나누지 않은 채 내일 비행기에 오른다고 하더라도, 그대로 괜찮았다. 오로지 결말만이 중요한 게 아니니까.

즐거운 밤, 즐거운 친구들

잭 무디를 알고 지낸 지 15년쯤 됐지만, 아조레스에 도착했을 때와 같은 무디의 모습은 처음이었다. 말끔하게 다듬은 머리, 빳빳하게 다린 흰 셔츠, 멋진 가죽 재킷까지. 내가 알던 무디는 평생 플리스를 걸친 모습뿐이었는데. 그게 아니면 언제 산 것인지 모를 만큼 오래된 샌프란시스코 자이언츠San Francisco Giants• 후드티를 입고 있거나. 그는 입을 떡 벌리고 놀라는 날 향해 찡긋 윙크했다.

"노력해보겠다고 말했잖아." 그가 말했다.

우리는 '치 쇼아'에 가서 저녁을 먹으며 우리가 언제 그리고 어쩌다 여기까지 오게 된 걸까, 하며 대화를 나눴다. 무디는 언젠가 우리가 저녁 식사를 만들 때 요가 바지를 입은 내 다리를 본 그 순

• 캘리포니아주 샌프란시스코를 연고로 하는 MLB 야구팀.

간이 처음이 아니었나 싶다고 말했다. 전환점 후보로 삼기에는 말도 안 되는 순간인데? 나는 재택근무를 하는 기자여서 그가 요가 바지를 입은 내 다리를 본 건 10년이 넘었을 것이기 때문이다. 다른 한편으로 생각해보면 그에게 없던 눈이 생긴 것도 아닌데, 그의 눈동자 색깔이 달라진다는 걸 나 역시 전에는 미처 알아보지 못했다. 나는 로마나의 호박을 떠올렸다. 가끔은 미스터리가 있는 삶이 더 낫다.

우리는 테르세이라 섬을 떠나 상조르제 섬과 파이알 섬으로 갔다. 내가 낭만적인 휴가지로 점찍었던 장소였다. 나흘간 머무를 예정이었는데, 이곳에 머문 지 2주째로 접어들었다. 우리는 흘러가는 대로 편안하게 지냈다. 무디가 이곳에 와야 할지 말아야 할지 따지고 있을 때부터 나는 이런 식의 의사결정 방법에 의존하고 있었다. 일어날 수 있는 최악의 상황이라고 해봐야 무엇이겠는가? 내가 머릿속에 그려본 최악의 상황은 둘이 잘되지 않아 그가 떠날 때까지 어색한 상태로 지내는 것일 뿐이었다. 그래서 나는 무디에게 상황이 잘 안 풀리면 언제라도 돌아갈 수 있도록 비행기 표를 편도로 끊어서 오라고 권유했었다.

우려와 다르게 우리는 처음 빌린 별장의 계약 기간을 다 채우고 이제 막 두 번째 별장에 도착했다. 작은 조가비 같은 이 마을에서 다른 별장으로 옮겨 갔다는 건 울퉁불퉁한 언덕 하나 정도를 넘는다는 의미였다. 길이 너무 구불구불해서 블록으로는 가늠할 수 없었다. 캘리포니아에 사는 남동생을 대신해 우리에게 집을 빌려준 루이자씨*가 남편과 두 어린 아들, 두 조카를 데리고 우리를 환영하러 왔다. 그녀의 남편은 집에서 만든 와인도 한 병 가지고 왔다. 그는 영어를 못 했지만, 잔을 채우고 건배하기에는 손짓만으로도 충분했다. 공놀이하는 아이들과 머피에게는 언어가 꼭 필요하지 않았다. 아홉 살짜리 아들이 내게 그날이 "좋은 밤, 좋은 친구들"을 하는 저녁이라고 말했다. 나는 그 말이 무슨 의미인지 이해하지 못했다. 그날 장면을 묘사하자면, 여덟 명의 사람이 한데 모여 행복한 표정과 목소리로 노래를 불렀을 뿐이다. 여전히 나는 그 말이 무슨 의미인지 알 수 없었다.

그날 밤 자정쯤 잠자리에 들었는데, 그 시간을 나는 꽤 이른 시간이라고 생각했고, 무디는 늦은 시간이라고 생각했다. 멀리서 사람들이 노래하는 소리가 들렸다. 얼마 지나지 않아 한 무리의 사람들이 고래고래 노래 부르는 소리가 집 근처에서 들려왔다. 테르세이라 섬에는 길목마다 행진 악단이 있다면 여기에는 성가대가 있는 것 같았다. 무디에게 어마어마하게 재미있지 않느냐고 물었다. 그는 졸린 목소리로 어마어마할 정도는 아니라고 답했다. 노랫소리가 훨씬 더 가까워졌을 때 누군가 고함치는 소리가 들렸다.

"아메리카노스! 잘 때가 아니에요!"

곧 시끄러운 노크 소리가 들렸다. 나는 청바지와 티셔츠를 걸치고 문을 열러 나갔다. 현관 계단에 서른 명쯤 되는 사람들이 모여

* 앞 부분에 나온 조제의 아내 루이자와는 다른 인물이다.

있었다. 그 무리에는 알베르티나의 오빠인 두아르테도 끼어 있었다. 그는 여느 여름과 마찬가지로 올 여름에도 섬에 와서 가족 집에서 머무르고 있었다.

"저희가 노래 한 곡 불러드리겠습니다." 두아르테가 말했다.

활기찬 노래를 막 부르려는 찰나, 무디가 헝클어진 머리에 슬리퍼를 신고 나와 내 옆에 앉았다. 모두가 열정적으로 노래를 불렀는데, 그중 몇 사람의 목소리는 굉장히 멋졌다. 나는 와인 한 잔을 건네받았다.

성가대 무리는 "마셔라, 마셔라, 마셔라"로 끝나는(포르투갈어였지만 어떤 말들은 그냥 명확하게 들릴 때가 있다) 소곡을 하나 더 불렀다. 나는 잔을 들어 한 방울도 남기지 않고 입에 털어 넣었다. 무디도 똑같은 과정을 거쳤다.

두아르테는 이제 우리도 그들 무리에 합류해서 다음 집으로 가야 한다고 했다. 그렇게 그 집 주인들에게 노래를 불러주고 그들이 술잔을 받아 마신 뒤 행렬에 참여하는 식으로 온 마을 사람이 한데 모여 진탕 마시고 놀았다. 그는 이것이 집집마다 와인을 만드는 시기에 이웃집을 돌며 서로의 와인 맛을 보면서 시작된 오랜 전통이라고 말했다. 처음 듣는 풍습이어서 이 섬에만 존재하는 독특한 전통인지 궁금해졌다. 나는 두아르테에게 물었다.

"아조레스 제도 전역에 있는 전통인가요? 아니면 상조르제 섬에만 있는 건가요?"

그는 충격을 받은 표정을 하고 말했다.

"여기에만요. 여기 파자faja 에만 있는 풍습이에요. 이 섬 전체가 아니고요."

내가 이렇게 어리석다. 상조르제 섬에는 8,000명이나 되는 사람이 산다. 그런데 이곳에 사는 모두가 똑같은 전통을 갖고 있다고 생각했다니.

루이자는 우리 집에 먹을 만한 게 준비돼 있을 리 없다는 걸 알고 동네 사람들 무리가 우리 집에 들를 때를 대비해 미리 간식거리와 와인을 가져다주었다. 옆집에 사는 그녀는 남편과 함께 물건을 집 안으로 옮기고 있었다. 그때 집으로 향하는 이 부부가 두아르테의 눈에 띄었다.

"어서 행렬에 합류하세요!" 그가 외쳤다.

부부는 아이들이 있다고 말했다. 무리에는 아이가 한 명도 없었다. 루이자의 남편이 막내 아이를 등에 업고 아내와 같이 모두 함께 길을 나섰다. 현관문을 활짝 열어놓은 채로.

달이 떠 있었다. 달빛이 바닷물에 반짝거렸다. 빨간 기와를 얹은 흰 주택들과 성당의 첨탑, 나지막한 언덕이 반짝반짝 빛났다. 낡은 낚싯배가 두어 척 정박해 있는 자그마한 항구는 꼭 밑에서 빛을 받는 것 같았다. 아무도 손전등을 들고 있지 않았는데, 사실 그럴 필요도 없었다. 조라는 남자가 포르투갈 국기가 달린 막대기와 말린 생선 한 조각, 다양한 채소를 들고 길을 이끌었다. 뭔가를 상징하는 것들이었는데 그게 무엇인지는 까먹었다고 말했다.

들르는 집마다 사람들에게 소개를 받으며 우리는 집주인의 빰에 수없이 입을 맞췄다. 이들은 대부분 가족들의 고향인 이곳에서의 삶이 있었고 캘리포니아에서의 삶이 따로 있었다. 캘리포니아의 르무어Lemoore에서 염소 농장을 하는 사람도 있었고, 트레이시Tracy에서 사업을 하는 사람도 있었다. 털록, 힐마, 머시드Merced에서 온 이들도 있었다. 얼마 전 프레즈노를 떠나온 우리 두 사람까지 합하면 센트럴밸리 전체가 모여 있는 셈이었다. 그리고 모든 집의 테이블에는 쿠키, 칩, 소시지, 그리고 섬의 주요 돈벌이이자 가장 사랑 받는 간식인 상조르제 치즈가 올라와 있었다. 그리고 독주도. 그것도 엄청 많이.

건네받은 술잔을 숨기고 피하는 요령을 터득하기 전까지 나는 예의 바르게 브랜디 '아구아르젠치'를 받아 마셨다. 그중에는 60도에 이르는 술도 있었다. 정신이 흐릿해져가는 걸 보니 내 주량은 그 술 두 잔인 게 꽤 확실했다. 가파른 언덕 위에 있는 100년 된, 마을에서 가장 오래된 별장에서 무디는 그 집의 세월과 집주인 남자의 나이만큼이나 오래 묵은 위스키를 마셨다. 온 동네 사람들이 술에 취했다고는 못 하겠지만, 스탠퍼드의 존경받는 교육자인 두아르테가 다음 집으로 가려고 언덕을 뛰어 올라갈 때 내 손을 붙잡고 정신없이 깔깔거리던 모습은 기억난다.

머피는 우리 틈에서 한 사람 한 사람 모두의 손길을 받으려고 쫄쫄거리며 따라다녔는데, 어디서부터인지 머피가 보이지 않았다. 그러나 크게 걱정하지는 않았다. 마을이 워낙 작고 차도 많이 다니지 않아서 평소에도 아침이면 문을 활짝 열어 머피가 항구로 뛰어나가 수영할 수 있게 두었기 때문이다. 집 안에 있어도 머피가 수영하며 한 바퀴 돌 때마다 내는 캥캥 짖는 소리가 들렸고, 그러다 조금 지나면 배고파진 머피가 홀딱 젖은 모습으로 나타났다. 오늘 밤에도 틀림없이 바닷물에 몸을 담그러 갔을 것이다.

새로운 집에 들를 때마다 노래는 점점 길어졌다. 두아르테는 그 노래가 끝없이 반복되는 돌림노래라고 알려줬다. 몇 구절 번역해주는 내용을 들어보니, 남편이 아내에게 와인을 사는 데 돈을 아주 조금밖에 쓰지 않았다고 말하자 아내가 남편에게 아주 조금밖에 없는 부부의 행운을 다 쓰고 온 것이라고 비난하는 내용이었다. 그 노래의 후렴구는 이랬다. "천국 문에 다다르기 전에 와인 통에 날 묻어주오."

마지막 집에서 루이자가 무리의 맨 뒤쪽으로 와서 어떤 이야기를 들려주자 사람들이 요절복통 웃어대기 시작했다. 그때 내 귀에 '캉'이라는 단어가 들렸다. 나는 그 말이 들리자마자 긴장했다. 두아르테를 붙잡고 내 쪽으로 끌어당기며 무슨 말인지 통역해달라고 부탁했다.

그는 루이자가 서둘러 행렬에 합류하느라 집에 들를 손님들을 위해 준비해둔 음식을 치우지 않고 나왔다는 말을 하고 있다고 했다. 나는 이제 누가 통역해주지 않아도 머피가 먹어치운 음식의 목록을 알아들을 정도의 포르투갈어를 알고 있다. 루이자의 손짓을 보니 몇 인분인지도 상세히 알 수 있었다.

- 오 그란지 볼루O grande bolo – 어마어마하게 큰, 엄청 큰 케이크
- 비스코이투스Biscoitos – 쿠키 한 접시
- 바타타 프리타스Batata fritas – 큰 그릇에 담긴 감자칩 한가득
- 세르베자Cerveja – 마시고 남아 미지근해진 맥주를 따라버린 양동이

너무 창피했다. 그러나 나를 제외한 모두가 웃었다. 루이자의 남편이 포르투갈어로 무슨 말을 하자 그 말을 두아르테가 통역해 주었다.

"내일 아침이면 머피도 우리처럼 숙취를 느끼겠네요."

암소 투우

"전원시 Idyll "라는 단어를 검색해보았다. 옥스퍼드 사전에 따르면 "극도로 행복하거나 평화롭거나 한 폭의 그림처럼 아름다운 시기 또는 상황으로, 대개 이상적이거나 지속 가능하지 않은 상태"라고 정의할 수 있다. 뒷부분은 영 별로지만 그래도 어쨌든 내가 찾고 있던 단어가 맞는 것 같았다.

무디와 나는 여전히 상조르제 섬에 있었다. 매일 같은 일상이 반복되고 있었지만 전혀 개의치 않았다. 매일 늦은 아침을 먹고 무디, 머피와 함께 산책을 나갔다. 절벽을 빙 둘러 바다로 떨어지는 작은 길로 갈 때도 있고 예배당을 지나 바다로 가는 길로 갈 때도 있고 집 앞에서 곧장 바다로 나 있는 길로 갈 때도 있었다.

무디와 머피는 매일 항구에서 조금만 걸어가면 나오는, 화산암으로 둘러싸인 장엄한 바다 수영장에서 수영했다. 나는 물에 들어가는 날도 있었지만, 무서워서 들어가지 않는 날이 더 많았다. 바다가 무서운 건 아니었다. 다만 긴 사다리를 내려가는 게 무서웠을 뿐이다. 나는 항상 높은 곳을 무서워했다. 어렸을 때 나는, 동네 사람들은 놀잇감으로 여겼던 트럭 타이어 위를 걸을 때마다 할머니의 손을 잡아야 하는 그런 아이였다. 무디에게는 이 얘기를 하지 않았다. 무디가 이제 그런 내 모습을 짓궂게 놀려댈 하이킹 친구가 아니라는 걸 깜빡깜빡해서 그렇다. 이곳에서 사다리를 타고 내려가는 사람은 겁쟁이에 속했다. 저 높은 바위투성이 꼭대기에서 다이빙하는 사람들도 있었다. 그럴 때면 그들의 몸은 파란 하늘에 콕 박힌 채 시간이 멈춰버리기라도 한 것마냥 수면으로 떨어지기까지 아주 오랫동안 공중에 떠 있었다. 그렇게 한바탕 놀고 나면 집으로 걸어와 점심을 만들어 먹고, 그늘진 테라스에 앉아 책을 읽거나 수다를 떨며 느긋하게 쉬었다.

무디는 내게 조라는 친구와 여행하다가 독일에서 찰리 칸이라는 사람을 만났던 이야기를 해줬다. 찰리는 두 사람에게 파키스탄 북서부에 위치한 페샤와르Peshawar에서 가족과 함께 살고 있다며 주소를 가르쳐줬다. 두 사람이 예고 없이 파키스탄에 도착했던 날 찰리는 자신의 형제인 자바르, 바바르와 함께 막 총각 파티에 가려던 참이었다.

그런데 이야기를 들을수록 기분이 점점 언짢아졌다. 무디는 몇 년 동안이나 내 앞에서 늘 과묵했다. 특히 울적했던 크리스마스이브가 떠올랐다. 신문사에서 같이 야근을 했는데, 무디나 나나 애인도 특별한 계획도 없었기 때문에 퇴근 후 둘이 같이 중국 요리를 먹으러 갔다. 침울한 형광등 불빛 아래서 기름진 면발을 먹으며 무슨 대화라도 이어보려고 아주 힘들게 애썼던 기억이 났다. 여기서 아주 힘들게 애썼다는 부분이 중요하다. 어째서 무디는 그때 내게 자바르, 바바르를 만났던 이야기나 처음 본 문신한 사람이자 무디가 어릴 때 살았던 동네에 이사 왔다는 아르테일 얘기를 하지 않았던 걸까? 당시 무디는 일곱 살이었는데 그때 처음 본 문신은 선원 모자를 쓴 여자가 맨 가슴을 드러내고 있는 모습을 그린 그림이었다고 했다. 그는 내게 "굉장했지"라고 말했다. 그렇지만 내 불쾌한 속마음을 겉으로 드러내지는 않았다. 모든 게 꽤 완벽해 보였기 때문에 "전엔 왜 그렇게 지루했던 거야!"라는 말을 뱉어서 공연히 상황을 망치고 싶지 않았다.

해가 떨어지면 우리는 외식을 하러 나갔다. "뭐 먹을까?"라는 대화로 성가실 일은 전혀 없었다. 갈 만한 거리에 있는 식당이라고는 딱 한 군데뿐이었기 때문이다. 물론 그 식당 또한 바닷가로 조금만 걸어 내려가면 나오는 곳이었다.

파자 연례 축제가 곧 시작된다는 걸 알 수 있는 첫 번째 신호탄은 예배당 앞에 놓인 커다란 통이다. 그 안에는 짓이겨질 준비가 된 포도가 잔뜩 담겨 있었다. 식당에 앉아 있던 나는 행사 목록을 찬찬히 들여다보다가 웨이트리스에게 암소 싸움이 뭐냐고 물었다.

"투우인데, 암소로 하는 경기예요." 웨이트리스가 대답했다.

내가 도널드 모타에게 먼저 연락을 받지 않았더라면 아마 오후에 암소 싸움을 보러 갔을 것이다. 그러나 전날 밤, 아조레스계 캘리포니아인인 도널드에게서 이메일을 받았다. 나는 도미노칩처럼 나란히 서서 황소가 자신들을 향해 돌진하게 만드는 캘리포니아 투우사들인 **포르사두**에 관한 기사를 썼던 때 도널드를 알게 됐다. 그때 도널드는 투우가 자신과 아조레스 전통을 이어주는 역할을 한다고 말했다. 그는 자기를 투우장에 처음 데려간 사람이 아버지였으며, 거기서 만난 다른 아조레스 어른들이 그를 '모타의 아들 도널드Donald-Son-of-Mota'라고 불렀다고도 했다.

그의 아버지가 폐암으로 죽어가던 힘든 시절에 도널드는 **포르사두**가 됨으로써 도피처를 찾았다. 황소가 돌진하길 기다리고 있을 때면 심장이 쿵쾅거리는 소리가 귀에 울렸고, 숨을 내뱉을 때마다 가슴이 뭉클해졌다.

도널드가 가족들을 만나러 상조르제 섬에 와서 잠시 머무르고 있었다. 몇 년 동안이나 우리는 아조레스 어딘가에서 우연히 마주쳤을 수도 있겠다는 얘기를 했지만, 우리의 여행 계획은 늘 어긋났다. 나는 곧장 그에게 답장을 썼다. 그리고 아직 답장을 받지 못한 상태였다. 우리는 마침내 둘 다 같은 섬에 있었지만 만나지 못할지도 몰랐다.

무디와 내가 파티가 한창 벌어지고 있는 들판에 도착하자, 거의 모두가 마치 오랜 친구를 만난 것처럼 우리를 따뜻하게 맞아줬다. 나는 이 상황을 내가 만든 '무용 수업 둘째 날' 이론의 증거라고 생각했다.

무용 수업 둘째 날 이론

무용을 가르칠 때 보니, 수업에 처음 나온 여자아이(거의 언제나 여자아이였다)들은 첫째 날에는 늘 울면서 다른 친구들과 손을 잡지 않겠다고 했다. 그런데 그랬던 아이들이 다음 주가 되면 환하게 웃으며 수업에 나타났고, 심지어 양발을 앞뒤로 놓고 무릎을 살짝 구부리며 인사하는 작별 인사 동작도 모두 알고 있었다. 어리둥절한 내게 학부모들은 아이가 일주일 내내 얼마나 열심히 연습했는지 일러주곤 했다.

훗날 외딴 곳에 있는 작은 마을을 취재할 때, 사진기자와 내가 동네를 돌며 우리가 누구인지 소개라도 할라치면 딱딱하고 냉담한 반응이 돌아오기 일쑤였다. 그러나 이삼일 뒤에 다시 찾아가면 우리 얼굴을 알아본 사람들의 표정이 친근하고 밝게 빛났다. "이봐요! 기자님들이시네! 어떻게, 일은 잘 되어가세요?"

'무용 수업 둘째 날' 이론(또는 '취재계에 1회 출장은 늘 부족하다'는 이론)은 여행할 때 끊임없이 새로운 곳을 탐험하려는 마음을 버리라고 말한다. 같은 곳으로 돌아가라. 그러면 사람들이 당신의 얼굴을 알아볼 것이고, 그럼 당신은 더 많은 것을 보게 될 것이다.

매일 들르는 곳이나 오가는 길목에서 마주쳤던 낯익은 얼굴이 모두 들판을 둘러싼 울퉁불퉁한 돌담에 기대고 서 있거나 걸터앉아 있었다. 풀이 우거진 들판에 나무로 된 운송 상자가 네 개 있었는데, 황소 투우용 상자보다 훨씬 작은 크기였다. 주변 언덕에 온통 점박이 얼룩소가 널려 있는 걸 보면서 어째서 암소들을 더 싣고 왔는지 의아했다.

전화가 울렸다. 도널드다. 그는 방금 가족들과 함께 황소 투우장에 도착했다며 거기서 만나는 게 어떻겠느냐고 물었다. 나는 당연히 좋다고 대답하고 어느 마을에 있느냐고 물었다. 그는 바로 언덕 위에 있는 마을 이름을 댔다.

"아무래도 암소 싸움을 말하는 것 같은데." 내가 무리를 둘러보며 말했다.

아니나 다를까 맥주를 파는 천막 옆에서 그가 보였다. 그를 만나게 돼 기뻤고, 또 내가 그를 알아봤다는 게 놀라웠다. 도널드는 그의 트레이드마크라고 생각했던 긴 곱슬머리를 짧게 깎은 모습이었다.

포르사두로서 그는 맨 마지막에 서는 **하베자도르**rabejador 였다. 소가 부딪힌 뒤 투우사 무리 아래 쪽을 향하며 속도를 늦추면 **하베자도르**는 소의 꼬리를 잡았다. 소가 그를 잡으려고 빙글빙글 돌면 군중은 함성을 질렀다. 도널드는 발로 먼지를 일으키고 풀어헤친 곱슬머리를 휘날리면서 늘 한 손을 공중으로 뻗어 보이며 재주를 부리곤 했다. 도널드의 그런 모습을 봤기에 나는 그야말로 가장 먼저 담장에서 소와 씨름할 사람일 것이라고 생각했다.

"절대 아니에요. 이런 난투전을 보면 긴장돼요. 전혀 통제가 안 되잖아요. 여기서는 어떤 일이든 일어날 수 있어요." 그가 말했다. "게다가 암소들은 화나면 정말 무섭거든요."

사람들이 첫 번째 암소를 입장시켰다. 색이 검고 몸집이 작았다. '공격적으로 교배한' 종의 암소 판이었다. 이 암소들은 야금야금 풀을 뜯는 부드러운 젖소가 아니다.

10여 명의 사람이 들판에 나와 있었지만, 이 암소는 트위드 모자를 쓰고 황갈색 나이키 운동화를 신은 멀대 같은 한 사람에게만 모든 신경을 집중했다. 암소는 그 사람을 들판 끝까지 가로질러가며 쫓아갔다. 암소는 남자의 발끝까지 따라갔다. 남자는 우리 모두가 있는 담장 너머로 연결된 비탈길로 폴짝 뛰어올랐다. 쇠뿔은 여전히 그의 발치에 있었다. 황갈색 휘리릭 씨Mr. Chartrese-Swoosh는 비탈길에서 굴러 트럭 운전석 뒤로 몸을 숨겼다. 그가 시야에서 사라진 순간, 암소는 몸을 돌렸다.

도널드의 설명처럼, 암소들은 쉽게 산만해지는 황소와 달리 지혜로워서 한 사람을 정해 머릿속으로 사진을 찍듯 자세히 들여다보고 레이더라도 달린 것처럼 그 한 사람에게 온 신경을 집중했다. "암소 눈에 띄지 않는 게 상책입니다." 그가 말했다.

눈앞에 장관이 펼쳐지자 무디 안에 잠들어 있던 사진기자의 모습이 깨어났다. 그는 담장 위로 올라가 여기저기를 기어 다니며 스마트폰을 마치 붓처럼 이리저리 휘둘렀다. 나중에 나는 그가 가장 마음에 든다고 말한 사진을 보고 한바탕 웃음을 터뜨렸다. 전면에 암소가 있고 황갈색 휘리릭 씨는 아주 작게 나온 사진이었다. 저마다 넋을 잃고 집중하는 얼굴이 담벼락을 따라 줄지어 있었다. 두 손을 가슴팍에 모으고 있는 사람들, 입에 갖다 대고 있는 사람들, 크게 웃고 있는 사람들, 눈알이 튀어나올 것처럼 눈을 크게 뜨고 입을 떡 벌린 사람들도 있었다.

또 다른 암소는 똑같은 상황에서 깡마른 남자 하나를 고른 뒤 다른 사람은 모두 무시했다. 그는 입술에 담배 한 개비를 물고서 들판 전역을 내달렸다. 그가 담장을 뛰어넘을 때 암소가 얼마나 가까이 다가갔는지 그는 다급한 마음에 자기도 모르게 암소의 뿔을 쥐고 말았다.

"젠장." 도널드가 말했다. "암소를 잘못 건드리면 안 되는데."

머리를 짧게 깎으니 조각 같은 얼굴이 한층 돋보였다. 잘생긴 외모는 모타 집안의 내력이다. 말하고 보니 내가 캘리포니아에서 마지막으로 도널드를 봤던 때가 생각났다. 사족이지만 그때 이야기를 덧붙여 본다.

털록에는 "털록, 진짜 아무것도 없기로 유명한 동네"라고 쓰인 모자를 판매하는 주유소가 있다. 털록은 훨씬 더 작은 동네인 힐마르 바로 옆에 있는데, 힐마르는 미국에서 아조레스인이 많이 살기로 손꼽히는 동네라서 외관에 포르투갈 성인을 그려 넣은 집이 굉장히 많다.

도널드를 만나러 힐마르 외곽의 어느 동네인지 이름은 없고 번지수만 있는 목장에 찾아간 적이 있다. 도널드와 친구들은 투우 연습을 하고 있었다. 나는 그해 여름 아조레스에 가는 사람이 있는지 찾아보러 간 것이었다. 그때 쓰고 있던 기사와 관련된 일이었다.

근처 건초 꾸러미에 앉아 있던 남자가 내게 말을 건넸다. "제 딸 베서니를 한번 만나보세요. 그 아이는 처음으로 올 여름에 아조레스에 갈까 생각 중인데, 인터넷에서 아주 유명하거든요." 그의 이름은 힐마르와 아조레스에서 굉장히 흔한 이름인 토니였다. 키 큰 미남이 카우보이 부츠를 잘못 신고 있기에 나는 단번에 그를 알아봤다. 그가 신고 있는 부츠는 '낙농장은 내 식대로' 부츠가 아니었다. 그건 '주말은 와인 양조장에서' 부츠였다.

아버지가 얘기한 만큼 아조레스인 딸이 인터넷상에서 유명하다면, 포르투갈의 구슬픈 노래인 파두를 부르는 게 틀림없으리라고 확신했다. 그 딸이 파두를 부른다면 힐마르에서 유튜브 돌풍을 일으켰을 것이다. 왜냐, 수백 명의 팔로어가 생겼을 테니까.

"뭐로 유명한데요?" 내가 이미 다 알고 있다는 듯이 물었다.

"세계적으로 유명한 패션 블로거예요." 그가 대답했다.

그가 건초 더미에 앉아 있었다고 내가 말했던가?

"브랜드 구축을 하면서 버티컬vertical* 마케팅을 써보고 싶다면 베서니 하고 만날 자리를 마련해볼 수 있겠지만, 우리가 영상을 제작하고 판권을 넘기는 일은 절대 없을 겁니다." 그가 말했다. "그런데 어디에 쓰시려고요?"

"신문사 일이에요." 내가 말했다.

---

* 맞춤형 데이터 서비스.

"신문사라! 오-호-호." 그가 호탕하게 웃었다. "당신이 나랑 얘기했다는 걸 편집자들이 알면 바지에 오줌을 지릴 겁니다."

인간은 위협을 느끼면 포식자를 골려보려는 무방비 상태의 물고기처럼 거드름을 피우게 마련이다. 나는 어깨를 쫙 폈다. 그리고 당당하게 나갔다.

"제 생각엔 아무리 유명한 패션 블로거라 해도 저희 편집자들이 방광 조절 정도는 할 수 있을 것 같은데요. 편집자들은 전 세계 지도자 만나는 게 일상이거든요." 내가 그의 말에 맞섰다.

"오!" 그가 말했다. "베서니도 얼마 전에 대통령 인터뷰를 했어요."

그는 전화기를 꺼내서 그의 아리따운 딸 베서니 모타와 두 명의 다른 유튜브 스타(한 사람은 초록 립스틱으로 알려진 이였다), 그리고 버락 오바마 대통령이 함께 찍은 사진을 보여줬다. 그나저나 거드름 피우는 물고기 복어puffer fish*는 멸종위기에 놓인 종이다.

나는 몰래 차 안으로 기어 들어가서 휴대폰으로 도널드의 조카라는 베서니 모타를 검색해봤다. 숲을 담은 듯 큰 눈을 지닌 그녀는 매우 아름다웠다. 트위터 팔로어가 120만 명, 인스타그램 팔로어가 230만 명, 유튜브 구독자가 510만 명이나 됐다. 베서니는 〈댄싱 위드 더 스타Dancing with the Stars〉 결승전까지 올라갔었다.

"베서니 모타에서 김정은까지 – 세계에서 가장 영향력 있는 밀레

---

* 'puffer fish'는 복어를 뜻하지만, 'puffer'에는 거드름 부리는 사람이라는 의미도 있다.

니얼 세대"라는 제목으로 쓰인 기사도 있었다.

베서니의 유명세는 하울 영상haul video*으로 시작됐다. 그녀는 쇼핑을 다녀온 다음, 돌아가는 웹캡 앞에서 높은 목소리로 "여기요! 여기요! 보세요!"라고 외치면서 반짝이는 매니큐어, 레이스로 장식된 청바지, 향초 등 사 온 것들을 꺼냈다. 수많은 아이들이 크리스마스 아침에 느끼는 기쁨이 그녀의 얼굴에 온전히 드러났다.

토니의 말을 들어보니, 베서니는 학교에서 따돌림 당한 뒤로 영상을 찍었다고 했다. 그리고 이제는 특히 젊은 일본 여성들 사이에서 추앙 받고 있었다. 게다가 스스로 모타-베이터Mota-vator**라고 칭하는 사람들 수천 명이 쇼핑계의 엄청난 대사제를 만나러 오기도 했다.

* 다량의 제품을 구매한 뒤 상품을 개봉하는 모습과 사용 후기를 담은 영상.

** 모타를 따르는 팬들이 동기 부여라는 뜻의 motivator와 유사하게 만든 단어.

남아 있어

무디와 함께 저녁을 먹으면서 해적 이야기를 나누는 중이었다. 과거 아조레스 제도에 해적이 굉장히 많았다는 그런 내용이었다. 솔직히 나는 중세 역사 공부는 집어치우고 우리 이야기를 하고 싶었다. 우리는 이제 캘리포니아로 돌아가더라도 더 이상 이웃사촌이 될 수 없었다. 무디는 전 아내가 운영하는 관광지 잡화점에서 일하는 아들들과 가까운 곳에 살기 위해 북부의 자그마한 마을로 이사를 간 상태였다. 그것 말고는 들은 얘기가 없었다.

"그래서," 아무런 의도도 없이 건조한 말투로 물었다. "당신은 어떤 관계가 행복하다고 생각해?"

그의 얼굴이 새파래졌다. 몇 년 전에 본 적 있는 바로 그 얼굴이었다. 순식간에 얼굴색이 바뀌는 그의 능력은 정말이지 놀라웠다. 그는 우리 얘기를 하고 싶다고 하지 않았냐며 말을 더듬거리더니 곧 **식은땀에 흠뻑 젖었다.** 과장하는 게 아니다. 심지어 그는 이렇게 말하기까지 했다. "이것 좀 봐. 이마에서 땀방울이 떨어지잖아."

내 안에서 무엇인가가 철컥 닫혔다. 쿵 하고 문이 닫히는 소리를 들은 것만 같았다. "잠깐 실수했네." 애써 미소를 지으며 말했다. "진정해. 해적 얘기를 마저 해줄게."

그날 밤 무디가 잠들고 한참이 지나도록 나는 강아지를 끌어안고 오랫동안 잠들지 못했다. 다음 날 아침 나는 휘청거리며 부엌으로 걸어갔다. 무디는 화려한 식탁보 위에 잘라놓은 과일 한 그릇, 빵, 요거트와 그 위에 얹어 먹을 음식 따위로 아침상을 차렸다. 그리고 내게 갓 내린 커피 한 잔을 건넸다. 나는 잠이 덜 깨 멍한 상태로 커피를 한 모금 마시면서 이런 생각을 했다. **뭐 어때, 여름 한철 사랑보다 더 심한 일도 많은데.** 우리 둘 다 성인이었다. 당연히 싫증 날 수도 있었다.

그런데 갑자기 무디가 말을 마구 쏟아부었다.

"우리가 잘 안 맞는다고 생각해? 지난밤 내내 생각해봤는데 아무리 생각해도 나는 다 잘되어가고 있는 것 같아서 말이야. 혹시 당신이 일부러 문제를 찾아내려고 하는 건 아닐까? 그게 아니라 다른 사람이 계속 당신 마음속에서 떠나지 않는 거라면……."

나는, 아침형, 인간이, 전혀, 아니다. 농담이 아니라 아침에는 제대로 된 문장 하나 만들어내는 것조차 어려운데, 하물며 관계를 분석하는 일이라니.

"당연히 난 우리가 잘 안 맞는다고 생각하지." 나는 무심결에 불쑥 말을 뱉었다. "그러니까 더 재밌는 거고."

"재미있다?" 무디가 물었다. "알았어. 재미있다니. 우선 알겠어."

우리는 바닷가 수영장으로 가는 길 중간중간 발길을 멈춰 파도를 바라보기도 하고 제 몸보다 세 배는 더 긴 낚싯대를 들고 바윗길을 따라 집으로 가는 낚시꾼을 보기도 하면서 오래오래 걸었다. 테르세이라 섬으로 돌아갈 계획을 세우긴 했지만, 캘리포니아로 돌아가는 일정에 관해서는 한마디도 말을 꺼내지 않았다.

테르세이라 섬으로 돌아왔을 때는 옥수수가 훌쩍 자라 있었다. 연보랏빛, 분홍빛 둥근 수국 꽃 뭉치들은 빨간 더듬이를 달고 있는, 뾰족한 노란 꽃이 잔뜩 핀 언덕을 향해 피어 있었다. 노란 꽃의 빨간 더듬이 끄트머리를 살짝 꺾어 쪽 빨아들이면 안에서 단물이 나온다. 이 꽃은 아조레스 말로 최소한 세 개의 이름을 갖고 있었다. 사람들이 거의 차를 몰고 다니지 않았던 옛날에는 몇 킬로미터밖에 떨어지지 않은 마을에서도 이 꽃을 서로 다른 이름으로 불렀다. 이 꽃의 영어 이름은 카일리 진저kahili ginger다.

어느 날 오후에는 드라이브를 하러 나갔다가 섬을 빙 둘러 가며 줄지어 세레타를 향해 걸어가는 순례자 무리를 본 적이 있다. 델시오네가 어렸을 때 그 길을 맨발로 걸어가는 사람들을 본 기억이 난다고 말해준 적이 있다. 그 정도 희생으로는 부족하다고 생각하는 사람들도 있었다며, 숄로 몸을 감싼 나이 든 여성이 손과 무릎을 땅바닥에 댄 채 손바닥에서 피를 철철 흘리며 예배당으로 기어가던 모습이 머릿속에서 떠나지 않는다고 했다. 내가 본 무리에는 운동복을 입은 사람들이 많이 끼어 있었다. 밝은 분홍색과 운동화가 여기저기 눈에 띄었다. 심지어 지팡이를 짚고 포르투갈 모자를 쓴 노인들도 형광 노란색 안전 조끼로 옷차림을 완성했다.

햇볕이 내리쬐였지만 파란 하늘에 떠 있는 흰 구름이 빠르게 움직이는 것을 보면 곧 계절이 바뀌리라는 걸 예상할 수 있는 시기였다. 그래서 할 수 있을 때 자리에 앉아 일광욕을 즐겨야 하는 그런 때이기도 했다.

무디와 나는 '치 쇼아'에 가서 스페인식 테라스인 파티오patio 쪽 자리를 골라 앉고서 진토닉을 주문했다. 포르투갈에서는 진의 종류에 따라 오이, 오렌지, 라임, 주니퍼베리juniper berrie 등 그에 어울리는 곁들임을 내준다. 세르히오는 '치 쇼아'에서 웨이터로 일하기 전에 앙그라에 있는 고급 레스토랑에서 일했는데, 그가 말하길, 거기서는 "얼음 위에 사는 희고 검은 새들"처럼 옷을 차려입어야 했다. 그는 이전 직장에서 얻은 칵테일 전문 지식을 최근 '치 쇼아'의 전통 메뉴에 추가했다.

세르히오는 약간 영국식 억양으로 영어를 말했는데, 말하는 중간중간에 슬픈 탄식을 끊임없이 내뱉었다. 그가 하는 말은 늘 상냥하고 도움되는 것들이었지만, 늘 비탄이 묻어 있는 말투였다. 언제나 무표정으로 일관하던 세르히오는 레스토랑이 쉬는 축제 기간이 빨리 와서 휴일 내내 푹 잘 수 있으면 좋겠다는 말을 여름 내내 달고 살았다. 그랬던 세르히오가 이제 더욱 격하게 한숨을 푹푹 내

쉬었다. 한 친구가 전화를 걸어 자기와 함께 꼭 순례길을 가야 한다고 했다는 게 이유였다. 나는 순례자들 무리를 보니 그 규모가 어마어마하더라며, 기적을 경험한 사람들이나 순례길에 오르는 건 줄 알았다고 말했다.

"맞아요." 세르히오가 말했다. "모두가 그렇지 않나요?"

축제 기간이 끝났다. 이제 투우를 위해 길가에 쳐놓은 바리케이드에 부딪힐 일 없이 마음 편히 차를 몰고 섬 주변을 다닐 수 있게 되었다. 타국에서 돌아왔던 이민자들이 하나둘 집으로 돌아가면서 매주 문 닫힌 집이 늘어났다. 아니, 타국으로 떠나갔던 이주자들이 집을 떠났다고 해야 하나? 어쨌든 관광 시즌이 끝나자 날이 따뜻해지고 하늘이 더욱 푸르러지는 게 꼭 캘리포니아의 가을 같았다.

하루는 창가에 앉아 아조레스 바다에 햇살이 비칠 때면 만들어지는 물결 무늬를 기억하려고 애를 쓰고 있었다. 무디가 다가와 내 곁에서 나란히 창밖을 내다보았다.

"당신은 여기 남는 게 좋겠어." 그가 말했다. "아직 돌아갈 준비가 안 됐잖아."

나는 9월까지만 머무를 계획으로 예산을 짜놓은 상태였다. 머피가 일곱 시간 동안 비행기 안에 갇혀 있지 않게 하려고 캘리포니아에서부터 전국을 가로질러 운전해 메인Maine 주에 있는 친구 집에 차를 두고 온 상태였다. 무디에게 나는 겨울까지 이곳에 머무는 건

현실적인 계획이 아니라고 말했지만, 그런 말을 하는 동안에도 그의 제안이 내 머릿속에서 춤추듯 쿵쾅거렸다. "남아 있어, 남아 있어, 남아 있어."

"당신은 한 번도 현실성 있게 살았던 적 없잖아. 파산 상태로 산 게 하루이틀 일도 아니고." 무디가 말했다. "당신한테 딱인데 뭐 때문에 망설여?"

무디는 돌아가야 했다. 동생과 가기로 한 여행을 위해 비행기 표를 이미 사뒀고, 아이들을 보고 싶어 했다. 나는 1년 휴직계를 내고 온 회사로 돌아가기 전까지 아직 다섯 달의 시간이 남아 있었다. 무디가 짐을 싸는 것을 지켜봤다.

아담한 공항에서 우리는 무디가 캘리포니아에 돌아가서 멕시코 음식이나 태국 음식을 어떻게 먹을 수 있겠냐며 농담을 주고받았다. 내게는 구운 생선이나 삶은 감자 따위에 해당하는 이야기였지만.

그가 타야 할 비행기의 탑승 안내 방송이 나오자 그가 내 손에 종이 한 장을 내밀었다. "자, 이거 받아."

그는 내게 작별의 입맞춤을 건네며 말했다. "잘 지내, 마컴."

"보고 싶을 거야, 무디." 내가 말했다. 우리는 상대의 성을 부르는 편집국의 습관을 버리지 못했다.

주차한 곳까지 걸어가서야 반으로 접힌 채 내 손에 들려 있는 종이를 펼쳐봤다.

"우리의 앞길은 창창해." 그는 편지에 이렇게 썼다. "어쩌면 다시 돌아와야 할지도 모르겠어. 캘리포니아에서든 아조레스에서든 곧 다시 만나자. **베이주**Beijo •." 그는 쓴 사람 이름에 잭이라고 썼다가 그 위에 선을 두 줄 긋고 다시 무디라고 써놓았다.

나는 뒷좌석에 앉아 있던 머피에게 그의 편지를 흔들어 보였다. 자신이 키우는 개에게 말을 거는 견주는 굉장히 많다. 나만 이러는 게 아니다.

"이것 좀 봐." 내가 말했다. "'**베이주**'래. 무디가 외국어를 쓰다니. 그리고 다시 돌아올지도 모른대."

사진을 향한 열정을 잃어버렸다고 말했던 무디는 캘리포니아에 돌아간 뒤 다시 카메라를 들었다. 그리고 얼마 후 내게 기름진 황금 들판을 찍은 사진을 보내왔다. 완전히 메말랐던 나무껍질에 매달린 물방울. 물방울이 서려 있는 창문. 산맥이 비치는 물웅덩이.

비였다.

• 입맞춤을 뜻하는 포르투갈어.

모든 것을 위하여

예정보다 더 오래 남아 있는 건 나 혼자가 아니었다. 카가후도 여전히 테르세이라 섬에 남아 있었다. 원래 이 무렵이면 새끼 바닷새들은 둥지를 떠나야 한다. 그런데 11월이 코앞인데도 섬을 날아다니는 새들이 좀처럼 보이지 않았다.

그건 새들이 바다로 안전하게 날아갔다는 의미일 수도 있으니 어쩌면 좋은 소식일 수도 있었다. 카가후가 멸종 위기에 처한 이유 가운데 하나가 바다로 처음 나가는 어린 새들이 계속 길을 잃어버리기 때문이다. 어째서 길을 잃는 것인지 그 이유를 정확히 아는 사람은 없었다. 한 가지 설은 새들이 달빛과 별빛을 따라 이동하는데 현대 세계의 인공 빛이 그들을 혼란스럽게 만든다는 것이다. 전자기장이 새의 이동 경로를 혼란스럽게 만든다는 과학자들도 있었다. 그러니 지금 자동차에 치이거나 개나 고양이에게 쫓길 수 있는 도로에 있는 게 아니라면 그들이 원래 가야 하는 길인 바다 위를 안전하게 날고 있는 것인지도 몰랐다.

아니면, 올해 새끼가 거의 태어나지 않았을 가능성도 있었다. 포식자가 카가후의 알을 먹어버렸을 수도 있었다. 어미 카가후들이 번식을 하지 않았는지도 모른다. 만약 그런 경우라면, 카가후 종이 살아남기가 굉장히 힘들어질 것이다.

치-노타스 밴드의 리드 보컬인 헬더는 정부와 손잡고 나서서 카가후 보호 캠페인을 펼치고 있는 생물학자로, 카가후 둥지를 찾아 나설 예정이었다. 나는 그를 따라가보기로 했다.

우리는 세레타와 라미뇨 마을 사이의 바다 절벽 길을 따라 걷기 시작했다. 땅과 나무에 나팔꽃이 흐드러지게 피어 있었다. 덩굴에 달린 거대한 보랏빛 꽃들이 마치 폭포수처럼 가지 위로 늘어져 오솔길 위에 무더기로 쌓여 있었다. 헬더는 침입종에 장악당한 그 모습에 고개를 가로저었다. 나는 그 광경이 동화 속 한 장면 같다고 생각했다.

하늘은 엷은 잿빛이고 바다는 비단처럼 밝고 매끄러운 청록빛이었다. 언덕은 여느 때보다 더 푸르러 보였는데, 생각해보니 거의 매일 그런 색이었던 것 같기도 하다. 이런 것들을 볼 때면 아직 섬을 떠나고 싶은 마음이 들지 않았다. 절벽 아래로 이어지는 오솔길 입구는 따로 표시되어 있지 않았는데, 오솔길이라고 부르기엔 꽤 넓었다. 내게 고소공포증이 있다는 사실이 문득 떠올랐다. 이런 순간에는 참 불편한 일이다.

숨겨진 오솔길의 이름은 타바레스Tavares였다. 전해 내려오는 이야기에 따르면 그건 아주 오래전 세레타에 살았던 남자의 이름으로, 그는 좀처럼 이웃들과 대화하지 않는 수행자였다. 남자는 일요일 미사에도 참석하지 않았는데, 당시 이곳 사람들이 생각하기에는 매우 이상한 일이었다. 그는 어마어마한 양의 책을 소유하고 있었다. 촛불을 밝힌 채 책을 읽는 모습이 자주 보이자 마을 사람들은 그가 교육 수준이 높은 사람일 거라 추측했다. 어쩌면 타락한 성직자일 수도 있겠다고 생각하는 사람들도 있었다. 그러나 또 어떤 날에는 메달이 여러 개 박힌 정장을 차려입은 모습이 목격되기도 했다. 그래서 어쩌면 군인 출신인지도 모른다는 소문도 돌았다.

그러던 어느 날, 타바레스의 눈에 환영이 보였다. 해마다 사람들이 성지 순례를 하는 대상인 세레타의 성모마리아가 그의 앞에 나타난 것이다. 성모마리아는 바다 밑이 부글거리고 있다고 말하며, 그가 회개하고 기도하지 않으면 화산이 폭발해 모두 죽게 되리라고 경고했다.

그날 이후 사람들은 그가 들판에 나와 무릎을 꿇고 기도하는 모습을 목격하기 시작했다. 날이 갈수록 그의 옷은 찢기고 해졌다. 마을의 수행자로 통했던 그는 이제 마을의 광인이라고 불렸다. 마을 사람들에게 그는 자신이 계속해서 기도하지 않으면 어마어마한 인명 피해가 생길 거라고 말했다.

그는 지금 내가 걷고 있는 바로 이곳, 큼지막한 옥석들이 나타나는 좁은 오솔길을 어슬렁거리고 있었는데, 암석 하나가 그의 머리로 떨어졌다. 그는 머리에 돌이 박힌 채 그대로 마을까지 돌아왔다. 그리고 죽었다.

이틀 뒤, 바다 밑에서 화산이 폭발했다. 1867년에 발생한 해저 화산 폭발에 대해선 자세히 기록되어 있다. 섬과 가까운 곳에서 폭발이 일어났고, 그로 인해 발생한 지진이 어찌나 강렬했던지 풍광을 바꿔놓을 정도였다. 땅이 위로 솟아 새로운 언덕들이 생겼고 깊숙한 계곡이 생겼다. 그러나 인명 피해는 없었다. 이후 수행자가 죽음으로써 화산이 폭발하지 않도록 제지하고 있던 보호책이 깨졌지만 그래도 그의 기도 덕분에 사람들이 무사할 수 있었다는 전설이 전해 내려오고 있다.

사람들은 지진을 잊지 않았다. 매년 봄이 되면 여전히 라미뇨에서 행렬이 시작됐다. 사람들은 성령 축제와 전통 가톨릭교의 상징물들을 들고 거리로 나왔다. 150년 전 지진이 일어나 가장 큰 융기가 발생했던 장소에서 무릎을 꿇고 최소한 그 지진이 일어났던 때부터 전해지고 있는 노래를 불렀다. 노래를 부르는 일이 웃는 것만큼이나 쉽다며 노래를 입에 달고 사는 헬더는 하이킹하는 동안 그 노래의 한 구절을 불러주었다. 가사의 내용을 알아들을 수는 없었지만, 잔잔한 기쁨과 한데 섞인 애처로운 멜로디가 내 마음을 사로잡았다.

"이 노래를 부르면 닭살이 돋아요." 헬더가 말했다. 그는 어릴 때 행렬에 참석했던 게 기억난다고 했다.

"기분이 묘해요." 헬더가 말했다. "행진은 늘 동이 트기 전에 시작됐는데, 날이 밝으면 모두 무릎을 꿇고 앉아서 옛날에 일어났던 이 일이 언젠가 또 다시 발생할 수 있다는 사실을 받아들이겠다는 내용의 노래를 불렀어요. 어릴 땐 그게 참 무서웠어요."

어른이 된 그는 이제 그 노래를 들으면 경외심이 든다고 했다.

"저는 환경 교육가잖아요. 저는 자연계가 존중받아야 한다고 믿어요. 무릎을 꿇고 그 노래를 부를 때면, 영어로 표현할 단어가 있는지 모르겠지만, 마치 영혼이 몸 밖으로 나와서 다른 시간대로 이어지는 것 같은 느껴지면서 모든 아름다움과 모든 두려움을 자각하게 돼요." 그가 말했다.

"아, 영어로 뭐라고 해야 할지 저도 잘 모르겠네요." 나는 그렇게 말했으나 무슨 느낌인지는 알 것 같았다.

캘리포니아에서 림파이어가 발생했던 기간 내내 매일 오후 거대한 화재적운이 형성됐다. 인구 600명의 (캘리포니아 기준으로 봤을 때) 작은 마을인 그로브랜드Groveland 주민들은 판잣집 앞으로 나와 제라늄 화분 곁에 가만히 서서 시에라네바다보다 더 높이 솟구치는 화재 구름을 바라보았다. 비가 오지 않으면 다음 화재는 더욱 규모가 커질 테고, 비가 오더라도 빗줄기가 너무 거세거나 강수량이 너무 많다면 불에 타 파괴된 산비탈에서 산사태가 일어날 수도 있었다. 그 사실을 잘 알고 있었던 나는 아무 말 없이 두려운 마음으로 그곳에 서 있곤 했다. 모든 상황이 굉장히 위태로웠다. 대재앙의 코앞까지 가 있었다. 그러나 주변에는 화분에 피어 있는 꽃과 불에 타지 않은 소나무가 있었고, 잃어버렸던 개들이 집으로 돌아왔으며, 식당은 저녁 식사 때에 맞춰 문을 열었다. 거리의 주민들이 이런 모든 게 여전히 제자리에 있다는 데 감사하며 안도의 한숨을 내쉬는 게 느껴졌다. 이런 것들이 그저 아주 약간 시간을 번 것이라고 할지라도 말이다. 헬더의 노랫말도 이런 내용 같았다.

그는 발걸음을 늦췄다. 우리는 키 큰 **바소라**vassoura(금작화) 덤불을 사이에 둔 암석 노출지에 있었다. 둥지가 있다면 암석 모퉁이에 있을 터였다. 헬더는 근처에 둥지가 있다는 단서가 되는 깃털을 손끝으로 가리켰다. 그는 납작하게 쭈그리고 앉아 바위틈을 살펴보더니 내게 와보라고 손짓했다. 바위틈이 어두워서 바닥에 하얗게 보이는 게 꼬리털이고 솜처럼 보송보송한 게 새의 몸이라는 걸 알아보는 데 시간이 좀 걸렸다. 곧 작고 굴곡진 노란 부리가 보였다. 두 개의 영롱한 눈동자가 내 눈을 똑바로 보고 있었다.

"상태가 완벽하네요." 헬더가 말했다. "날아갈 준비가 됐어요."

헬더가 하는 일 중 하나는 아이들을 데리고 하이킹을 하면서 카가후의 서식 습성을 설명해주는 것인데, 카가후의 서식 습성 연구는 그 결과가 발표된 지 몇십 년밖에 되지 않은 새로운 분야에 속했다. 그는 솔직히 말하면 본래 과학 수업 계획안과 다르게, 어린 친구들에게 카가후 같은 상황에 처했다면 어떤 마음이 들지 새끼 카가후 입장에서 생각해보라고 물어본다고 얘기했다.

"아이들이 관심을 갖고 신경 쓸 수 있도록 만들어야 해요. 그렇지 않으면 카가후가 사라지고 말 테니까요" 그가 말했다. "새들을 지켜야 아이들이 나중에 성장한 카가후도 볼 수 있잖아요."

그는 아이들에게 설명해주었다. 어른이 된 카가후는 매년 같은 둥지로 돌아와 같은 짝을 만난다. 그리고 쌍마다 하나씩 알을 낳는다. 어미 새와 아비 새가 번갈아가며 바다로 나가 먹이를 물어 오고 둥지를 지킨다. 그리고 가을이 오면 부모 새는 떠난다. 새끼들은 깃털이 다 날 때까지 몇 주간 더 둥지에 머무른다. 깃털이 다 자라면 넓게 펼쳐진 바다가 자신을 부르는 소리를 마음으로 듣는다. 겨우 부등깃이 난 새끼 새들은 아무도 가르쳐주지 않아도 스스로 알아서 절벽으로 걸어간 뒤 (마음속 깊은 곳에서 할 수 있다는 말을 들으며) 날아간다. 먼 바다까지 날아가 다른 카가후들을 만날 수 있길 바라며.

1995년, 아조레스 지방정부에서 새를 구하기 위한 SOS 캠페인을 시작했다. 가을마다 학생들에게 카가후에 관한 정보가 담긴 인쇄물 꾸러미를 나누어줬다. 포스터, 라디오, 텔레비전에서 사람들에게 길 잃은 새끼 새들이 있는지 살펴보라고 알렸다. 소방서와 경찰서는 보호 사무소가 됐다. 봉사자들이 와서 회복한 새들을 데려다가 바다에 놓아주었다. 카가후는 멸종의 길로 접어드는 듯 보였지만, 다행히 이제 그들의 소란스럽고 혼을 빼놓는 구애가는 미래를 약속하는 노래가 될 것이다.

카가후 이야기는 대부분 전부터 알고 있었던 것이었다. 아조레스를 처음 방문한 이후 죽을 만큼 이 섬에 돌아가고 싶었을 때 나는 카가후를 나만의 표징으로 여겼다. 카가후처럼 나도 내년에 돌아갈 거라고 스스로 다독였다.

헬더는 틈을 하나 더 찾아냈고 거기서 우리는 새끼 카가후를 한 마리 더 보았다. 나도 혼자서 둥지를 찾기 시작했다. 두 개를 발견했다. 그리고 하나 더. 어린 새들이 여기에 있었다. 아직 떠날 준비가 되지 않은 새끼들이었다.

치-노타스 밴드가 공연하는 무대 위에 있을 때 헬더에게서 뿜어져 나오는 혼은 굉장히 큰 영향력을 지니고 있었다. 그는 공중으로 팔을 높이 들고 빙글빙글 돌렸고, 같이 노래를 부르자며 마이크를 군중에게 넘기기도 했다. 그러나 그날 하이킹을 마치고 돌아오는 길에서 본 얼굴처럼 즐거워하는 표정은 처음이었다. 그는 계속해서 머리를 흔들며 혼자 웃어댔다. 그가 예상했던 것보다 새끼 새를 더 많이 발견했기 때문이었다.

몇 주 지난 뒤, 나는 머피를 데리고 비스코이투스의 인도를 걷고 있었다. 낮은 담벼락으로 나뉜 그 길은 바다를 따라 쭉 나 있었다. 그런데 머피가 갑자기 줄을 홱 잡아당기며 낮은 담장을 뛰어넘으려고 했다. 아이스크림 포장지라도 봤나 싶었다. 갑자기 머피가 짖기 시작했다. 나는 담장 너머를 살짝 들여다봤다.

길모퉁이 틈에 어린 카가후 한 마리가 있었다. 깃털이 모두 나 있었다. 그 깃털은 담벼락과 똑같은 회색, 흰색이었다. 머피가 아니었더라면 결코 보지 못하고 지나갔을 것이다. 나는 어쩔 줄 몰랐다. 수중에 상자가 없었을 뿐더러 지나치게 흥분한 래브라도 리트리버까지 데리고 있었기 때문이다.

건넛마을에 사는 주방장에게 전화를 걸었다. 마침 쉬는 날이라 집에서 닭장을 만들고 있다고 했다. 망치질을 하는 중이었는데도 전화벨 소리가 들리다니 신기한 일이라고도 했다. 그는 혹시 길 잃은 새를 발견하게 될 상황을 대비해 차에 항상 상자를 싣고 다녔다. 주방장은 전화를 끊고 곧장 달려왔다.

주방장은 도착하자마자 나더러 한 번도 해본 적이 없을 테니 직접 새를 들어올려보라고 했다. 그는 머피의 줄을 받아 잡고서 내게 비옷을 벗어 담요처럼 만들라고 설명해줬다. 나는 카가후 위에다가 비옷을 살짝 내려놓고 새의 목덜미를 잡았다. 조그마한 카가후가 기다란 분홍빛 혀를 쭉 내밀고 소리를 지르며 세차게 저항했다. 우리는 어린 새를 상자에 넣고 상자에 숨구멍을 뚫은 뒤 상자에 이렇게 써서 임무를 마무리했다. "고베르누 두 아조레스 SOS 카가후Governo do Açores S.O.S. Cagarr(아조레스 지방정부 SOS 카가후)."

아주 짜릿했다. 어린 새 한 마리 때문에 이런 감정이 들 것이라고 상상조차 못 했을 만큼 신이 났다.

"그 이상의 일이에요." 주방장이 말했다. "카가후는 거의 멸종할 뻔했던 새인데, 그걸 구하려고 모두가 함께 노력하고 있잖아요. 굉장한 기분이 들지 않아요?" 그가 물었다. "매번 카가후 한 마리를 구조할 때마다 그걸로 충분하죠. 이게 아조레스입니다."

지난번 여행에서 최악의 상황을 겪고 있던 내게 껄껄 웃어 보이던 주방장의 모습이 생각났다. "무를 위하여." 그는 직업도 잃고 돈도 잃고 사랑도 잃었다고 장황하게 설명하는 내 얼굴 앞에서 이렇게 말하며 건배를 제의했었다. 그리고 내가 돌아오리란 걸 알고 있었다고 말했다. 카가후처럼.

수년이 흐른 지금, 이제 그는 내가 발견한 그 새를 소방서로 데려갈 거라고 설명하고 있었다. 봉사자들이 새 다리에 반창고를 붙일 것이고, 그 새가 내년에 둥지로 돌아오면 나는 이메일을 받게 될 것이라고.

나는 그의 말이 틀렸다고 알려줬다. 하이킹 갔던 날 헬더가 내게 가르쳐줘서 알게 된 건데, 카가후가 처음 아조레스를 떠나면 다시 돌아오기까지 7년의 세월이 걸린다.

주방장이 불쑥 물었다.

"여기 다시 오기 전에 캘리포니아에 얼마나 가 있었죠?" 그가 날카롭게 물었다.

나는 씨익 웃었다. "7년." 내가 대답했다. 나는 카가후가 담긴 상자를 보며 고개를 끄덕였다.

내일이면 누군가 와서 이 상자를 들고 절벽 끄트머리로 차를 몰고 간 뒤 상자를 열고 카가후를 꺼내 바다로 날아갈 수 있도록 하늘로 던져 보낼 것이다.

"이봐요." 내가 말했다. "모든 것을 위하여Here's to every thing"

코다CODA [*]

내 열 번째 섬(목록은 계속 작성되는 중이다)

- 높은 시에라 호수
- 청록색 바다
- 눈 더미 위에 늘어진 세쿼이아
- 첫 비가 내린 뒤에 풍기는 사막의 크레오소트 향
- 햇빛
- 가족
- 가족이 된 친구들
- 슈바
- 언제나, 언제나, 언제나 저 건너편에 있는 섬

* 종결부, 결말.

감사의 말

우선, 무엇보다 이야기와 시간을 나눠주고 이 책에 등장해준 모든 분께 감사합니다.

저는 이름도 모르는 기자를 아조레스 제도로 보내준 제 첫 후원자들의 이름조차 모릅니다. 그러나 감사합니다. 이 책이 후원자들께 가 닿아서 그들이 이 책이 나오는 데 중요한 역할을 해주었다는 사실을 알게 된다면 좋겠습니다.

굉장한 통찰력을 지닌 에이전트, 보니 나델Bonnie Nadell과 이 책에 믿음을 보여준 '리틀A'의 배리 하보Barry Harbaugh에게 감사합니다. 그리고 책이 완성되기까지 격려를 아끼지 않으며 꼼꼼하게 원고를 이끌어준 편집자 로라 밴더 비어Laura Vander Veer를 비롯한 '리틀A'의 다른 모든 직원에게 감사합니다.

친구이자 경력 있는 신문기사 편집자로, 초고의 틀을 잡아주고 모든 면에서 올바른 충고를 아끼지 않은 캐리 호워드Kari Howard에게 감사합니다. 캐리와 저는 한 팀입니다. 그리고 그녀는 아주 총명한 제 파트너입니다.

제가 타이핑을 위해 고용했는데, 기발한 지성과 진심 어린 피드백을 제공해준 브린 캘러핸Brynn Callahan에게 감사합니다. 하버드 대학교의 언론인 전문 연수 기관 '니먼 펠로Nieman Fellows*'의 동료인 더스틴 드와이어Dustin Dwyer, 조앙 피아João Pina, 리사 레러Lisa Lerer, 그리고 초고를 읽어주고 번뜩이는 의견을 아끼지 않은 역사학자 레이첼 놀런Rachel Nolan에게 감사합니다.

자신의 눈으로 내게 아조레스 제도를 소개해준 테오필로 코타Teofilo Cota에게 감사합니다. 털록과 테르세이라 섬에서 집처럼 편히 지낼 수 있게 도와준 코스타 가족과 낯선 이에게 가족의 집을 선뜻 빌려준 프랭크, 버나뎃 코엘료Bernadette Coelho에게 감사합니다.

(필요할 때면 마가리타와 함께) 매 순간 그 자리에 있어준 바버라 '타스' 앤더슨Barbara "Taz" Anderson에게 감사합니다. '오다르'에게 가족을 선물해준 하마옐리안 가족들에게 감사합니다. 또 흔쾌히 이 책의 등장인물이 되어준 하마옐리안 가족들과 다른 모든 친구들에게 감사합니다.

마지막으로, 그러나 누구 못지않게 감사한 이가 있습니다. 이

* 하버드대학교의 언론인 전문 연수 기관.

책과 내 삶에 행복한 결말을 안겨준 사람이자 마감에 허덕일 때 내게 팬케이크를 만들어준 나의 책 무디, 마크 크로스에게 감사합니다.

그 여름, 그 섬에서

THE TENTH ISLAND

초판 1쇄 인쇄 2019년 8월 16일
초판 1쇄 발행 2019년 8월 26일

지은이 다이애나 마컴
옮긴이 김보람
펴낸이 유정연

주간 백지선
책임편집 김수진 **기획편집** 장보금 신성식 조현주 김경애 **디자인** 안수진 김소진
마케팅 임충진 임우열 이다영 **제작** 임정호 **경영지원** 전선영

펴낸곳 흐름출판(주) **출판등록** 제313-2003-199호(2003년 5월 28일)
주소 서울시 마포구 월드컵북로5길 48-9(서교동)
전화 (02)325-4944 **팩스** (02)325-4945 **이메일** book@hbooks.co.kr
홈페이지 http://www.hbooks.co.kr **블로그** blog.naver.com/nextwave7
출력·인쇄·제본 (주)상지사 **용지** 월드페이퍼(주) **후가공** (주)이지앤비(특허 제10-1081185호)

ISBN 978-89-6596-340-0 03840

• 흐름출판은 독자 여러분의 투고를 기다리고 있습니다. 원고가 있으신 분은 book@hbooks.co.kr로
간단한 개요와 취지, 연락처 등을 보내주세요. 머뭇거리지 말고 문을 두드리세요.
• 파손된 책은 구입하신 서점에서 교환해 드리며 책값은 뒤표지에 있습니다.

이 도서의 국립중앙도서관 출판예정도서목록(CIP)은 서지정보유통지원시스템 홈페이지(http://seoji.nl.go.kr)와 국가자료공동목록시스템(http://www.nl.go.kr/kolisnet)에서 이용하실 수 있습니다.(CIP제어번호: CIP2019031107)